U0134004

营销第一

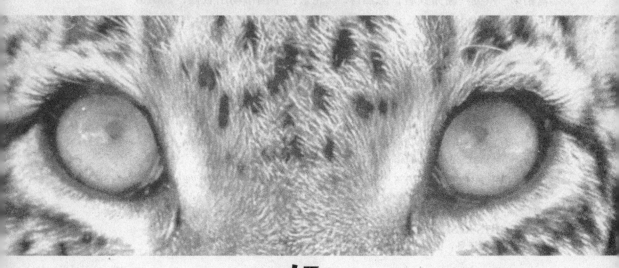

好产品说到底还要有好营销

图书在版编目（CIP）数据

营销第一/（英）谢弗顿著；陈然译. —北京：中国市场出版社，2007.6
ISBN 978-7-5092-0220-3

Ⅰ.营… Ⅱ.①谢… ②陈… Ⅲ.市场营销学 Ⅳ.F713.50

中国版本图书馆 CIP 数据核字（2007）第 088813 号

著作权合同登记号：图字 01-2007-3510

书　　名	营销第一
著　　者	〔英〕彼得·谢弗顿
译　　者	陈　然
责任编辑	郭　佳
出版发行	中国市场出版社
地　　址	北京市西城区月坛北小街 2 号院 3 号楼（100837）
电　　话	编辑部（010）68033692　　读者服务部（010）68022950
	发行部（010）68021338　　68020340　　68053489
	68024335　　68033577　　68033539
经　　销	新华书店
印　　刷	三河市华晨印务有限公司
开　　本	787×1092 毫米　　1/16　　22.75 印张　　451 千字
版　　次	2007 年 8 月第 1 版
印　　次	2007 年 8 月第 1 次印刷
书　　号	ISBN 978-7-5092-0220-3
定　　价	60.00 元

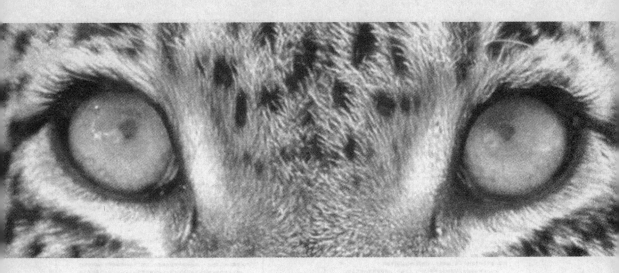

本书提供与书中内容相关的英文原版电子文件压缩包，内容包括：

1. 营销计划模板

   (Marketing Planning Template)

2. 定向决策矩阵

   (DPM, Directional Policy Matrix)

3. 活动循环

   (Activity Cycle)

4. 英赛特问题表

   (The Marketing Health Check)

如有需要，请用 E-mail 联系：

marketing_skills@sina.com，来信必复。

《营销第一》 为什么?

本书是关于专业市场营销实践的原则、过程和应用的实用指南,阐明市场营销活动的真正核心内容,帮助人们正确认识市场营销在公司战略中所具有的决定性作用,指导相关人员在现实环境中应用市场营销战略,为市场营销人员提供帮助,具有实用性和可操作性。

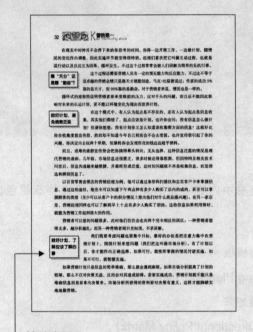

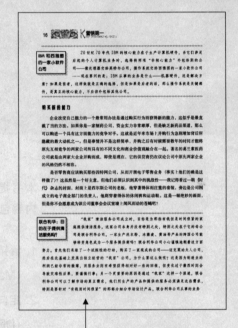

精彩提要

在全书一些段落的一侧列出了段落中的精彩内容的简单提要,便于读者快速、准确地理解段落的内容。

大量精简案例

书中提供了大量精简的实际案例,读者可以结合案例进行实际分析,借鉴更多的营销实践方案。

翔实的案例研究

书中提供了一些详尽的案例研究,理论与实际相结合,探讨问题和解决方案,让读者从实际出发,灵活掌握营销策略。

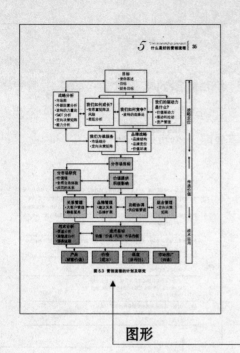

图形

书中提供了很多以图形方式表达的内容，形象地表明了一些结构、模式、关系、程序等。

表格

书中列出了很多表格，方便读者直观、简捷地理解书中提到的内容。

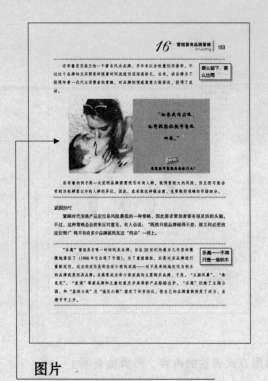

图片

　　书中采用了一些图片以帮助读者形象地理解相关内容。

问题列表

　　本书的后面提供了问题列表，便于读者对目前的营销水平进行自我测评，从中找出值得注意的问题，并加以改进。

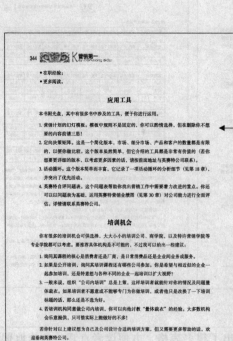

应用工具

　　随书附赠与全书内容相关的光盘，其中有很多书中涉及的工具，便于读者进行应用。

好产品说到底还要有好营销
本书核心内容如下：

1. 市场营销极具挑战。

2. 市场营销原则、过程和应用的实用指南。

3. 具有高度的时效性和及时性。

4. 全新的营销计划模型与最新的国际案例相结合。

5. 以实践性为基调审视标准的营销工具组合。

6. 为市场营销人员提供有益的指导。

7. 为营销活动提供必备的工具。

8. 好营销能够创造营销奇迹。

感谢英赛特营销顾问有限公司的同事们，他们的知识经验使本书在价值和实用性上增色不少。

感谢克林菲尔德大学管理学院客座教授兼英赛特公司主席麦尔康·迈克唐纳德先生对我在思维创造上的无私帮助和给予。

特此感谢斯德哥尔摩和哥森堡 IHM 商学院的麦茨·英格斯多姆和波·雷斯维克，他们为本书提供了一种超乎我期望的实用方法！

营销决定成败

—— 英国克兰菲尔德大学商学院教授马尔科姆·麦克唐纳

从本质上说市场营销必须与现实世界中不断变化的商业运作方式保持同步发展，而且，当代商业运作变化对营销人员视角的改变作用比过去 30 年里的任何时期都大，这是一种进步。如果不能正确认识这些运作方式，那么那些孤陋寡闻的市场营销人员就会感到无所适从。

本书表明市场营销人员可以采用何种方式调整自己的视角，本书对市场营销实践的最大贡献在于它突出了严格规范的工作方法的重要性。市场营销的基本原则在今天仍然适用，但我们不应一味地墨守成规。新的观念为我们以完全不同的方式应用和重新理解市场营销的基本原则提供了机遇。

任何市场营销人员都知道需求就是市场的驱动力，专业市场营销人员都急需从实用性市场营销应用工具和理念中得到有益帮助，本书提供了非常实用的方法，以大量案例研究来解释常让人感到很抽象的概念，给人们在实际工作中以启发。本书可谓是给人无穷鼓舞和及时提醒的思想宝库。

市场营销对经营策略的指导作用非常关键，不容忽视，而对许多公司来说这方面仍是它们的薄弱环节。人们往往把市场营销看作企业的一种推销手段，而不是企业应有的基本职能，正是营销发挥了应有的职能，其他职能部门才认识到它们需要发挥的作用是创造客户价值。

本书的目的在于帮助人们正确认识市场营销在公司战略中所具有的决定性作用。本书详尽说明市场营销活动的真正核心内容，对市场营销的主要工具和概念解释得非常清楚，这将使刚开始从事市场营销工作的人受益，而对来自"非市场营销部门"的人来说，书中丰富的案例为他们形成对市场营销的感性认识提供了活生生的素材。如果你对市场营销感兴趣，想培养自己的职业素质，想为公司市场营销工作做出应有的贡献，或想更好地理解从事市场营销工作的同事们，更好地与他们一道开展工作，那么请阅读本书，你一定会获得足够的回报。

本书作者

彼得·谢弗顿（Peter Cheverton）是英赛特营销顾问公司的经理，该公司是一家国际性培训与咨询公司，主要服务业务有市场营销、大客户管理、领导力培训及财务服务，公司客户分布在日用消费品市场、制造业、医药保健业、出版业、金融服务业及信息技术产业等领域。彼得·谢弗顿也是 Kogan Page 出版的《财务服务中的大客户管理》一书的合著者。

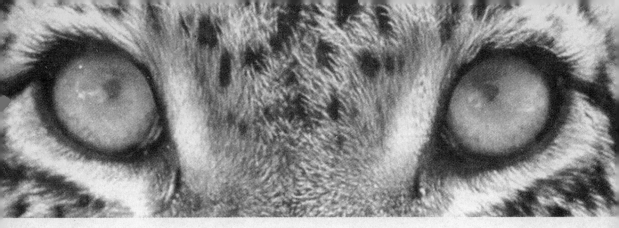

目 录
Contents

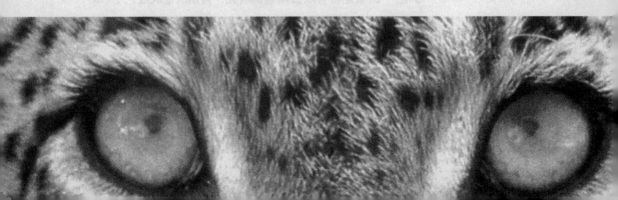

1

什么是好营销
What is marketing?

公众眼中的营销

如果你对酒馆里或公共汽车站台上的人做一个调查，询问他们对市场营销的理解，那么你听到的回答多半会是这样的：

　　让人们买他们不想买的东西

或者

　　花大价钱做广告

甚至是

　　把普通的产品包装成似乎很特别的产品

这种情形并不妙，而且还会越来越糟。最近在美国进行的一项民意调查显示：在"受人尊敬的职业"排行榜上，营销员仅排在政客和小报记者之前。如果你想听听真正的挖苦的话，不妨听听商务人士对营销同行的评价。有的说营销者"华而不实"，有的说他们"不可靠"，还有的说他们"不专业"。和严谨的会计工作者、工程师或科研人员的工作相比，人们似乎看不出营销家的活动有什么正规的程序或原则可言。

为什么大家都看不起营销呢？为什么营销家对自身的营销会如此失败呢？

媒体自然喜欢炒作这些对营销的新鲜看法，而且我们还得承认这并不是捕风捉影。

只是海里的一滴水?

当可口可乐在英国推出"达思尼"牌瓶装水时，媒体报道其水源就是当地的自来水，可口可乐公司对此也欣然承认。该品牌的一位发言人还说，可口可乐采用了独特的加工技术，所定的1.9英镑的价格高于本地瓶装水是正常的。这引起了公众强烈的反应，而这位发言人对公众反应还表示不理解，在他看来似乎取用自来水生产瓶装水是完全正常的事，并且他辩解说，所有的水最初的来源是一样的……尽管可口可乐公司使出浑身的营销解数，"达思尼"事件的结果最终说明公司的公共关系非常失败，再加上在此几周前的化学污染丑闻，最终导致公司放弃该品牌。

这样显见的失败例子必然会使营销背上恶名，即使我们辩解说这个案例只是营销海洋里的一滴水，也无法改变公众的观点。所幸的是我们的营销工作者也不全是骗子，但愿我们能汲取教训。

达思尼的例子为营销专业人士引出了公众检验这一新兴课题。从前人们对产品的一些相关信息不怎么感兴趣，而现在关注程度越来越高。他们关心产地、制造方法，以及工人的生产条件，这就使很多企业内幕公诸于众，从而引起公众反响，谴责企业破坏环境，剥削工人，健康及安全条件不达标。对于这一切营销者当然必须予以重视，并且纳入产品要求之中，这样做是正确的。在粗陋的企业经营模式之下培养不出名声卓著的人才，将咖啡豆的收购价压低至仅够农户生存时也并不能使咖啡厂成功成名。实际上，品牌的含义已发生了巨大变化，"粗陋模式"与"知名品牌"已是水火不容。当然，营销者不仅要关注这些变化，而且还得主动出击，在产品的供应链中保证各项工作达标，如此才能获得竞争优势，或许还能对从前的一些缺失进行补救。

纳奥米·克莱恩在其著作《摈弃标识》中充分揭示了这一问题的重要性，从而有力地推动了营销诚信的发展，该书还进一步指出我们实际的营销活动多少有些不正当。本来营销的初衷是负责任地管理资源，为顾客创造真正的价值，如今到这地步，着实令人痛惜。

远不止是宣传推广

公众对营销的认识还存在一个偏见，认为营销就等同于做广告。这个偏见扭曲了商界对营销的正确理解。在许多大企业中，营销部门的确只是做做精美的小册子，然而这不是营销，它仅仅是营销任务中的一项重要内容——宣传推广。

如何看待市场营销

下面有六种对市场营销的解释，你认为哪一种解释最好？也许这些解释与你对市场营销的理解都不相符合，但是你认为哪一个解释最接近你的理解呢？请选出你认为最合适的三个解释，如果你认为没有一个合适的话，那么请选择三个你认为勉强还过得去的解释！

市场营销是：

1. 销售你所生产的全部产品；

2. 让我们的客户感到称心如意；

3. 生产质量最好的产品；

4. 按顾客要求的质量提供产品；

5. 争取利润，避免亏损；

6. 开发潜在需求。

我承认上述解释没有一个能对市场营销作出恰当的说明，之所以请你选择，是为了确定你对市场营销的理解是否有任何的偏见，看看你是"左翼观点者"还是"右翼观点者"（见图1.1）。

| 你是持"左翼"还是"右翼"观点 |

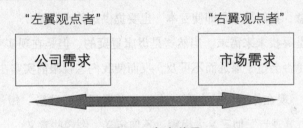

图 1.1　态度差异

也许你在第一、第三、第五种解释之间能找到共同点，在第二、第四、第六种解释之间找到另外的共同点。第一、第三、第五种解释是"左翼观点"，关注的方面是内部问题（实现销售目标或有效发挥生产能力），其关注的重点是产品和现状。第二、第四、第六种解释是"右翼观点"，这些观点关注的是外部因素（即客户），并且注重将来。

上述两派观点中哪一派更好呢？我们先说说"左翼观点"：

- 市场营销就是销售你所生产的所有产品。如果是这样的话，那么当市场不需要你所生产的产品的时候该怎么办？当市场需求的是别人的产品或服务时又该怎么办？如果遇到这种情况，那么你唯一的选择就是降价清货。这种做法是成功的市场营销吗？

- 市场营销就是制造优质产品。如果是这样的话，那么当人们需要的不是劳斯莱斯，而是其他价格便宜一些的车时，你该怎么办？别人想吃麦当劳的时候，你如何能强迫他吃西餐呢？你到底该不该这样做呢？

- 市场营销就是不做赔本的生意。当你向当地的写字楼直接销售办公用品时，可能其中大部分的用品都能挣钱，只有信封例外，如果这样的话，你是否就不卖信封，而让客户去其他地方购买？这样做的话，他们会怎样看待你？假如他们找别的供货商买信封，并且更愿意与那个供货商来往时，你该怎么办？

很显然，仅仅以"左翼观点"来定义市场营销这一概念有很大的局限性。接下来我们说说"右翼观点"：

- 市场营销就是让我们的客户获益。这个观点听起来不错，因为获益的顾客会成为回头客，但这一观点存在着明显的局限性。让客户获益的最好方法也许是免费为他们提供质量最好的产品、最好的支持和服务。虽然这说起来没错，但这种使顾客获益的最便捷方法会使企业无法生存，难道就没有更好的办法了吗？

- 市场营销就是按客户的质量要求提供他们所需要的产品。但是如果我们不具备这样的竞争能力，无法满足客户的需求时，我们该怎么办呢？假如我们生产高质量的纤维品染料，而此时市场上需要一种对质量要求不高、价格低廉的染料，如果我们按低质量要求生产，就无法与价格低廉的进口产品进行竞争。在这种情况下，为了表示我们的诚意，我们是不是即使亏本，也要提供这种产品呢？

- 市场营销就是寻找未来需求。当然这是毋庸置疑的，但是在现实生活中这种着眼于未来的观点是否会过于遥远而不可及，反而使我们忽视眼前实实在在的需求呢？

| 是教义…… |

现在你到底站在哪一边？"左翼观点"狭隘、短浅、自私自利，而"右翼观点"似乎又太模糊，不像定义，倒像些教义。

| ……还是心理状态 |

我更愿意把"右翼观点"的定义称为"心理状态"，而不是"教义"。这种心理状态非常可贵，这是营销者的心理状态，要为顾客的现在和未来着想并最终使企业成功，这本来是很简单的事，然而许多跨行业的大公司都不认同。

除上述心理定位以外，还有：成功来自于成本的节约（会计人员心理）；成功源于更好的产品（研发人员心理）；成功来自于供应链的效率（经营人员心理）。这些心理正确吗？企业走向成功时，是否注定要在各种功能目标的矛盾冲突中进行折衷？回答绝对是否定的，为这种困境提供解决方案的就是营销。如果营销部门按下一章所述的营销模式开展工作的话就能成功。

2

什么是好的营销模式
The marketing model

第1章所述的六种营销解释并非营销的真正含义，而只是表现了两种明显互相矛盾的思路：左翼关注"现实"，而右翼则试图"探寻"和"理解"。

我们来看另一个定义，这个定义来自于英国特许营销协会：

> 营销就是预见、识别并满足顾客的需求并从中获利。

这个定义的好处在于着眼于未来。市场营销是一项需要采取主动的任务，它要求你对客户的需求进行预期。这就是说，市场营销需要你具有探寻的精神，而不是停滞于我们已经知道的结果和已经做过的事情，此外，市场营销要求我们识别客户的需求。最后，市场营销的根本目标是满足客户的需求，经受"现实世界"的检验，并且获取经济利益。

上述定义还有一些问题和不足，我将从三个方面进行分析：

1. 在现实生活中，任何营销都不是发生在真空里。你在预见、识别和满足客户的时候，你的竞争对手也在做同样的事情。这说明你努力的方向就是要想办法比竞争者做得更好一些。市场营销的核心问题就是找到这些方面的优势。

2. 除了竞争环境之外，你还要考虑自己的内部环境因素，也就是你的企业能力。这离不开现实条件，即各种资源、资金、时间、人员和技能因素，这些因素将影响你预见、识别和满足客户需求并获取经济利益的能力。

3. 大多数文献中有关市场营销的定义都缺乏我们所说的"鼓动性"。就在几秒钟之前你阅读了所讨论的定义，你还记得这个定义吗？它在你的脑海里是不是栩栩如生？它是否促使你对自己所开展的业务采取新的或者不同于以往的行动？

针对上述第三点，我们看看下面这个"新颖"的定义：

营销就是下述过程：(1) 识别顾客需求；(2) 在企业的生产能力基础上归纳和确定这些需求；(3) 将这些归纳结果提交企业相应的权力机构并进行讨论；(4) 在所识别的顾客需求的基础上将讨论结果进行归纳和明确；(5) 将归纳和明确的结果传递给顾客。

如果你有耐性揣摩上述定义的话，从中可以发现一些有价值的东西，但老实说，谁又有这个耐性呢？

营销模式提供了一个图示的定义，如图 2.1。

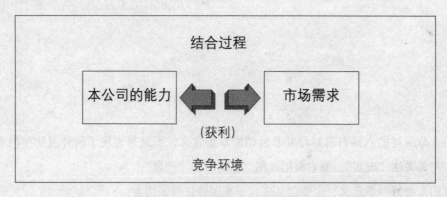

图 2.1 英赛特营销模式——定义

从图中可以看出，市场营销就是将我们的能力与市场需求相结合，寻找竞争优势并获得利益的过程，将左翼观点、右翼观点结合在一起，使两者居于平等的地位，而且避免了简单的折衷，保持了营销的本色。

寻找结合点的过程在竞争环境里进行。如果竞争者懂得市场营销（也许他们也读过本书），那么他们也会追求同一个目标，此时你必须找到某种优势以求超越他们，最好是借助结合点的独到之处来达到这个目的。你具备的特色是竞争优势之所在，应该具有活力和持久性，如果你的竞争对手轻而易举就可以模仿你，并且以比你更低的成本就可以实现的话，那么你就没有什么竞争优势或利润可言。

在寻求独特结合点的过程中还要考虑复杂的时间因素，一方面要应对当前的需求，另一方面还要预见日后的需求，并且为将来做打算。市场营销不是静止不变的，最重要的是要将市场营销与未来联系在一起，对未来的需求进行预期，甚至创造这些需求，并发展自己的能力以满足这些市场需求。准确的时间预期需要视具体的行业和市场情况而定，在高档时装行业，服装设计师的思路必须永远提前一个季节；而对于军用飞机制造商来说，则要提前十年或更长的时间；在信息产业领域，则仅仅是提前数周时间而已。图 2.2 显示了加入时间因素后的营销模式。

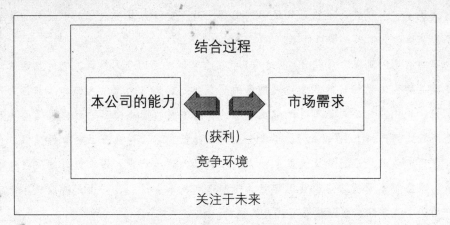

图 2.1 英赛特营销模式——加入预期因素后的定义

对模式进行检验

对任何一个这样的模式或定义进行真正的检验时都必须问以下问题：这一模式或定义在决策、策略的制定或资源的运用方面是否有与众不同之处？对于那些因缺乏市场营销策略而遭遇失败的企业来说，了解这一模式对它们是否会有所帮助？

20 世纪 60 年代和 70 年代英国摩托车行业的衰败就可以在上述模式中得到解释，正是因为违背了这一模式，英国摩托车行业才输给了日本。相对于英国经营者来说，日本生产厂家对市场需求的理解更为透彻，他们 **凯旋公司的兴衰** 有能力找到解决问题的方案。英国生产厂家不知道向前看，缺乏预期能力，当他们最终明白已经到了非改不可的地步时，却又无法及时调整自己以跟上变化。向前看就是要紧跟变化，而不能根据过去的经验去计划未来。对于一家曾有着辉煌业绩的企业来说，这绝非易事，凯旋摩托车公司就是这样一个典型的例子。

凯旋曾经是一个响当当的大品牌，拥有很高的客户忠诚度，但是当他们试图倚仗过去的基础不紧不慢地走向未来时，却不知不觉失去了机会，输掉了品牌。他们只是在旧的设计基础上增加了电子起动器和碟形制动器等新装置，但所有这一切都是用 20 世纪 30 年代的机器制造出来的。而且，当他们不断努力减少成本、提高生产能力的时候，仍然感到赶不上市场期望的新标准，这些新标准是由新的竞争者所引起的。对于不能深入了解市场营销的公司来说，走向衰败的恶性循环就很可能发生。

这种情况是否能避免呢？当然可以。对于英国生产厂家来说，它们并不是从根本上缺乏生产优质摩托车的能力，而是对销售摩托车所需要的市场营销技巧的认识太过于迟钝，在这种情况下，营销技巧就得不到足够的发展，甚至被认为是多余。对于公司的董事会来说，不应该认为营销只是弱者的事。

故事的结尾因凯旋公司在20世纪90年代的重新崛起而令人鼓舞，它的重新崛起并不仅仅是其品牌恢复了往日的声誉，更重要的是企业还认识到必须从内部和外部努力去满足新的需求，现在凯旋公司已不再是重现过去的辉煌岁月，而是用新的计算机辅助生产技术生产全新款式的产品。20世纪70年代企业为了降低成本而导致产品可靠性降低，产品质量下降，而如今摩托车行业又焕发了活力，积极投入到生产中，追求最好的质量和最强的可靠性。现在日本同行纷纷到英国学习如何制造摩托车，凯旋公司生产的摩托车比宝马公司生产的还多，并且在德国获得了巨大的成功。

计算尺——一代优秀产品的终结

时间回到20世纪的50年代，在慕尼黑南部有这样一家计算尺生产厂，因为该厂生产的计算尺非常好，因此获利异常丰厚。

对于现在年纪太小的人来说，也许已经不记得什么是计算尺。其实计算尺就是一种做乘除法的工具，它对于专门做计算的人很有用。该计算尺的原理基于对数计算（别担心，我们并不需要懂得其中原理！），计算尺上印有非常精确的刻度，装有一个中心移动标，把这个移动标在计算尺上前后推动就可以用来做计算。然而上学的孩子们却很不喜欢用它。

这家生产厂家有市场结合点：它们能够满足市场对便携式计算工具的需求。不幸的是这家公司没有从这样的角度来认识这个问题。它们认为自己生产的计算尺很好，仅此而已。他们费尽资源和心血来生产更好、更便宜、更吸引人的计算尺——但是不管怎么样，都只是计算尺。

当然，当有人推出了便携式电子计算器的时候，计算尺终结的日子也就屈指可数了。任何降价措施都无法阻挡计算尺消亡的必然趋势，任何广告促销活动或精美的包装也都无济于事，计算尺的概念已经过时了。

那么我们所说的营销模式能够提供什么样的帮助呢？首先，这家公司应该对自己取得成功的关键因素有一个清醒的认识，那就是公司本身具有的能力应与市场需求想匹配，而不仅仅是生产优质产品。

其次，他们应该花时间认真思考并确定自己所满足的市场需求是什么。市场需要的不仅仅是一把计算尺，而是便携的计算方式，这种需求可以通过多种方式得到满足，包括应用新技术。

再次，他们还可以更准确地认识自己的能力所在，这种能力不是生产好的计算尺，而是生产精确的计算工具。

有了这样的认识基础，公司就可以从长远出发，考虑几个问题：

1. 调查与他们能力相匹配的新需求，把生产精密计算工具作为目标；

2. 提高能力，为客户提供更好的便携式计算工具（这是一种非常实在的需求——还记得上学的孩子是多么憎恨计算尺吗?）。

换句话说，这家公司应该找到一种新的结合点：或者专注于自己具有的核心能力，为其寻找新的应用途径（这偏向于"左翼观点"）；或者为了更好地满足市场需求，努力改变自己，为新的需求提供新的解决方案（这偏向于"右翼观点"）。

在这个问题上，时间因素具有非常重要的意义。一旦第一台电子计算器投放到市场上，计算尺生产厂家才开始试图改变自己就会为时太晚。它不可能一夜之间变成一家电子计算器生产厂家。专注于市场需求的"右翼观点者"需要提前着手改变"左翼观点"中所看重的能力。这里我们重复前面所提到的一个要点：市场营销不是静态的。市场营销最重要的是着眼于未来，努力地预测需求，使需求明确化，甚至去创造需求，同时发展能力以便满足这些需求。

好营销模式能否带来利润
Issues raised by the marketing model

计算尺公司真正需要的是对于自己所做的行业有一个准确的认识。假如问他们公司做什么，毫无疑问他们的回答是："当然是做计算尺！"这样的回答暴露出一个事实，他们对市场营销和市场营销的运用缺乏一个正确的认识。我们可以推测，对于这家公司来说，市场营销就是做包装设计，保证销售人员手头能够拿上精美的产品宣传手册。营销部门（如果真有营销部门的话）的职责就是开展一些短期的、灵活的销售活动。

如果说他们做的不是计算尺，那么他们做的又是什么样的业务呢？这正是本模式所引发出来的问题中的一个。我们首先还是把这些问题全部列出来，然后再一一进行解答：

1. 你从事什么样的业务？你是以产品为导向，还是以市场为导向？
2. 你开展的活动是给你自己的企业、客户还是市场带来好处？你努力追求和拓展的目标是市场成长还是市场份额扩大？
3. 你应该朝哪个方向的目标努力——改变自己的能力，还是影响市场需求？
4. 是不是日用消费品营销者应该多关注"右翼问题"，企业对企业营销者应该多关注"左翼"问题？
5. 这里所指的是市场需求还是消费者需求？
6. 好的结合点就一定能保证盈利能力吗？
7. 你必须向前看多远才够呢？

你从事什么样的业务？你是以产品为导向，还是以市场为导向

计算尺公司所遇到的问题症结在于他们是以自己生产的产品为原则来界定他们从事的业务。这种做法或许听起来完全没错，但是它失去了本模式的要义。对于那些缺乏市场营销导向的企业来说，这是他们所犯的通病，我们应该引起高度重视，这种毛病体现了左翼观点者的思维定式，看重有形的东西（如产品），忽视无形的概念（如需求和客户认知）。这就是以产品为导向企业的典型态度。

> 问题不在于你做什么，也不在于你如何做……

如果不拘泥于企业生产的产品，而是以企业为客户服务的思想为出发点，我们定义企业从事的业务就应该是"便携式计算方式"，这是一种以市场为导向的立场。

> ……而在于你为谁做

这只是我们在理解市场营销者思维过程中所下的定义之一。如果把这家公司的业务定义为"便携式计算"，对你而言仅仅是一个语义学方面的问题，那么说明你还没有开始以市场营销者的思维去思考问题。此时，最重要的问题是：这个以市场为导向的定义会对企业产生什么样的影响？

作为一家以产品为导向的企业（这家公司依照他们生产的产品把自己界定为计算尺生产企业），他们会把资金和精力用来改善这个产品。市场营销职能只是致力于提供更好的包装以吸引人们购买，而研发和生产则是企业的主要力量之所在。不错，当该行业应用的技术还停留在非电子技术的阶段时，这不成问题，但是一旦进入电子技术阶段，一切就为时已晚，此时的努力就如同一个销售煤油的销售员想与电灯销售相抗争一样徒劳。

作为一家以市场为导向的企业（以自己给市场提供解决方案为原则，把业务界定为便携式计算方式），他们会把更多的资金和精力用于开发更多可选择的解决方案：设计更好的便携式计算手段，消除所有学生对他们所提供的产品的憎恨！这样做有助于使自己在市场上保持长久的地位。

在这种情况下，他们是不是应该创造出便携式电子计算器呢？在你看来这似乎是不现实，甚至是不可能的。那么寻求与别人合作怎么样？为什么不可以与得克萨斯仪器公司或其他技术领先者合作，努力将他们的技术能力与自己的市场经验有机结合在一起？

如果上述这些办法对他们来说都不现实，或者并不实用，至少他们应该认识到自己在便携式计算业务这一领域存在的局限性，这一认识只能来自于他们对自己真正所在业务领域的正确认识。认识到了自己的局限性之后，他们就可以为自己现有的技术和能力寻找其他应用领域。这样做或许可以使他们在确定自己的业务领域时既不需要以他们提供的产品为原则，也不需要以他们提供的解决方案为原则，而是以他们具有的专长——精密仪器业

务为原则。

上述这种定义是"产品导向"立场的另一种说法吗？是不是仅仅简单地以技术或专长来取代"产品"这一概念？假如这家公司并没有采用现在我们所讨论的市场营销模式的话，那么的确会是这种情况。但通过应用本模式它们就会明白，一旦它们为其专长找到市场，那么推动企业发展的将不是现有的技术，而是新市场需求。最主要的是它们应该记得一个概念，这个概念在销售人员接受基本培训时就应该深入到脑海：人们购买的是解决方案，而不是产品。

产品导向与市场导向之争所引发的一个很有趣的方面在于两者对竞争环境分析的侧重点。表3.1对产品导向与市场导向进行了对比，说明了企业所从事的业务及由此带来的竞争。

以产品为导向的企业感到自己主要的精力是在与同类产品生产厂家竞争，市场占有率则是竞争的主要目标。以市场为导向的企业看问题的视野则更为宽阔，它们认识到自己的产品存在不同的解决方案。关于计算尺我们已经说得够多了，我们再来看看割草机吧：以产品为导向的旋转式割草机厂家可能会把滚动式割草机厂家当成自己的竞争对手，而实际上这种竞争几乎不存在，他们面对的是两个不同的市场，两种割草机的作用也不同，一种是管理花园，另一种是美化花园。真正的竞争来自于实现这两种目标所采用的不同方式——一种是水泥，另一种是鹅卵石！

表3.1 以产品为导向，还是以市场为导向？——竞争环境分析

产品导向	竞争者	市场导向	竞争因素
计算尺	其他生产厂家	便携式计算	电子产品
1/4 寸钻头	其他生产厂家	1/4 寸洞孔	激光钻，黏合剂
旋转式割草机	其他生产厂家	花园管理	化学制品，水泥
重型滚动式割草机	其他生产厂家	美化花园	鹅卵石或小石子花园
化妆品	其他生产厂家	美的希望	自然美
帽子	其他生产厂家	时尚外形	美发师
室外上光漆	其他生产厂家	耐用性	塑料窗
三件套家具	其他生产厂家	生活方式	节假日

查尔斯·丽伦曾经说过，别的公司生产化妆品，但是丽伦公司销售的是希望！道理已经讲得明白无误：化妆品生产商应该努力说服客户，让他们知道仅靠自然美是不够的，即使是自然的容貌也同样需要化妆。

室外上光漆生产厂家知道，与任何油漆生产厂家的竞争比较起来，塑料窗框带来的竞争压力要大得多——对于消费者来说，油漆并不是一种有多大吸引力的选择。

这其中的含义对市场营销人员是不言而喻的：他们在想方设法得到客户口袋里的钱的时候，还有别的竞争因素也在争夺利益。这些竞争因素中有些是厂家竞争者，有些则来自于他们所在的市场之外（而产品导向企业并没有意识到）。一个典型的家庭可能会选择购买三件套新家具或者夏天出去度假。真正成功的家具生产商是这样一种类型：他们为客户提供椅子和沙发时，不仅是产品比别的厂家好，并且还要努力使顾客感到获得这套新家具比在假日的阳光下躺上两个星期有更大的吸引力。

这样就引出了我们讨论的市场营销模式的第二个问题：

你开展的活动应该为你自己的企业、客户还是市场带来好处？

你努力追求和拓展的目标是市场的成长还是市场份额的扩大？

既然事实上家具生产厂家与度假服务公司在竞争，那么家具厂就必须全力以赴通过市场营销手段强化家具的吸引力和价值，这里的家具是泛指一切家具产品，而不仅仅是自己生产的家具。赛林娜公司是总部在英国的一家制床大厂，很久以来它们就认识到，获得财富的途径更多的是需要让人们更加频繁地更换自己所使用的床，而不是在客户购买床时一味地坚持说服他们购买一张赛林娜床。对于许多人来说，一张床要用上二十多年，而这样做有可能使背部受到损害。只要我们把用于保持健康生活（食品、运动和休闲活动）的一部分钱用来提前几年购买一张新床，对于赛林娜公司上下来说就是很高兴的事，赛林娜公司的竞争对手（即其他的制床厂）也会很高兴。

制帽业在20世纪的20年代和30年代曾达到了空前的鼎盛，之后便从巅峰跌落谷底，部分原因是由于战争，还有部分原因是人们在衣着方面更为随便，但是最主要的原因是由于美发和洗发风尚的兴起。曾经在某个时期，最爱讲究的人一个星期也只洗一次或两次头发，并且很长时间才去一次理发店。随着在家里洗头变得更为方便，洗头的次数更多了，而且美发店（不是理发店）的数量日益增多，帽子的其中一个功用也就消亡了。如今制帽厂所处的环境完全不同于以往，帽子不再是一件穿着物，用以遮掩不雅观的头发，而是成为了一件额外的装饰品，来衬托做得很漂亮的发型。最近我听到一家制帽公司的经理抱怨人们戴帽子的方式很不恰当，他说："我们做的帽子是让人们戴在他们头上最宽阔的部位，但是人们却将帽子扣在后脑勺上，我想他们也许是希望把自己的脸充分展露。"我禁不住在想，这种看法不仅不得要领，而且会给竞争对手可乘之机！

所以我们得仔细想想：正确的选择究竟是关注自己的兴趣所在，还是关注整个市场的兴趣所在？

织布机带来了
什么收获?

我们来看英国毛毯生产商的案例。在不到 30 年的时间时，真正用织布机编织的毛毯在与那些制作成本低廉的毯子竞争之后，其市场占有率从 80% 跌到了不足 5%。这家生产厂家是英国机织毛毯市场的领头羊，是逐渐萎缩的池塘里的一条大鱼，导致这家厂家衰落的原因是资金。在迄今为止的 100 多年时间里，织布机编织技术没有发生任何根本性的变化；20 世纪 90 年代生产一条编织毛毯需要花的时间与第一次世界大战前生产一条编织毛毯的时间一样，这就使得织布机编织的毛毯价格非常昂贵，与"批量"生产的毛毯比较，价格实在是高得过分。但是一种新织布机的出现使毛毯生产出现了转机，这种新织机机可以将生产速度提高四倍。其结果就是编织毛毯和非编织毛毯之间的生产成本差距几乎抹平。

这家生产厂家需要作出选择：是自己使用这种新型织布机，以便迅速提升自己的市场占有率，还是把这种技术许可给别的毛毯生产商使用，从而整体上提高编织毛毯在市场上的占有率？

对上述问题的回答关键在于他们对自己业务的界定，以及对竞争环境的认识程度。如果他们认为自己面对的竞争因素是顾客对毛毯以外的其他产品的消费，那么他们就应该将技术许可给别的编织毛毯生产厂家使用，作为战略性举措，这对总体上提升编织毛毯的市场吸引力会有很大的好处。当然，如果他们认为自己面对的竞争对手仅仅是别的编织毛毯生产厂商，那么保留技术则是上策。

如果你问一个零售商，他是愿意扎根在一个繁华城市里的热闹大街上和所有竞争者一道抢生意，还是愿意在一个萧条的小镇里的一条僻静的路上开一家独门独户商店，你可以揣测一下这个问题的答案。当然，扎根呆在繁华街道上的成本会高得多，零售商的竞争能力也将受到更严峻的考验，这就引出了本模式的下一个问题。

你应该朝哪个方向努力? ——是改变自己的能力，
还是影响市场需求?

改变自己的能力

一家公司能够改变自己的能力吗？一家已经习惯于在角落里单独做生意的食品经销商能否迁往购物中心与商业巨头比个高低？还是就应该呆在老地方，专心致志地以自己的方式做自己所专长的生意？

毫无疑问，只要是有足够的资源和技能可供利用，能力肯定是可以改变的。但是另一个同样重要的问题是：他们应该为了什么目的而改变自己的能力呢？对正在变化或将要发生变化的市场需求的清醒认识自然是最好的原动力之一，这是一个关系到生存的大问题。可问题是过去的成功有可能成为寻求改变的巨大阻力：对于已经取得了巨大成功的大型计算机生产商来说，让他们看清楚个人计算机的前景谈何容易；那家在角落里忙得不亦乐乎的小店铺又如何认识到新的商业广场所具有的重大意义；业务繁忙的传统培训公司又如何能够看到因特网培训方式所带来的商机？即使他们看到了机遇，又能否改变自己多年来已经形成的能力？

技术的复杂程度越高，或者该企业自己的运作模式惯性越大，改变自己能力的难度也就越大。企业必须清醒地认识到现实的变化会带来价值和机遇，而不是把企业推向绝境。如果现在具有的能力确实是企业的核心竞争力，那么为自己的专长寻找新的应用途径对企业就更具有意义。在角落里经营小本生意的食品店可以改变成为一个熟食店，而不是一家超市；培训公司可以将自己的培训资料和专业技能提供给因特网经营者。而对于大型计算机生产厂商来说，也许就不得不改变自己的能力了。

受自己的能力所牵制是好事还是坏事

一旦一家企业获得某项专长，那么它所具有的能力就会影响它看世界的视角，并且成为它成功的秘密所在。只要企业的能力与客户的需求相结合，那么就一时的情况而言不会存在任何问题（但下面将要讲到的 IBM 的案例则是另一回事）。然而，对于在多个市场中经营的集团公司，这就带来了一个难题：单项能力是否可以适应所有的情形？

吉列公司将"高新技术"与自己的全球性品牌相结合，在剃须刀市场形成了其独一无二的能力。但是该公司在它的其他业务领域（如它的三个钢笔品牌——派克、百美和威迪文）却感到难以复制其具有的能力。如果 | 当钢笔赶不上剃须刀

在这些业务领域不能取得重大技术突破的话，那么只能在成熟的市场上奋力厮杀，抢占市场份额。比较其在剃须刀市场上所取得的成功，这是一种让吉列公司感到很"不舒服"的情形，结果，吉列公司将钢笔业务进行了出售。

我们听到许多关于"核心能力"的论述，特别是当一家企业在考虑将其认为是非核心能力的业务外包给别人的时候，这个词汇更是频繁出现。需要特别注意的是应该认识到这一点：核心能力是依据市场需求而确定的，不能简单地认为你所碰巧擅长的某些方面就是核心能力。

<table>
<tr><td>

IBM 和西雅图的一家小软件公司

</td><td>

20 世纪 70 年代 IBM 的核心能力在于生产计算机硬件。当它们涉足后起的个人计算机业务时，选择将两项"非核心能力"外包给别的公司——微处理器交给英特尔公司，操作系统交给西雅图的一家小软件公司

</td></tr>
</table>

……现在要问的是：IBM 从事的业务是什么——机器硬件，还是解决方案？如果是前者，这样做就是正确的选择，但是如果是后者的话，那么操作系统是关键部件，是真正的核心能力，不应该外包给其他公司。

购买新的能力

企业改变自己能力的一个最常用办法是通过购买行为而获得新的能力，这似乎是最直截了当的方法。如果你是一家制药公司，资金实力非常雄厚，但是缺乏新药品渠道，那么可以购进一个具有这方面能力的竞争对手。这就是近年来市场上并购行为急剧增加背后所隐藏的最大动机之一。但是事情并不是这样简单，并购之后有时候需要数年的时间才能将原先互相竞争的两家公司所具有的不同文化和商业价值观融合在一起。著名的葛兰素医药公司就是由两家大企业并购而成，即使是现在，它的供货商仍在议论公司中原先两家企业的风格仍然不相容。

是否零售商应该购买那些因特网公司，从而开展电子零售业务（事实上他们的确是这样做了）？这虽然是一个好主意，但他们必须认识到其中的挑战性——我记得看过一期《时代》杂志的封面，封面上是西尔斯公司的老板，他穿着得体而庄重的套装，旁边是公司刚成立的电子商业部门的负责人，他则穿着得体的休闲裤和运动鞋。这是一幅绝妙的画面，但是难道你会愿意成为该公司董事会会议室墙上闻风而动的苍蝇吗？

<table>
<tr><td>

联合利华：目的在于提供清洁服务吗？

</td><td>

"我家"清洁服务公司成立时，目标是为那些有钱但是时间很紧的家庭提供清洁服务。这家公司本身并没有特别之处，特别之处在于它的母公司是联合利华公司。一家生产洗衣粉、冰激凌、黄油等产品的跨国公司能够转变角色成为一个服务提供商吗？联合利华公司小心谨慎地朝着这方面

</td></tr>
</table>

努力。首先他们采取了一个试探性的行动，购买了一家现成的公司——迈克莫珀夫人公司，然后在此基础上发展出独立经营的"我家"公司。为什么要这么做呢？这是因为制造业的利润已经非常微薄，而服务业则有希望获得相对好一些的回报，但变化过于激烈时则会导致灾难性后果，要谨慎行事；另一个更重要的原因是通过"我家"这样一个渠道，联合利华公司可以了解市场的真正需求，他们所生产的产品和提供的服务必须满足这些需求，特别是要针对"有钱而时间很紧"的那部分细分市场设计产品。联合利华公司从事的业务

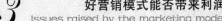
是什么——是清洁用品还是做家居保洁？如果是后者，那么"我家"是个不错的选择，但如果是前者，那么它必须充分了解顾客对产品的使用情况，这样才能在清洁用品市场上成功。联合利华的目的就在于此。

影响需求

企业能够创造需求。例如玛尔姿冰激凌、即时贴、柠檬汽酒和天然白漆，这些产品都是在上市以后才形成需求的。我们都有这类营销者所说的"潜在需求"，只是我们没有认识到而已，而营销者就是利用这一点获得成功。玛尔姿冰激凌凭空创造了一个全新的细分市场，推出了具有品牌的冰激凌甜块。我们并没有这种冰激凌的现实需求，但是确实存在这样的一个潜在产品机会。有趣的是，雀巢公司却是从这个新的细分市场中获利最大的企业，它跟随玛尔姿的创意，树立了自己众多的糖果类品牌，虽然创意来自于玛尔姿公司，但雀巢公司具有更雄厚的能力——拥有种类繁多的糖果产品及品牌。

有的市场保守程度低，有的市场保守程度则要高一些。例如，在啤酒市场容易对需求进行影响和创造，而在白酒市场则不容易。伟嘉的灌装啤酒推出后，激发出人们的潜在需求，获得了成功，但若是把白酒改成盒装，虽然很有创意，却不能起到影响和创造需求的效果。

当然有时候变革确实在发生，而且发生在最保守的市场上。第二次世界大战以前，英国的卫生事业是私人捐赠、慈善捐助、自助以及"姑且将就"等几方面因素交织在一起的一个稳定的混合体。国家健康服务公司对此提出了挑战，在新一代人身上改革的效果就显现出来了。此时，人们对于一些前些年里他们还闻所未闻的小病痛都开始寻求积极的治疗。市场上出现的某种新能力创造了新的需求，医疗服务发展到了极致，从而为新的医疗企业提供了更多选择，开辟了更广阔的空间。从此以后，个人健康保险业蓬勃发展，同时各种新药和新疗法层出不穷，治疗方式从针灸疗法到意念疗法花样翻新，不一而足。

企业自身一直是最保守的市场之一，我们难以对其施加任何影响。当企业对企业的营销者有了巧妙的创意后，总是很难将其发展成现实的需求。亚历山大·格雷厄姆·贝尔在推广他的电话机时也遇到了同样的问题。他对一个持怀疑态度的企业客户说电话是商务沟通领域的一项革命，"只要想一想，有了这样的电话机，你就可以与一位远在180英里以外的客户谈话了。"而这位持怀疑态度的业务员的回答明显地表现出企业市场上所存在的惯性，他说："但是，贝尔先生，我并没有远在180英里以外的客户。"

先发出产品，然后再为其寻找市场需求是一种冒风险的营销途径，即时贴便条纸是3M公司在偶然情况下开发（传说是这样）的一种产品，人们经常把它作为这种营销途径的成功例子，但是当我们把它当作榜样模式来对待时，要特别小心这条道路上充满了太多的失败，而且这些失败都付出了昂贵的代价。我们没有必要对任何一个抱着希望的产品开发者给予鼓励，不要以为只要自己有足够的聪明才智，在经过艰苦的努力之后，就一定能够创造出某种需求。

当然，创造需求是营销模式中最出彩的一种，然而影响需求也同样重要，而且做到这一点要容易得多。我们所有的汽车都需要汽油，但是如果石油公司能够成功说服顾客相信其提供的汽油对环境没有什么危害，或者对车有好处，或者价格最便宜，石油公司就能对现实的需求进行充分挖掘，在市场上胜出。这就是品牌的效用，它通过影响顾客考虑需求的方式促使客户作出购买决策。

是否日用消费品营销者应偏向于"右翼观点"，企业对企业营销者应偏向于"左翼观点"？

答案是否定的。这是一种死板的认识，它使人们只看到自己擅长的方面，从而安于现状。然而实际上任何一家公司对本模式中的两个方面都需要下功夫。一般情况下，企业对企业的营销人员将把更多的时间用来改变自己组织内部所具有的能力，而针对常用消费品市场的营销人员则多是通过促销活动和品牌推广实现影响需求的目的。这种规律的确存在，但是如果仅仅考虑一个方面的活，就会出现下面例子中的问题。

玛尔姿公司与其遭遇到的尴尬

玛尔姿公司在理解和挖掘客户对其品牌——玛尔姿冰激凌的潜在需求方面做得非常出色，但由于缺乏应有的能力让零售商将其产品放在和路雪公司或朗迈德公司的冰柜中销售，而招致了营销的失败！虽然公司很快弥补了这方面的不足，但是这个错误毕竟使企业很难堪，公司而且为此付出了高昂的代价。

对市场机会的误读

ICI 公司在 20 世纪 90 年代成功地发明了 CFC 化学物的替代品（CFC 用作冷冻剂、空气清新剂和喷雾剂等，据说这种物质导致了对臭氧层的侵蚀，不久就被国际公约宣布为禁用产品）。ICI 公司作为一家富于创新的化学制品公司，其能力的确很强，对新产品开发的热情度也很高，但是公司对市场的变化情况并没有花多少心思去了解。ICI 公司没有认识到这样一个事实：许多需要使用喷雾剂的生产厂商并不愿意采用 CFC 的新替代品，而宁愿采用其他滚珠式或喷雾式产品。

同时他们也低估了竞争对手的能力，没有想到他们很快就能向市场推出自己的CFC替代品。对市场供应和需求的错误理解使得公司无法将自己出色的能力与市场真正的需求相结合，这是一个代价高昂的错误。ICI对于自己的技术能力有充分自信，但对市场变化却缺乏了解（这是许多大公司和"聪明"的公司所犯的通病），导致在生产能力方面过度投资。由于CFC最终被禁止使用，对其替代品的需求就迅速上升，因此也就有必要考虑新的生产能力。在营销实践中对时机的把握往往是成败的关键。

上面的两个案例说明，如果营销人员只注重一个方面的话，就很容易掉入陷阱。在企业里，很容易出现偏"左"或偏"右"的现象，并成为该企业一种固有的文化，从而使企业中某些职能或者部门居于主导性地位，为失败种下祸根。偏重"左翼观点"的企业会以生产和研发为重点，而偏重"右翼观点"的企业则以销售为其业务发展的推动力。市场营销的任务就是将两方面的观点结合在一起，让人们记住：仅在其中一个方面有能力是不够的，能力与需求的结合才是问题的关键所在。

从事日用消费品营销工作的人员所面对的最大挑战就是把握自己组织内部的变化。他们经常把这看作是多余的负担，认为别的部门碍手碍脚，因此他们在这方面的表现令人不敢恭维。同样，从事企业与企业之间营销业务的人员所面对的最大挑战是对市场变化情况的把握，在市场环境中，他们应该认识到自己也许只是一个微不足道的参与者，这就为我们引出了本营销模式的下一个问题。

是市场需求呢，还是消费者需求？——市场链的概念

当我们在接下来的第15章里讨论市场细分这个具有非常重要意义的问题时，我们将会想起一条很有益的忠告：市场从来就不买什么东西，而是人们在买东西。当我们谈到市场需求时，我们应该时刻记住"市场"所指的是究竟是谁。而这永远不是一件容易的事。

对于日用消费品营销者来说，顾客好像就是指消费者，但是将产品卖给顾客的零售商不也同样是企业的顾客吗？长期以来，日用消费品企业都把营销队伍一分为二，一支队伍专攻消费者，另一支队伍专攻贸易商，结果混淆了市场和消费者的概念，引起不必要的混乱。

现实中的情况更复杂，比如硫磺酸是某种产品的原料，而这种产品又是另外一种产品的原料，然后这另外一种产品甚至又用到了电线中，电线最后用到了电视机里，对于这整个供应链中的各个企业一直到向电视机制造商销售电线的公司来说，它们的市场是什么？是硫磺酸、电线、电视机、电子产品还是其他什么东西？

所有向最终消费者之前的中间环节销售产品的企业都处于市场链中。那些最接近客户

的环节一般获得的回报最大，因为他们处于市场链上的最末端，而这一环节的产品增值最明显。我在这里使用"明显"一词，是因为人们通常是这样认为的。农民们经常抱怨说超市在销售他们的产品时赚的钱太多，而农民自己却只是从最终消费者那里获得了很小一部分收益。那么这种结果又是怎样形成的呢？对于大多数消费者来说，最终摆在他们面前的熟透了的苹果是一尘不染、干干净净的苹果，包在包装纸里，摆放在装有空调设备的超市中，顾客此时对苹果的价值认可是最明显的，相比之下，他们不会在乎苹果要在露天下的枝头生长数月才能成熟。农民们也许会报怨，但是不管事情的真实情况如何，关键要看消费者对商品价值的认知。

也许在向消费者销售农产品的过程中农民们没有多少机会参与。现在法国的法律规定超市必须明确告诉消费者他们是花了多少钱从农民手里买来水果和蔬菜，这样就可以让消费者确信农民们没有受到不公正的对待，并且让消费者自己来判断他们所买的水果、蔬菜的附加值应该是多少。这是一种政府行为，目的是对市场链中价值的流通和回报加以规范管理，但是有时候处于市场链末端的供货商却试图把这些问题的自主权掌握在自己的手中。

近些年来，农产品市场在扩大，消费者可以与生产者面对面地做生意，自己从农民的篮子里（而不是薄薄的包装纸里）选择想买的放心苹果，或者从地里挖新鲜的土豆（而不是已经削了皮、洗干净了的土豆），这个事实表明，试图把供应链中的价值抓在手中的人不仅仅是农民，有更多的人也看到了供应链中的价值。

在努力满足市场需求的同时，营销人员所面对的挑战是需要知道自己对供应链究竟要把握到哪个环节。由于大部分的价值增值存在于离最终消费者最近的环节，所以我们要问的第一个问题是：我们的产品或服务是否能满足消费者的认知的价值？在下面这个向农民销售杀虫剂的农用化学品公司的图示中，产品与消费者认知价值的关系很紧密（见图3.3），但是这种关系并不总是得到肯定。

图3.3 市场链

一方面，有人说农用化学药品有助于提高最终产品的质量，增加了产品价值。另一方面，许多人认为农用化学药品在食物链中是有害的，因此优质农产品不应含有农用化学药品成分。无论你支持哪种观点，有一点是毋庸置疑的，那就是农用化学药品供货商需要对处于市场链末端的消费者的需求和认知了如指掌。

　　要了解农民的需求，就必须看到农用化学药品企业和农民之间以外的环节，必须了解农民的市场链。从前，产量是价值最重要的衡量标准，这一标准决定了农民的收益和价值链各个环节上的价格。在这样一种局面下，大家都推崇转基因农作物。但随着时间的推移，事情也在发生变化，消费者对转基因食品的负面影响越来越关注，带来了新的挑战。近年来许多令人困扰的问题可以说都是因为农产品供货商没有很好地理解欧洲消费者对他们的转基因产品所抱的态度，长期以来他们重视的是以产出作为衡量价值的标准，一味强调转基因产品的生产，最终导致市场矛盾越来越突出。

　　消费者对食物安全性的关注完全改变了市场链中对价值的衡量标准。而且新闻界及社会团体对此也越来越重视，一些超市也希望以此作为其竞争优势而向消费者作出承诺，此外，各种各样存在于食物中的有害物质加剧了人们关注的程度，这些物质包括梨酒中的苯、鸡蛋中的沙门氏菌、可口可乐和比利时鸡肉中的二恶英等。现在食品安全是最令人关注的一个词，超市要求供货商提供产品证书，明确说明食品的产地和生产方式。同样，食品生产厂家又要求自己的供货商做到完全透明，公开产品成分。现在农民关心的主要问题是他们的农产品能不能卖出，而不是他们的产出能有多大。对于农用化学药品供货商来说，他们面对的挑战也与以往完全不同。

　　市场环境时时刻刻都在发生变化，那些在市场链中只重视自己所在环节的企业很难认识到这些变化将决定其未来的命运。20世纪90年代初期那些种植有机作物的农民在努力拼搏，以便在激烈的市场竞争中生存下来，由于他们的目光看到未来，并且不是一味地躺在过去成功的经验上计划自己的未来，因而现在他们享受到了"投资"的回报。由于人们在食品方面的爱好或者风尚发生了变化，这使得农民们感到生存的压力，并且正如那些荒芜了的从事开采业的村庄一样，他们的经历也拍成了电视纪录片，同时也充分表明了在目前所讨论的市场营销模式中，某些企业生存得多么艰难。他们的经历还说明了这样一个事实：如果不遵循这种营销模式，他们可能遇到危机。

　　以此营销模式为指导开展业务以及了解市场链只是我们工作的基础，但要使自己的努力得到丰厚的回报则又是另外一回事。离终端客户的距离越远，营销成功的难度越大。还要记住的是，市场营销的目的是为了获取利润。原材料生产商的命运似乎掌握在下游采购他们产品的制造商手中，这些制造商将他们提供的产品变成了具有附加值的品牌商品，但是有些原材料生产商也找到了能够确保自己获得应有回报的有效途径。

　　杜邦公司成功地为特弗龙和莱卡两种材料赋予了应有的品牌价值，这两种材料只在最终产品中占极小的一部分，然而不管最终产品是不粘锅还是运动服，特弗龙和莱卡都是这些产品中最关键的组成部分。又如，个人计算机中如果没有"英特尔芯片"似乎就缺少了某样东西；同样，在减肥饮料中加入了纽崔莱就能增加人们对产品的信心。

　　这些品牌是为了确保供货商在市场链中的占有地位而推出的，让终端消费者认识到关键成功的价值。这种意义上的占有具有非常重要的价值，占有意味着控制力的安全性增强，而且对于聪明的市场营销人员来说，也意味着随势而动的能力增强。如今特弗龙不只是用于不粘锅产品，它也是油漆、制衣和建筑等材料中的一种重要成分。它成功的基础是其具有的内在品质，当然还有其迎合客户需求和认知的能力，这也是对成功品牌的一种恰当定义。

好的结合点必然能带来盈利能力？

　　在本章中我们对如何在企业能力与市场需求之间找到一种成功的结合点进行了重点讨论，但是这样就能保证获取利润了吗？

　　毫无疑问，从长期发展的角度考虑，如果在企业能力和市场需求之间缺乏成功的结合点，企业就很难获得盈利能力。许多的案例显示，大量的企业抓住了市场热点，忽然之间就成了市场明星，但是最后却走向了衰败或失败，原因在于它们缺乏能力，大多数情况下是缺乏财务能力，如牛仔服装零售企业迪克·德兹公司，还有湖人·斯凯都公司、菠萝音像公司、辛克莱公司和德劳伦公司，等等。

　　荷兰的大型集团飞利浦公司，在高保真音响和电子装置的创新方面一直处于领先地位，其创新成果之多，似乎难以让人相信如此众多的产品是出自一家公司之手，它的各种创意令人目不暇接。但是，公司在其商业化过程中却留下了许多失败的故事，败给了亚太地区的竞争对手。飞利浦公司了解当前市场需求的能力严重滞后于他们发明和开发新产品的能力。

　　因此，需求与能力的结合非常重要，但是只要能结合就够了吗？

　　在这个问题上"阿尔卡帕博"品牌是一个很有趣的案例。20世纪90年代初期，英国的啤酒和苹果酒生产商注意到年轻的一代人已经不再喝他们生产的这类酒，这使他们非常焦虑。似乎今天的年轻人对口袋里的钱已经有了不同的打算（虽然他们的支出可能不会合理）。于是厂商们推出了柠檬汁、各种果汁以及其他一些纯正饮料，这些饮料切合市场的主流倾向，销售量迅速扩大。他们在这里实现了成功的结合：制造商具有剩余生产能力和所有拓展市场的合适渠道，市场存在潜在的消费需求，通过广告形式，而且更多的是年青一代文化的"鼓噪"，这些潜在的需求得到了拓展。

至此为止，一切进展顺利，只是这些新产品需要巨大的营销投入来支持，需要比传统的苹果酒和啤酒营销大得多的资金预算。不仅如此，销售量的迅速膨胀使得竞争者犹如飞蛾扑火一样纷纷加入到竞争行列，导致厂商在零售点、夜总会和公共娱乐场所展开了惨烈的价格竞争战，利润下降，而且这种争夺需要付出更多的代价，将吞噬更多的厂商。在这样一种局面下，厂商促销愈演愈烈，从而使得父母产生了一种忧虑，担心他们的孩子会被误导，而误导者居然是从前那些善良、正统的苹果酒生产者！营销人员永远不应忘记，无论他们开展的营销活动是多么辉煌，这些活动都是在激烈的竞争环境中进行的，这种竞争可能会使非常好的创意产生非常坏的结果。

在一片混乱中，厂商们最终改换了苹果酒的品牌，推出了"红石"和"双狗"等苹果酒品牌，这也许是一个更成功的策略，而且毫无疑问是一种低风险的策略。

市场环境的作用是将营销结合点中所存在的缺陷暴露出来。自从湖人公司开始，低成本、低价格已经成为航空服务市场的一个特色，虽然失败多于成功，但是这一特色似乎已经确立。引用亨利·福特著作中的观点来说，低价格是好事，假如他能够将轿车的价格降低到500美元以下，那么他就可以销售数百万辆车，他不是像一般人的思路一样，认为假如他能够销售足够数量的轿车，他才可以把价格降下来。对于福特而言，答案就是大批量生产汽车，而且颜色就是黑色。同样，对于采取低票价策略的航空公司来说，假如从英国飞到阿姆斯特丹花费不到50英镑的话，那么就会有更多的人选择乘坐飞机，要实现这一目标，就必须依靠低消费策略。这一思路从理论上来说确实不错，但是在实际中只有真正低廉的价格才能产生效果。那些表面上实行低票价，但是实际上却仍然支撑着"全额"价格体系的航空公司注定将走向失败。这种错误做法终将暴露出问题，使利润流失殆尽，或者根本就推行不下去。

你必须向前看多远才合适呢？

说到底这是"一根绳索有多长？"的问题。每一个行业、每一个市场、每一家企业都有自己需要考虑的相关问题。这些问题包括交易时间、中期目标、长期目标以及更长远的目标等等。所有这些问题都需要营销人员加以关注。有人说营销人员的职责是预测未来，其实不仅如此，他们还需要把握未来。

把握未来需要掌握三个方面的平衡：你追求的目标、你拥有的资源和市场机会（见图3.2）。假若没有资源和机会作为支撑，远大的目标就只是空谈，未来就无从把握。同样，如果目标不明确，巨额投资也是毫无意义的。另外，企业应当花工夫对市场情况进行分析，做好市场调研，这样才会有把握未来的基础。

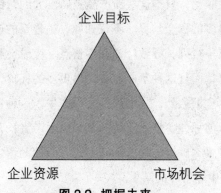

企业目标

企业资源　　　　市场机会

图 3.2　把握未来

在这三者之中，市场机会最难控制，但却是最重要的一个方面，本书的第二部分将全力讨论这个问题。当然，最终三者还是要平衡，而且在平衡的过程中要遵循营销流程的规则（见第5章）。

最后补充一点：有人说营销是刚毕业的学生小试牛刀的理想职业，因为即使做不好也不会有什么坏处。若是这样的话，那就好比工程师盖的厂房，可以任由其坍塌，研发人员设计的产品可以不考虑其可用性，营销人员就更糟——他们会毁掉未来。

4

从优秀到卓越的市场营销

In search of good marketing

如果市场营销是一门职业，而不是一些蹩脚的人员所做的低水平工作的话，那么我们应该能明确制订相应的营销职业标准，这和医生、律师和建筑师的行业标准应该是一样的道理。

什么样的医生才是好医生呢？是看他治好了多少病人？还是看他在疾病预防上起多少作用？或者如许多病人所说，看他们对待病人的态度如何？

什么样的律师才是好的律师呢？是看他为多少委托人维护了正当权益？还是看他把多少罪犯送进监狱？许多人（不仅是陪审员）可能会更多地注重律师们在法庭上的表现，或者注重他们在陈词中所表现出来的智能。

判断一个建筑师是否优秀向来就不是一件容易的事情，是看他所设计的建筑物 100 年以后还有多少依然屹立于世？看他在建筑业的影响？看他的设计和技术创新？还是看其艺术品位如何？

对市场营销人员的判断也是如此。我们可以采用一些外在的具体评价标准，例如品牌占有率、利润率、市场增长，等等（这类似于康复的病人数量、辩护成功的案例数量和历经岁月仍然屹立的建筑物数量标准），而其他人却可能认为好的营销不应该只看结果。

不过我们要想一想，卓越的营销不看结果的话，那么又看什么呢？有的广告能获"年度电视广告奖"，而产品却无人问津，难道还能说是优秀的营销吗？回答是否定的。在我们对营销的好坏评判之前，还要考虑以下情形。

商业的成功并不都需要卓越的营销。一些在商务中的胜者有时也会承认他们之所以成功，是因为竞争者营销能力太差，当对手很差时，自己平庸的营销也能获胜。

此外还有"造物主捉弄人"的时候。如果现在有两种情况：一种是竞争对手因工厂起火而破产，从而使自己品牌的市场份额增长20%，创下纪录；另一种是竞争者蜂拥而至，竞争激烈，而企业岿然屹立，那么哪个企业更优秀呢？

有时候一些夸夸其谈、华而不实的营销者也会一路走运，在别人不断挫败的情况下却一路扶摇直上。而一些思维缜密、务实求真的营销者不企求命运的垂青，也在逆境中生存下来。在这两种人当中，第一种人会出人头地，而你又希望谁是自己的伙伴呢？

只看结果是不够的，还要看工作的质量和方法。卓越的营销首先要讲究章法，绝大多数情况下，好的章法能带来好的结果，第5章将对此进行讨论。现在我们来看看好的营销包括些什么内容。首先我们来看一些营销实例中存在的问题。

第一个问题是只重外表，不重实质。英国铁路局曾推出过一个口号——"这是火车的时代"，听起来很响亮，但结果就如同要让人们去欣赏医生对病人的态度，而不计较他医死病人的事实一样荒谬。

第二个问题是产品只注重形象和公共关系，而不注重销售是否成功。克勒夫·辛克莱曾推出"C5"牌大轮溜冰鞋，产品新颖，形象鲜明，但就是卖不出去（如果你有这样的溜冰鞋，请妥善收藏，说不定哪天博物馆会来重金收购）。

第三个问题是自大，这在一些所谓的市场主导者中广泛存在。戴森先生以气旋系统为基础发明无袋真空吸尘器时，他首先把它推荐给了胡佛公司，但胡佛公司却不收——公司销售袋子时可以获得高额的回报，这样的发明对公司来说怎么会有吸引力呢？戴森只好自己推销自己的产品，一年之内就改变了整个市场的格局。他了解袋式吸尘器给消费者带来的麻烦——当灰尘袋满了的时候，吸尘器吸力就减小，而且清理时灰尘飞得到处都是，因此他所提供的产品满足了消费者的需求。他知道自己的产品可以解决这个问题，但是胡佛公司看不到，或者是不愿看到这样的作用，只知道自己的品牌是最好的，名气大，做得很成功，而且质量非常不错……IBM公司也出过类似的问题，并因此错过或者说是故意拒绝了开拓个人计算机市场的良机，这个例子已是众人皆知，这里不再赘述。IBM自认为自己是最大、最成功的公司，因此也就成为最自负、最迟钝的公司。

好的市场营销并不需要表面上的花哨，而是要兢兢业业、日复一日地坚持，甚至也不一定需要什么新奇的创意，也不必投入巨额广告费用。有人说低额营销预算有一个好处，那就是能促使营销者发挥聪明才智，戒骄戒躁（不过还是别让财务总监听到这话）。

卓越营销以及对市场信号的解读

卓越的营销要求正确解读市场信号。只要你愿意并找对方向，就能发现很多线索。接下来是营销的下一步——选择。要选择地点、内容、方式、时间，这些是永恒不变的问题，但都要由市场信号来决定。问题是有的市场信号可能会误导……

经典故事往往最能说明问题，在市场营销教科书中的一个最古老的传 | 鞋子的故事 |
说今天仍然还是会有非常有趣的争论。这是一个关于在非洲推销鞋子的销售员的故事（这是一个古老的传说，销售人员是男性,非洲则是一块鞋子市场的处女地）。请想象这样的情景：这位销售员在某个偏远丛林中的机场走下飞机，然后习惯性地去看那些来迎接他的人们的脚，而那些脚上都没有穿鞋子。

一个优秀的销售员对此会作出什么样的反应呢？是登上下一趟航班回家，还是把它看作是千载难逢的机会？市场可以去迎合，也可以去创造，那么销售员该何去何从呢？

此时，销售员应该做的是搜集更多信息。当然，仅局限于不"不穿鞋子"这一事实是不行的，也不可取。那么，应该搜集什么信息呢？应该是能帮助你做出正确决策的信息。做这项工作时，不要只是花大把的时间采集市场资料，填写一大堆市场计划中的资料附表。当市场调研经费紧张时，就只能集中力量搜集有助于正确决策的信息。在这个例子中我们可以先问自己这样一个问题，为什么人们不穿鞋？但我们由于思维惯性，认为只要 | 最好的营销调研应该能帮你作出正确决策（这难道不应该是唯一的判断标准吗?) |
做好促销，非洲人就会穿鞋，也应该穿鞋，于是就会回避这个问题。我们越成功，业务越多，优越感越强，这种自以为是的毛病就越严重。

不确定原则

谦逊（而且成功）的营销者会遵守不确定原则，承认自己不知道问题的答案，也不会想当然。他们会认真地问个"为什么？"他们越成功，就越谦逊。本杰明·富兰克林说过："人要学会对自己提出质疑。"如果胡佛和 IBM 公司有这条教训，也许不会惨遭失利。

营销的挑战来自于不确定性，来自于对关键问题答案的探求。我听一位营销教授说过，营销的最大乐趣也在于此。营销的不确定性对我们的智能提出挑战，要应对这种挑战光凭纸上谈兵是不够的。我第一次为一家日用消费品公司做市场营销时所得到的最好忠告是：想消费者所想，读消费者读的报纸，看消费者看的电视节目，尽可能与消费者交谈。这样你所做的事情就能切合消费者以及他们的需求。营销所面对的环境是不确定的，但营销的努力方向是确定的，那就是尽力减少不确定性。

营销过程

"鞋子的故事"说明在营销中要讲究一定的规则，要知道何时该问问题，何时该作决定（通常顺序都是这样！）。这就是营销过程的开端。按照过程的要求，如果问题没弄清楚，了解不够，就不能妄作决策，一旦决策不能作，信息收集也会暂停，因为信息收集是为决策服务的。

在第 5 章中，我们列出了从信息收集到行动实施的营销流程图，并注明流程中的暂停点，即决策点。要做好营销，就应从流程规范做起，这也为我们的营销计划提供了一个蓝本，而营销计划是卓越的专业化营销最重要的工具和标志（见第 6 章）。

卓越营销及提供价值

请设身处地地想象你是下面的三位顾客，并且问问自己："我为什么要这样做？"

1. 你是一家大型建筑公司的采购员，你日常的采购物品之一是油漆，而且一次采购数千升。你一直只向同一家供货商采购，虽然你知道目前采购的价格高出其竞争对手 5 个百分点，而且在油漆质量上并没有明显的差别，但是这家供货商的竞争对手的销售代表却没有接近你的机会。

2. 你每星期都要去超市购物，购物时你对所购买物品的价格进行比较，不过这种比较多半是因为兴趣而不是为了节约，你注意到如果买一个小巧（但是很诱人的）玻璃瓶装的纯净矿泉水可获得随赠的榨桃汁（或者罗甘莓汁），这虽然比你买一个塑料瓶装的、用干净自来水可兑 20 品脱橘汁的橘子冲剂价钱贵一些，但对你来说价钱并不是问题，所以，你打算把橘子冲剂放回货架。

3. 你是凯特翰一家小软件公司的营销经理，公司的销售收入不多，但是却有雄心勃勃的发展计划。你打算聘请一家培训公司对你手下所有的员工进行营销培训，供你选择的对象包括伦敦的一家大公司，这家公司已经为许多知名企业做过培训，而且已有悠久的历史；另外一个对象则是当地的一家小公司，正处于业务开拓阶段。价格方面不成问题——伦敦公司的开价非常低，因为它把业务委托给一个小的合作伙伴来做，本地公司则全力以赴，于是你选择了后者。

我们为什么选择某个产品或供货商，而不选择另外一个呢？在前面提到的各个案例中，我们假设客户作出选择时都是理性的，有其充分的理由，并且我们还假设供货商也知道客户所想，那么我们可以肯定地说，这就是市场营销的结果。

客户花钱是希望物有所值，既要价格最便宜，又要经久耐用；既要使用起来最方便，又要最能满足需求，所有这些要求都取决于客户。好的营销就是为顾客的问题和需求提供满意的解决方案。也许市场营销就是寻找那些认为你的商品最划算的客户的过程。不论如何，前提都是要有一个好的结合点(见第2、3章)。

1. 对于建筑公司来说，油漆采购中最重要的因素是交货时间。如果供货商能够在24小时内供货的话（而不是该行业标准的供货时间72小时），多花钱就是值得的，而且公司所中意的供货商每次也都做到了在24小时之内供货。公司里几乎没有什么仓储的空间，仅有的一点地方也只想用来储存那些供货时间需要数月的物品。供货时间短意味着仓储量小，这就是建筑公司认为的交货时间的价值。

2. 当你推着购物车穿行在货架之间时，你清楚地知道，钱对于你来说不是什么大问题，时间和便利才是关键。你工作很辛苦，到了休息放松的时候，你希望能尽情地享受。新颖的东西永远充满乐趣，并且使你感觉到自己的辛勤工作是值得的。矿泉水公司在提供给顾客的产品中考虑到了顾客的需求。而你之所以不买橘子冲剂是因为你所居住的区域水质不好，有时候冲出来的饮料味道更多的是铁锈味，而不是橘汁味，即使是要用水，你也总是不得不先把水龙头打开，放掉几分钟味道不好的管道水。

3. 对你而言，你要选择的是理想的培训公司，选择大公司所遇到的问题在于他们所讲的东西着眼点太高。假如你的广告费用预算是以数百万计，并且正在全球市场上投放新产品，那么选择大公司就正合适。但是如果你最关心的对象是本地客户，你们的设计是满足这些客户的需求，那么一家与你有共同语言，并且处境与你相似的培训公司会更合适一些，对你就更有价值。

超越卓越营销

认识到好的营销就是提供价值以后，我们就可以更进一步给卓越营销下定义。卓越的市场营销在于创造出一种新的价值趋向，这一价值趋向对你的产品来说是独一无二的，从而使你成为市场领导者。多功能影院就改变了以前去电影院看电影的传统习惯，使夜生活成为了人们美好的享受，从而创造了一种全新的价值标准。虽然由于影碟机的出现，人们预测电影院将消亡，但是我们在多功能影院里仍然看到了过去电视机普及之前人们光顾影院所达到的空前盛况。如今一位前易捷公司的员工又推出了一种新产品——低价电影，提前购票价格可低至20便士。这个创意模仿的是航空公司的低价机票营销，它能否成功还有待验证，倘若成功，就说明能力与实际或潜在需求吻合，这样的营销就是好的营销。

影院完了，影院万岁

我们以一个完全假想的银行为例，假设这家银行刚刚对其支票业务的成本进行了调研。银行希望可以做大该项业务，但是在对全部的相关因素进行分析之后所得出的巨额成本却让它望而生畏。很显然它必须采取一些应对措施。有人建议它只需要向外界宣布：随着市场上电子支付手段的发展，从长远来说将取消支票业务。另外有人建议它加收支票手续费，第一步对非本行客户收费，然后最终对本行客户也收费。还有人想采取温和一些的办法，建议对那些以其他形式来代替支票的客户给予折扣优惠。这些都不是市场营销，因为它们都没有注意市场信号，自然也就不能为顾客提供价值，他们只是在银行的内部问题上就事论事。

的确，取消支票业务将给银行带来好处，如果这个好处足够大，那么银行可以寻找一种合适的方式加快发展电子支付形式。不过，人们对使用支票与电子支付两种支付方式的认识如何，以及可信度、保密性、安全性这类问题相对于成本和方便而言孰轻孰重，这都需要银行有充分的了解。我们所说的"人"，不仅仅指银行的客户，而且是指任何一个支付或收取款项的人，即整个市场。如果银行能够真正理解这种市场需求，那么他们就应当首先消除顾客对电子业务等非支票业务的后顾之忧，和顾客一起分享这些业务带来的好处，为顾客提供价值。获得竞争优势，同时也能获得支票业务缩减带来的收益，我们就可以把这称为市场营销。

是否要划分顾客、企业对企业，以及服务模式

不论你的顾客是最终消费者或是其他厂商（即企业对企业），也不论你是销售产品还是提供服务，好的营销原则都是一样的。所不同的是不同环境下对营销的运用会有所差异，这是战术上的问题，本书对此也有论述。总的来说，营销的总体流程是一样的，原则也是一样的，所要求的决策及所采用的工具也是相同的。许多营销书籍明确地把营销分为顾客、企业对企业以及服务三大类，其实不过是一种市场细分的做法，以便于作家和出版商多玩些花样。也许有人认为这是好的营销，但我认为这种划分不利于对营销工作者的引导。

本书最大的目的是为营销提供实用指南。优秀营销的根本是规范的营销流程，而流程本身并不复杂。我不想对流程妄自分类，造成读者对流程的误解。

什么是好的营销流程
The marketing process

有的教科书把营销流程画成直线式，从营销分析开始，经过营销计划，然后到实施结束，其实这并不科学，它只是一种象牙塔里的理想状况。现实世界是复杂的，竞争压力很大，充斥着各种信息，如果按照直线模式行事，考虑就不周全，容易出问题。

直线模式的弊病在于把世界看得太简单，只考虑顾客的反应，很少顾及竞争者，对于可能出现的问题则根本没有防备。在这样的理想模式下总是有一个起点，然而在现实中这个起点并不存在，在营销分析开始前企业必然有一些业务正在开展进行。

我们对直线模式加以改进，以现实中的实施环节为中心，画出一个圆形的营销流程（见图 5.1）。

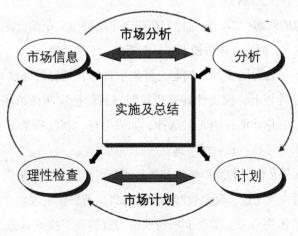

图 5.1 营销流程

在现实中时钟并不会停下来给你思考的时间，你得一边开展工作，一边做计划，随情况的变化作出调整，因此实施环节就变得很特别。经理们喜欢把它叫做互动过程，也就是说行动以及反应互为因果，循环发生。不过这个过程常常会被人们误解为简单的见机行事。

靠"天分"还是靠"勤奋"?

这个过程还需要营销人员有一定的预见能力和反应能力，不过这不等于说卓越的营销业绩只是靠天才就能创造。马克·吐温曾说过：作家的成功5%靠的是天才，而95%靠的是勤奋。对于营销者来说，情况也是一样的。

循环式的流程图说明营销者要承受眼前的压力，应对手头的问题，而且还不能因此影响对未来的长远计划，更不能以环境变化为理由而放弃计划。

做好计划，避免信息泛滥

在这个模式中，有人认为起点是不存在的，还有人认为起点是信息收集，其实他们都错了，起点应该是计划。也许你会问：没有信息怎么做计划？但请你想想：没有计划你又怎么知道该收集哪方面的信息？这就好比你在收集度假宣传册，然而却不知道今年自己到底会不会去度假。也许宣传册引起了你的兴趣，你决定出去玩两个星期，但最终你会发现所花的钱远远超乎预料。

而且，成堆的旅游宣传册会把你搞得晕头转向，无从选择，这种信息泛滥的情况是现代营销的通病。几年前，市场信息还很匮乏，很多时候还得靠推测，但因特网及相关技术问世后，信息沟通越来越便捷，并最终形成泛滥，这时的问题就不再是收集信息，而是筛选和辨别信息了。

以百货零售连锁店的营销经理为例，他可以通过条形码扫描仪和忠实客户卡来掌握信息，通过这些途径，他完全可以知道下午两点钟有多少人购买了店内的咸肉，甚至可以掌握顾客的类型（至少可以从客户卡的积分情况上推出他们对什么商品感兴趣）。在另一家店里，营销经理同样也可以了解到早上十点有多少人购买了甜汤。这些信息如果利用得好，就能为营销工作起到很大的作用。

营销者可以想的问题很多，此时他们往往会走向两个完全相反的误区：一种营销者想得太多，越分析越乱；而另一种营销者则目光短浅，不求甚解。

做好计划，了解应该了解的事

我们既要考虑问题也要集中目标，最好的办法是把注意力集中在营销计划上，围绕计划来想问题（我们把这叫做市场分析）。有了计划以后，你才能作出正确选择，如果可行，就按所掌握的情况付诸实施，如果不可行，就暂缓实施。

如果营销计划只是信息的简单堆砌，那么就会遇到麻烦。如果市场分析脱离了计划的框架，那么不仅对决策无益，反而会对其造成妨碍。若要实施成功，营销计划就不能只是堆砌信息而是要拿出决策来。市场分析所获得的资料要对决策有意义，这样才能脚踏实地地做营销。

营销计划

营销计划可以明确地分为三大部分，每一部分都包含一系列决策和行动，如图5.2。

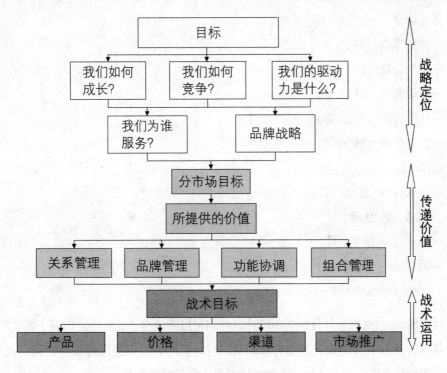

图 5.2 营销计划构成

这三部分是：

1. 战略定位——包括对企业自己的定位、企业在顾客心目中形象的定位、企业战略等
   长远问题；

2. 传递价值——企业向目标市场提供的价值是什么？

3. 战术运用——从短期来说，在计划执行中需要开展哪些活动？

第6章将对计划过程进行讨论。对于营销计划三大部分的各个问题，我们将按如下的
章节来阐述：

1. 战略定位：

   —战略目标（第11章）

   —我们如何成长？（第12章）

   —我们如何竞争？（第13章）

—我们的驱动力是什么？（第 14 章）

—我们为谁服务？（第 15 章）

—品牌战略（第 16 章）

2. 传递价值：

—价值提供（第 18 章）

—关系管理（第 19 章）

—品牌管理（第 20 章）

—功能协调（第 21 章）

—组合管理（第 22 章）

3. 战术运用：

—战术分析（第 23 章）

—产品（第 25 章）

—渠道（第 26 章）

—市场推广（第 27 章）

—定价（第28 章）

通过市场研究（见第二部分第 7~10 章），我们可以明确自己要解决的问题，并在此基础上收集信息，然后进行决策。研究和计划是同时进行的，它们共同构成营销流程的核心。市场研究为计划提供依据，计划的需要又决定了市场研究的重点。

研究与计划的关系如图 5.3 所示，图中还列出了各环节所采用的工具和模型。

市场研究：信息及分析

本书第二部分详细阐述了开展战略性市场研究工作的内容及方法。市场研究是一个不间断的过程，不能一蹴而就，也不是一年做一回。情况会不断变化，认识也会随时间而慢慢提高。

研究分为三种，各自有其明确的目的：

1. 战略研究——企业如何成长？如何竞争？驱动力是什么？服务对象是谁？品牌有何作用？这些问题关系到根本决策。

2. 分市场研究——通过此项分析，有助于我们为各个分市场制订计划，其内容有价值提供、关系管理、大客户管理、品牌管理、功能协调以及组合管理。

3. 战术研究——分析营销组合的四个"P"，即产品、渠道、宣传推广及定价，为详细

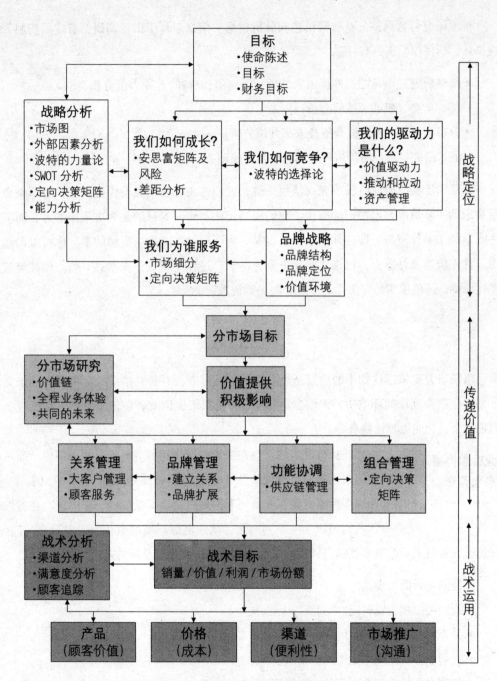

图 5.3 营销流程的计划及研究

计划的制订做准备。

每项研究包含两部分：收集信息和分析信息。信息来自于市场调研，有定量资料和定性描述，所使用的工具有：

- 战略研究：市场图、外部因素分析、迈克尔·波特的五种力量分析、SWOT 分析（优势、劣势、机遇、威胁分析）；
- 分市场研究：价值链分析及未来共担分析；
- 战术研究：市场份额资料、满意度及追踪调查。

在营销流程的研究阶段讲究规范很关键，人们往往容易用假设代替求证，对不符合自己意想的实际情况采取回避的态度。我们应当记住：研究的目的是为决策作参考，而不是为既定的关系作辩解。即便你的老板催得紧，也不能做先决策后辩解的事。你可以向他说明，首先应当做好研究，这样才能使决策更科学，过程更高效，成本更节约。你甚至应该坚持原则，向他说明研究工作对于正确的决策很关键。

理性检查

市场研究要依据计划中的决策结果来开展，反过来，对研究结果的分析则有助于完善计划。在这个互动的环节中，人们容易冲动、鲁莽行事，因此，应该不时停下来反思，我们把这个过程叫做理性检查。

> 当凭经验办事引来鲁莽举动时……

当你在执行决策时，你在决策中所使用的资料都已成为历史，面对瞬息万变的市场我们应该对此引起重视，这是理性检查的另一个原因。

也许理性检查是专业营销者与冒失营销者差别的一个体现。在理性检查中，我们可以问一系列问题，从中把握环境的变化，发现隐含的问题。它还可以避免人们心血来潮做出冒失的举动，从而保护企业（及营销者)！

- 我们是否面对现实？
- 我们可以相信资料吗？
- 是否存在我们不知道的事情？
- 我们能够找出尚不知道的事情吗？
- 那些未知的事情会产生什么影响？
- 我们的竞争对手会采取什么行动？
- 如果新竞争者进入市场，并且能提供非常新颖的产品（例如从易捷公司出来的人在你名噪一时的多功能影院旁开了一家低价影院），你怎么办？

- 我们应该制订应急计划吗?
- 我们的工作进展是否与我们的目标方向一致?
- 我们的计划是不是具有连贯性?
- 我们制定的计划是否得到了执行者的支持?
- 我们的客户会支持这个计划吗?
- 这个计划是否值得我们花费精力去实施?
- 我们是否有能力实施计划 (能力检查)?

能力检查

理性检查中有一部分称为能力检查。第 2 章中我们说过,营销模式就是将企业满足顾客需求的能力与市场上存在的需求相结合。

通过理性检查我们可以问问自己是否具备计划所需求的能力,这个问题我们不但一开始就应该问,而且在工作中还应该经常反思。现在我们回到一开始时的状态来设想一下,起初的计划是我们的能力所能完成的,但随着市场反馈的变化,出现了新的需求,为此我们就得调整计划或发展新的能力,此时就得对新计划或能力进行检查。

在第 21 章中我们会再讨论这个问题,并考虑如何协调各个部门。

实施计划及对计划进行总结

事实上,计划的实施很难说得上是一个有头有尾的阶段,它更多的是一个连续不断的过程。而且它与市场调研、市场分析和计划制定等基础工作也是互相交织的,通过对实施效果的总结回顾,又为下一轮调研、分析和计划提供依据。它不只是在年底或者营销活动结束时所作的一次性检查,而且是根据原计划所确定的目标和绩效评估标准对整个过程进行的全程监控。规范的监控和回顾将对营销起到积极的推动作用,使其延续和发展,而不是前后游移,举步不前。

"三步走" 过程

在讨论营销模式和营销研究时我们已经知道营销过程分为三步。这三个步骤以图 5.4 中的同心圆表示,它反映了现实的状况。

所有步骤都同时进行,接近中心的圆表示短期工作,靠近外部圆表示长期工作。战略定位大约需要 3~5 年,分市场计划大约要 1~3 年,战术运用可能只需要 1 年。

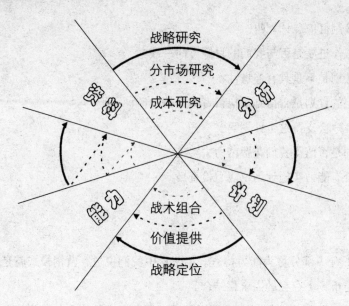

图 5.4 "三步走"营销过程

什么是好的营销计划

Writing the marketing plan

有一个营销计划开头是这样的："本公司 1927 年创立于波尔顿……"，我对此提出过批评，但此后该公司并没有改进。

在营销计划中，我们应该写出逻辑严密的决策和行动方案，而不用写公司历史，更不必写分析过程，如果要写，就请把它们放到附录里。

在刚才那个计划里，开篇从公司奠基仪式讲起，整个计划书写了 65 页，书中连篇累牍都是四格矩阵。作者似乎是想博得人们的注意力，希望人们赞叹他学富五车。他根本不写决策和行动方案，可行性结论很少，整个计划书都是资料，以显示是自己呕心沥血之作。他的计划书就像是一个花哨的流程图，到处是箭头和连线，最后都流向一个格子，格子中却写着："然后，奇迹发生了。"

更糟糕的是，计划书封面上还印着"公司机密"，不轻易给人看，不过这份计划书倒真是没人愿意看。

为什么要撰写市场营销计划

原因很多，我只列出其中十个，但是最好的理由体现在图 6.1 中，这是个四格矩阵，很能说明问题。

营销计划能将战略细化为战术，实现梦想向现实的跨越，保证企业成功。战略与战术

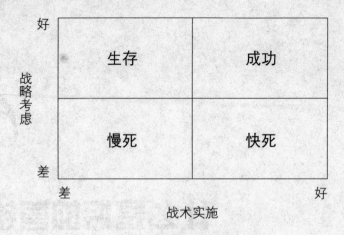

图 6.1 营销计划的重要性

对于成功都至关重要，对于那些目标明确、战略清晰的企业来说，即使在日常运作中效率低下，它们还是能够在市场上生存下来。虽然这不是最好的结局，但毕竟还能维持。而那些战略不明确、战术不灵活的企业则会慢慢走向失败，至于那些在战略方面处于弱势的企业，虽然它们非常擅长于运作技巧，但是它们却死得最快。对于个人来说，情况也是一样。假设有一个销售代表，我们不说他战术精通或愚钝，姑且先说他是勤奋或懒惰。如果他目标明确，只是工作不勤奋，那么他至少还能混下去；而如果他工作努力而目标不清，则会给大家添麻烦；如果他在决策上作了错误的选择，再投入大量资源、精力和热情，那真是一条令人惧怕的灭亡之路。

撰写营销方案的原因

1. 确保我们找出正确的问题，进行必要的决策；

2. 使公司上下理解体系的意义；

3. 把思想（战略）变成现实（战术）；

4. 使整个企业与营销战略协调一致，使支持部门具备实施所需的能力；

5. 使我们的顾客、股东、投资者、员工及供货商相信我们目标明确，上下齐心，是一个求实、专业、负责任的企业；

6. 使我们能针对目标来衡量自己的进步及成就；

7. 避免企业偏离目标，走入歧途；

8. 提供资源优化及分配的机制；

9. 使大家共同关注变化；

10. 增强成功的几率。

计划的层次

我们讨论了计划及针对变化的计划调整，此外，我们还要把计划放在整个企业的长期目标中来考虑。

除了营销计划以外，我们还有商业计划，大型公司在商业计划之上还有企业规划。图6.2 显示了典型的计划层次。

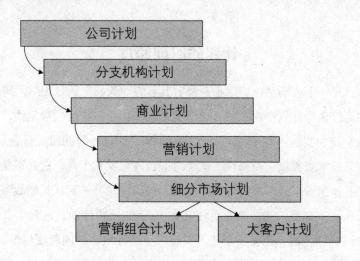

图 6.2　计划层次

对于计划层次图我们要注意几个方面：首先，各层次计划之间要相互衔接，所涉及的各部门也要衔接，而不能孤军作战。其次，各层次的衔接并不仅仅像亲子关系那样简单。当说到"营销导向"时，营销计划就是整个企业的动力，甚至对商业计划起主导作用。即便不是"营销导向"，处于低层的计划也有可能对处于高层的计划产生影响。这好比生活当中儿女也可能影响父母。

如果商业计划是打算大搞新产品研发，而营销计划的结论是低成本竞争最有优势（见第 13 章波特的选择），那么二者的不一致就会带来麻烦，此时我们应该修改哪个计划呢？

是商业计划还是营销计划？

两个计划到底哪一个在先？这引出了计划层次的最后一个问题：商业计划与营销计划区别何在？

人们常常认为营销计划就等同于不考虑财务因素的商业计划。然而，倘若营销计划中不考虑收入、投资和利润的话，这种计划还有什么意义？

还有人认为营销计划是营销部门所做，商业计划则是跨部门的。那么营销计划是否就不用考虑其他部门的参与？

第三种观点认为商业计划考虑的是资源，营销计划考虑的是机遇。这种观点偏向于"右翼"，然而我们知道，"左"、"右"都同样重要。

也许一个好的营销计划应该等同于商业计划。既然企业要从实际出发，那么不妨把营销计划提高到商业计划的高度以避免人为的条块分割。不要局限于自上而下或自下而上的单向思维，应该拓展双向思维。

计划的时间跨度

每一行业、每一个市场和每一家企业都有其各自"天然"的计划时间跨度。在这一时间段里，我们可以认为计划中涉及的一切事情都将保持一定程度的稳定性，从而可以保证计划得以顺利制定和实施。对于飞机制造等行业来说，这一时间段也许会长达 10~20 年。而对于一个信息技术服务供货商来说，这个时期也许只要几个月。这并不是说信息产业的服务供货商不必作出 6 个月以上的计划，相反，他们应该有一套从长期战略到短期战术执行的计划体系。一家典型的制造企业也许既有 10 年的长期计划，也有 2~3 年的中期计划（即"天然"计划时间段），还有关于战术实施的年度计划。时间跨度越短，结果越确定，计划的内容越详细，对结果的把握性就越大。年度计划的内容包括价格、促销费用以及新产品上市的时间。中期计划则要把重点放在对市场机会进行分析，对细分市场进行选择，以及对资源进行合理调配等问题上面。长期计划应该重点考虑影响未来市场格局的各种力量和趋势，以及在未来市场上获得成功所需要的各种能力。

> 唯一有效的假设就是要假设自己的假定都不可靠……

当然，在计划过程中我们得谨慎行事。虽然我们可以假定"在一定时期内情况不变"，但不能因此忽视变化。例如，我们应该时时假设"新的竞争者会进入市场"，这样就能促使我们随时反省，应对意外情况。

计划模板

在作计划时，最好不要套用他人的模板，机械行事，例如，不要以为"我做了四格矩阵，计划就能成功"。可能这个矩阵根本不适合实际情况……。

所以，我在本书附赠资料中很小心地提供了一个 PowerPoint 模板。这只是一个相关内容的建议性列表，读者可以随意地进行修改，以适应实际需求。

撰写营销计划的十个窍门

1. 营销不能单干，要组织各种人才（最好是跨部门的人员）来撰写营销计划。

2. 不要把计划写成大部头的著作，而要写得短小精悍；也不要把计划写成朦胧诗，因为计划本是一套行动方案，所以最好分项列明。计划最好做成幻灯片，不要做成冗长的 Word 文件或 Excel 表格。用 Excel 做出来的计划往往会变成"预算案"，失去原义。做成幻灯片不仅简洁明快，而且也便于展示，当然，在做幻灯片时还要避免"大而空"的毛病。

3. 专注于结论和行动。分析过程要尽量少，如果一定要写给别人看的话，最好把分析写在附录里。

4. 开篇陈词最好浓缩在一页上，简明扼要地点出计划的精髓。做这一页很能锻炼你的思维，使你明确目标，避免偏题跑题。

5. 不要使用行话和营销术语。术语是为了专业人员自己使用方便而创造的，其他人则不会喜欢术语，如果你使用术语的话，就会显得自己在偷懒或炫耀。

6. 计划是给别人看的，应该让大家分享，不要搞成"公司机密"。

7. 如果确实有需要保密的资料，请把资料放到加密的附录中。

> 让大家阅读

8. 计划要细化到行动方案和战术制订层面，以便针对分市场和顾客群进行开展落实。

9. 计划要向前看。再辉煌的成就也只是过去，它不能保证未来的成功。

10. 不要无根据地臆测，对于自己所画的走势应该认真求证，不要以为"计划已经作出，一切就会按计划发展。"

7

到底要不要市场调研
Market research

罗伯特·默多克不相信市场调研，他宁愿相信自己的直觉，也不相信报告上的资料或统计结果。而他似乎干得非常不错。

索尼公司推出随身听时，市场调研结果恰恰认为不应该推出，但是索尼义无反顾地推出了这个产品，因为公司的创意者盛田昭夫认为市场研究在这样一个新领域不可能提出切合实际的问题。他说："任何市场研究肯定只会告诉我们这个产品不会成功。人们不知道什么产品会被市场接受，但是我们知道。"而结果似乎也说明索尼是对的。

那么，谁在极力鼓吹做市场研究呢？难道只是研究机构为了证明自己存在（和它们的收费标准）的合理性吗？

是直觉……还是事实

我还记得我在上大学时宣布毕业成绩的那一天。我与朋友一道去看张贴在墙上的成绩名单，心里有一些忐忑不安，担心可能出现最坏的结果。我的朋友对自己则非常自信，坚信自己会名列榜首，但是他的自信对我却丝毫不起作用。

我们到了发榜处的时候，那里已经挤满了人，我们只得站在后几排往前看。成绩单按照成绩等级分为优、良、中、差。我很快找到了自己的成绩，因为我名字有些独特，因而让我在这方面沾了光。这时我轻轻地舒了一口气，我的成绩比"良"还好，是"优"！我的朋友则先是扫一遍优等生的名单，但是并没有找到自己的名字，他禁不住猛地扭了一下身子，然后再在"良"的名单中寻找，但还是没有自己的名字，这时，他高兴地喊了一声，朝我转过身来，露出灿烂的笑容说："我知道了，我是一个优等生"。而整整两天之后，他才接受了令他痛心的结果——他的成绩是"中"。

这就是那些非常聪明的人所遇到的问题：他们已经知道答案是什么，却坚持不肯接受事实。当我的朋友在"良"的名单上找不到自己的名字的时候，以他那过于自信的想法，唯一的解释就是他其实获得了"优"，只是自己还没有能够从太多的名字中找到自己的名字而已。

这也是一些非常精明的企业所遇到的问题。它们以为只要在新产品和服务开发方面有能人和实力，自己所做的事情就一定是对的。说得好听，这是一厢情愿；说难听点，这是自负。

市场调研的目的本是对某些趋势和观点进行严肃的检验，但往往却被一些人用来为自己的想法做辩词。正如大卫·奥格威（广告业的领袖和先锋）所批判的那样，大多数情况下，人们对市场调研的利用就好比醉汉借助电灯杆的情形一样，只是用来作为依靠，而不是用来照明。这样往往使人在市场调研工作中倾向于对坏消息视而不见或曲解。

有些企业并不觉得有必要了解那些未知的事情，对市场调研基础上的推测抱怀疑态度，它们只相信已发生的事实。但是过去的事实对于今天日新月异的商业环境来说，它所具有的指导意义非常有限。即使是最近发生的情况，如果对其过分依赖也可能把人领上歧途。

1999 年 5 月《星球大战》系列电影中的《星球大战前传一》为多林·肯德斯勒出版公司带来了《星球大战》书籍的销售狂潮。公司"以为《星球大战》的'圣诞节'来了，于是决定大量增印（执行主席彼得·肯德斯勒语）"。结果这成为了公司败笔，导致 1999 年下半年出现 2500 万英镑的税前损失。

> **星球大战**

这并非《星球大战》的"圣诞节"，多林·肯德斯勒公司为预期的销售旺季所印刷的 1300 万本书后来积压了 1000 万本。这说明一些很热门的东西冷下来也会非常快。多林·肯德斯勒在此之后一败涂地，后来被皮尔森集团旗下的企鹅出版公司兼并。

"过去的成绩不应该作为将来成功的保证。"这是投资专家提出的忠告，对于市场营销人员来说，这同样是一个很有裨益的建议。1999 年马克斯—斯宾塞公司销售量和利润大幅度下滑，其中很大程度上是因为公司对服装时尚所作的错误判断。马克斯—斯宾塞公司的首席执行官彼特·萨尔斯贝勒说："扎腿和束腰服装持续了那么长的时间，这是我们所没有预料到的。"他的这番话也许是公司深层次问题的一个缩影。

有些企业是以过去的经验来指导自己的行为，有些企业实际上在对未来的市场需求展开调研，但是最后又对调研的结果不予采用，就这两类企业来说，后者更应该受到批评。这是一种在新产品开发中最为常见的通病，如果取个恰当的名字的话，可称为"盛田昭夫综合征"。

默然失色的配色机器

有一家油漆公司在新产品的开发方面投入了巨资，它开发了一套新的智能化系统，这套系统可以让顾客通过一台自助机器在商店里自行调配所需要的油漆颜色。市场调查结果显示人们不愿接受这套新系统，按照调查人员所说的原因是消费者有"技术恐惧"感——他们担心会造成机器的损坏，或者会使油漆溢出来，或者其他可能发生的事故。而开发队伍忽视了人们对技术的恐惧，为此他们还引述盛田昭夫的话为自己辩解："大众不知道什么是可能做得到的，而我们知道。"结果产品失败了，不仅如此，而且公司的信誉度蒙受了严重的损失。这是20世纪80年代后期发生在多乐士品牌所谓的色彩选择系统上的一件事情。之后的一段时间里，零售商对一些"好的想法"变得小心翼翼，即使对长期连续获得一个又一个成功的著名品牌也是这样。

索尼随身听投放市场取得了巨大的成功，但这并不是常规做法。人们仍然引用和讨论这个案例的事实表明：虽然盛田昭夫的选择是正确的，但我们在借鉴其大胆决策的经验时，却应该多加小心。

那么我们到底该怎么办呢？是依靠直觉还是依靠资料？是勇敢地推出产品还是谨慎地调研？当然，即使认真调研，有时候也会出问题。

不着边际的免费航班优惠

20世纪90年代早期，英国胡佛公司开展了一项促销活动，凡购买其产品价值达100英镑或以上的客户，都可以获得公司提供的免费航空旅行。根据以往的经验，市场调研人员建议控制免费机票的数量，但是这项促销活动一开始优惠太大，导致需求量无法控制，客户为了一张机票甚至愿意等待数周之久……等到这一混乱局面尘埃落地之后，公司产生了高达2000万英镑的负债，并且落得个"太天真"的名声。

统计数据与受众的情感孰轻孰重

1984年可口可乐公司为其新配方的可乐进行了无标识比较测试，结果显示人们喜欢新配方可乐，这一结果无疑表明应该推出新配方。但后来产品于1985年推出时，却招致消费者的一片抗议之声。3个月之后，公司不得不重新采用传统配方，"经典可口可乐"由此诞生。批判者也许会说，这只不过是可口可乐公司为了重新推出老产品所设计的一个大花招，这样它可以使一个老产品重新焕发生机。然而对于佐治亚州亚特兰大市可口可乐公司的执行官们来说，此举却是为了挽回新配方可乐造成的损失。

我认为所有这些问题说明了一个道理：市场调研非常重要，但是我们必须慎重使用。既不能完全依赖市场调研，也不能对它有任何忽视。真正的技巧不在于解释答案，而在于找出关键的问题。这是一门真正的技巧，我们要用心掌握，而广告等其他工作则可以留给专业人士来完成。我曾经看到一些热情度很高但缺乏经验的经理们所准备的市场调查问卷，其中设计的问题有一些过于天真，如"我们的产品太贵了吗？"（顾客当然会回答"太贵"。难道他们会回答"不贵，请卖贵一点。"）有一些问题则漫无边际，如"你需要什么？"

事实和资料的价值不仅取决于市场调研的精确性，而且更多地取决于对该项调研所设计问题的选择。假设10年前，一个汽车生产商带上笔记本上街去调查一种新型四轮驱动越野车的市场前景，他们也许会问："你多长时间会开车去越野一次？"甚至更直接地问："你愿意多久去开车越野一次？"在这两种情况下，统计结果都会显示很小的比例。如果他们仅以这些事实和资料来确定他们未来对这种越野车将采取的战略，那么他们肯定就会错失了20世纪90年代欧洲车市的增长期。市场调查需要做特别深入细致的问卷设计，对于潜在市场的需求态度和内容，通过直接提问是调查不出来的——这正是盛田昭夫发现的问题。

调研及决策

我们应当时时提醒自己：调研的目的只有一个，那就是为决策提供依据。首先要解决一些大问题：

- 我们如何成长？
- 我们如何集中目标去竞争？
- 我们的驱动力是什么？
- 我们应该向谁进行销售？

接下来要解决战术问题：

- 定什么价格？
- 制定什么样的质量标准？
- 生产成本如何？
- 如何设计产品渠道？
- 如何宣传推广产品？

明确这些问题后，目标就集中了，对信息资料的采集也才能很好地把握和控制。

采集多少信息才够呢？这里有一条简单的原则：当信息量足以使你对上述问题作出决

策，使你夜晚能安然入睡时，就说明信息量够了！

研究的类型

也许我们应该区分几类不同的研究方法。首先是区分定量（事实和资料）研究与定性（想法、态度和看法）研究。

定量研究

定量研究包括人口统计（如家庭成员数、25~40岁人口数量等）、市场规模、品牌份额和标价。这些是非常客观的数字。尽管有著名的格言警告我们说："谎言该死，统计资料也该死！"但我们要知道:错并不在资料，而是在于我们对资料的定义和解释。

例如，若要问快餐食品市场有多大？首先就应该定义什么是快餐。

又如，A品牌的市场份额是多少？我们所提的市场份额是指销售量，还是指市场价值？我们如何界定A品牌所处市场的范围（是以商品数量来定还是以价值定）？

当一些企业问"市场的规模有多大？"时，必须注意眼光不要太狭隘。许多企业只是把现有客户当作界定市场的基础，而那些真正有志于长足发展的企业，其眼光所看到的市场则完全是另一番天地。

> **占什么份额好？占胃的份额如何？**

我曾经听说可口可乐公司的一位高级主管问别人可口可乐的全球市场份额是多少？大家答是20%~50%。而他的答案却让人吃惊:不到3%。他解释道，他是计算了市场上所有饮品，包括茶、啤酒、白酒、咖啡……（意在强调公司仍有很广阔的市场空间——他们要实现的重要目标是增加"可口可乐在人们胃里的份额"。）这个例子对界定市场大小和市场份额带来一个重要提示：我们不应该只注意直接竞争对手（即那些生产类似商品的厂家），而应注意所有与自己争夺客户口袋里的金钱的竞争者。可口可乐公司认为自己与茶、啤酒、白酒、咖啡及其他饮品都存在竞争，这表明公司对市场有着更大的雄心，而不是只盯住百事可乐这一家竞争对手，所以公司对市场信息的需求也更为广泛。

有一种被称为"消费者日记"的定量数据库对日用消费品营销人员很有价值。营销人员可以让一组消费者对每天采购的物品做日记，包括从肥皂粉（指定品牌）到三件套服装（指定价格和零售商）的各种物品。经过一段时间之后，这些日记就能反映出很有价值的有关消费趋势方面的信息，并反映了消费者对某些因素如季节、气候和促销活动的短期反应。自己进行"消费者日记"调研是一项很繁重的任务，你可以委托AC尼尔森等公司为你做这种工作。

定量资料从本质上来说一般都是历史资料，只能反映已发生的情况，不过我们也可以用定量研究来评价我们当前工作的效果。一个典型的例子就是运用跟踪调查的方法来评估促销活动所取得的成果。如果你花了500万英镑投入在广告活动上，那么花5万英镑来检验其效果如何还是值得的（参见第23章）。

市场调查与预测

除了客观的数据采集以外，市场调查活动还包括对市场的预测或对购买意向的研究。我们应该记住：许多预测就是在过去和现在的资料基础上推断出来的，正因为如此，这些推断出来的预测也会随着时代的变化而变化。早在20世纪初，奔驰公司就因为对英国汽车市场开展预测性调研而闻名于世。当时公司预测，由于司机短缺的缘故，市场对汽车的需求量不会超过1 000辆。

建立在趋势分析基础上的需求量预测不是一件容易的事情，企业当前采取的战略对其预测和分析会产生一定的影响。

空中客车公司是欧洲一家飞机制造商，它计划在2006年开发出超大型A380客机（载客量高达555人）。大约十年前，公司就预测在未来20年里这种飞机的需求量将会达到1500架。这一预测比其主要竞争对手，也就是当前飞机市场上的巨鳄——波音公司的预测量高出三倍。后来，这种飞机的问题逐渐显现出来，预计的需求量也就逐渐收缩。另一家飞机制造企业维珍公司在生产出自己的超大型飞机后，不得不延迟出厂，因为一些机场的地勤无法一次应付高达555人的客流量。

> 谁对未来的预测更合理——空中客车公司，还是波音公司？

空中客车公司在作预测时没有考虑到这一类问题，它关心的重点可能是飞机的制造技术等问题，另外，它得到了政府基金的支持，因为飞机的生产能增加就业，这些因素都在一定程度上影响了预测结果。波音公司所作的预测则要小得多，其预测或许是建立在公司坚持制造普通大型飞机的战略基础上。有人说，长期预测实在太难，但若是事情太容易做的时候，风险同样会很大。

定性研究

定性研究的主要对象是偏好、看法、潜在需求和现实需要。一般做法是首先精心挑选出能代表目标市场的一组人员作为典型小组，让他们讨论相关产品的优点和缺点。这种做法的效果常常被人们夸大或贬低。当然我们不能对典型小组所发表的意见抱有依赖，然而通过这种方式对你的想法进行考验和检验，则确实是一种不错的方法。许多产品就是先由典型小组讨论、修订，然后投放市场而获得成功的，这种小组人数最少时只要 12~18 人就行。进行定性研究并不需要典型小组里有很多的人，关键是要有专家的专业性知识支持。在专家们讨论时，我们不要对其施加影响，不要像那些过于狂热的营销经理一样，迫不及待地希望小组成员认可其产品。

定性研究对那些试图认识和细分其市场的营销人员来说具有巨大的价值。第 15 章（我们为谁服务）将细分市场描述为一群有共同需要、态度和认知感的客户。通过定量调查，我们能了解这类群体的规模，然而从典型小组中得到的定性资料对于掌握客户态度和认识等"软"性因素具有至关重要的意义。

专家讨论是一种有效的定性调查方法，尤其是当专家们同时也是目标顾客的时候，他们的意见所具有的价值就更大了。开展客户调查也是很有用的方法，但是一定要记住：调查问卷的问题需要精心构思，巧妙设计。把销售队伍派出去收集意见的做法并不是开展这种研究活动的理想方式，特别是在研究活动本身就是要了解客户对销售队伍意见的情况下，这样做就更不妥当了！还有一个调查途径是贸易展示会，我们可以先做好设计，然后借助贸易展示会调查顾客的观点。调查问卷上问题的设计必须遵循一定的原则，各个问题之间应该具有连贯性，对收回的答案进行评估时同样要遵循一定的原则，分析应该严谨，否则，这样的调研就会变成收集传闻趣事的散漫活动。还有一种方法是邀请企业所在市场的主要舆论导向者组成"咨询小组"来开展调研工作，这种方法在专家众多、利益群体及压力群体势力极强的制药行业中很常用。

如果召集来的专家只是空谈，则完全会是另外一种结果，这样的空谈更多的是带来尴尬，而非指导。1930 年在纽约一次交易会上，一个"专家"认为电视机这一发明前景黯淡，因为它只会使一家人围坐在一间黑暗的房间里看电视，相互之间不说话。英国广播公司的知名电影评论家巴里·诺曼也曾很有把握地预测电影院将会因录像带的出现而衰落，后来他坦率地承认了他这一预测是错误的，他没有预见到豪华多功能影院的兴起。

市场信息的新来源

营销者有一个很大的信息来源，通过这个来源不费吹灰之力就可获得大量的定量信息，定性信息也很容易获取，这个来源就是企业自身的信息系统。这个系统收集的信息很丰富，有大规模动作系统、顾客关系管理（见第 19 章）等等诸多内容，它能使你的分析和理解更上一层楼。不用求助于别人，你就可以获得售价、顾客偏好、季节性、价格弹性（见第 28 章）等各种信息。不过请注意：虽然这些信息对你有很大帮助，但你不能完全依赖这些信息。因为它们有个最大的缺点就是只局限于企业自身的活动、销售以及动作思路。所以不要沉迷于其中，要不断注意外界变化，注意顾客反应，注意竞争者的举动，继续做好外部调研工作。

信息收集要集中目标

如今有个怪现象：市场信息越来越丰富，而营销者却感觉自己的处境比从前信息匮乏时更糟，信息的泛滥使人们目不暇接，而真正的价值却微乎其微，所以有必要集中目标，对信息进行筛选和梳理。

1. 对于前面所述重大问题的决策及营销计划的撰写，我们需要哪些信息支持？
2. 从经营企业的实际出发，我们需要哪些信息？

对于上述第二个问题我们举个例子，如果你只是一家仅有 4 个员工的小公司，生产小器件，产品在德文和康华尔地区销售，那么了解小器件的全球市场大小对你有什么用呢？即使这一信息很容易获得，但对你来说这样的信息又有何意义呢？对于这个小器件生产商来说，他应该了解本地市场上客户的意见和满意度，从而改进自己在交货时间上存在的问题，这种做法比关心一大堆全球市场小器件销售情况的统计文件更具有实际意义。当然，对大环境的了解将有助于我们了解本地市场的一些可能趋势，从这个意义上来说，趋势和预测可能比硬性资料更有价值。

除了上述两种最关键的信息以外，还要准备一些其他信息，例如为了证明企业能力而向顾客发布的企业信息、目标完成过程中的监测信息，以及某项活动的效果评估（例如品牌形象及认知评估）信息，等等，这些都是具体研究。在这些工作开展之前，首先要有一个问题检查总表。

问题检查总表

1. 我们如何界定市场？
   —细分市场；
   　—规模和价值；
   　—市场份额。
2. 趋势和预测：
   —预计销售量和销售额；
   —机遇与威胁。
3. 市场渠道如何？
   —渠道规模及占有率；

—市场份额。

4. 谁是我们的客户？

—现有客户；

—潜在客户。

5. 我们在客户的整个业务中占多大的份额？竞争者占多大份额？

6. 客户的需要、态度、行为和期望是什么？

—用途与态度研究。

7. 在客户眼中，我们的表现如何？

—按顾客标准评判；

—与竞争者比较。

8. 现在和将来需要什么样的能力？

其中一些问题是重大问题，例如第六项就要求大量的调研工作，一些问题只要做文案调研就行，另一些问题则要委托别的机构来做或用别的调研方式来做。

四条提示

1. 文案调研所获得的信息一般都比较过时。

2. 官方信息由于界定上与企业有差异，因此很不可靠。

3. 咨询报告有一定作用，但太笼统，往往有全国信息而无分区域信息；有总市场信息而无分市场信息；有宏观信息而无微观信息。

4. 企业自己的信息在这方面作用很小，会限制你的视野！

在你委托其他公司帮你做调研时，请注意上述提示。

委托调研

下面的八个步骤将帮助你开展工作：

1. 准备本次调研活动的简要计划，注意细节问题：

—调研目的（希望得到的结果）。弄清楚你为什么要调研？你希望自己能够作出什么样的决策？你希望对什么样的事情进行调查？这时，你可以问一个"价值检验"方面的常规问题："如果我们并不打算针对调研结果做什么事情，那么我们为何还要调研呢？"

—调研范围（市场/细分市场/客户）。

—调研进展表。

—预算（坚持严格执行预算！）。

2. 按照下面的标准选择代理机构：

—它们在这一领域（市场和方法上）有什么经验？

—在商业保密方面是否存在问题？一个好的代理机构可能在掌握一般信息的基础上同时与你的竞争对手合作，同时仍然恪守职业道德，为你的企业保守商业机密。但是你在选择代理机构时，还是应该根据你自己的需要，对其提出保守机密的具体要求（就产品试销等一些比较敏感的问题而言，你应该要求其绝对保密）。

—它们能否按照你的日程表完成任务？

—它们能否在预算允许范围内完成指定的工作任务？一家好的代理机构能够就预算方面的问题提出合理建议，从而帮助你紧缩预算开支。

3. 审核代理机构材料：

—要求这些代理机构进行陈述，说明他们对工作任务的理解、具备的能力、建议采取的工作方法、建议采用的样本规模（只要合适就行）、时间表和后勤、成本等。

—如果你需要代理机构互相推荐或作出选择，而不是简单地收集信息的话，那么你必须非常明确地向他们交代清楚自己的意图，以免在市场调研活动结束后出现争议。

4. 选择代理机构：

—如果需要的话，给他们提供一分更为详细的任务说明书。

—明确你在调研中要求有什么形式的活动（如果需要的话），如参加典型小组讨论等。

—再次确定时间表（特别是确定任务详案）和预算（不是因为代理机构懈怠，只是在这些方面确实需要避免"遗漏综合征"）。

5. 实地作业：

—只要有可能，就应该尽量参加一些活动，如典型小组讨论等，前提是你必须让代理机构充分发挥其自主权，不会对他们的工作产生什么妨碍或者误导。优秀的代理机构会欢迎你的参与，而最好的代理机构会帮助你达到完美。

6. 结果陈述：

—市场调查需要消耗大量的时间和财力，参与的人数要适当，以实现效果最大化。此外，陈述过程本身也要像事实和资料一样能够说明问题。

—在开始的时候就要重申调查的目的，这将有助于你判断代理机构的工作成效。

—在你想对调查结果表达自己的意见之前，仔细倾听代理机构的反馈意见。

—弄清楚调查得出的结论和相关建议。

—如果需要的话，要求代理机构提交一份书面报告。

—如果需要的话，安排新的调查活动。

7. 行动计划：

—把结果、结论和建议综合融入行动计划之中。

8. 重新评估：

—调查资料随着时间的推移会推动时效性，因此需要制订更新计划。

最后一个建议：为确保调查结果得到有效利用，要将该项调查当初设立的目标和所处的情况做成文件归档，否则很容易被众人遗忘。

预 算

开展市场调查活动应该投入多少？这是营销中由来已久的问题，也是一个容易引起短期行为的问题。为了眼前节约，公司往往会在市场调查方面把钱省下来。而另一方面，专业的市场营销人员会强调说市场调查预算绝对不可缺少，这是一项长期投资，而不是只在企业资金充足、效益好的情况下才做的事情。正如有些企业长期坚持将销售收入的一部分投入到研发项目上一样，你也应该将销售收入的一定比例投入到市场调查活动上，这样才能保证有调研预算！不幸的是，许多企业只是到了最后一刻才想起要组织市场调查活动，因此事先根本就没有做任何预算。其结果或者是根本无法开展市场调查，或者即使做了调查也无多少价值可言。按照销售收入的一定百分比确定市场调查预算的做法还表明你确实在认真了解市场环境，在快速变化的市场里这一点显得尤为重要。

按照销售收入的一定百分比确定市场调查预算的做法甚至可能使企业决定在公司内部专门设立一个市场调查部门。对这一做法表示赞成和反对的人都会提出一大堆的理由来。持反对意见的人认为设立专门的部门增加了管理成本，同时企业本身在这方面具有的专业技能也很有限；持赞成意见的人则认为可以将市场调研得到的资料出售给他人。不过，最大的收益还在于通过长期的市场调查工作，企业可以获得对自己和客户都非常有益的一些深层次的认识，这将最终形成极有价值的竞争优势。不过企业看待事物的视野不能因为长期调研形成的思维习惯而受限制，否则会出问题。

最终，也许最好的途径就是根据具体需要投入市场调研费用，并保持对调研的重视。试想一下，如果我们在新产品开发和投放市场方面投入的资金是以数百万英镑计算的话，那么市场调查方面投入上万的资金以确保新产品上市的成功肯定是值得的。第23章将对两个调研例子进行讨论，这两个例子涉及的是战术方面的客户满意度调查以及广告效果追踪调查。

到底要不要调研？

我们值得花费这么大的努力做调研吗？我们不仅需要投入大量的时间，还要投入大量的资金，而且我们不一定能作出准确的成本收益分析。对于做调研的一些企业来说，这是按规矩办事；对另外一些企业来说，则更像是一份健康保险——在你身体健康的时候，这似乎是一种极大的浪费，然而，当你的心脏开始无规律地乱跳，或者你的腿脚开始颤抖时，保险却可能是你曾经采取的最为明智的行动。

我们公司开展了一项营销培训活动，参加培训的学员们置身于计算机模拟的商务环境中，要求他们参与一项金额高达5亿英镑的投资计划，建设厂房和添置设备。使我惊讶的是，很多学员不太情愿花区区几万元的一小笔资金做研究，去了解巨额投资将要涉足的市场。

对于一家资金有限的小企业来说，这毫无疑问是一个最难作出的决定。什么时候资金最短缺呢？就是在一个项目最开始的时候，最需要开展这种研究的时候。当然，有些调查项目（如果罗伯特·默多克的话可信的话，也许是一些最重要的研究项目）的完成并不需要多少费用，或者根本就不需要任何费用。

当然，有的调研花钱不多，甚至可以不用花钱（罗伯特·默多克说过：不花钱的不等于不重要），但该花钱的时候，是万万不能省的。

克雷斯汀·洛克是白色公司的创始人，这是一家邮购公司，专门从事家用亚麻布、毛巾、睡衣和床单等产品的邮购业务，当然所有产品全都是白色的。"白色"的创意来自于洛克的嫂子一番不经意的话，她说自己怎么也买不到中意的白色亚麻布，于是洛克萌发了创建此公司的念头。她说："我可以通过邮购的方式把白色公司做起来。我回到家以后，兴奋得难以入睡。"

白色公司

如果你没有钱做调研，那么你应该重点加强对市场、客户认知和需求的定性认识，倾听他们的声音，走到哪儿问到哪儿，让企业中每一个都参与积极收集信息，甚至还可以组织一些典型小组活动。

在下一章里，我们将进入另一个世界，这将有助于鼓励你下决心做好调研。

杰克拉瓦迪钢琴曲的启示

Chakravati's piano

（对于那些实在不愿意相信市场研究的必要性，不认真对待正确资料，不想听我说教的人来说，本章为你提供了一个喘息的机会，在这里你不用听我的劝说，你可以向艺术大师请求给予帮助……）

在大城市里经过一天骄阳炙热的烘烤之后，夜晚变得凉风习习，这时我们穿过林木葱翠的海德公园，到了雄伟的阿尔伯特音乐厅。透过庭院大门，不远之处，伦敦来来往往川流不息的各种车辆还在不停地喧嚣着，但大厅内一切都是那么静谧。我们坐在椅子上，与邻座的人分享着轻松快乐，并清了清嗓子。现在屋内的灯光开始暗淡下来，一道光束照亮了一位在音乐会钢琴旁的长者，他独自坐在台上，活动了一下手指，双目微闭，将其双手搭在钢琴键上。

杰克拉瓦迪在退隐 10 年之后，又重新开始了他的音乐会巡回演出，音乐将徜徉在整个大厅，似乎他从来就不曾离开过这里。我们是今天晚上特殊观众中的一部分，应特殊邀请来到这里，不只是为了一场钢琴独奏音乐会——而是为了解读杰克拉瓦迪钢琴曲的奥秘。

当这位伟人的手伴随一个最强音符落下来，开始演奏杰克拉瓦迪第二钢琴协奏曲的序曲时，我们的神经震动了一下，那个音符弹得很无力，似乎只是个不相干的音符，一个悲哀、孤独的音符，根本无法容纳他全身心爆发出来的澎湃的情感。

他的手在飞快地滑动，出现了越来越多分散的单音，不时混杂着和弦的余音，他的动作很猛烈，但弹出来的音却很糟糕。这些散乱的单音根本无法形成可识别的曲调或和声，而只是彼此孤立的刺耳声音，令听众迷惑不解，陷于局促不安的情绪之中。

台上的杰克拉瓦迪似乎并没注意到他的表演给观众中带来的困惑不安，在他狂乱的演奏中，他的额头上已经沁出汗珠。间或一小段像样的音乐短暂地吸引了我们的注意力，但是紧接着滑稽的表演又继续开始了，我们不禁紧皱眉头，歪着脑袋。

不久以后，我们侧过身问邻座的人："我觉得他的琴声好像有问题，你觉得呢？"

"也许是麦克风的原因吧？"

"也许是我们座位附近的音响效果有问题吧？"

"是不是最后 10 年里他变得前卫起来了？"

我们开始咳嗽，发出不耐烦的嘘声，前排有人站了起来，突然杰克拉瓦迪停了下来。他走到舞台前面，一束追光也跟着他移动，这里他说："女士们，先生们，这是我的第二钢琴协奏曲的部分，用一种特殊的编排方式进行的演奏——我把它称这之为我的商业变奏。"他冲着我们笑着，以确信他所讲的这番话对我们产生了作用。他接着说："这种表现方式所需要付出的努力跟正常的方式一样多，只是最后的结果有点令人失望，我想你们也会有同样的感觉。我耗费了近 10 年的时间在观察像你们这样的人，而在这 10 年里有人说我引退了。今晚在场的各位都是商人，在此我向你们深表同情。"

这时我们并不明白杰克拉瓦迪所作出的解释。首先他表演了 3 分钟支离破碎的、不知其所以然的东西，然后他开始侮辱我们，至少我们认为他是在侮辱我们，我弄不清杰克拉瓦迪到底在干什么。他丝毫不觉惭愧地继续说道："我是个音乐家，刚才那几分钟的演奏对我而言十分的可怕——比你们感觉到的还要可怕得多。为什么呢？因为我知道你们刚才应该听到什么，但是你们绝大多数人不知道，你们只知道刚才的演奏不好。那么我为什么说向你们表示遗憾呢？可能你们认为我的表现十分无理。"

他继续微笑着，然后幽幽地说："正如我所说的，这 10 年里我一直在观察你们，观察你们的奋斗和你们受到的挫折，以及因愚昧无知而作出的退缩。"

在这之后再也没有什么微笑可以打动我们，我们已经很不耐烦，但是杰克拉瓦迪还在继续往下说，好像全然不知我们心中正在增长的不满情绪。"你们就像可怜的杰克拉瓦迪的钢琴曲一样度过你们的商海生涯。我的钢琴有 94 个音符，分成 8 个音阶，每个音阶有 12 个音符——然而刚才你们只听到 12 个音符，即一个音阶。"

他停顿了一下，似乎开始注意自己所说的话了："我一定是把你们弄胡涂了，怎么刚才我只弹了一个音阶、12 个音符呢？可能你们期待的数字是 8——八角形、八爪鱼（章鱼）、像我一样 80 岁，以及那 8 个音阶。还有，一个音阶里有 7 个白键，5 个黑键，8 个和弦进阶，但是或许我不应该再往下说了，这些都是琐碎的东西，就像销售统计一样无足轻重。"

这时，似乎有一根无形的手指从杰克拉瓦迪那里伸出来，拨弄着众人的目光。"我想，你们中的大部分人会认为刚才我在这里所做的不是我本分的事情，而是在欺骗你们，但是我向你们保证，我每一分钟都尽了我最大的努力——我一直都是这样。这首曲子我已经练习了几个星期、几个月，每天都在练习。练习是很重要的，如果我一个星期不练习，我的观众会注意到。如果我一天不练习，我自己会注意到。"

说到这他似乎放松了一些，身子朝我们倾过来，显得友善了一些，"不，刚才让你们失望的不是我杰克拉瓦迪，刚才让你们失望的是我的钢琴，可怜的杰克拉瓦迪的钢琴。你们看，只有中央音阶上的 12 个键还管用，这些就是你们所听到的。然而仅仅在这三分钟之内，我已触及了键盘上大部分的键，恢复了它们的音色。这三分钟也就如同是你们所度过的商海生涯，当你们的手把握着整个键盘的时候，你们却只听到了相同的 12 个音符。"

杰克拉瓦迪走回钢琴，还像刚才那样坐了下来，手放在键上开始重新演奏，只是这一次当他的手落下时，我们惊叹得从椅子上跳了起来，被音乐的力量、气魄和精彩吸引住了——因为现在每一个键都开始发挥作用。演奏完后，杰克拉瓦迪转过头来看着我们，脸上带着刚才那种明显的同情神色说："你们还记得刚才是什么效果吗?"他伸出一根手指，懒洋洋地敲了一下键说："你们最初听到的曲子，就像你们在自己的商海生涯中所经历的一样。不过，我希望不要因为这种挫折而使你们个人的生活充满阴霾。如果你们只是在让中间的音阶发挥作用，那么你们错过的东西就太多了，也许你们失去的是生活的全部意义。"

此时我们开始喃喃自语，不过更多的是发牢骚，而没有认真自我反思。

"你们对年迈可怜的杰克拉瓦迪感到不满，你们认为他扯得太远了，但是你们忘了，我一直在观察你们。那个单独的音符也就是你的销售量统计资料，它只是孤零零的数字和历史，很快就过去了，而且迅速被遗忘，几乎毫无意义。你们已经忘记了我刚才弹出的那个小而弱的音符。"这时，他再次弹了一下那个音符作为再现，"但是你们可能永远不会忘记第一个强有力的和弦。"然后，他鼓足力量，重重地又弹下那个强音，使我们又惊叹不已。

"你们知道你们商海生涯中其余的那些音符是什么吗? 可能你并不知道。连杰克拉瓦迪自己也记不住。愚昧无知不可能在一时半刻就可以克服掉。"

这个男人让人记忆深刻的神色深深地触动了我们，与此同时，我们虽然有些不情愿，但慢慢地开始明白了他话语中的道理。

"如果中间的音阶代表过去，以销售量和价值表示销售记录，那么走下去一个音阶，我们就已经探索到了一个更为富饶的领域，这就是节奏存在的地方，你商业生活的节奏，或者说你的顾客们就在这里。这时我们才能深入他们内心，感知他们对我们的明确观点或隐含看法。我来展示给你们看看。"

他在中间的音阶上弹奏了一首简单的曲子，就是小孩子用两根指头弹奏出来的那类曲子，我们猜想这就是他所认为的销售记录！随后，令人惊奇的事情发生了，同样简单的旋律，但是增添了一个音阶，于是产生了丰富、复杂的和声与节奏。这种转变真是令人叹为观止，这就是其中所蕴涵的意义。"再往下降一个音阶，我们就会找到那些基本音符，这就是市场的需求，是真正的需求，而不是那些因为遂了你们的心意而使你们愿意倾听的需求。再进一步往下走，我们就接触到了那些没有说出来的需求，或许还是一些根本没有想象到的需求，这是一些低音。"

杰克拉瓦迪再一次演奏了同样的曲子，这一次加上了深沉的低音音符，我们不得不承认，这些增加的音阶听起来真是"非常的深邃"。"如果我们回到中间音阶，然后往上走，我们就走进了潜在未来的领域，这是一个比沉闷单调的现实更能引起我们兴趣的令人着魔的领域。瞧，我们只要增加些东西，就可以得到多得多的乐趣。"

这时，同样简单的旋律再一次响起，只是这一次在下一个音阶中加入了一些出人意料的跳跃，虽然只是几个音符，但是曲子却深邃了许多。"在这些高音音阶中，我们发现了激动人心的东西和旋律。首先，我们听到的是自身能力当中的潜力，这就是员工的才智以及技术上的精湛之处。提升一个音阶，我们便找到了那些渴望被利用的新能力。"

我们欣赏了一段奔腾的旋律，这令我们感到未来就在我们的指尖上。突然，杰克拉瓦迪停止了演奏，转向我们说："为什么你们不听听这些东西？为什么要迷恋过去的纪录，那个郁闷的中间音阶？你们应该知道键盘的其他部分才是你们市场的节奏，是未来的旋律！"

他说完后，我们不禁开始思索。起先只是一阵悄无声息的沉思，但很快有了低声的窃窃私语，然后变成了交头接耳，最后是一阵沸腾的喧嚣充满了整个大厅。就在一片喧哗声中，我们听见杰克拉瓦迪缓慢而平静地说："如果你希望倾听市场的声音，倾听你们企业的节奏和你们未来的旋律，那么你们必须一个音阶接一个音阶地扩展你们的意识，向上一直到最尖锐的高音音阶，向下直至最深沉的低音音阶。你们不能够只听音符，你们必须听乐曲，听完整的东西。让我们就从今晚开始，探索更宽广的音域，并且从了解杰克拉瓦迪钢琴演奏的秘密开始。"

那天晚上，我们欣赏了杰克拉瓦迪的第二钢琴协奏曲，其中有舒缓而静谧的行板，也有犹如电闪雷鸣般的激昂快板。他的音乐是那样的出色，他的演奏在其可以展现的音域范围里自由地伸张或收缩。杰克拉瓦迪以其精湛的演奏技巧充分展示了每一个音阶的丰富内涵，让我们可以欣赏和领悟到音乐所蕴涵的更多美妙，最精彩的表演莫过于此。

接下来，他又用大半个键盘演奏了一首新的曲子，不过在其中略去了一些较低沉的音阶，虽然旋律还是那么清晰，但效果并不那么令人满意。当他询问我们对演奏的看法时，我们全都认为，完整键盘的钢琴演奏会更好一些。

当他问为什么时，我们能想出 1 000 个理由，而其中最好的理由就是那样听起来感觉才是对的。

"如果是这样的话，我就心满意足了。你们的看法对我来说已经足够好了，答案的确就是应该用整个键盘。但是你们的老板也许要求你们给出更具体的解释，如果你对推出某产品的理由就是只是'感觉这样做是正确的。'老板会作出怎样的反应呢？他会批准投入百万英镑让其上市吗？

"作为一个拥有艺术大师直觉的真正的音乐家，也许可以就只是说'感觉应该如此。'但是别人就得拿出依据和证明。他们希望的解释是：'我们已在许多人身上进行过试验，他们都说这个产品很不错，他们甚至还在帮助我们对其加以改进，总之我们已经进行过调查了。'你知道为什么吗？即使是一个像我这样的大师，也需要这样的理由。市场调研所反馈的信息有时也许会有坏处，但是有了这样的信息，总的说来是可以从中获得收益的。

"假设我希望了解我的复出是否成功，那么我可以等着唱片公司给寄来版税支票。这样得到的结果非常精确，但是如果我的复出不成功，这样的结果就晚了。我也可以测算出我能够以多快的速度演奏完一首曲子，并将其与 10 年前的情况进行比较，从而判断自己是否有可能成功。你会不会认为我疯了？巴赫的乐曲如果没有那些空耗时间的十六分音符，演奏效率必然会提高许多。但如果你们看到我省去了一些音符，你们感觉会怎么样？"接着，杰克拉瓦迪以最快的速度，同时也是最有效率的方式，为我们演奏了巴赫的《托卡塔曲》和《赋格曲》，然而这次的演奏很滑稽，简直是在糟蹋音乐。

"是不是更加疯狂了？你们说对了，谁会喜欢这样的表现方式呢？当然，我不应该为了追求效率而以秒数来计算时间，或者是省去其中的一些十六分音符。我应该进行调查。

"当然，调研有很多种，在测算和了解过程中我们也会做许多愚蠢的事情，我们可能注重的是多少个音符，多快的速度，却因此忽视了真正重要的内容。真正重要的是人们感受和看法，然而我们却不知道该如何去了解。

"我希望我能很勇敢地去做调研，然而我不是这样——大部分艺术家对反馈信息都怀有一种恐惧心理，这是非常愚蠢的举动。但是如果我真的很勇敢，我就会走出去向大家征询意见。我会去了解他们的看法如何，甚至请他们提出建议。我会倾听我身边其他人演奏的音乐，他们就是我的竞争对手。我会试图了解是什么东西赋予了他们这样的灵感，是什么东西使得他们的音乐获得了这样的成功。我会试图了解人们想要的是什么，谁在为他们提供这些东西。我会进行调研。

"而你呢？你是会进行调研，还是通过加快演奏速度或者省去一些十六分音符的手段对演奏加以改进？

"假设你希望改进对消费者的服务，并从接电话等一些简单的事情开始入手，此时，有人建议你在铃响三声内要接听电话，而你的确能够计算铃声次数，所以你就开心了，是这样吗？"

他停下来了，显然期待我们当中有人给予回答，但是当着1 000个人的面发言很是令人感到胆怯，于是我们什么也没说。

"你们知道这种做法最糟糕的结果是什么吗？是舍本逐末，使不重要的事成了重点，而其他一切却变得无关紧要，那样的话，愿上帝给予你帮助吧。请注意，当你能够测算某种东西时，并不意味着这东西就那么重要。你可以在打电话时测量电线中通过了多少瓦特的电流——而这有用吗？是否会有人关心你拨打的号码中有多少个'8'？如果你愿意的话，你可以对其加以计算。然而这些资料无关紧要。

"还有更糟糕的呢。无法测量某物时，并不意味着它就不重要。假设你对所有接听到的电话进行两个方面的测算，一是接听电话前响铃的次数，二是通话时间的长短。假设响铃的次数和通话时间都减少了，你是否就据此断定不但客户服务得到了改进，而且也变得更有效率了？请问，有人想再次听我刚才演奏巴赫的乐曲吗？"

听到这里我们笑了，为的是缓解我们刚才所听到的内容给我们带来的尴尬情绪。

"但是与此同时，如果你的员工对客户表现得很无礼，为了马上接听下一个电话而将客户打来的电话挂断，电话时间的缩短也只是因为他们不知如何回答客户提出的问题，或者他们根本就不想去为客户找出问题的答案。如果是这种情况，那又会怎样呢？

"如果我们问客户，他们对服务中最关心的问题是接听电话的速度还是处理电话的方式，我们得到的答案可能会搅乱我们平静的思维，并使我们对自己的数据处理方法进行反思。"

这一番奥妙的话使我们如坐针毡。此时，有一个勇敢的人受到了舞台这位大师的极大鼓舞，他站了起来，用清晰而又洪亮的声音说："大师，我们肯定知道人们是喜欢节奏的巴赫还是慢节奏的巴赫，而且这也值得我们去了解。接下来我们就可以开始问他们为什么。同样，我们也一定可以问问我们的客户，他们对我们的电话服务有什么样的看法。我们甚至还可以请他们按照重要性原则对一些事物进行排序，如电话是否容易打通，回答是否有帮助，回答态度是否有礼貌。"

听到此，杰克拉瓦迪说："尊敬的先生，你说得很对，依我说，你发表的意见表明了你对杰克拉瓦迪音乐所具有的奥秘已经有了深刻的理解。"

话音落下，先是片刻的沉寂，然后爆发出了热烈的掌声，响彻了整个大厅，这晚使我们每个人都感觉到自己受益匪浅。

9

营销要有战略：几种战略工具
The strategic audit

本章的重点是"战略"。人们对"战略"这个词的理解差异很大，互相谈论时很容易产生分歧。有的人遇到自己想不清、说不明，或者不愿意想的事时会说："这就是战略性的事。"言下之意，好像是说："别问了，该怎样就怎样。"还有的人对于自己不理解的事情就找个借口说："这一点战略性都没有。"

本章所指的战略则是"整体大局"。为了在整体大局之下作出正确决策，我们就要进行战略研究，发现问题，并进行分析。

分析工具及决策

我们再次强调：分析信息的目的是为了作出决策，首先是重大决策：

- 我们如何成长；
- 我们如何竞争；
- 我们的驱动力是什么；
- 我们向谁销售。

接下来是战术问题：

- 如何定价；
- 质量如何；

- 多少成本；

- 渠道如何；

- 如何宣传推广。

如果不以上述问题为中心进行研究，则研究工具就起不了什么作用。如果就工具而用工具，工具不能为我们分析和决策服务时，我们的工作就是浪费时间，而不是营销。

如果使用得当，本章中的工具就能把第 7 章中所说的信息转换成决定企业前途的决策。这些工具很重要，应该严格谨慎地按规则使用。

分析工具

分析工具有五种：

- 外部环境分析；

- 市场结构图；

- 迈克尔·波特的"五种力量"分析；

- SWOT 分析；

- 定向决策矩阵（DPM）。

我们在逐一使用以上工具的同时，也在巧妙地实现着思想向行动的转化，SWOT 和 DPM 分析就是我们从"思"到"行"的载体。

外部因素（PESTLE）分析

我们首先分析的是真正的"大局"，认识宏观、长期的外部因素对我们自己所在市场产生的影响。这些因素包括在我们周围时刻发生着变化的政治、经济、社会、科技、法律环境。PESTLE 这个缩略语是在 PEST（政治、经济、社会、科技）基础上的扩展（因为环境问题日益变得重要），先是加上了法律方面的因素，缩写成 SLEPT（政治、经济、社会、科技、法律、环境），现在又加上了环境方面的因素，缩写成 PESTLE（政治、经济、社会、科技、法律、环境）。以后当然还会有许多变化，你想用什么就用什么，只要认真对待就行。

在大多数时候，这些因素只不过是我们在阅读报刊时所读到的一些时事而已，但是毫无疑问，它们无时无刻不在对我们市场的变化产生着重大的影响。营销者的任务就是要对这些变化采取防备和应变，甚至先发制人，及时发现并理解这些变化，以获得竞争优势。

政治变化

政治变化带来的是大规模的社会性变革，比如在柏林墙推倒后东欧对外部世界的开放，但是并不是说这些变化就一定很剧烈。政府的变化可能标志着一个国家在价值取向和优先决策方面将要发生的转变（即使政府本身的变化并不会导致产生上述转变）。1997 年由英国工党组织的新政府取代保守党上台执政时，开始推行人性化政策，这种政策带来的变化具体体现在许多消费品所传达出的信息和企业对这些消费品所采取的营销战略中。同时，穿红马甲的操盘手也不再受宠，失去了往日的威风；汽车也不再只是权力和身份的象征，此时人们对其安全性和环境影响方面提出了更高的要求。

有时人们（通常是经济学家和纯粹主义者）认为政府干预市场的做法造成了对市场的扭曲，但是政治制度其实与供货商及顾客一样，也是商业生活有机体的一部分，只不过政治制度更容易遭受人们的批评。例如，2000 年美国总统大选时争论的问题之一就是是否应对电子商务征税。传统商家，特别是零售商们声称免税是不明智之举，而新兴企业则对其大加赞赏，认为免税有利于培养一个新的具有重大影响的商业领域，认为这是一个极有远见的举措。无论你的观点是什么，毋庸置疑的事实是任何一种选择都将对竞争产生影响。

| 在不同的起跑线上起跑 | 欧洲航空运输业采取解除管制的举措后，新型低价位、低成本航空公司大量涌现出来，使得 2000 年后的客运量以惊人的速度增长。有一点值得注意的是，许多航空业务运营商开通了英国以外的国际航线，但英国乘 |

客却是客运量实现大幅度上升的中坚力量，这主要应归功于英国政府这几年所采取的解除管制的决策。

而对于大西洋那边的市场，情况就不一样了，从希思罗机场飞往美国主要城市的航线数量仍然有所限制，美国政府不允许外国航空公司经营其国内市场，并且采取了一系列政策对提供廉价航运的运营商予以遏制，而这种廉价航运在欧洲却已全面推开。

2004 年 5 月 1 日，欧盟新添了 10 个成员国。《每日邮报》大胆预测将会有大量人口从东欧移民到英国。对于营销者来说，这种预测的结果值得慎重对待：一方面，潜在市场可能迅速扩大；另一方面，企业可能会更容易获得低价的原料供应。不过这一切都不能想当然，因为最终变化的结果会复杂得多。

也许你会认为政治因素太宏观，对于企业经营者来说是很遥远的事，我们除了投票这一小小的机会以外，不可能对政治产生什么影响。但别忘了，我们的工作却受到政治的制约，因此我们要了解政治才行。假如你向英国国家健康署销售产品而不了解它们的政治性质的话，就必然要吃亏。此外，如果错误解读变化信号，后果也同无视变化一样严重。

内斯特科保健公司是一家医疗雇佣代理公司，专门提供医生及护士。 | **世事难料**
当医疗行业要求各机构执行 8 小时以外服务制度时，该公司首席执行官错误地解读了这一信号，他以为业务量会增加，于是增设了两个电话呼叫中心，不料当地的基层医疗网络（该网络极复杂，政治决策影响力极强）却紧守业务不放，这一情况使内斯科公司利润受创，最后首席执行官只得辞职。

经济变化

经济变化包括了宏观增长与衰败这种周期因素，它对诸如化工、建筑市场产生了非常大的影响，同时对其他企业如工程承包商或房地产代理商也带来了连锁反应，还有一些更直接的影响，例如对葡萄酒增加 20 便士的税收。许多企业投入大量的精力以便了解经济变化的趋势，并把其作为自己制订计划时的一个重要因素对其进行预测，以便确定企业何时投入新的资产，何时增加工人，何时休整。闹市区的消费萎缩时，可能导致一大批企业放弃经营大众消费品，包括餐饮、建筑、装修及清洁服务等。

2004 年 5 月英国航空公司宣布利润开始回升，这在当时市场不景气 | **才渡难关，又遇困境**
的情况下无疑是个好消息。同时坏消息也来了，据分析，因为油价上涨，公司成本将上升 1.5 亿英镑，这一消息导致公司股价下跌，虽然通过远期汽油购买可以遏制成本上升，但由于购买量比竞争者少得多，公司股份还是下跌了。这样的事情值得营销者注意。诚然，采购汽油是采购部门的责任，但当事情严重到会影响营销计划时，那就是全体的责任。

当然，经济危机并不会总是伤害到每一个人。在经济大萧条时期，当人们开始对国家健康署可能遇到资金不足的问题产生担忧时，通常情况下，认购个人健康保险的人数就会增加。另外，我还记得我在油漆行业工作时，1984—1985 年矿工大罢工期间，矿区的油漆销量在开始的几个月曾出现了稍微的上升，那个时候由于无事可做，矿工们只好自己拿起刷子和滚筒粉刷房屋来打发日子。

社会变化

社会变化，比如双收入家庭数量的增加，特别是那些丁克（双收入，没有孩子）家庭的增多，导致出现了更多的富裕家庭，但是这些家庭可以用来享受富裕生活的时间却更少了！在这种环境下，现成的供微波炉烹制的食品大受欢迎，互联网购物也是同样的情况。

<table>
<tr><td>"微波炉"食
文化</td><td>"双份养老金"家庭也在迅速增长,人数众多,而且他们有了更充裕的属于自己的闲暇时间,可以悠闲地享受持续多年的繁荣经济所带来的富裕生活。</td></tr>
</table>

"微波炉"食文化

"双份养老金"家庭也在迅速增长,人数众多,而且他们有了更充裕的属于自己的闲暇时间,可以悠闲地享受持续多年的繁荣经济所带来的富裕生活。因此,我们或许可以预期将会有更加丰富多彩的休闲活动来充实人们的生活,使人们不那么忙碌,甚至会像从前一样有逛街的时间。

随着电视的出现,公交行业受到了严重影响,这是个很奇特、很出人意料的社会变化。自从人们呆在家里乐滋滋地享受电视这一伟大发明后,公交公司的生意就少了。当然,公交公司或汽车制造商只知道自己的行业是"公交",他们看不到电视对自己带来的影响,其实电视首先是影响到了休闲业,然后波及公交,所以,休闲业对电视冲击力感觉更为深刻。

阿特金减肥剂是一时流行还是根本性变革

最近阿特金减肥剂风靡,引起食品行业关注。它的影响力其强,以至于百货零售商、食品制造商及其原材料供货商都对其高度重视。阿特金减肥对土豆种植者极为不利,而对肉制品市场却很有利。对于这种社会变化最难以推测的是它的持续时间。如果食品制造商大规模改变食品成分,改造生产流程以使用阿特金,而阿特金又只是昙花一现的话,食品商们就会追悔莫及。然而如果不改变,而阿特金风潮又一直延续下去的话,则企业就会铸成大错。

不再有"巨无霸"

当政府开始关注国民饮食健康时,社会变化也会变成政治事件。当英国掀起儿童饮食健康运动时,麦当劳和汉堡王等企业的营销策略受到了极大影响。它们不得不推出套餐、沙拉等新产品,促销也发生了微妙的变化,例如"超级"或"巨无霸"等特式花色就不再出现在广告词中了。

技术变化

这100年来技术上变化已经成为平常事,或许我们已经将这方面(比其他外部因素更甚)的变化与营销紧密地结合在一起。即使如此,许多企业仍然赶不上迅速兴起的电子商务的发展步伐。互联网的反对者们是否会如人们预测的那样在五年内消失这还很难说,我们能够看到的只是这样一个事实:今天几乎没有一家企业——无论它是一家大公司,还是一家街角的小店——桌上没有放置一台计算机。此外,整个咨询业的专家们帮助人们摆脱了计算机千年虫的困扰(技术上的失败与技术上的成功可以产生同样重要的影响),从中大捞了一笔。在生物科技方面,基因技术为药剂学和农业化学开辟了广阔前景。还有,营销过程自身所采用的新技术也使得众多的营销工作能够

可曾记得"千年虫"?

突破原有种种局限，加快了新产品开发的速度，为信息和知识的实时传播开辟了快捷方式，并且创造了与客户打交道的全新方式。

企业如果太专注于一种技术，就会忽略其他技术不断发生的变化。数十年来，柯达都致力于生产高质量的胶卷，然而它面对数码技术带来的新变化，反应就变得迟钝了。新技术使柯达受损，甚至使一些人愤愤不快。在柯达的职工餐厅里我们会听到他们的不满："它（数码技术）根本不管用，定影效果差劲得很！"如今柯达受到的威胁不是来自于胶卷市场的竞争者，而是来自于索尼、惠普和佳能等公司的技术开发。

> 变化比照相机
> 的快门还快

法律变化

法律方面的变化可以带来最直接的影响，这种影响立刻就可以在市场上得到体现，对带骨牛排的禁令就是一个让市场机遇突然消失的典型例子。法律方面的变化同样有可能带来新的市场机遇，对飞机、汽车等运输行业解除管制的做法就是一例。安全在人们心目中是一个重要问题，为了大众的利益，立法者们都在坚持不懈地对那些为公众提供服务的企业制定非常严格的行业标准。在德国，人们对是否必须按照防火要求在飞机和汽车上安装皮制座位这样一个问题展开了一场激烈的辩论，布料生产商对此抱着警戒之心，而皮鞋厂商和养牛的农场主们则对此感到兴奋。

涂料制造商最喜欢新加坡，因为新加坡法律规定房屋所有者每年都必须粉刷外墙，所以新加坡人均外墙涂料消费量是世界最高的。如果其他地区也实行这样的法律，那么涂料制造商又该如何盘算？这盘算是不是营销部门的事？

> 粉刷城市

环境问题

环境方面的问题和人们对环境的关注在一些事例中等到了充分的体现，这样的事例包括禁止使用含铅汽油，以及对转基因食品的限制。环境因素与技术变化一样，似乎最容易被当作获得竞争优势的工具而加以利用。例如一些超市会宣布它们在商店里没有转基因食品；一些宾馆会告知大家，为了避免向各种排污管道中倾倒洗涤剂，它们将不再为宾客清洗毛巾。

一般人会认为医院最大的开支是药品或手术费，但实际上最大的开销不是这些，而是清洗费。假如医院也像宾馆一样减少清洗量（"如果要换

> 清洗费用也是一
> 笔不小的开支

床单，请把床单放地板上，如果不想换，请把床单放床上")，就能节省一大笔开支。但这样一来，就减少了清洗剂的使用量，清洗剂厂商就可能坐不住，而去找医院谈判了，而这时又可能会引起环保主义者的强烈反响。

把握自己的命运

这些问题似乎都是营销无法加以控制的，那么我们是不是可以认为，在这些问题发生前我们根本就用不着做准备？谁曾认真地想过推倒柏林墙后该怎么办？谁曾真正为单亲家庭的增多做过准备？谁又曾预料到疯牛病的出现？然而，我们不能坐等环境变化后才行动，我们应该把注意力集中到这个宏观变化上，我们的行动才会敏捷，才能避免不期而至的变化所带来的麻烦，并且从这些变化所带来的机遇中获益……这并不是一件随意就能做得到的事情，几乎就在亚洲金融风暴爆发、亚洲四小龙金融和经济崩盘的当天，我所在的公司却在吉隆坡开设了一个办事处，我们没有预料到亚洲金融风暴这一事件的发生，但我们作出了反应（并且坚持了下来！），从另一方面充分展现了我们在该地区的可信度和实力。

当环境发生变化，而企业获得成功时，人们只会认为企业很幸运。当航空运输业被解除禁令，而且新一代人都在寻找环球航行的新方式时，维珍航空公司就处于幸运者的行列之中。认为企业成功靠运气的人忽略了一个非常重要的事实——那些最成功的企业都是靠自己开辟自己幸运之路的。维珍航空公司的成功更多的是依靠他们的市场调研者和品牌经理们所作出的贡献，而不是靠运气。这正如一位著名高尔夫球手所遇到的情况一样，当有人认为他是靠运气获得成功的时候，他曾经说过这样的一句话："你知道，当我加倍练习时，我就得到更多的幸运。"

市场结构图

接下来的一步就与企业自身关系密切了。这时，我们要对市场运行结构进行一番研究，画出市场结构图，说明产品通过多种供应途径走向最终客户的整个线路。在现在的分析阶段，画出市场结构图有许多好处：

- 认识你目前所采取的市场路线；
- 对市场中潜在的新路线进行估测；
- 通过对竞争形势的比较，确定你目前的优势与劣势；
- 突出各种增长的机遇；
- 突出威胁你市场地位的危险领域；

- 确定市场细分的选择方案（见第15章）

在市场图中我们要画出产品走向最终客户的整个过程。对于日用消费品企业来说，这很容易理解；然而对于中间产品商来说，要不要把市场图一直画到最终消费者环节呢？答案是肯定的。所有企业都应该这样画市场图，对于中间产品厂商来说，这尤为重要。因为这样能：

- 使企业明白下游客户所面临的来自于最终消费市场的挑战，以帮助客户企业一同应对；
- 培养更强的市场机遇意识。如果眼光只盯着自己的直接客户，企业发展空间就很有限了；
- 更好地认识自己在直接客户眼中的价值。

电话线事件

有一次，一家电话服务公司请我帮他们做市场调查，以了解公司顾客心里的价值，这次调查我遇到了一些意外。

> 倘若你想知道自己的真正价值……

一天，我在另一家制造企业做培训，到了早茶时间时，我想检查一下自己的电子邮箱，于是我走进一间办公室，向里面的人借用电话插口，经他们同意后我拔下一个插口，这时他们说："那个是特殊插口，不能拔！"可是已经来不及了。公司电话因此中断了一小时。

当时我想，糟糕，自己闯祸了！然而到了吃午餐时，却有很多人热情地与我打招呼说："你虽然错拔了我们的电话线，不过没有了电话的烦扰，我们倒是做了不少别的事。"

等我从这意外的结局中回过神来后，我还是有些后怕，幸亏那天的事是发生在工厂里，要是发生在汇丰银行的总部，后果不堪设想。后来，我回到电话公司，问他们是否在银行和工厂都开展业务，他们说当然都有。但当问他们对银行和工厂的业务内容、定价等方面是否有差别时，他们却说没有。我告诉他

> ……请看自己的结构图

们，电话业务在银行和工厂里的重要性是迥然不同的，实际上电话服务对于银行来说，重要性要大得多。

可是，电话公司目前的业务格局已定，再改已很难了。

为顾客着想

假设我们出售在消费品包装产业中使用的薄膜材料，我们的直接客户是"中间生产商"，他们用我们提供的薄膜材料印上图文内容后做成包装物，用以包装从酥脆食品到高级香水的各种产品。图9.1概括性地为展示了其市场链的内容。

> 了解自己对"市场链"的影响

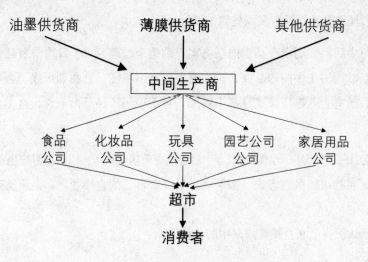

图 9.1 薄膜及包装产品市场链

　　包装材料的每一个具体的最终用户都有各自的需求：食品公司对产品的卫生和安全标准要求很高，化妆品生产商主要注意产品的形象和美感，玩具生产商注重安全，园艺公司希望薄膜上的印刷图文清晰、薄膜耐久性好，因为有的园艺产品要在户外放置数月，家居用品公司可能关心价格胜于一切。如果薄膜生产商不知道这些区别，那么他的客户——中间产品生产商就会理所应当地"占有"整个市场，因为他能理解并且满足不同的需求。通过向顾客提供差异化的产品，他应该还会得到不同的回报，而薄膜供货商却只得到薄膜的单一收入。

　　此时，薄膜商只能处于被动。当市场出现新的产品机遇时，只有中间商能看到并把握机遇，获得最丰厚的回报。如果薄膜商的手下看到了市场机遇，他们可能也会想顾客所想，积极向老板建议生产新产品，不过我们不应该奢求这种可能性。

　　第 17、18 章将深入讨论这一问题，使我们理解市场结构图（也称价值链或顾客活动循环图）以便真正推出有价值的产品。

迈克尔·波特的"五种力量"分析

　　波特的"五种力量"分析在营销学中由来已久，如若使用得当，作用是相当大的。它分为两步，一是分析，二是结论及行动。第二步是最重要的，它实现了市场调研到营销计划的过渡，但第二步也是最容易被遗漏的。

　　迈克尔·波特在他的著作《竞争战略》（纽约：自由出版社，1980）一书中，为我们提供了一个工具模型，帮助我们了解企业需要应对的五种不同竞争性因素，如图 9.2 所示。图中我们看到企业是如何在五种不同竞争性因素的此消彼长变化之中进行运作的，还有分别

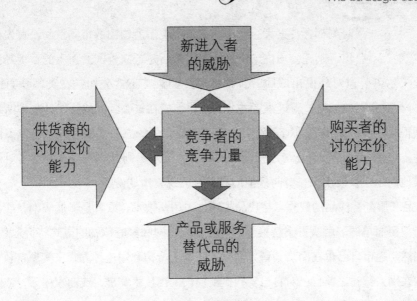

图 9.2 迈克尔·波特的竞争战略

对五种竞争性因素的一般性分析。我们可以通过观察本世纪初英国食品超市所处的市场地位来举例说明这五种不同力量在实际中所发挥的作用。

- 现有竞争对手。每个竞争对手都试图通过价格、质量或服务等手段使自己获取有利的市场地位。一直以来，在超市市场中搏击的特易购、圣百利、艾士达、莫里森和可布等大企业之间的"巨人之争"呈现出日趋激烈的倾向，随之而来的 商场大战 竞争行为在市场行为的每一个方面都得到了充分的体现，从打价格战（烘烤豆2便士一听，面包5便士一块）到推出新服务项目的优惠卡竞赛，从家庭购物到赠送越来越慷慨的优惠卡，在最近几年里，竞争已经导致超市利润大幅下滑。

  近十年来市场上掀起一股兼并浪潮，沃尔玛收购了艾士达，莫里森收购了塞富维。在超市以外的电信、药品和金融服务业市场，情况也是一样。这种新趋势一下子改变了长期以来保持的竞争格局，形成了竞争的新局面。就这些合并而言，其目的是希望通过规模经营和扩大市场以加强企业经营的安全性，提高企业自身的能力和利润。对于那些仍然在独立经营的企业来说，市场规则也已经改变。

  在一些行业中，竞争尤为激烈，有的是因为竞争者差别很小，有的是因为竞争者数量少、实力相当，有的是因为退出成本太大（例如大型制造企业就不愿轻易退出市场），有的是因为顾客很容易转向别的竞争者（转换成本低），如果上述因素并存，企业的竞争形势将非常严峻。

- 新进入者的威胁。新进入者也许是受到市场利益和其增长态势的吸引。新的竞争力品种万变量时刻都会观察大企业不断重新定位后所留出的市场空间。首先是艾尔迪公司、莱托公司许诺降价销售，然后是近来美国最强大的百货零售连锁企业沃尔玛公司对外发出威胁，宣称将通过购买艾士达公司，在英国强力推行商品"种类万千"的战略。新进入者并非都能像他们在雄心勃勃的开发计划中所说的那样获得成功，但是他们的出现确实改变了市场竞争的态势。新进入者会以不同的形式进入市场——艾尔迪公司是开设新的商店，沃尔玛则是收购现有的竞争对手。有时候他们是在扩展市场，有时候他们只是攫取现有市场份额。

● 产品和服务替代品的威胁。替代品将通过采用新技术，或者是降低成本，或者是用一个"更简单的"解决方案替换你的产品。因特网和家庭购物的方式将会取代超市吗？当然，超市自己也在网络销售方面投入巨资，希望利用这种方式来实现自救，尽力争取在别人行动之前自己对自己实行更新换代。当技术突进，或商家内乏，或顾客对现状感到"索然无味"时，替代品最容易出现。

从节约木材到
亏损施乐公司和 3M 公司联手生产和经销"电子报纸"，这是一项意在取代印刷纸张的新技术。一页薄薄的塑料纸可以用来"输入"文字和图像，并能消除原有内容及反复输入，这样一来，人们只需要借助于"一张纸"就可以不受限制地阅读大量的报纸，只要他们愿意，想读多少都可以。报纸发行商对电子报纸很感兴趣，然而美国林业与纸业协会却仍然坚持他们对用纸量增长速度的预测，他们认为，从现在至 2010 年，用纸量将以每年 3%的速度增长。他们这种预测是不是忽略了替代品的威胁？也许这一预测对营销人员来说只是一种泛泛但却无用的统计资料，并不能说明纸张是新闻用纸、书本用纸，还是包装用纸。对于新闻用纸供货商，以及印刷机、墨水及其他一系列相关产品和服务的提供者来说，这个问题必须加以考虑。

● 消费者讨价还价能力。消费者通常会采取联合起来的做法，减少购物人数，并因此提高购买力。马克斯—斯宾塞公司调查发现，1999 年在英国零售业中，消费"挑商家"的
力量者仍然可以以自己的消费意愿来左右企业。食品超市获得的利润相对较低，他们只有在销售量平稳增长的基础上才能得以发展，难怪许多的企业会吵吵闹闹争论谁是本行业的第一名，首席执行官在自己掌管的超市排名降低之后会感到自己的职位受到了威胁。消费者在这方面拥有真正的发言权。

消费者可以寻找别的途径提高自己讨价还价的能力，他们会通过势力集团要求更多地生产有机食品，或者禁止生产转基因食品。当然，零售商的目标是要将这些压力转变成自己的竞争优势，例如某些企业通过举办一些大型的宣传推广活动，向

消费者承诺，停止供应电池孵化的鸡苗（马克斯—斯宾塞公司提供的资料），禁止生产转基因食品（冰岛资料）。这些都是零售商将潜在威胁转化为竞争机遇的例子。

当买方势力大于卖方，或者卖方没有差异竞争，或者产品对顾客作用不大，或者顾客很容易另寻卖主时，买方力量都会增强。

- 供货商讨价还价能力。供货商有时进行兼并和合作，但他们经常采用的办法还是通过为消费者提供更加专业化的、更有价值的、更具特色的服务，以提高自己的讨价还价能力。在供应链的另一端，主要供货商通过各种各样的方式为自己争取到巨大的讨价还价能力，他们或者是通过品牌号召力（谁能想象一家大超市会没有可口可乐和凯德蓓蕾两个大品牌的货物?），或者只是采取大规模运作的途径来加强势力。转基因食品能够摆上货架的原因非常简单，就是供货商在广阔的食品领域中都在全面提供各种转基因食品。

> **让你舍不得**

当供应者的产品对企业或顾客重要性很强，或者卖方势力大于买方，或者买方不容易另寻卖主时，卖方的力量会增强。

根据分析采取行动

在研究阶段使用了分析工具后，我们就应该想想分析以后该干什么？这取决于你在市场地位方面的起点。

如果一家公司在市场上已经确立了自己的应有地位，那么上述竞争作用力就是对其现有地位的威胁，因此，这家公司应该采取的战略措施是在上述竞争作用力的各个方面构筑壁垒。

如果一家公司试图寻求进入某个市场，那么这家公司就是一个新的进入者，因此，它应该分析市场中各项竞争力量的弱点，以便打开市场缺口。

在任何一种情况下，分析的目标都是为了使自己获得竞争优势，迈克尔·波特为我们确定了获得竞争优势的两种主要选择：一种是差异化战略，另一种是成本最低化战略，我们将在第13章中讨论这些内容。

迈克尔·波特所给出的定义很有用。竞争对手、新进入者和替代品之间的确存在竞争关系。迈克尔·波特所作的分析也确实有它的道理，因为这些分析的目的在于帮助你立刻采取相应的行动，帮助你获得你所需要的竞争优势，使你实现防御的目的，或是进攻的目的。

假设你是一家拥有领先品牌的个人计算机生产厂商，生产传统的 PC（即个人使用的计算机）。现在你所面临的问题是市场出现了个人移动通信工具，也就是"新型个人计算机"。你如何看待这种新型个人计算机，你的看法将影响你要采取的行动。

> **个人计算机是消亡还是重生?**

这种新型计算机是市场的新进入者还是一种替代品呢？如果它是一种具有取代传统个人计算机的潜在替代品，那么作为应对措施，你应该考虑开发你自己的新型个人计算机。如果这种新型个人计算机是传统个人计算机市场的新进入者，那么这种产品是不是与传统计算机处于同样的竞争平台？它是针对同样的消费者，还是要对现有市场进行重新划分？如果是前者，那么你必须充分强调你的产品具有其他产品所无法比拟的优点；如果是后者，那么市场有可能分成两个独立的类型，一个市场类型将接受新型个人计算机；另一个市场类型仍接受传统个人计算机。你认为是哪种情况呢？

SWOT（优势、劣势、机会与威胁）分析

如图9.3所示，这就是最著名的营销工具之一，它也是最常用、最容易理解的工具之一，但不幸的是，它也是在实践中最容易滥用的工具之一！

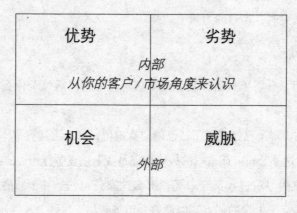

图9.3 SWOT 分析

泛泛而谈以及过于肤浅的分析是人们在应用SWOT分析模式时常犯的典型错误。对于一家跨国生产型企业来说，我完全可以按照四格矩阵格式信手填写与其相关的内容：

- 优势——我们的人力、技术、经验；
- 劣势——我们的反应速度、灵活性、内部局限性；
- 机会——远东市场；
- 威胁——远东市场。

这样的分析不会给我们的工作带来丝毫裨益。首先，我们应该明确SWOT分析的目的，使我们认识这种分析所具有的重要意义，促使我们以严谨的态度完成这项工作。SWOT分析为我们的选择方案提供了一套行动信号，说明何时该前

保障安全的交通灯

进、停止或者需要进行更深入的研究。SWOT 分析可以帮助我们对自己规避威胁及抓住机会的能力进行评估，并且在加强或改变这些能力方面为我们指出关键。

另一个失误就是在应用 SWOT 分析时将其抬得太高，这方面的典型表现是把 SWOT 分析模式作为评估整个企业所处地位的一个手段。首先，SWOT 分析不是针对企业本身，而是针对企业在市场中的地位。其次，在我们应用 SWOT 分析模式时，可能先是对市场进行分析，继而对细分市场进行分析，最后再进一步对产品或服务进行分析，分析范围越小，SWTO 分析的价值越高。

第三个应用不恰当之处是我们在应用 SWOT 分析模式时，往往带着自己的感觉透过玫瑰色眼镜来看世界。SWOT 分析模式着重强调的优势和劣势必须建立在市场和客户对我们自身能力的判断和认知基础之上。我记得自己在公司里曾经参与过一个高级别的 SWOT 分析项目，那时我在这家公司只是一个小角色，有些让我感到意外的是，当时我们全球性的经营规模（我们是全球最大的公司）被确认为本公司具有的一个优势。然而，这一规模对我们在诺福克和萨福克等众多市场的客户意味着什么呢？到底是不是优势呢？这个问题我最终还是未得到肯定的答案。

机会和威胁应该是企业的外部因素，并不在你的直接控制之下。即使你有足够的资金来扩大你的生产能力，这对你而言也并不能称之为机会，而只是一种具有可能性的优势（如果扩大生产能力可以适应市场需求的话）。机会（如果存在的话）是指市场可以容纳企业更大的生产力，甚至是市场需要更大的生产力。这话听起来像是有些迂腐，如果我们知道自己擅长什么，可以从外面获取什么，那么我们混淆机会和优势又有什么关系呢？其实不然，让我们回到第 2 章和第 3 章所讨论的营销模式：在面对竞争环境（威胁）的情况下，SWOT 模型帮助我们对自己与市场需求（机会）相匹配的能力（优势和劣势）进行评估，这样才能准确地完成 SWOT 分析，使我们找到这种匹配所存在的失衡之处，并且还有助于我们将这样的信息传达给公司每一个关注并为实现这种匹配而努力的人。

> SWOT 分析及
> 营销模型

要做好 SWOT 分析，就得避免泛泛而谈的讨论。我们应该尽量与竞争对手进行比较，对我们的优势和劣势进行评估，我们还要通过相互比较，对我们面对的各种机会和威胁进行评估。这样的比较分析将我们带到了分析阶段的最后一个工具，也就是定向决策矩阵。

定向决策矩阵（DPM）

在第 15 章（市场细分）和第 22 章（产品组合管理）中我们将对这一工具进行详细讨论。在第 22 章中对与其相关的波士顿矩阵也将进行详细的讨论。我们主要是从目标市场的选择和产品组合管理的角度对其进行了阐述：哪些产品应该优先发展并保证足够的资源配置，哪些产品的资源应该撤走，在哪些方面应该对其成本加以控制。在你只有有限的资源可以利用的情况下，这一分析模式就是你考虑可选方案的最理想工具，而且在营销过程的不同阶段中，还有各种巧妙运用。

营销过程中各层次通用的一个工具

在战略分析阶段，你可以应用这个工具首先在大范围里对摆在你面前的选择方案进行考虑：你将在哪些国家或地区开辟市场？你将在哪些市场或细分市场进行运作？如果你已经选定某个特定的市场，那么定向决策矩阵将有助于你进一步选定特定的细分市场（见第15章）；如果你已经选定某一细分市场，那么定向决策矩阵将有助于你进一步全面考虑你的产品组合管理（见第22章）。

应用定向决策矩阵的原则是要抓住SWOT分析模式的各个要素，并对它们进行更为严格的检验，从市场的角度确定你的优势和劣势并加以量化，对不同的选择方案按照吸引力的大小进行排序。它表现为一个四象限的矩阵（如果你想加上"灰色区域"来展示四种极端情况之间的细微差别，以求更接近现实，那么也可以用九象限），对你的市场、区域、细分市场、客户或产品（定向决策矩阵是一个非常灵活的工具，选择权掌握在你的手中）进行定位，并通过这种方式帮助你分配自己的资源、精力和注意力，如图9.4所示。

图中展示了一家提供培训服务的公司在考虑其细分市场（在特别严格的水平上进行确定）时应用定向决策矩阵的情况。每一象限中给出的"建议"仅仅是建议而已，它不是必须执行的命令，只是方案选择时的一个指导性意见。纵轴上关于吸引力的等级排序当然由你自己掌握，例如，你可以把NVQ的吸引力定得很低，其他的培训公司根据自己的能力和

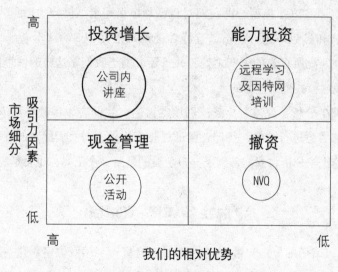

图 9.4 定向决策矩阵

未来的发展计划，则可能认为 NVQ 训练很有吸引力。横轴反映的是市场认识的角度，因此应该从相关市场或细分市场客户的角度来排列。

发现事实……

定向决策矩阵要求准确，而不是臆测，因此我们要以事实为依据，在市场调查阶段（第 7 章）中做准确的信息收集工作，因为定向决策矩阵本身就要求我们做市场调研。运用定向决策矩阵并不是做表面文章，而是为了作出严肃认真的决策，把我们有限的宝贵资源用到刀刃上。

如果我们可以自信地做出定向决策矩阵（不应该有什么猜测成分，也不能臆测妄想），那么我们也就做了调研和分析工作，可以转入营销计划阶段了。我们使用定向决策矩阵是为了对各种选择方案进行考虑，接下来就该作出选择了。

10

康奈克特有限公司案例研究：
The strategic audit
营销决定成败？

这是一个真实的案例，从中你可以评价该公司市场研究及其所做结论的质量，出于保护个人权利起见，案例中的人员用的都是化名。

时间是 1992 年。在担任了两年半的首席执行官职务后，西蒙·克拉克终于掌握了康奈克特有限公司营销问题的关键，对此他颇感满意。早在两年前，他就已经开始为这些问题而忙碌，并为此采取了一系列的变革措施，以确保在新千年里业务保持继续增长的势头。他所采取的行动都以母公司业务发展目标为基础，母公司设在美国，是一个机构庞大的集团组织。

公司背景

康奈克特公司是某个跨国企业设在加拿大的子公司，其母公司是一个大集团企业（虽然他们并不喜欢这样的说法）。母公司拥有清晰明确的运作方针，从过去的 10 年里直到目前，公司克服了各种困难，取得税前利润年平均增长 15% 的业绩。因此，15% 的税前利润年增长率就成为了整个集团公司对每一个运营分支机构及每家子公司的必然要求。

母公司将其拥有的公司按"分块"的形式运作，同时在许多市场上开展业务。公司的主要业务强项有自动化组件、木材及纸浆工业，同时对通信业务方面也颇有兴趣。母公司在电子元器件产业上的业务也做得很大，康奈克特公司正是其中成员之一。母公司在服务性产业中同样有出色表现，拥有一家很大的汽车租赁公司、一个国际化的酒店集团，以及一批人寿及火灾保险公司。

康奈克特公司本部设在多伦多，公司在蒙特利尔设有一个生产基地，同时在美国、英国、法国也有一些小规模的生产厂家，而营销机构则集中在多伦多、洛杉矶、伦敦和巴黎。公司在意大利、德国设有一些小规模的销售机构，此外，通过一批长期代理商和业务代表，公司将其业务覆盖到全球其他地区的市场。

在整个 20 世纪 70 年代和 80 年代，康奈克特公司最强大的优势——也就是它的核心竞争力——在于生产高标准的太空电路连接器，其价格从 500~7 500 美元不等。高价位的连接器用在一些非常关键的部件上，如防火舱、飞机引擎等。毫无疑问，这些连接器对于飞机的安全来说具有非常关键的作用。

与其他主要太空工业品供货商一样，由于近几年国防开支缩水，采购计划大规模缩减，康奈克特公司受到很大的影响。在 20 世纪 70 年代经历了十年的增长期后，80 年代贸易环境的日益恶化使康奈克特遇到了许多非常严重的问题，使其难以实现母公司要求的 15% 的增长目标，说白了，它再也无法支撑下去，柏林墙的拆除似乎标志着它业务的终结。

大多数人对太空工业和国防工业的未来都非常悲观，最乐观的希望也只能奢求连接器的需求量会保持稳定。克拉克相信康奈克特公司能够在现在的市场上保住自己的地位，但是即使在市场份额增加的情况下，还是避免不了整个市场的萎缩，要实现总部所要求的大幅度增长目标，就必须进行重大的改革。

销售机构

西蒙·克拉克的首要任务之一就是仔细分析销售队伍及其在康奈克特公司整个营销体系中所发挥的作用。举例而言，北美的销售队伍由 20 个现场销售员组成，并且有一支将近 75 人的后援力量，总部保持这样庞大的后援队伍是由该产品技术的性质所要求的。技术服务部是一个重要部门，售前售后服务是康奈克特公司经营体系中的一个关键。由于有大量的电话咨询或信函咨询需要给予答复，故此公司也有一支庞大的内部服务队伍。针对每一个询价，公司都必须单独为其报价，因为康奈克特公司的生产通常都是为客户量身订制的，故并无一个通用标准化价格表。

克拉克非常清楚：从技术角度看，他拥有一个素质非常高的团队。北美当地的销售队伍是按照传统的结构建立起来的，有一个销售副总经理和三个区域经理，分别负责加拿大、美国东部地区和美国西部地区经营，每个经理手下都管辖着一支销售代表队伍。在他们所处的市场上他们是专家，在经历了多年经营之后，他们与一些大客户建立了非常紧密的关系。

新市场

在克拉克来到康奈克特公司后不久，他便决定进军电器连接器这一新的市场领域，包括消费品市场和工业品市场。他希望以强有力的势态向新市场进军。

这个"新"市场由不同业务领域的企业所组成，涉及自动化设备、程控设备和耐用消费品，如洗衣机、电冰箱和电视机等。此外，康奈克特公司对进入汽车市场也抱有浓厚的兴趣。

克拉克心里非常清楚，面对新市场，他们这支销售队伍存在着极大弱点——拜访客户的次数太少，每天还不到一次。这在过去还不算是一个问题，而进军新市场的决定使这一切都面临新的挑战。

在新市场领域，客户对连接器的要求与康奈克特公司过去为航空工业设计生产的产品大为不同。他们要的只是一些技术含量低的标准化产品，对康奈克特公司的员工来说，这种产品的生产要求是非常宽松的，而且市场需求量非常巨大。

为了生产新的连接器，康奈克特公司不得不进行一些改变，这些改变首先从工程技术开始。克拉克组织了一个设计工程师的新队伍，这些人对商用连接器非常熟悉。在这之后，公司又开始对生产运作进行了必要的改革。其中主要是在蒙特利尔的生产基地建了一座新的大楼，用来作为康奈克特公司生产商用连接器的生产厂房。

新型销售队伍

现在康奈克特公司不得不为其产品寻觅新的销路，此时就出现了客户拜访次数这样的问题。克拉克心中明白，如果一个销售员试图将每个连接器以 2 美元的价格卖出，而不是500 美元或 5 000 美元，那么销售量就是一个关键问题，而达到这一销售量所要求的销售工作与在航空业市场上进行的销售行为则大不相同。首先，康奈克特公司的销售代表必须访问广泛的消费者群。当克拉克分析市场机遇时，他发现与航空业市场上有限的客户相比，新市场上巨大的潜在消费者数量使他震撼，如果能够抓住这一市场中即使是极小部分的客户，仍然可以达到巨大的销售额。

但按照公司确立的总体目标，克拉克无法大量增扩其销售队伍，因此解决问题的办法只有将拜访客户的次数增加到每天至少五次。这样一来他又遇到了一个更棘手的问题——心理问题。

康奈克特公司的销售员对自己所在的市场和客户有着深入的了解，他们拥有高质量的产品和广博的技术知识，善于与企业高层领导交往，所以在客户中享有很高的信誉。这正是"心理"问题的根源。简而言之,大多数销售代表不愿意也不会改变他们的工作方式,正如他们在一次又一次的销售人员会议上所说:在午饭前去一家航空公司向其副总裁推销产品,下午再出访三次向年轻消费者推销家庭用品,这种工作做起来相当困难。

不仅如此,许多康奈克特公司的员工都对新市场漠不关心。从眼下来说,康奈克特仍然在传统的市场上占据领导地位,虽然行情不是极端高涨,但是诸如迈克丹尼尔·道格拉斯这样的客户并没有打算离弃他们,既然公司做得不错,为什么还要开辟新市场?

克拉克想出一个办法,他把销售队伍一分为二,任命了一名新的销售副总裁,并组织了一支由24名销售代表组成的销售队伍,负责商用连接器的市场营销工作。"营销副总裁"在康奈克特公司是一个新设的头衔,公司曾经把营销视为只有肥皂粉生产商才会干的事情,商用连接器业务所面临的挑战是显而易见的,毕竟这是个情况并不明朗的市场。

太空工业市场营销副总裁同样面临着新的挑战(他也拥有一个新头衔—— 一个让他不由得苦笑的头衔)。他带领的销售队伍现在只有6个人,而客户量则保持不变。

"未知"市场

新上任负责商用连接器营销工作的副总裁的首要任务之一就是组织实施市场调查工作,市场机会很多,但需要寻找的是关键性的市场目标。

康奈克特可供销售的产品数量相对来说并不充足,这是一个不大不小的问题。新产品设计从图纸到将其投入生产的速度比预期的要慢,所以康奈克特公司只好将一批产品外包给其他生产商生产。销售人员将这些产品称作"进口货"。尽管这些产品是在美国或者加拿大生产的,但还是被认为质量上不如公司自己生产的产品。当康奈克特公司转向英国生产厂家,让其为自己生产产品时,进口产品就真的成为了事实。英国厂家虽然是专门从事最高规格产品的生产,但是由于市场的疲软,使其生产能力大量闲置,若要弥补损失,只有生产新产品。

销售队伍此时开始对工作失去了热情,原因有多种。他们认为一些外包产品的质量不如自己生产的产品,也不如竞争对手的产品。而且对于这些民用产品,他们缺少相关的专业经验。对于供货能否得到保证这个问题,也始终存在疑问。而且还有一个让人头痛的问题是转移价格——英国供货商比本地外包供货商要价高得多,导致成本升高。
在这种情况下,营销副总裁有一个任务,就是要确定把产品卖给谁,以及如何销售。克拉克可以利用内部销售人员和技术支持人员开展工作,但是他不知道如何发挥他们的作用。事实上,他甚至也不知道什么样的客户服务平台可以为康奈克特公司带来竞争优势。

市场目标与市场预测

通过对市场规模的计算，并从三年内实现 20% 的市场份额的具体任务出发，克拉克为营销副总裁确定了非常明确的销售目标。克拉克说过：康奈克特公司要在核心竞争力的基础上，依靠营销队伍的新鲜血液，采取渗透策略。有一小部分销售人员来自康奈克特公司之外，其中一些来自于商业市场，而大部分人员原来就是做太空行业销售的人。

高销售量的目标给康奈克特公司带来了一个相对较新的课题——需要对长期市场进行准确预测。新的连接器并不是为用户定制的，而是在生产之后还需要库存一段时间。这一市场上的消费群体中有许多人的购买行为会波动，他们在很大程度受消费者购物行为倾向变化的影响。如果康奈克特公司要避免存货积压的问题（更糟糕的情况是消费高峰期脱销的问题），那么他们必须对市场需求作出准确的预测。

康奈克特公司于是赶紧建立了一个新的体系。在这个体系中，他们在历史销售记录的基础上加入了从市场销售队伍获得的信息，并通过新得到的市场调研资料强化对市场目标的预测。克拉克要求对市场的预测至少要达到六个月，并对市场趋势作出两年的预测。

1992 年的业务情况

销售预测系统已成为康奈克特公司业务活动中的核心运作部分。公司生产出成品后就转为存货，这是过去在太空业市场上从未有过的产销方式，那时候几乎每份订单都是定制，没有库存。现在的产品有了一个价目表，这个变化对大家触动非常大，报价部的人员对此变化抵制了几个月。克拉克向他们作了解释，告诉他们这种变化只是为了满足客户的要求而已。

在太空产品的业务中，客户通常提前一年就提出要求，康奈克特公司按照订单要求开展生产，交货期可以长至 8 周或更长时间，价格需要根据每一份具体的合同通过协商确定。

在商业领域，顾客要求在 24 小时内交货，既要求交货时间及时，又要求一次性货物交齐。客户通常不会提前太长时间下订单，并且会要求提供最新价格表，以便他们在价格竞争激烈的市场上货比三家。

在现场促销活动方面也存在相类似的转变。太空业市场业务靠的是与客户之间的个人关系以及企业长期良好的信誉，而在商业市场上，则需要采取更广泛的促销手段。康奈克特公司在这方面的表现还不尽如人意（它所占的市场份额还远远不到 20%），对此公司必须采取积极的措施予以补救，在市场上树立自己的形象。公司与一家代理机构进行了接触，以便让他们协助开展此项工作。代理机构面临的挑战在于要为公司树立一个专门从事高性能连接器生产商的形象，并将公司重新定位为一个低价位的大众消费品市场供货商。但在实现上述目标时，丝毫不能损害公司在太空业务市场上已有的形象。

由于可能出现的两难境况，以及促销涉及的高成本，克拉克把两个市场的促销预算控制在自己手中。如果所有其他的计划都失败了，至少预算这一招还能成为一个有效的保底手段，以达到母公司下达的利润指标。

康奈克特公司最终打算以蒙特利尔为一个基地进行生产，为北美市场提供大部分产品，在英国生产仅仅是一时的权宜之计，而这种权宜之计所带来的副作用已经在英国生产基地引起了不少麻烦，使得公司现在不得不集中精力以恢复其在太空业市场上原有的信誉。

分销渠道是新业务的一个重要要素。对于过高的销售目标来说，目前现有的销售体系已显得难以支撑，因此，克拉克打算通过独立分销商网络开展工作，由分销渠道为小客户提供产品，而公司则直接与大客户联系。这种销售方式以及促销相关问题将是克拉下一步需要应付的挑战。

市场营销回顾

市场营销工作的进展并没有预期的那么好，大家非常担心未来的销售目标难以实现。克拉克要求对自己已经开展的营销活动进行全面回顾，重点解决如何降低成本和提高销售量的问题。

尽管克拉克的副手们开始感到忧虑，但是他本人还依然保持着镇定。

案例研究思考题

1. 评价康奈克特进入新市场的最初计划。他们对市场机遇和他们自身能力的评估如何？

2. 如果你受聘为营销顾问，在克拉克最初考虑这一新的计划时，你会给他提出什么建议？

3. 你对他们到目前为止所开展的工作及进展情况如何评价？

4. 就他们目前的情况，你如何看待他们在未来获得成功的可能性？

5. 如果你受聘为营销顾问，协助康奈克特公司对其营销工作进行总结，你将建议他们如何

　　—在新市场开展工作？

　　—在太空业市场开展工作？

　　—用其他方法开展工作？

你可以将你对本案例研究的答案或者评论用电子邮件寄给英赛特公司，地址是
customer.service@insight-mp.com，我们会对你的观点予以点评，并且把我们的看法反馈给你。

11

愿景和目标
Vision and objectives

　　营销是一项着眼于未来的事业，必须有愿景目标和具体目标。愿景是从长远来说的，往往是总结为一项使命陈述，说明企业将发展到什么水平。相比之下目标则较为具体，遵循 SMART 原则，即具体性、可衡量性、可实现性、切实际、有时限。

　　下面我们将介绍两个工具，不过在此之前我们先回顾一下第 3 章中提到的"管理未来"的挑战，在此重温一下。

管理未来

　　在第 3 章中我们看到，"管理未来"要求我们处理好三项要素之间的关系，如图 11.1 所示。

企业目标

企业资源　　　　　市场机遇

图 11.1　管理未来

企业目标是你希望企业未来达到的目的。市场机遇是有利因素与不利因素的综合，即顾客与竞争者。企业资源是支持或制约企业前进的因素，如企业能力、生产能力、研究与开发能力、物流、资本，还有最重要的人力资源。

理论很简单，实际运用中的难处在于这种平衡会因为形势的变化而不断变化。有一段时期银行总是致力于开设新的分行以抢夺市场份额（目标）。谁"圈地"越多，谁就获胜（资源）。机遇就在眼前，在信息技术的支持下（资源），银行具备了管理众多连锁机构的能力，目标很实际，战略也可行。后来形势发生了变化，虽然抢占市场仍然是工作的目标，但机遇和资源都变了，现在开设分行已经不行了，取而代之的是家庭银行业务和电话中心业务，或是虚拟业务。

战略惯性

当然，银行随机应变是明智之举。一般来说，企业战略实施成功后如果能继续保持一段时间的话，就很容易转变成企业文化，形成定势，再变就很难。在现实中往往是新战略和旧战略同时存在，逐步实现过渡，由高层管理人员制定新战略，由中层管理人员继续执行旧战略。银行在继续开设分行的同时，董事会则可能已经在考虑开拓家庭银行业务。同理，百货超市连锁在出售闹市区的小型分店的同时，也正打算在闹市区开辟便利店以重振业务。

将一家大型公司与一艘远洋航行的油轮相比是最合适不过的了：两者如果要改变前进的方向，都要耗费大量的时间和精力。营销者的工作就是帮助企业实现转向。这种挑战不仅大企业有，小型企业也有自身的困难，对于小型企业来说，根本没有时间考虑未来，管理未来就更无从谈起。

"资源阶梯"和错失良机的危险

在一家资源不足的企业中，工作很不容易开展，各方面都存在严重的局限性，包括营销者本人的能力也是有限的。造成资源不足的原因有很多，下面列举三个最常见的原因：

- 缺乏投资——要么是因为资金不足，要么就是因为缺乏远见。
- 在出现新机会的时候，组织不能及时采取相应的行动。
- 总是企图尽可能有效地利用手中的资源，越穷越小气，主张将一切都用到极限，甚至超过极限。

无论是什么原因，在一个增长的市场上其结果大致都是这样的：先是在一段时间里承受重压，然后是采取大胆的行动，投入资源，有时这种投入超过了现时直接的需求。这种情况在以人为主要资源的服务业尤其普遍：你可能只需要半个新人，而却不得不雇佣整个人！

我们把这种情况称为"资源阶梯",图11.2对其进行了解释,它的特性表现为在盛宴和饥荒之间所出现的一种极为短暂的平衡(虽然按照统计学的平均法计算时,资源是非常平衡的,但实际中远不是那么回事!)。

如果这种情况所存在的唯一问题是资源与机会之间的不平衡,那么问题还不大,但是图11.2还显示了资源阶梯中可能存在的真正问题。在寻找恰当水平的资源时,企业往往会受效益最大化动机的驱使,把注意力放在企业内部。在一个增长的市场上,这是非常糟糕的坏消息。也许资源阶梯与观察到的机会保持着适度的增长步伐,但是这与真正的机会是同一回事吗?当你的企业在增长时,尤其当你对自己资源与这种增长步调保持一致的手段感觉不错(甚至自鸣得意)的时候,就很容易感到满足。满足和自满是相依相伴的,而你也会很快错过真正的、更大的机会,在你自己的业绩表现和真正的机会之间,事实上已经出现了一条鸿沟。

营销者应该首先认识机遇,然后再获取资源,最后才制定目标。有的上级制定的目标往往太大,或是自身条件达不到,但面对上级的需求你又不能只是拒绝。这时候,作为专业的营销人员,应针对他们不切实际的想法提出意见,说明理由,并说明如何与实际相结合,这样才会获得资源,使众人满意,并由此把握住未来。

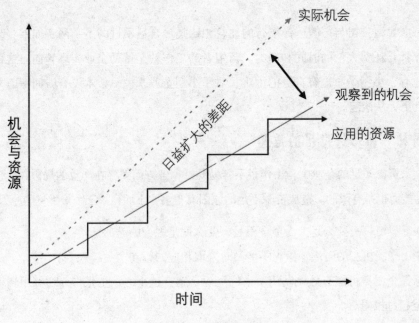

图11.2 资源阶梯

现在我们来看看本章开篇介绍的两个工具:目标(使命)陈述和任务。

愿景：使命陈述

以下用一句话表达的口号，它们是不是使命陈述？

- "绝不恶意低价抛售。"
- "到2006年销售和利润翻一番。"
- "再努力。"
- "必胜！"

这些仅仅就是口号而已吗？

这种表达方式的问题在于它们试图给人以深刻印象，但是最终结果却是因为内容太空泛而没有起到任何实质性的指导作用！难道不管价格如何都将"必胜"无疑吗？我们如何才能使销售和利润翻番？绝不"恶意低价抛售"（约翰·刘易斯合伙公司的口号）是商家追求的目标，还是针对客户的一句口号？当然，恰当的使命陈述应该对消费者、员工、供货商和相关人员都是有意义的东西。对于英国的百货零售商——约翰·刘易斯合伙公司来说，上述陈述是公司的政策；对于消费者来说，上述陈述是一种承诺；对于员工来说，上述陈述是指导他们行为的准则——如何采购、如何销售、如何注意竞争的规则。这一条陈述起了作用，使该公司长期屹立不倒。

好的使命陈述应该简短、易记、有鼓动性、挑战性，最重要的是要对企业决策起指导作用。要做到这一点，并且不留下太多引起潜在误解的漏洞，须注意以下五个使命陈述的关键性构成要素：

1. 我们所从事的业务是什么？
2. 我们期望未来将有一个什么样的地位？
3. 我们实现目标的核心竞争力是什么？
4. 什么样的细分市场和客户将帮助我们实现目标？
5. 我们将采用什么样的有效措施获得成功（包括财务上的措施）？

构成要素⋯⋯

明确"我们所从事的业务是什么"太重要了（参见第3章）。在任何可能的情况下，其定义都应该与产品或服务给消费者带来的好处有关，而不是与产品本身有关。例如，"我们销售的不是化妆品，而是希望！"

一个商务书籍的出版商当然不应仅投身于出版市场上，他的使命应该是帮助企业改善业绩，提高其管理能力，提升个人业绩⋯⋯还有许许多多的定义可以帮助出版商为自己树立特有的市场地位。本书的出版商就活跃在其所说的商业人士的市场里，试图帮助那些在商业环境中工作的人们提高他们的技能和知识。因此，它们出版的书籍给人以实用的感觉，为人们提供了有益的建议、技巧和实例，既通俗易懂，又给人带来希望，甚至还有无穷的乐趣。

对于使命陈述来说，没有必要为其正确性寻找依据，没有必要通过统计资料为其提供佐证，也没有必要将其一步一步进行细化，使命陈述是指示牌，而不是地图。

营销目标

如果总结愿景后形成的使命陈述是一个指示牌，那目标就是指示牌上非常具体的目的地。我们必须按照严格的规范（SMART）撰写营销目标：

- S—(specific) 具体性；
- M—(measurable) 可衡量性；
- A—(achievable) 可实现性；
- R—(realistic) 现实性；
- T—(timed) 时限性。

参与过个人业绩评价工作和制定公司目标会议的人可能会遇到类似"SMART"的标准——我们完全可以借鉴个人业绩评价方面的经验来确定营销计划中的营销目标。

我们应该避免以下一些过于笼统的目标：

- 我们将成功进入高价的名贵玩具熊市场。
- 我们将成为这个市场的领导者。
- 我们将推出三种新产品。
- 我们将保证客户完全满意。
- 我们将获得 25% 的净资产回报率。

我们必须对成功的概念进行明确说明。我们必须对高价的概念进行明确说明。我们什么时候能够获得"成功"？市场领导者意味着什么——最高销售额，最大的价值，还是最知名的商标名称？同样地，我们要问什么时候我们可以实现这一目标？三种新产品何时能够推上市场，而且，推出这些新产品是衡量成功的唯一标准吗？什么东西可以让客户感到满意？完全满意就意味着零投诉吗？这样的目标现实吗？25% 的净资产回报率是具体的，可以衡量的。我们假设它是可以实现的，并且切合实际，如果另外再为它加上一个时间，那么勉强还称得上是一项任务陈述。

强力方式和温和方式

你所制定的营销目标将在未来一年、三年甚至更长的时间里推动你的企业向前发展，所以在内容和表达形式上都应该加倍对其予以关注。假如计划的其他部分说明了你们将如何应对挑战，那么在这里无论如何要列明挑战的内容。多数人都喜欢在一个积极应对挑战的组织中工作，当然前提是他们并不是鲁莽或者不切实际的笨蛋。你的目标应说明你们企业的远大抱负，以及你们管理该企业所具有的专业水平。

在此我要谈到两种不同的"积极行动"的人生观，这是两种极端的情形，可以概括为企业和市场营销目标在实现方式上的差别。我们可以将其描述为"强力方式"和"温和方式"。

"强力方式"的观点认为，你应该冲上敌方滩头阵地，把部队送上去以后，放火将运兵船烧掉。在这种方式下，努力实现目标就是你唯一的选择。在这种情况下，如果取得了成功，那是勇敢和大无畏的结果，必将成为传奇；如果失败了，就会受人指责，认为过于血腥，而无人赞赏。

"温和方式"的观点则认为你应该守在远处，以望远镜观察敌情，发现其弱点，待其自乱，然后逐步向海岸接近，最后占领他们的阵地。如果你获得了成功，人们将会对你的智能和战术天才大加褒奖；如果失败了，那么等待你的将是胆小鬼的骂名。

财务目标陈述

如果你的愿景规划中缺了财务目标，那么首席执行官和财务总监都会为你担心——没有财务上的计划，资金从何而来？图 11.3 说明在确定财务目标时，我们要进行一些取舍。这些财务目标很重要，但却常常被营销计划遗漏。有一些企业认为营销是"创造性"活动，就更容易忽视财务问题。

这里又出现一个"鸡和蛋"的问题。一方面，在写计划之前我们是否要有一个财务目标，然后按目标制订方案？另一方面，我们是否应该先作出计划，然后再考虑从中可能获得的收入和利润？其实，这是一个双向并行的问题，两头应该同时做。

图 11.3 不仅提供了各种选择，而且画出了各种选择对象之间的关系。面对这种复杂关系，许多企业都无法入手，裹足不前，只能因循守旧、维持原状。

为了打破这种僵局，我们得运用第二篇中提到的"市场研究"工具，它能为我们在计划中设计收入、投资、现金流和利润目标，使我们制定出有效的愿景规划和具体目标。

营销第一
Key marketing skills

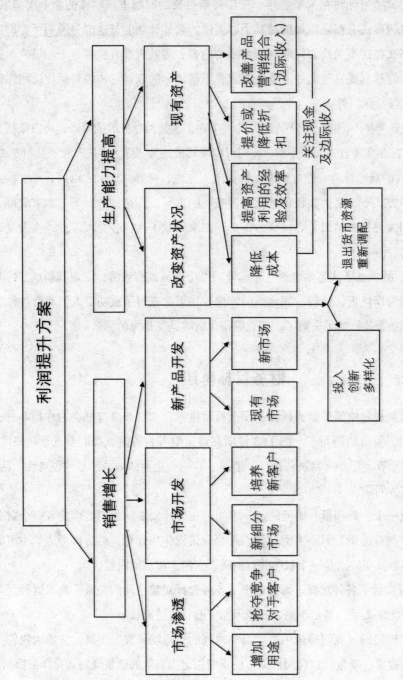

图11.3 选择方案及其细化

资料来源：马尔科姆·麦克唐纳德。营销计划。牛津：巴特沃斯—海尼曼，1999，及约翰·桑德森教授，阿斯顿大学。

我们如何依靠营销成长

How will we grow?

"定位"是企业的大事，它首先要考虑企业如何成长的问题，为此，我们需要两个计划工具（注意：是计划而不是研究）来帮助我们作出一些关键的决策，这两个工具一个是安思富矩阵，一个是差距分析。

安思富矩阵与风险

对于任何一家希望增长的企业来说，在它销售的产品以及渠道的基础上存在着四种选择，分别由安思富矩阵中的四个象限来表示，该矩阵是根据其创立者——波士顿顾问集团的依高·安思富先生来命名的（见图 12.1）

四种选择分别是：

- 市场渗透。将更多的现有产品销售到现有市场。
- 市场拓展。将现有产品销往新的市场。
- 新产品开发。将新产品销售到现有市场。
- 多元化经营。将新产品销售到新的市场。

风险

图中的百分比是安思富在分析了多种不同市场的基础上对企业成功几率的估计。换个

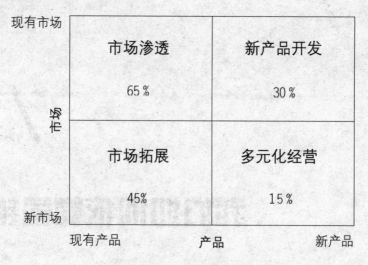

图 12.1 安思富矩阵

角度看，也说明了风险的大小：新产品开发的失败几率是 70%，而分散经营是 85%。

如果你选择的增长战略围绕着安思富矩阵从市场渗透策略转到市场拓展策略，再转到新产品开发策略，甚至转到多元化经营策略，那么对你来说，失败的风险就增加了。你每远离现有市场和产品一步，你就向一个未知的环境走近了一步，在一步一步向前推进的各个象限里，你获得成功的几率也就越来越小。当然，这些百分比只是一个具有代表性的平均数字。不同的市场数字不相同，不过它们之间的比例应该大致相当。一个畅销食品生产商可能对其新产品具有 30% 的成功几率感到格外高兴（因为他的市场平均数只是百分之几），而像我们自己这样的一家培训公司，这样的成功几率就可能会让我们无法安心了！

风险管理

冒风险是好事
......

安思富矩阵有两个基本用途：首先，它能估量增长策略中的风险大小，对一系列产品、分市场，甚至整个企业和市场都适用；其次，它能帮助你实施必要的风险管理或风险降低措施。

当然如果你希望增长的话，担一些风险是必然的，但是任何一家明智的企业总是会尽其最大的努力驾驭或是消化这种风险。为了驾驭这种风险，我们有很多事情可做：

......前提是要
有所控制

- 市场调查；
- 市场检验；
- 与富有经验的合作伙伴组成联盟或合资企业；
- 与专业的供货商合作（以共担风险）；
- 与大客户合作，共同开发新思路，有可能的话还能共享收益，共担风险；

- 雇用有经验的职员；
- 培训现有员工；
- 收购与合并；
- 利用"品牌光环"效应（参见第16章）。

运用安思富矩阵的关键是要对你现在业务处所的象限作出实事求是的判断。可是，企业在制订发展计划时，总是会为了使计划获得批准而对其中可能包含的风险估计不足。在安思富矩阵中没有准确的定位，于是就引发了恶性循环：首先是低估风险导致准备不足，然后导致风险管理不到位，进而扩大了风险，如此一来，循环便开始了。

我们应该把每个象限依次进行分析，对风险的性质及可能成功的各种方法进行评价。

市场渗透

假设你在现有市场上还有更多的业务可以开展（你尚"拥有"巨大的市场份额），那么采取市场渗透这一做法通常是最安全的策略，因为你已经在这个市场开展业务，你知道人们的需求，而且你也可以有一定自信地评价自己的活动。

不同的情况其特点各不相同，在一个处于衰退的市场上，或者在某个市场上你已经拥有很高的份额，实现进一步的增长已经是不切实际的时候，市场渗透就没有那么大的吸引力了。市场份额从5%增到10%听起来好像是一个飞跃，但这通常比从80%增长到85%要容易得多。一方面，客户不喜欢你拥有这种绝对优势，他们会偏向于你的竞争者，以保持自己的采购空间；另一方面，法律可能会对你加以限制（记住第9章的环境因素），而且不管你采取什么方式，总是有些竞争对手会拼死抵抗。

市场拓展

将现有产品打入新市场的做法就是市场拓展，而这种做法却最有可能产生严重的后果。许多企业都认为，在某个市场能起作用的办法在别的市场同样可以发挥作用（假如把市场视为新的国家），结果它们却惨败而归。几乎没有任何一家企业能够在全球范围保持一种标准化的产品供应，即使是麦当劳这样的标准化企业，在法国销售奶酪三角时，也得将其改名为"宫廷饼"（这一点从电影《低俗小说》中可以看到）；当桑德斯上校把肯德基开到日本时，在其炸鸡配菜中也不得不放弃了凉拌卷心菜。然而很多企业却只是把眼光放在企业内部，结果吃了不少苦头。

本—杰里公司的冰激凌在美国取得了巨大的成功，公司将自己的经营手法、趣味性、口味偏好、企业家精神和社会公德等多方面的因素非常巧

| 本—杰里冰激凌 |

妙地结合在一起，从而使自己的产品获得了成功。但是当公司在英国推出产品时，上述方法便不灵验了。因为英国消费者既不关心美国佛蒙特牛奶场主们所遇到的困境（本—杰里对这些受困群体的支持为其赢得了一大批热情的拥护者），也不会从"杰里·加西亚"这类受美国人喜爱的冰激凌品牌名称中感觉到有什么趣味性。

甚至品牌名称也可能使你遭受到重创——沃克斯豪·诺瓦汽车在南美遭受了失败，因为在这个地方"诺瓦"一词的意思是"不会走"。

| 走不动的狗 | ICI 多乐士涂料是多年来在英国市场上占统治地位的一个品牌，它在20 世纪 80 年代期间兼并了大量英国之外的涂料公司，包括法国最大的企

业万能涂涂料公司以及美国的格利登公司。多乐士曾经想迫使新伙伴采用其著名的"多乐士狗"商标，但是不久以后放弃了这种努力。在法国，万能涂涂料公司最终在自己的广告中采用了一个动物图像———只与他们的定位相匹配的黑豹，与多乐士的那只狗相比较，它所传达给消费者的信息更贴切。而在美国，利用动物来表达品牌价值的做法则根本行不通。这个例子很有讽刺意义：多乐士是在自己所处市场上开展市场调查最多的一个品牌，而且在大众消费品市场当中该公司是市场调查做得最好的一家，然而企业的自负情绪使它在进入一些完全陌生的市场时不屑于思考一些简单的问题。这些市场对万能涂涂料或格利登公司来说并不是新市场，而对于多乐士公司来说则是新市场。

零售商们通常会犯同样的错误：马克斯—斯宾塞公司投资北美与欧洲大陆市场，但结果却是在那里苦苦挣扎；德州家居公司在西班牙遭受惨痛的损失；阿尔迪公司和纳图公司在欧洲大陆得到顾客的青睐，在英国却备受冷落；而英国市场上的赢利领头羊威科斯建筑供销公司 20 世纪 80 年代在波兰和比利时经营连锁店时业绩惨淡——成功的模式并没有他们所想象的那样容易实现转移。

企业遇到的挑战通常会比开始时预计的要大。在当前市场上谨慎经营的产品转到海外市场时，可能需要对其进行一定的改动（不仅是对品牌作改动）。对这些产品的改动有时可能很大，以至于使它们变成了新的产品，使企业也在不知不觉中走上了分散经营的道路。分散经营本身并不错，维珍品牌就向我们证明了企业如何成功地实现分散经营。错是错在已经走上了分散经营的道路，而企业自己却从未意识到。

新产品开发

新产品开发是一把双刃剑，具有很大的风险，而且开发成本往往会超出预算，出现问

题时超支更严重。不过安思富矩阵告诉我们，出现问题时并不是意味着我们要放弃所有的新产品开发计划，而是应该谨慎行事，遵循新产品开发规则（见第 25 章），开展市场测试，或与顾客及供货商等伙伴密切合作，降低风险，着重经营好把握比较大的新产品。

长期以来，3M 公司因其创新精神而受到广泛推崇，人们都称赞说 3M 公司很开明，鼓励其员工投入大量的时间、使用 3M 的资金从事产品开发工作，而且产品开发的自由度很大。3M 自豪地说，公司未来五年内的绝大部分利润将来自于还未上市的产品，甚至是来自于还未画上制图板的产品。3M 公司的确成功了。我们举出这样著名的例子时，要强调竞争战略可能遇到的一个问题，那就是企业容易忽视了这种战略奏效的环境因素。一家打算在新产品开发方面保持高水平的企业必须具有相当雄厚的能力，包括完备的研发条件、与合作伙伴和供货商通力合作的能力、将产品迅速推向市场的能力、一个能够容纳和刺激创新的管理机制，以及承受挫折并从中吸取教训的能力。当然，在开发过程中企业内部不可避免会出现许多的想法，因此企业必须要有一个处理这种问题的正确方法，确定哪些想法应该予以支持，哪些想法应该放弃。我们把这一程序称为"阶段之门"检验程序，并将在第 25 章对其进行详细论述。

在全球市场上，新产品开发费用几乎都是高得令人不敢问津，正因为如此，我们看到出现了越来越多的合作开发企业相互之间组成联盟并进行合资，从而分担成本，降低风险，同时也确保可以获得足够的能力。

惠普公司在商用小型喷墨打印机市场占据着统治地位。施乐公司占有的市场份额很小，而它的增长目标却很大。对施乐公司来说，也许可以采取市场渗透战略，因为公司在这个市场上已经有产品，只不过份额很小，要获得市场份额的增长就需要有新产品开发予以支持，而一定的增长规模又要求公司必须获得新的能力和资源，因此开始与富士施乐公司（其日本合资公司）以及日本夏普公司合作。

| 新产品开发的合作 |

多元化

玛尔姿公司在英国推出玛尔姿冰激凌块获得了巨大的成功，开辟了一个完全崭新的市场，这种新产品的上市是多元化经营的结果。玛尔姿冰激凌是一个具有创意的产品，而且开创了一个新局面，它突破了甜食的概念，进军冰激凌市场。然而，玛尔姿公司在认识方面的不足使其成功大打折扣，公司要求冰激凌零售商们将这种产品放入他们现有的冷藏柜中，遗憾的是这些冰柜几乎都不是这些零售商的自有财产，它们通常属于两大冰激凌品牌——和路雪公司或朗迈德公司其中之一，这两个生产商对玛尔姿公司的反应非常迅速，立即提出了诉讼。最终玛尔姿公司不得不以两倍的速度加快配备自己的冰柜。（冰柜供货商的生意一下子火暴起来，就像要过圣诞节一样！）

为什么玛尔姿公司会犯这样的错误？因为公司里的很多人只是把冰激凌看作是新产品开发，认为这是公司的强项，不会有什么问题，他们没有认识到新市场开发其实是分散经营，需要采取必要的措施来降低风险。

最后，玛尔姿公司纠正了错误，使多元化经营大获成功，在这成功的背后，不仅仅是因为公司发动了庞大的促销攻势，而且非常重要的是因为玛尔姿这个名字所具有的知名度。如果现有品牌上附有的价值是可转移的，那么利用现有品牌进军新市场或是推出新产品就可以成为降低风险的一个非常有效的途径。在玛尔姿冰激凌的案例中，效果是明显的，而在维珍公司的成功案例中则更为明显。

有些人说维珍公司打破了安思富矩阵所有的规则，公司采取了非常极端的多元化经营策略，从经营标贴到经营航空公司、旅馆业、可乐生产、金融服务、一直到铁路经营，在这样复杂的过程中公司本应该有无数次遭遇失败的可能，然而它成功了，因为它不仅没有打破必须遵循的规则，而且遵守了最重要的规则：努力了解挑战和风险，并在远离自己熟悉的领域时将风险最小化。在维珍的案例中，正是由于它把品牌光环效应（见第16章）、细心的市场研究和专业伙伴以及供货商的联合等多方面的因素结合在一起，才使得自己大获成功。

为避免衰落而实施多元化经营策略

菲利普·莫里斯是万宝路品牌的所有者，他预见到因政府逐渐对烟草制品广告的限制增强，万宝路品牌会出现缓慢衰退的必然趋势。在这种情形下，他并没有打算就此罢休，因为品牌是自己最重要的资产之一，价值230亿美元，他考虑进军旅馆业和休闲服务业等方面进行多元化经营。降低多元化经营风险的一个方法就是进行品牌拓展，即采用现有品牌，并利用其光环效应（参见第16章）进入一个新的市场。但是他所面对的一些挑战也是巨大的——万宝路品牌的价值能够转移到旅馆业上面去吗（顾客在休息时仍会被提醒不要在床上抽烟！）？而且这种尝试是否会获得市场的认同（至少美国政府会阻止这样的行为）？菲利普·莫里斯必须对这种选择进行权衡，要么通过多元化经营保持其品牌的活力，要么承认在长期经营过程中自己的品牌将会衰退，然后从中尽快榨取利润，以投资于品牌组合中具有成长性的品牌，例如卡夫食品或是米勒啤酒，并进行市场渗透。

成熟市场的增长选择

既然除了渗透策略之外的其他策略风险都很大，那么为什么还要实施这些策略呢？这是因为企业的最终目标是实现增长，而在成熟和衰退的市场上，渗透策略并不一定是最佳选择。

在美国几乎没有什么消费品市场会比早餐谷物制品市场更为成熟了，一些大品牌在争夺市场份额的战场上已经坚持不懈地奋斗了数十年。通用食品公司最近首次将其长期的竞争对手科勒格公司拉下排名第一的宝座，从而赢得了一场胜利，但是这场胜利所得到的成果比预想的要小，因为公司认识到这个战场需要有所改变了。通用食品公司正在进行基因的研究工作，以求开发出一种可以用来治疗或抵制某些疾病的食品。桂格公司在谷类制品市场上规模稍次，但是具有同样著名的历史传统，最近与诺瓦迪斯公司结成伙伴关系开展合作，成立了阿尔土司食品公司，其目的是为了避免成熟的谷类市场在价格和市场份额方面的竞争。阿尔土司食品公司将寻求把食品开发为健康保健品的机会。桂格公司的首席执行官罗伯特·莫里森说："我们要把食品企业转变成营养品企业。"这听起来像是新产品开发的战略举措，实际上则是多元化经营的战略措施。鉴于在实施这种战略措施时将要遇到的风险和要求具备的新能力，需要企业开展合作与联合，但即使这样，成功的机会也并不大。当时，诺瓦迪斯公司已经在英国推出了亚维娃品牌，这种品牌的产品包括一种对心脏有好处的牛奶什锦餐、一种有利于骨骼的橙汁饮料，以及一种有助于消化的纯麦饼干。品牌标志的正面写着公司的承诺，外包装上附有临床检验标志，标签旁有这样一行字"品尝今天的美味——享受明天的健康"。然而，这一品牌却未成功，是因为策略太过于超前还是因为别的原因，目前尚无定论。

科勒格公司则选择了一条不同的路线，希望通过实现"珀普塔尔茨"牌便利食品业务的增长，以降低公司对于谷类食品业务的依赖——当一家企业在多个细分市场上经营时，市场渗透战略仍然不失为一个选择。

> **逃离早餐市场的战场**

差距分析

安思富矩阵说明了风险的性质，差距分析则对整个增长任务的性质作出了图标分析（见图12.2）。

营销中的不确定性因素很多，增长的前景扑朔迷离，但有一点是比较肯定的——如果什么也不做，必然就会衰退。这体现为差距分析中的"什么也不做"的趋势线。有的企业

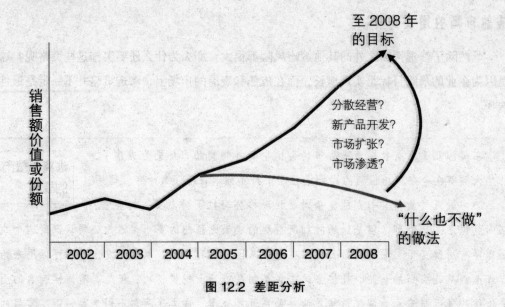

图 12.2 差距分析

希望维持原状，然而这却是最难的事，任何维持原状的企图都会导致缓慢衰退。

有的上级领导眼光很高，提出的目标很大。过去企业一般只提一个目标，大家得尽力完成，而如今除了具体目标外，又加上另外一种"拓展目标"，好像是要说明，"对于诸位精英来说，一般的目标实在太容易了，应该加码。"在无所作为与所提目标之间有一系列事可做，它们其实就是安思富矩阵中的选择。

差距分析的运用

差距分析是一项小小的理性检查，帮助我们评估增长的可能性，明确任务目标对我们提出的要求。此外，这种分析应该还有一个妙用：向给我们下任务的上级反映情况。例如你可以给上级看你的差距分析图，并且说："如果您要这样大幅的增长，那么我们只能搞新产品开发，应该这样做……"当然，由上级制定目标是很老套的做法。现代的专业营销者应该是首先做规范的研究和能力评估，然后再自主确定目标。然而即便这样，上级不时也会插手进来。

13

我们如何依靠营销竞争

How will we compete?

波特的选择

第 9 章描述了迈克尔·E.波特关于企业所面临的竞争力量分析，以及对赢利能力的影响。大体上说，企业要针对竞争力量建设防御体系，本章我们按波特的主张讨论建构防御能力的方法，方法基本上分为两大类，它们能使企业获得持续的竞争优势：

- 做成本最低的供货商；
- 做与众不同的供货商。

这样的选择听起来简单而且相当刻板，但是事实上许多企业并没有作出这种选择，而是徘徊在介于两种选择之间的尴尬境地，从而无法集中整个企业的力量照一条路线走下去。这种做法的一个典型结果是：生产职能部门致力于朝着成为最低成本供货商的方向努力，而营销职能部门则希望为客户提供灵活多样的产品系列，最终导致分歧、挫败、一事无成。

选择并无对错，任何一种选择在大多数市场上都能成为企业获取竞争优势的手段。航空工业是一个很好的例子，在这个领域，上述两种战略都在采用，甚至于在同一母公司内部都有。英国航空公司在追求差异化路线的同时，就在其旗下推出了"飞吧"公司作为低成本的经营者，采取与易捷公司和龙翔公司相仿的策略……要使这两种选择都获得成功，企业必须认真分析市场机遇与自己具备的能力，考虑两者结合的可能性。

不过，也不要从此就认为两条路线可以随意选择，可选一种，也可两种都选。实际上我们正在讨论的是两种不同的战略，以及两种不同的思维和企业文化。

最低成本供货商

最低成本并不意味着廉价或是粗制滥造，成为最低成本供货商也并不是说企业必须以最低价格销售（虽然在必要的情况下企业有能力这样做，或者这种选择确实成了企业获得成功的关键）。这种战略的一个成功实践者曾对我说："诀窍在于成为最低成本供应者，但是不要让顾客知道！"若要选择以最低价格销售产品的战略，企业就必须采取极其严格的措施保证实施。

易捷航空公司 ——投入是为 了节约

易捷航空公司就是一个执行低成本战略的经营者。公司的成功取决于在供应链的任何一个环节上都尽力降低其运营成本。从高层开始，管理团队使用的是一个很实用的开放式办公室（这也是其战略的一个组成部分），并且向本公司其他人传达了这种行为所具有的象征性意义。更为重要的是公司避开了希斯罗等大机场，转而在乐顿和利物浦等小机场开展经营，降低了自己的经营成本。此外，最关键是飞机在机场调度所需要的时间达到了极短，使每一架飞机都可以执行更多的飞行班次，搭乘更多的乘客。为此，公司与机场经营者建立了更为紧密的联系，并且要对细节问题时刻予以关注。在销售业务方面，运作也必须有效率、有效果、成本低。首先，高效率依赖于互联网的应用——易捷公司超过一半的售票业务是通过这个渠道实现的。其次，成效性则要求企业确保在机票可以卖到好价钱的时候，就能卖到好价钱，这种能力来自公司对每条航线的需求状况的正确认识，在此基础上公司对乘坐情况进行预测，确定合适的定价策略，保证以最适宜的价格将机票全部售完，使航班满座。最后，为了实现销售的低成本运营，公司不采用中间商、旅行社来销售，这样就节省了每笔交易的佣金支付。促销是易捷公司低成本战略的一个主要组成部分，但是公司并没有采取高费用的电视广告形式，而是巧妙地利用了全国性报刊为客户提供非常有吸引力的票价。

除此之外，易捷公司获得成功的重要因素还在于它把握了市场对低价格经济型航班的市场需求。与火车或汽车相比较，越来越多的人选择乘坐飞机，于是易捷公司不失时机地抓住了这种需求。

节约并不是说企业不需要进行投资。我们不要将低成本经营与廉价销售相混淆。当投资可以降低营运成本时——比如说投资建一个互联网订票中心或者电话中心能使航空公司省掉旅行社佣金时——我们就必须毫不犹豫地投入。

差异化

易捷航空公司和龙翔航空公司的目标顾客是那些只希望以最低的价格从甲地飞到乙地的旅客。与此同时，许多（实际上是绝大多数）航空公司的目标不只是向这样的一个客户群体提供如此简单的服务，它们还为不同的细分市场提供更多的服务内容。正是市场细分保证了两个截然不同的战略在同一个大市场上能够获得成功。飞机乘客的需求差异极大，有些乘客需要的是旅行的速度，有些乘客需要舒适，有些乘客需要乐趣，有些乘客需要兴奋，有些乘客需要安定，有些乘客需要放松自我，有些乘客踏上旅途是为了办公事，有些乘客则是为了外出度过一个轻松的假期，有些乘客仅仅是为了感受一下"飞扬"的滋味，有些乘客希望有安全感，还有很多诸如此类的各种需求。实施差异化战略的航空公司旨在提供一种能够迎合这些不同需求组合的特定服务，从而希望从众多的竞争者当中脱颖而出。

在这样一个市场中差异化大有文章可做，但是最为重要的一点是对于消费者而言，差异化应该为他们带来附加价值。一张商务舱机票对于不同的客户和不同的环境会意味着许多不同的附加值因素。对于一个需要赶早的商务乘客来说，如果他可以在无需任何额外费用的情况下优先买到他所需要的机票，那么他会认为这张票具有巨大的价值（即使他因此不得不乘坐经济舱）！而如果是在一个拥挤的星期一早上等待一趟延误的班机，此时商务舱中舒适的沙发就比机票的高价格更重要了。

为了实现一个成功的差异化战略，企业必须对自己所在市场的价格和价值之间复杂的相互作用关系有一个清楚的认识，提供可以满足市场真实需要的产品，从而使自己与竞争对手区别开来。

多年以来，英国航空公司成功地充当了国家航空公司的角色，"国旗飞扬"使他们具有明显的差异化的特性。但随着政府解除了对航空业的一些管制，使得航空公司的航线与目的地发生了很大变化，因此竞争日趋激烈，英国航空公司以爱国色彩为自己所做的定位对乘客来说显得越来越没有什么价值。在一场传统主义者（包括玛格丽特·撒切尔）的抗议风暴中，英国航空公司将英国国旗从飞机尾翼上拿掉了，换上了一个全球航空公司的图标。该公司如今所做的广告着重强调有多少美国人乘坐自己公司的飞机，而不是有多少英国人乘坐它的飞机，其隐含的意义是公司已不再专为国人服务。这是英国航空公司对自己的重新定位，这仍然是一个差异化战略的定位。

> 改变宗旨，走向世界

正如我们不应该将最低成本战略错误理解为吝啬一样，我们也不能将差异化战略等同

于巨额促销或是任意挥霍。差异化当然可以通过气势如虹的广告促销手段得以体现，但是更重要的是，差异化必须为客户提供具有独特性的东西，使消费者认为其确实有价值，并且愿意为其支付超额价钱。对于这些东西，我们应该投入资金，而对于那些没有价值的东西，财务人员应该坚决削减其费用开支。

是取舍还是兼容

波特建议市场营销人员作出选择，或者是采取差异化战略，或者是采取最低成本战略，从而避免"夹在两者之间"的危险。但是在这两者之间我们任何时候都必须作出这样的一种选择吗？是否有可能将两者结合在一起，使之协调发挥作用？当然，我们会有这方面的一些实例：有些公司因其具有的规模而同时具有最低化成本优势，同时具备了高度差异化优势，可口可乐公司就是这样的一家公司，微软也是。但问题的关键不在于企业能否二者兼备，而在于它们如何能利用自身的条件，运用其中一个战略为其实现竞争优势。

在第 28 章中讨论定价策略问题时我们可以看到这样一个例子：一家企业在降低价格和实现差异化方面都有条件，但最后它明智地选择了前者，利用自己的规模优势和产品大众化的特点，一举成为市场上无可匹敌的价格领袖。

20 世纪 80 年代是市场营销人员大胆作出决策的十年（毫无疑问是重大的"取舍"），这主要是针对 20 世纪 70 年代暧昧态度及思维惰性的一种反应。但是最近一些年来，许多企业都在努力寻求同时实施差异化和最低成本的战略（"兼容"的时代已经真的来临）。下面就是一个成功地实现了兼容的案例。

阿克尔饭店集团经营着一系列宾馆品牌，有高档的索菲饭店，也有低成本的美国"摩多 6"饭店。而摩多 6 旗下的"方程式 1"品牌似乎很神奇，它同时实现了低成本和高差异。图 13.1 显示的是营销者所说的价值曲线，三条曲线分别代表典型的一星级旅馆、典型的二星级旅馆和方程式 1 旅馆。

一星级旅馆代表的是旅馆设施的最低标准，二星级旅馆设施较为完善，相对来说它的要价也高一些，因为有些旅客比较看重质量。成功的秘密就在于它们能获得足够的差价收入，以弥补额外的支出并有超额利润，这是典型的差异化战略。

方程式 1 旅馆取消了一系列特色服务（都是些高成本设施），使成本降到最低。它认为旅客并不喜欢，也不看重这些服务项目。对那些真正有价值的服务内容，如干净和无噪音，方程式 1 旅馆则保持了下来，而且比典型的二星级旅馆做得更好，这种专攻少数几项特色的方法当然也是差异化经营。

少即是多

这一战略的关键可以总结为一个词——市场细分。方程式 1 旅馆明

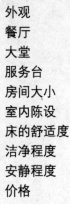
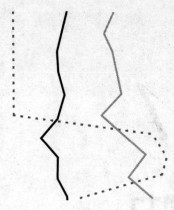

外观
餐厅
大堂
服务台
房间大小
室内陈设
床的舒适度
洁净程度
安静程度
价格

——— 一星级旅馆平均价值曲线
——— 二星级旅馆平均价值曲线
‧‧‧‧‧‧ 方程式 1 旅馆价值曲线

图13.1 价值曲线

确界定了自己的目标顾客，针对他们在需求、态度和行为上的共性，准确地选择了应该改进的服务项目和应该放弃的项目。方程式 1 的典型顾客是经常出差在外的旅行者，经费很少，工作很多，晚上要拜访客户，很早就要起床，他最需要的是夜里能好好睡上一觉，所以方程式 1 旅馆的座右铭写着："当你睡觉的时候，我们的房间让你感到和自家的房间一样好！"

其他旅馆也想效仿这种方式。华美达国际酒店在它的广告中宣传自己提供"恰到好处的服务"，在广告的画面中，一边是价格为四位数的豪华大餐，一边则是华美达价格为两位数的实惠餐……不过，仅实惠还不行，这种朴实的经营方式必须大幅降低成本，从而降低价格，让顾客感受到节俭的价值，并且真正得到实惠。

14

驱动力

What will drive us?

本章有三个工具模型：

- 价值驱动力模型；
- 推（拉）动策略；
- 资产管理。

利用这些工具，可以使企业上下一致，并且能同心协力。有一些重大事情必须作出决策，否则相关工作人员就不能明确目标，分不清哪些该做，哪些不该做。大家要明白企业是一个整体，要相互配合，这是很重要的。

价值驱动力

价值驱动力是一组思想或观念，一种企业文化，或是一幅导向图，可以让企业所有员工明白为追求成功自己应该做些什么。

特鲁西和魏斯玛在他们的著作《市场领导者的基本原则》中确定了三种价值驱动力。这三种价值驱动力在任何一家成功的企业中都会有所表现，但是对一家真正成功的企业而言，只有一种驱动力会使该企业的员工和客户感受到企业具有的独特性，并使该企业与其竞争对手相区别。

表 14.1 价值驱动力

价值驱动力	示例
卓越经营	麦当劳、依凯、戴尔、沃尔玛
产品领先	微软、3M、费泽、英特尔
融洽的客户关系	卡夫、KPMG、奎斯特、英赛特营销与顾问公司

卓越经营

卓越经营要求的是做好自己所做的事情。它关系到产品或服务进入市场的有效程序、顺畅的机制和效率。生产效率、规模经济、一致性和统一性、精确的预测、熟练的分销、迅速的反应——所有这些对于一家追求"卓越经营"的企业来说都是非常重要的东西。在一个信誉度具有重要意义的市场或是价格竞争激烈的市场上，这种"卓越"可以为企业带来显著的竞争优势。在大众消费品市场上，产品差异小，花色品种少，且价格低廉，企业通常受到这种价值的驱动。

依凯公司通过从制造环节到商店供货的整个物流供应链体系使自己获得了巨大的效率，在商店里公司采取"自己挑选，自己储藏"的原则，使其供应链管理表现出了无可比拟的卓越性，并最终通过其为客户带来的巨大价值得以体现。国际趋同性（古特威、斯朴林等瑞典产品直接打入了澳大利亚市场）、标准化系列以及精心策划的产品选择成了一些流行性的做法。

> **物流的例子**

沃尔玛通过其销售环节中的电子终端技术支持，使采购系统获得了高效率，节省了巨额费用。由于每件产品都要在收银台经过扫描仪的扫描，所以公司可以在 48 小时之内补充已经销售出去的商品。沃尔玛的卓越经营理念占了统治地位，使它获得效率与成本优势，正因为如此，沃尔玛才会在全世界遍地开花，独领风骚。

> **值得营销者关注的物流**

产品领先

产品领先意味着生产最好的、先进的或有市场优势的产品。那些创新成果和专利成果多的企业通常将这种价值优势作为核心，例如，一家成功的制药公司多半会受到这种价值的驱动。投资新产品开发是成功的关键，一个追求"差不多"或是"退而求其次"的医药市场绝不是一个良性的市场。受这种价值驱动的企业面临的最大威胁就是落在别人后面，因此它们必须不断地改进企业的业绩，并且对外表现出来。

走在尖端

微软公司的革新步伐令人惊叹，不过更新太快也有负面效应：刚买的新产品很快又会过时。微软的实际情形就像是在艰难地走钢丝——如果追求创新，那么就可能引起消费者不满，使消费者感到自己受到了逼迫，不得不经常替换那些他们认为用得很好的产品；反之，如果放慢创新的速度，又会显得无所作为。公司一方面必须确保产品可信度（当微软推出新版 Windows 操作系统，人们对其仍抱有疑虑的时候，微软不得不大做宣传），同时在创新上又要保持着日新月异的态势。对于这样一家公司，间或的挫折是不可避免的，然而挫折的代价是巨大的，无论是在经济上，还是从心理感受上来看，这的确是一根难走的钢丝绳。

客户亲密关系驱动

客户亲密度是指识别特定顾客需求以及为其配以相应的产品或服务的能力。对于客户亲密型企业来说，它们必须明确地致力于发展亲密的客户关系，并且以此为认识基础，在企业运营的各个层面中采取相应的行动。它们可能有多样化的产品或服务，并且能将这些产品和服务与各个客户的具体要求加以组合和匹配，它们还可能更进一步为客户提供一个完全的定制服务。这样做当然会存在着客户数量方面的限制，客户亲密型企业要仔细考虑市场细分和大客户识别方面的问题。此外，还有其他一些东西有助于我们认识这种客户亲密型企业，这就是它们希望与客户一起分担风险、共享相应利益的愿望。

我们与客户的关系是如此的亲近，我们甚至都能感觉到他们的呼吸

奎斯特国际有限公司的业务是为香水业供应香料。它的每一个客户的产品都是独一无二的，香料同样也是独一无二的，所以极少有现货供应。香水制造商的眼光跟过去所谓的巫术一样神奇，而奎斯特必须具有认识这种眼光的能力。客户亲密度是企业获得成功的关键所在，企业要以独到的眼光认识客户的各种需求，并且集中整个企业的力量满足这些需求。奎斯特的许多客户是以产品领先战略为驱动力的，品牌就是一切，奎斯特必须与这种价值驱动力保持紧密的关系，从而使自己能被客户认定为主要供货商。奎斯特获得的成功说明了另一个道理：真正保持着客户亲密度的供货商必须能够认识到客户的种种价值驱动力，而客户的这些价值驱动力与供货商自己的价值驱动力是迥然不同的。

给企业的启示

一旦价值驱动力确定，企业各个部门的力量就应该拧成一股绳，不过这一点并不容易做到。一些部门总是会自然地偏向于某种驱动力：生产部门会偏向于运作能力，因为运作能力是生产的关键；研发部门会偏向于产品领先，因为开发新产品是他们的本职工作；销售和营销人员则会偏向于顾客关系……因此，有必要在企业内部统一认识。

倘若企业内的分销部门坚持运作效率，销售部门强调顾客关系，研发部门只顾产品导向，企业内部就会出现问题，在市场上也会受挫。

在一家生产材料供应企业的内部有一次长达六个月的争论，争论的双方是销售部和流通部。由于顾客要求缩短交货时间，销售部于是将这一情况反馈给了流通部，要求流通部尽快改进以便协调顾客关系。然而流通部并不认可，原因不是他们不能缩短交货时间，而是他们认为顾客要求不合理，他们相信：顾客需要的是准确的、足量的交货，而这就需要时间，仓促交货只会导致交错货的情况出现。流通部的这种说法并不是来自于他们对顾客的认识，而是因为流通部的根本职责就是要保证运作无差错，只要货物不出错，数量符合要求，流通工作就算做好了。

> 关键要看结果，这给予我们一个启示

经过一番争论，流通部最后还是接受了顾客的要求，企业内部从此发生了一个重要变化：流通部的业绩衡量标准进行了根本性修改。

业绩标准的问题很关键。如果衡量标准与企业目标相冲突，企业内部就会出现问题，经营会受到影响。有一种常见的错误观点，认为顾客关系是业务的唯一驱动力，运营效率已不再重要。实际上，运作也很重要，关键是要把握它的度。

假如企业的驱动力是顾客关系，那么销售部门就会主张产品多样化，但如果生产部门的目标是扩大市场份额，并因此实施单一产品策略的话，企业就会出问题。此时，生产部门的业务能力是否应该以产品适应性（即产品线变化的能力和速度）为衡量尺度？

倘若把这种情况倒过来，以内部经营绩效为驱动力，实施简单化生产的话，那么销售部门的努力方向就应该是尽量接受符合企业生产实际的产品订单。

价值驱动力和战略变化

虽然在企业中某种价值驱动力将处于领先地位，但是其他驱动力在同一个企业中也仍然存在。在现实中，这三者的重要性会有一个排列顺序。这种顺序是市场营销人员针对企业能力和市场需求之间的匹配关系进行调查研究所提出的结果。

在任何市场，企业或许可以确定每个驱动力的最低标准，或者像我们所说的"既定条件"。一家快餐连锁店可能以经营为驱动力，但它不能因此忽略产品创新和产品花色（即产品领先和顾客关系），这两者都有自己的最低标准，假定这些标准都达到了，那么连锁店可以有以下选择：在产品上超越他人，做该城最好的汉堡包；或者是在企业的经营方面超越他人，拥有一条包括从采购到配送的各个环节都非常快捷的供应链，能为该城客户提供最迅速的服务。表14.2向我们展示了这种分析的结果，以及为什么在这两个战略选择方案中选择后一种战略的原因。

表 14.2 价值驱动力与相应战略组合

价值驱动力	客户需求	战略组合
卓越经营	60	80
产品领先	30	30
融洽的客户关系	10	10

上表中第一列的内容是客户的最低要求，或者说客户要求的"门槛"。满足这些要求是在这个市场进行经营的"既定条件"。现在，企业必须具有满足这些最低需求的能力，然后决定在哪些方面超越这些需求，从而在该市场上确立自己的特定地位，确定其领先的价值驱动力。如果我们以100分制的形式表示客户需求，那么我们可以用120分制的方式来表示战略组合，市场营人员以这种战略组合表示三种驱动力的优先关系。

这种价值驱动力和相应的战略组合在今天很适用，但是明天情况又将如何？也许这家企业会发现某种需求正在增长，这种需求要求企业为客户提供更为广泛的产品或服务选择。也许这家企业长期以来主要是在星期天为家庭提供电话订餐服务，而这些客户的要求已发生了改变，不过他们并不想立即找别的快餐店。在这种情况下，快餐店必须对客户亲密度给予更大程度的重视，以免客源流失。表14.3向我们说明了一家企业是如何利用这种模式实现了战略的转变。

表 14.3 价值驱动力与未来的战略组合

价值驱动力	现有客户需求	现有战略组合	未来客户需求（5年）	未来战略组合（5年）
卓越经营	60	80	30	30
产品领先	30	30	30	30
融洽的客户关系	10	10	40	60

当然，这些数字不是很精确，它们只是指示器，帮助我们进行分析和战略思考。按照

表中内容，我们可以确定战略变化时驱动力的变化范围，从而为这种战略变化的可行性得出一个符合现实的结论。在满足了客户亲密度的最低要求的同时，这家由卓越经营所驱动的企业仍然可以保留其原有的战略。这个战略是平行的，此时企业也许会选择在该市场上把并不重要的一个价值驱动力（即客户关系）作为其超越的目标，并因此获得成功，但其前提条件是企业要同时满足其他价值驱动力的最低标准。如果这种选择能够使该企业在公司能力和市场需求之间成功结合，并保持持续性和独创性，那么这家企业一定会脱颖而出，百分之百地获得成功。

推动或拉动策略

在市场细分（第15章）和渠道（第26章）相关章节中我们会详述推动和拉动战略的选择问题。这是个根本性问题，假设我们销售钢笔，我们可以首先向最终使用者说明产品的特点，培养市场需求，从而使分销商和零售商不得不向我们的企业购买钢笔（拉动策略）；我们也可以先说服分销商和零售商先接受我们的产品，然后让他们为产品开展促销（推动策略）。

两种策略的优劣将在第26章中讨论。不过起码的一点是所采用的策略必须符合企业的能力，如果是拉动策略，企业就得有消费者调研与促销的专业知识，销售之前要投入大量资金；如果是推动策略，就得有宽阔的销售渠道和相应的管理能力。

营销者要根据总体计划目标作出选择，同时注意检查自己在决策时是否有充分准备。

资产管理

有人说："营销者应该经营市场，让操作人员管理工厂和分销渠道。"这种说法并不科学，可是许多生产型企业就是这样做的。这种机械的功能分割主要是因为对两者关系缺乏认识。如果营销者不了解产品，他们就会把生产决策权交给别人，而这显然是错误的。

如果内部运作与顾客要求不配套，企业在市场上就很难站稳脚跟。下面是一些电子商务时代企业在成长中所遇到的挫败案例，供读者思考。

1999年的圣诞节，美国的"R"玩具公司由于没有及时将货物交到客户手里，导致他们的部分客户要对他们采取法律行动。后来零售商不得不向这些客户提供一张100美元的优惠购物券作为补偿，这是事后采取的一种代价昂贵的弥补措施，但是公司在声誉方面所付出的代价以及在销售方面所遭受的损失远比这大得多。

物流失败？

系统失败？

维多利亚之密是美国的一家内衣零售商，1999 年的圣诞节前夕，首次开通了自己的网站，并一举获得了巨大的成功，据说其点击率为每小时 25 万次。这些点击有 1.5%形成销售收入，每次点击平均销售额为 80 美元，前景确实让人感到兴奋不已，即将到来的圣诞节必定是一个非常愉快的节日，可就在这时，其网络系统因为不堪重负而陷入了瘫痪。根据上述资料我们知道，如果系统中断三天，那么零售商就要损失高达 720 万美元的销售收入。

信息技术失败？

美国巧克力商荷西公司在 1999 年下半年出现贸易问题，导致利润危机。其根源是顾客计算机订购系统出了错，使供货数量发生差错，进而导致市场份额流失，而且出错的时间正好是万圣节和圣诞节的销售旺季，损失更严重。结果，荷西公司的股份由 53 美元跌至 38 美元。

上述案例说明同一个问题：成功的营销能增加销售，失败的营销会使销售失败。注意：使销售失败的并不是物流系统、计算机系统或信息技术，而是营销体系。营销者要兼顾企业的运作能力，确保它与营销活动相适应，否则拉来的订单就无法完成，最终使自己失望、失败。

有的企业主要靠销售量来支撑利润，有的企业以交货及时为自己的主要竞争优势，有的企业利润率很低，在这样的情况下，资产管理就显得尤为重要。这看起来似乎是要把营销原则强加到内部管理中，其实它只不过是针对企业的能力寻求与之相适应的市场和顾客，这同样也属于对营销模式的运用（见第 3 章）。例如，化学品制造商由于化学品本身的特性，在生产主要产品时必然也会产生一系列副产品，除了销售产品外，副产品是否能打开销路也会成为企业成败的关键，这时候就不能只考虑企业如何适应市场，而应该反过来积极推动副产品销售，这不仅是从实际出发的正确选择，而且我们从中可以看到营销模式的两个方面是同样重要的。当企业成功地找准了合适的目标市场组合，产品就能打开销路，销量就能攀升，企业资产就能得到有效利用，从而降低成本，获得竞争优势，如此循环下去，就能更主动地选择更好的目标市场并开展工作。

小结

当我们面对众多的复杂选择时，特鲁西和魏斯玛的模型为我们提供了指引，帮助我们确定企业的根本驱动力。驱动力不是孤立存在的，在此基础上我们还要考虑是采用推动还是拉动策略，考虑驱动力实现的条件，并且考虑内部资产管理的必要性。这些"要鸡还是要蛋"的问题既伤神又繁多，令人不堪重负，不过我们只要遵循营销规则，讲究方法，就一定能作出正确的选择。

15

我们为谁服务
Who will we serve?

市场细分

本章篇幅很长，但请不要因此而紧张，因为市场细分是营销中最重要的问题。为什么这个问题比所有其他问题都重要？原因有两点：首先，细分对营销的所有问题都有影响，如果细分做好了，就能使营销模式中的两个方面互相融合，创造真正的市场价值。而且市场细分既是大客户管理的关键，也是营销工具——四个 P 正确搭配的关键。其次，细分市场主要是一种脑力劳动，不需要动用很多资源，然而它却能帮助企业获得竞争优势。

讨论到这里我们会发现市场细分既是一门科学，也是一门艺术。在细分过程中，我们要严格遵循一定的规则和章法，所以它是一门科学；同时我们又要有一点灵感去攫取成功，在尝试和错误（特别是错误）中前进，所以它是一门艺术，让我们在无穷无尽的可能性空间中施展才华。细分市场一般不存在分得对或错，决定成败的关键主要是看细分时是否严格遵循规则，做出细分选择后又如何进一步开展工作。

什么是细分市场？

当你站在超市摆满各种肥皂粉的货柜旁，或是在繁忙的市中心面对众多家餐馆准备就餐时，你不禁会想：为什么会有这么多可供选择的东西？为什么不是一种肥皂粉就足够了？为什么人们会均衡地分散到各个餐馆而不集中到某一家呢？答案就是市场细分。每种肥皂粉或每个餐馆都针对其自己选择的目标客户更加精确地满足了他们的要求。

以下就是细分市场的初始定义：细分市场是一群具有相似的购买需求的客户的集合。但这个定义并不完整，如果我们只关注顾客的需求，那么我们的选择就会存在局限性。我们都需要食物，因而若以此为依据，食品市场上就没有细分。虽然我们要的都是食品，但是很显然还存在着众多细分市场，因为我们对物品表现出极为不同的态度，并且在购物和使用物品的方式上同样有着大量的不同的选择。所以，细分市场是由需求、态度和行为构成的复合体，该市场中的顾客在以上三方面具有很强的共性。

以食品市场为例，在需求、行为及态度的基础上存在着以下潜在的细分市场：

- 外出就餐——餐馆、咖啡馆、快餐、流动摊点、自动售货机；
- 在家用餐——早餐、午餐、晚餐、聚餐、烧烤；
- 商务用餐——食堂、酒店、公司或单位、招待、航空公司；
- 零售——超市、批发商、现购、熟菜店；
- 品牌方式——品牌、自有品牌、无品牌；
- 健康——低钠盐食品、减肥食品、低脂食品、高纤维食品；
- 饮食——素食者、素食主义者、有机食物；
- 民族——印度人、中国人、意大利人、摩洛哥人；
- 家庭——普通家庭、单亲家庭、退休人士、单身；
- 经验——手艺高超、新手、专业人士。

除上述细分外，还可以增加食物嗜好、地方风味、饮食传统、收入水平、烹饪时间、生活方式以及其他更多的内容，这样列举下去将是一长串的名录，极其庞大。至此，有两点已经清晰了起来：其一，将市场按照上述分类如此细分的话，情况将难以处理；其二，这样以单个因素来细分市场非常不切实际。其实，行为和态度的各个方面都是相互重叠的，所以它们可以结合起来划分成为较大的细分市场，比如可以把那些想自己动手煮中国菜，在家里用餐，却又缺乏烧菜经验的人分为一组，这样市场操作就比较可行，而对于医院这样的机构，他们需要严格按照营养要求事先准备好食物，并且可以在需要时迅速加热食物，我们也可以把这些要点合并为一组。

在任何市场上，你都可以根据许多不同的方式对客户进行群分。怎么分是科学，分了以后选择哪一个则是艺术。

> 是科学还是艺术?

现实的细分市场

医院需要的是严格按照营养要求事先准备好并可以在需要时迅速加热的食物——乍一听起来这像是一个可以开发的细分市场。这种细分好不好，可不可行？我们要对其进行检验。

当我们确定一个细分市场的时候，必须测试以下一些问题：

- 这个细分市场是否足够大，值得我们对其加以重视？
- 顾客的需求、态度和行为是否真的相类似，从而足以让我们把这些客户视为一个群体？
- 这些需求、态度和行为是否非常明确，从而足以将其与其他细分市场区分开来？
- 是否可以为该细分市场设计一个合适的营销组合方案（四个 P）？
- 该细分市场是否可以实现？是否可以对该细分市场加以确定、评估、分析，并且通过与其他细分市场不同的方式与该市场进行沟通，向该市场销售产品？

对这些问题的肯定回答将表明你正在关注的市场是一个可行的细分市场。

细分的原因——战略性选择

没有任何一条规则要求你必须细分自己的市场。如果你愿意对市场进行细分的话，也没有任何一条规则规定你应该把市场细分到何种程度。对市场进行细分有些显而易见的益处（将在本章的稍后部分对此进行讨论），但是这样做对你自己公司的能力也有一些明确的要求。市场细分是一种战略性选择，以下列举三种选择方案，如图 15.1 所示：

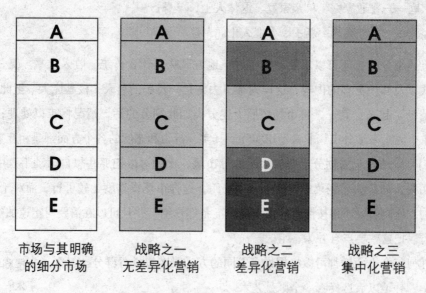

| 市场与其明确的细分市场 | 战略之一
无差异化营销 | 战略之二
差异化营销 | 战略之三
集中化营销 |

图 15.1 市场细分——战略性选择

整个市场分为五个潜在市场，战略有三大类，每个战略都有其正反两面：

- 战略之一：不考虑细分市场，只提供单一产品（见下文"神奇手表"案例）。在这种战略下，可能存在忽略市场准确需求的风险，最好的情况是会丧失一些市场机会，最差的情况就是会丧失竞争优势，输给细分的竞争对手。从好的方面看，如果各个分市场会接纳一种标准化的产品，那么就存在着规模经济和降低成本的机会。许多超市的自有品牌产品都采用这一战略，但实际上，超市连锁店自身已有明确的细分市场，比如在英国，威乐氏的顾客群就完全不同于利迪尔的客户群。实际上无差异战略并不常见，市场细分已经成为大部分营销战略的极其重要的部分，即使是诸如牛奶、糖之类的商品，也存在细分市场。

- 战略之二：承认细分市场的存在，并且进入所有细分市场，从而达到分散企业风险的目的。如果企业有能力处理好这些相互分立的细分市场，那么它们就可能获得一种支配的地位。如果这些企业将资源投入过多的细分市场，那么它们可能会被集中利用资源的竞争对手所打败。科勒格公司在早餐谷物食品市场就采取了这一战略（生产商们为这个市场划分了无数的细分市场），几乎在每一个细分市场上都提供了一种产品，从健康食品到休闲食品，从儿童食品到能量食品，从传统食品到新奇的食品应有尽有。正因为如此，它们的市场推广费用十分庞大（每年 5500 万英镑），在英国的早餐谷物食品销售排行榜的前 10 名中，占据了 8 个位置。

- 战略之三：体现了集中资源的优势——专业化强、专门化程度高、声誉显著等，但是也存在着将所有鸡蛋都放在一个篮子里而孤注一掷的风险。威特比公司是英国市场上销售早餐谷物食品中排名第二的企业，每年的营销费用高达 1500 万英镑，公司将经营重点放在一种产品上，并把这种产品描述为"一种看上去像是苏维埃谷物秘书处在 1951 年所设计的坚硬的无糖切片面包"。与科勒格公司这支"红军队伍"相比，威特比公司则称得上是早餐谷制食品市场中装备精良的"沙皇部队"。

> 早餐谷制品市场的"沙皇部队"

营销战略的选择必须根据市场环境决定，要考虑市场动态和竞争对手的竞争力。如果市场对低成本的供货商需求很旺，那么第一种战略就是优先考虑的选择方案。如果市场差异化的潜在可能性很大，那么第二种战略或第三种战略就显得有吸引力。

"神奇手表"

假设你刚发明了一种"神奇手表"，这是一种适合于不同客户各种需求的腕表，这种手表性能优良，包括：

- 报时；
- 可作为高档配饰；
- 可作为一种投资；
- 地位的象征；

- 有趣；

- 一件时尚的饰物；

- 跑表；

- 日历；

- 可用于深海潜水；

- 可用作礼物；

- 计算器；

- 还有很多很多其他用途……

你会采用哪一种战略呢？如果此种手表真的拥有上述所有的功能（我知道这不可能，但请先跟我一样这么假设），那么能产生规模经济的无差异战略就是正确的选择。

问题的关键在于价格。当你把手表当作一件珠宝首饰销售时，可以索价 100 英镑；作为地位的象征可以索价 500 英镑；但若只是作为报时器的话，可能就只值 30 英镑了（也就是说，如果人们买表时就是需要某项功能，那么他们所愿支付的价位就会与该功能相一致）。在一个没有任何市场细分战略的自由市场里，最低廉的并具有共性的手表将会占据上风——30 英镑就是有史以来最神奇的手表价格。

战略之二（参见前文）看上去具有一定的优势，因为它将手表定位于不同的细分市场，但要使其奏效的话，还有必要做大量重新设计的工作，每个细分市场的手表不能是完全相同的。不久以后，你将不再拥有这块"神奇的手表"，而是能够满足六种不同需求的六种迥然各异的产品。

战略之三迫使你集中资源经营某一细分市场，这一细分市场或许在收入、市场份额、利润方面具有最大的发展潜力，而决定权则掌握在你手中，但是它也不再是那块"神奇手表"了，只不过是一块优质的配饰表或是一块精良的跑表，或是别的东西。

这个故事的寓意是什么呢？或许制造"神奇手表"并非一个良好的创意。这种一物多用的方法将使你丧失许多机会。假设对你和整个市场而言，最重要的驱动力是通过统一生产来达到削减成本的目的，那么此时你就有可能会生产"神奇手表"，但即使在这种情况下，你仍然在细分市场——你生产的是低成本的、统一规格的产品，而此时也仅仅只有某一特定的顾客群购买这一产品，其余的人则不会购买。这则故事的寓意在于说明即使你主观上想逃避市场细分，实际上也是不可能做到的。

营销组合

本章末尾的市场定位部分将详细讨论营销组合。此时我们要明确这样一点：对于每个细分市场，都应该制定各自不同的营销组合——产品、定价、渠道及宣传推广的组合。

市场细分的好处

对市场细分把握准确的话，可以为企业带来很多好处：

- 强化企业对市场机制的认识，尤其是对包括最终消费者在内的市场链的完整概念的认识。
- 强化对竞争对手优势的认识（竞争因素因细分市场不同而有差异），并进而强化对获得竞争优势的机会的认识。
- 对客户的需求、态度和行为获得更深刻的认识。
- 更好地研究如何发展公司能力以满足客户需要。
- 为组织和构建业务打好基础，把客户作为整个供应链的重点。
- 加强企业在以客户为中心的理念下对营销组合的管理能力。
- 使你获得更好的机遇，从而为产品增加价值，获取竞争优势，并针对竞争对手或产品的替代品建立进入壁垒。
- 使你有更好的机遇以获取、维持并保护自己的价差收入。

时刻记住，你所做的事情是为了将你有限的资源集中在某些市场，在这些市场上，你在企业能力和客户需求之间可以实现最优的结合——这也就是你获得竞争优势的最佳机会。当然，这并不意味着你对这些市场之外的其他市场可以不屑一顾，而是说在你需要作出选择的时候，你能更加容易决定哪些是你需要优先考虑的。

最近来自于澳大利亚羊毛市场的故事是一个绝好的例子，它告诉我们在一个成熟和富于挑战的市场上，如何能通过市场细分追求价格加价。

> "假如你什么事情也不做的话，羊毛就只是羊毛而已。"

人工羊毛多年来正慢慢取代天然羊毛，天然羊毛的价格看上去已低至极限。于是商家纷纷开始寻求可以获取价格加价的天然羊毛细分市场，最终他们找到了，那就是高级时装。

这个细分市场的需求是轻薄的质地和紧贴肌肤的舒适感，因此它要求精细和最上档次的羊毛。有趣的是，在这个细分市场真正出现之前，"普通的"和"精细的"羊毛同时都在降价，在 1995 年的基础上，1998 年价格又降了 35%。不过从那个时候起，市场细分战略开始出现，这两种档次的羊毛开始出现了价格差距——普通羊毛价格仍在继续下跌，比 1995 年跌了 40%，而精细羊毛的价格开始回升，比 1995 年价格水平还高了 15%，到 1998 年 10 月时，精细羊毛价格为每公斤 7 澳元，到 2000 年一季度时，达到了 20 澳元，比普通羊毛高出了 140%。

澳大利亚羊毛工业总体上仍处于困境中：市场上供过于求，并且普通羊毛的价格仍处于下跌之中，但市场细分至少给了供货商一些"卖个好价钱"的希望，供货商也开始将重点转向生产更加精良和上乘的羊毛。

此时，一些农场主甚至将羊毛囤积起来，以使最上乘的精细羊毛的价格进一步上涨。

市场细分程序

在市场细分过程中我们面对众多选择，此时应该遵循严谨的程序，以免错过好的选择。此外，严谨的程序还能使我们实现突破，取得更大的主动。

下面是市场细分的三个主要步骤：

1. 确定市场细分基础：

　　—市场结构图；

　　—机会分析；

　　—杠杆作用点；

　　—谁买，买什么，怎么买，何时买，何地买？

　　—其他普遍（特殊）标准……

2. 细分市场的选择：

　　—定向决策矩阵；

　　—吸引力；

　　—资源和能力。

3. 定位：

　　—营销组合；

　　—认知结构图。

第一步：市场细分基础的确定

市场结构图

市场细分的第一步首先是拟制一份市场结构图。它展示了产品或服务进入市场的所有路径，我们称之为"市场渠道"。图 15.2 的例子显示了胶合剂制造商市场路径的一个简化模型，其中有专业经销商、工厂主和顾客。

这张市场结构图体现了市场细分的一些方案和选择，为了充分利用它，你得把所有的渠道画出来，而不能只画自己已有的渠道，从而忽视竞争，高估自己渠道的安全性。

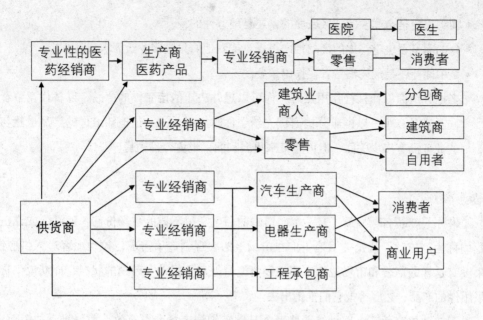

图 15.2 市场结构图

下一个阶段则是要集中注意力选择进行市场细分的最佳方式。

机会分析

- 分析市场的大小，以及在不同渠道上每个"交叉点"的销售百分比。这里通常使用的口径是销售量的百分比，有时也用销售额或利润，这样更能说明问题。
- 在上述交叉点中分析公司的业务规模大小及市场份额百分比。
- 同样在上述交叉点中分析你的竞争对手的规模和市场份额。

这样做可以帮助你公司业绩和整体机会同时进行比较，并确定你在每个市场区域所面对的竞争对手。再强调一次：市场细分必须从整个市场着手，而不只是注意你自己的市场，否则你不仅可能错过机会，更可能忽视了潜在的威胁。

杠杆作用点

在哪里对市场进行细分呢？此时有多种选择，每种选择都有利有弊。此时此刻，再靠统计就不行了——现在我们必须运用我们的智能。

请审视市场结构图，寻找我们称为杠杆作用点的地方。正是在市场链中的这些作用点上，消费者作出了他们的购买决定。消费者在每一点上都会作出决定，但哪一个点是最重要的呢？

哪一个点最终决定了消费者的购买决策呢？请考虑以下问题：

- 购买决定是全球性的，区域性的，还是地方性的？
- 分销商是否决定将你的产品推向市场，或者他们只是服务于需求？
- 是中间商还是最终消费者在作出重要的选择？
- 当把分销商看作杠杆作用点时，你可以想办法让他接受你的产品，以替代竞争者的同类产品；也可以说服分销商优先给予你时间和关注，让他知道你的产品虽然与他的业务没有多少关联，但可能带来更多利润，也更容易销售。

推动还是拉动

如果你的产品名声显赫，有一个叫得响的品名和很不错的市场份额，那么你或许正处于我们称为"拉动"营销的境地。你在市场上的表现创造了需求，拉动顾客进入供应链。如果没有这样的声誉和市场地位，那就很可能是处于"推动"营销的状况，即劝说供货渠道采用你的产品，然后再把它们推销出去。

对于拉动战略而言，以最终消费者为基础来细分市场会更有效。而就推动战略而言，则需要依据分销渠道进行市场细分。哪一方对销售影响大，就以哪一方为细分基础。

谁买，买什么，如何买，何时买，在哪里买？

市场本身并不会购买商品，购买商品的是人！我们应该重点了解每个连结点和每个潜在顾客群中人们的购买习惯，在以最终用户和消费者为基础的市场细分条件下更应该如此。

回到胶合剂制造商的市场图中，我们会发现三个明显的细分市场，沿着每个市场的渠道，我们可以分别找出最关键的作用点，在确定这些点的时候，我们要对"推动"和"拉动"进行权衡，并仔细研究供应链中各环节的购买行为，如图15.3。

1. 医药市场——在该市场中胶合剂主要用于制造注射器。对于医院、医生、病人等最终用户来说，他们并不关心所用胶合剂的物理性状。假若不同的胶合剂

> 渠道不同，购买者也不同

能为注射器带来不同的功能，那么则有可能实行"拉动战略"，不过这只是假设而已，实际上这种情况并不存在，所以对胶合剂有讲究的人就只有注射器制造商了，他们会对胶合剂制定具体要求，希望供货商能按规格交货，并愿意大量、长期购买。他们是"技术型"的购买者，看重产品的质量和安全性，对价格则不太注重。

2. 建筑及自用市场——在这个市场，影响最终用户是最见成效的方法。专业的建筑商和自用者在需求、态度及行为上并不相同，因此至少可以将此市场分为两大块：自用者对胶合剂没什么专业知识，主要靠品牌信誉度和广告来推测胶合剂的质量，他们购买量小，而且不固定，一般会到自制品（DIY）商店买胶合剂，他们看重的是

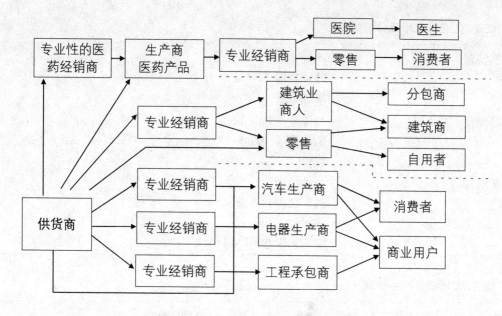

图 15.3 市场结构图的杠杆作用点

购买的便利性；专业建筑商则与自用者截然不同，他们在长期使用产品后如果感到满意，就会特别忠实于该产品，是"传统实惠型"购买者——当然，他们也会受到品牌和广告的一些影响。

3. 工业及专门用途市场——在这里应该用推动还是拉动策略？是分销商影响用户，还是用户影响分销商？进一步研究一下这个市场的购买特点后我们会发现：专业分销商在服务和产品建议方面最有威信，他们能针对不同的用途为最终用户提供专业的咨询意见。在这里分销商需要各式各样的产品，同时对采购中的贸易条件也很看重，他们要求获得足够的中间利润，因为他们是有专业技术的"商业购买者"，对自己所服务的客户作用很大。

以上是三个明显的细分市场，在市场渠道中各自占有一席之地，对产品要求有鲜明的差异（见本章"细分与营销组合"）。

企业市场中一些常用的细分依据

表 15.1 总结了企业间业务环境中市场细分的 10 种典型依据，并概括成三种主要特征类型。

ICI 多乐士公司运用一系列类似上述的依据评估多乐士牌涂料的市场。在众多细分市场中，它们确定了两个值得更多关注的潜在细分市场——小型装修公司和大型建筑公司。它们将两个细分市场用表 15.2 中总结的依据进行对照，发现

涂料例子

表 15.1 企业间市场细分的依据

组织特征	产业类型 公司规模 地理位置
产品特征	最终使用效能 购买频率和规模 规格
购买特征	分销渠道 购买功能和政策 购买者特征 购买决策的影响因素

表 15.2 市场细分——涂料

依据	大型采购商	小型装修公司
公司规模	200 人以上	1~5 人
购买规模	工业型 大袋包装	家用型 小袋包装
规格	专业化	顾客（通常是房主）规定
分销渠道	直接来自供货商	建筑商或装修者的供货商
购买方式	专业采购直接向供货商购买	房主或装修公司经理向贸易商购买
购买决定的 影响因素	价格和成本分析	客户的具体要求和品牌忠诚度

细分市场及品牌

这两个市场差异如此之大，以至于每个市场不仅要各自采用单独的营销组合策略，而且要推出一种新品牌——格利登涂料——来供应大型建筑市场，而多乐士牌涂料则面对小型装修公司。

当它们专门观察购买行为时，发现个体专业装修者的品牌忠诚和他们顾客的影响（关注品牌的房主）使得多乐士品牌的涂料成为装修时的一种必用品，但大型采购商的采购员要求降低成本，如果试图在两个细分市场都供应多乐士品牌产品的话，那么就会损害主要品牌多乐士，因此，推出一种新品牌是一个完美的解决方案。此时，在 ICI 集团中已经有了现成的一个品牌（格利登是 ICI 涂料在美国的重要品牌），只要移植一下就行了。

筑巢概念

筑巢理论是由本森·萨皮尔和托马斯·博诺玛联合提出来的，其目的是为了帮助企业克服市场细分依据的复杂性问题。由于众多可选择的市场细分方法使人眼花缭乱，因此萨皮尔和博诺玛建议将市场细分的依据进行等级划分，如图 15.4 所示。

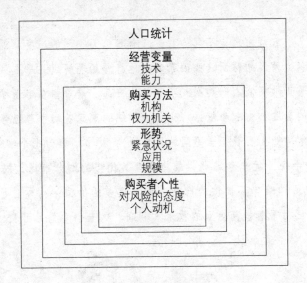

图 15.4 筑巢理论

资料来源：萨皮尔，博诺玛. 如何细分工业市场[J]. 哈佛商业评论，1984（5-7）

　　这个理论的内容是：人口统计提供了最基本的市场细分依据，但是在它里面还有四个逐渐具体的层次标准。第一个层面是经营变量，如客户的技术、能力和对产品和品牌的使用。再往里面的是购买方式，即顾客购买的方法。再接下来就是形势因素，包括产品应用、紧急状况、规模。最后是购买者个性，即对风险的态度、动机等。

　　从这种结构中我们可以得出一个总体的结论：你在试图对市场进行细分时，越是接近中央巢，任务也就是越艰巨，但是也越有可能发现获得竞争优势的独特依据。

不劳无获

新颖的市场细分方法

　　对市场进行细分也许有一些最显而易见的方法，但是问题在于当你这些"简单的可选择方案"时，可能你的竞争对手同样也用到了，那么你采用这些方法还有什么竞争优势呢？此时，寻求新颖的途径进行市场细分（假定他们通过了可行性测试——见本章开头部分）会有助于你发掘对市场机制的新思路，并使你获得具有重要意义的竞争优势。下面就有两个这样的例子。

　　一家肥料制造商发现其产品正在一个成熟市场上缓慢衰退，于是该公司决定对市场进行细分，以挖掘新产品。首先公司对一些比较明显的"细分点"进行了测试：农作物种类、

地理条件、季节性等。最终他们成功地发现了本章前面提到的那个简单的事实——小麦本身并不会购买肥料，东英吉利也不购买，每次在购买的都是农场主！

> **"当你最终认识到不是东英吉利购买你的产品，而是农民们买你的产品时，你就真正明白了某些道理"**

农场主来自不同的背景，有着极为不同的态度、观念和购买行为。当制造商开始钻研这些因素时，他就开始理解（几乎是第一次）是什么原因真正地促使人们购买或不买他的产品。最后，在市场细分中，企业以顾客的态度和需求为依据（比如说传统的家庭农场主与经营大片土地的农业大学毕业生有着完全不同的世界观），将市场分为七个细分市场。

这种细分有助于企业优先考虑那些最能发挥其优势的细分市场，依此而制定的营销组合有助于制造商更好地确定其提供的产品，增添更多的价值，构建自己的经营运作体系，满足顾客的需要，同时显著提高企业的收入和利润。这七个类型见图15.5。

图 15.5 肥料市场细分的农场主类型

> **不是做什么的问题，而是什么时候做的问题**

某制药业的供货商有一段时间是根据治疗领域来细分市场的：哮喘病细分市场、心脏病细分市场、癌症细分市场等。这种细分根本没有发挥什么作用，因为不仅每个市场的竞争对手做的都是同样的事，而且即使是在同一细分市场，各个消费者的行为和态度也迥然有异。此时得出的结论是：事实上购买行为主要不是受治疗领域的影响，而药品开发的阶段变化才具有决定性意义。

一种药品从其研究到上市要经历一系列的检测环节，包括功效测试、临床试用、特许批准，共分为 4 个不同的阶段。药品从一个阶段到另一个阶段，制药企业给予的关注和需求都是有差别的，但是在每一个单独的阶段里，这种关注和需求则是明确的、统一的，这为善于观察市场的供货商提供了良好的机会。

在早期测试阶段，制药企业对供货商的要求是速度和灵活性，价格和质量则可稍后考虑。随着药品开发的进程，则转为对质量和可靠性提出了更高的要求。接下来就是争取获得特许批准的能力，最后才是生产规模、生产能力、降低生产成本的问题。对于各个不同阶段供货商得认真区别，在市场不同性能要求的基础上提供产品，适应不同的需求、态度和行为，而对药品的类型则不必在意。

毋庸讳言，蒙桑托公司在转基因（GM）食品上是有些骑虎难下，我们可从公司对细分市场的选择上瞥见一些端倪。蒙桑托公司以农场主为对象进行市场细分，因为转基因食品带来的大部分利益都归于了农场主，蒙桑托公司也就特别注重向农场主强调转基因食品的优点。当然，这一市场链也在往下延伸，直到消费者，不过消费者却根本不认同这种看法。消费者购买的是产品而不是技术，但是我们从事后大量的分析中可以看到，蒙桑托公司在市场推广过程中只是向农场主们强调技术的优点，这样就使问题变得复杂化了。

我们把这一情况与吉尼卡公司生产西红柿酱的情况作一个比较：吉尼卡公司在生产西红柿酱的过程中使用了转基因西红柿，并获得了成功。转基因西红柿为消费者带来了极大的利益：作为一种浆汁，其表层覆盖力极强，并且能紧裹着味蕾，带来美妙的口感。

人们渐渐地认识到这样一个事实，这种食品在市场链中的大部分价值附加在最接近消费者的环节。如果转基因产品供货商打算突破这种产品的消费壁垒，他们就必须开发和宣传真正的消费者利益。有些企业正在做这样的事情，比如努力"寻求预防骨质疏松症的食物"（这是杜邦公司"为我们的星球要做的事"系列广告中一则广告的标题）。

> 无论如何要避免致命的错误——依据产品进行市场细分

在企业间市场中，人们往往会依据自己的产品来划分市场，这是极端错误的做法，在此要提醒读者注意。我们来看以下四种基本的细分依据：

- 企业自己的产品；
- 企业自己的技术；
- 顾客对产品的使用；
- 顾客本身。

企业不应该以前两种依据来划分市场，它们只会使企业眼光向内看，此时，企业不可能获得在需求、态度和行为上与产品相匹配的顾客。

顾客对产品的使用则是一个不错的划分依据。此时你可以问问自己：对某一种产品有需求的顾客在需求、态度和行为上是否相同？

从教科书观点来看，顾客本身（即第四项）应排在首位，不过本书不是教科书，而是一本实用指南，所以在多数企业间市场中，顾客对产品的使用是最好的细分依据。在大客户管理（见第19章）中，还要注意在依据产品用途进行细分后，对于较大的细分市场应当依据顾客需求、态度和行为进行进一步市场再细分。

市场细分的一些常用依据：消费者／畅销商品

表15.3 总结了在畅销商品的消费环境中对市场进行细分的10条典型依据，概括成三种主要特征类型：

表 15.3 消费者市场细分的依据

宏观特征	社会经济
	人口统计
	年龄和性别
	收入
微观特征	地域
	家庭大小
	房屋大小/地点
生活方式特征	心理结构
	愿望
	采用比例

其中有些依据值得特别关注。

社会经济分类

或许在英国，消费者市场细分最普遍的方法（在广告业中采用的情况比较多）就是社会经济分类法，将市场分为 A、B、C1、C2 等几个类别。这种分类法试图以人们的社会阶层、地位和职业将人们归类，虽然这种分类法比较粗糙，但是却很流行。这个理论对于可支配收入（A 阶层的收入比 B 阶层高等）以及判断力和嗜好（A 阶层比 B 阶层更为挑剔等）提出一定的假设，主要的分类见表15.4。

这种细分方法虽然简便易行，但是如果仅凭这种方法进行细分的话，你所得到的结果就会很奇怪。你会发现教皇和贝克汉姆被归入了同一个细分市场，而在低阶层中，同一阶层的不同人差异也极大。那些以自己薪金的 2/3 为基数领取养老金的人已经清偿了抵押款项，他们的小孩也已经离家独立生活，此

一种过时而无用的方法

表 15.4 社会经济分类

	阶层	身份
A	中上层	高级管理人员、职业人士
B	中层	中层管理者、行政管理人员
C1	中下层	督工、下层管理者
C2	熟练工人	熟练体力劳动者
D	生手	半熟练或不熟练的体力劳动者
E	下层	靠养老金度日的人、临时工、失业者

时生活比较宽裕。半熟练和不熟练体力劳动者也不会完全一样，他们的可支配收入差异会很大。在英国，可支配收入最高的群体是 18~22 周岁的年轻人，他们已经开始工作，但是仍然住在家里，一般对家人很少承担什么义务责任，虽然他们处于下层，但出手相当阔绰。

或许这种分类方法更适合于沟通目标的设定，因此广告行业一直采用这种方法，但是这种方法正逐渐受到怀疑，因为只有当细分对象具有相同的需求、态度和行为等条件时，我们才能够对市场进行准确的细分。

人口统计

单纯以人口统计作为市场细分依据的方法正迅速地丧失其吸引力——年龄在 25~35 岁的人准确地来说并不是一个具有相似需求、态度和行为的共性群体。马克斯和斯宾塞公司长期以来以"中产阶级"消费者和"中年"消费者作为产品定位的标准，结果，1999 年公司的利润下降了 54%，这迫使公司开始进行反思。后来，公司推出豪特系列服装，其目标市场不再是某个年龄段的消费者，而是具有相似"态度"或"生活方式"的消费群体。

生活方式特征

最近 20 年来，人们对生活方式的关注超过了对社会经济分类的关注，一大堆术语随之冒了出来，包括雅皮、丁克这样的名词。表 15.5 对生活方式分类方法的其中一种进行了归纳，这种方法甚至能对全英国的人口按生活方式划定比例。

这样一种列表弊病很多，在脱离具体环境的情况下就更不合适了。如果用这种细分法，我们就会将一个 17 岁的游手好闲之人与一对依靠拮据的养老金生活的年老夫妇归于同一个细分市场。那么，我们对此是不是可以这样解释：这 5% 的人是我们称为社会最底层的群体，所以他们并不是市场营销人员的主要目标？

> 好一些，但还是太笼统

以一般生活方式定义的分类方法在面对具体环境的时候总是会产生问题。如果营销人

表 15.5 以生活方式为依据细分市场

生活方式	描述	占人口百分比（%）
自我探索者	自我表达，自我实现，拒绝个人主义，"超乎世俗"	15
抵触社会者	关心他人，利他主义，关心社会和环境，有可能缺乏容忍之心	14
实验主义者	强烈的个人主义意识，快节奏享乐，物质至上，热爱新技术，反对权威	11
摆阔消费者	贪欲强，喜好竞争，关心地位，喜欢炫耀，注重权力，亲权贵	19
跟随者	墨守成规，传统，寻求归属，重家庭，抵制变化	18
生存者	阶级意识强，重视社群关系，努力求"生存"，工作勤奋，安于天命	17
无追求者	(a) 年轻，失业，四处"漂泊"，反对权威；(b) 年老，在艰辛环境中过一天算一天	5

资料来源：马丁·克里斯托弗，马尔柯·迈克唐纳德. 市场营销入门 [M]. 伦敦：迈克米兰出版社，1995.

员有时间和资源的话，最好应该自己构建在市场上能够奏效的区别性特征。这样的区别性特征将会随着时间的推移，并在经验和调查研究的基础上得到充实和发展。从这个角度来说，以生活方式作为市场细分依据的方法会和心理细分依据（即情感和认知）相融合。

心理结构

　　我们已在企业间市场中对 ICI 涂料公司进行了讨论，现在我们可以看一看该公司又是如何对待最终消费者的。

市场细分——日用消费品品牌常葆青春的秘诀之一

　　多乐士涂料是在不断变化的市场环境中成功发展的品牌。它总是通过深入了解顾客的需要、态度和行为，与顾客保持紧密的联系，并相应地更新其市场细分的依据，使其符合时代的要求。

　　20 世纪 60 年代，简便易用的新产品大量涌现，引发人们自制用品（DIY）的热潮。涂料市场也不断推陈出新，福述涂料开辟了细分的先河，同时问世的还有福布伦的硬板涂料以及像多乐士这样的防滴淌涂料。在这种环境下，根据产品类型和产品用法对市场进行细分的做法比较合适，因而这种方法也保持了许多年。

　　到了 20 世纪 70 年代，观念发生了变化。DIY 消费已是一种固定模式，消费者开始寻求更多新鲜的东西，他们想改变自己的家。多乐士是名牌，需要对市场进行新的细分。首先，多乐士将购买者分为家居设计者和自己动手粉刷者，很快，新的细分市场出现了，每个细分市场都需要有针对该市场的营销组合，就设计者这一目标市场而言，必须在他们购买决策过程的最初阶段通过杂志和电视对他们形成影响；而对于自己动手者这一目标市场，则可以在商店中通过向他们提供建议和信息对他们产生影响。

到了 20 世纪 80 年代和 90 年代，消费者变得更加挑剔，大家纷纷追求居家的个性化。"筑巢" 文化（英国人最时新的家庭观念认为家就是自己的城堡，这种对个性和私人空间的渴望强烈地影响了他们的态度和行为）呼唤从另一个角度审视市场细分，此时，设计者不再是原来的设计者。图 15.6 运用心理分类术语对新的市场细分进行了图示描述。

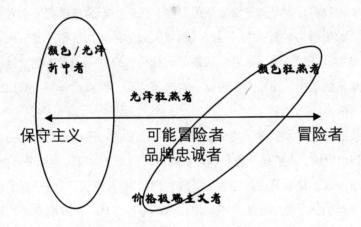

图 15.6 涂料消费者的市场细分

根据消费者对装修的态度以及对涂料的使用方式，他们可分为保守者、可能的冒险者和冒险者三个类别。在态度分类结构之间，还存在着其他方面的各种情感因素。关于涂料的最终效果存在三类情况：第一类是那些注重色彩的人；第二类那些关注光泽度的人；最后一类是那些在前两者之间采取折中态度的人。从消费者的购买行为来看，我们可以分辨出哪些人是对品牌忠诚的消费者（通过是对领先品牌多乐士的忠诚），哪些人是因价格而购买的消费者（大多数是自有品牌的消费者）。

在这个分类结构中，一些类别的需求看上去比其他的部分更有吸引力，对于这些需求者定价可以很高，他们的需求与多乐士的主要能力也匹配：对品牌忠诚且对颜色狂热者就属于此类，他们是主要的市场目标，而保守的价格购买者则是次要目标。

采用比例——"采用者曲线"

这种模型对于常用消费品市场分析是最有用的，所以我们把它放在这里讨论，不过它对于企业间市场也同样适用。

当一个新产品上市的时候，通常都会跳出一批新产品的狂热拥戴者，他们追逐时尚，却不注重产品自身具有的优点，因此，有时候产品只是风行一时，然后就此停滞不前，最终走向消亡，人们只会记得它曾被一帮盲从者所拥护，只是一时流行（的确曾有少数人为辛克勒 C5 而非常地狂热!）。

如果一个产品要在市场上获得成功，它就得跳出那些追随者的狭隘圈子，寻找更为广泛的接受者。新产品必须努力向前走，逾越那些求新者，找到产品的早期采用者。艾维雷特·罗杰斯在其著名的"采用者曲线"中把握了这一概念，如图 15.7 所示。该曲线显示了大部分的新产品或新观念在被人们接受的过程中所经历的各个阶段，首先是被求新者接受——这是一个人数不多但是却非常狂热的群体。然后，产品被早期采用者接受，他们使产品具有更广泛的吸引力。接下来，早期采用者人数上的增加使得产品形成规模销售，从而降低了产品成本，并使其成为大众市场产品。此后，晚期采用者人数激增，他们浩浩荡荡地涌入到购买队伍之中。滞后采用者则一直抗拒产品，到最后一刻才采用该产品，或许可能永远不会采用。

这种产品扩散的一个典型例子就是便携式电子计算器。该产品发明之初，它是作为一种先进科学仪器出售的，主要是企业和事业机构购买，而且需要得到资金审批委员会同意。当时，企事业机构就是早期采用者，为了适应它们的需求，计算器中设置了余弦和倒数等一系列复杂的计算功能，使用起来并不简便。然而不久之后，在政府立法的推动下，出现

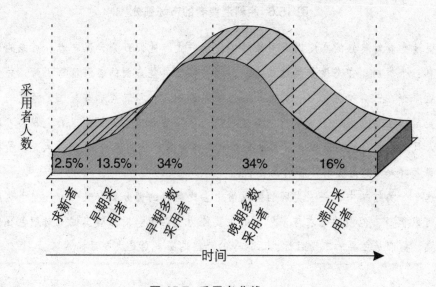

图 15.7 采用者曲线

资料来源：艾维雷特·罗杰斯. 创新的扩散[M]. 第 4 版. 纽约: 自由出版社，1962.

了一个新的细分市场（参见第 9 章"外部因素分析模式"）：当计算器得到批准可以在 GCSE 数学测验中使用，每个小孩都会冲回家让父母给买一个，此时，计算器功能已大大简化，从而使价格跌落。不久，计算器成了商业人士的必备用品，这些早期多数采用者促使该产品价格进一步降低，直到计算器被作为促销品免费向消费者派送，这时晚期多数采用者开始进入市场。

这种模式的一个有趣特征就是创新者所发挥的作用，有时候这种作用是积极的，但是它们拖市场后腿的情况也绝不少见。国际互联网就是这方面的一个恰当例子。互联网的早期用户被形容为"卑微的人"，是一群没有社会活动的人，半夜三更还在网上冲浪，寻找与其同样失落了灵魂的可怜人。不论这说法真实与否，早期用户的这种形象阻碍了互联网的发展，导致其无法得到人们的广泛接受，这种发展的滞后或许有两年的时间。

作为潜在市场细分的模式，采用者曲线非常有用。营销人员可以根据曲线的不同阶段设计产品开发计划，对各个新的消费者群体量身定做营销组合方案。针对每个消费者群体所采用的营销主题都应该有所不同。针对创新者时，营销主题应该注重该产品的新奇特性、实验性、创造性及新潮性。这种营销主题也许会吓坏晚期多数采用者。反过来，如果产品注重宣传"牌子老、质量好"，则创新者会对这些陈词滥调感到乏味得无法忍受，而这样的宣传对后期多数采用者却充满了极大的诱惑力。

> 往前看第三步：市场定位——采用者曲线跨越整个过程

第二步：确定目标——细分市场的选择

在找到适合企业的细分市场依据后，你下一步要做的事情就是选择那些值得把其作为关注目标的细分市场。关于这一方面的问题，我们必须回顾一下在第二章中所讨论过的营销模式。在论述这个模式的目的时，我们认为主要是将公司具有的能力与市场需求之间进行最佳匹配。因此，我们在对细分市场进行选择时，要考虑匹配的过程，并寻找最佳结合点。

在这里我们可以使用定向决策矩阵（在第 22 章探讨产品组合管理的问题时，我们还将对其进行详细介绍）。在图 15.8 所展示的矩阵图中，我们以两组因素为基础对市场进行细分：

- 细分市场的吸引力；
- 我们满足细分市场顾客需求、态度和行为的能力。（本来定向决策矩阵的横轴是"我们的相对优势"，也就是顾客所认为的我们优于或次于竞争者的地方，在此，我将横坐标改为"我们的能力"，这样就更明确了。）

定向决策矩阵是由著名的波士顿矩阵发展而来的一个经典矩阵（波士顿矩阵见第 22 章），

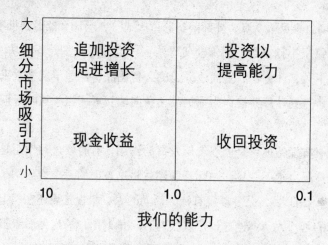

图 15.8 定向决策矩阵：选择细分市场

该矩阵可用于资源优先配置和目标市场投资分析。图 15.8 说明：在资源有限的条件下，以可能的收益率为基础进行投资决策时，可以按矩阵中的四个象限采用四种不同的方法。

细分市场的吸引力

首先我们需要确定一系列相关因素，这些因素决定着细分市场对企业所具有的吸引力。它们可能包括下面所列的因素，可能还有与企业自身环境有关的其他未曾列举的因素：

- 规模——销售额、价值、利润机会。
- 增长潜力——销售额、价值、利润机会。
- 进入市场的难易程度。
- 能力与需求之间结合的几率。
- 细分市场中的顾客是不是"早期采用者"？他们会接受新思想和新产品，还是会等到市场完成了对这些产品的检验才予以接受？
- 他们是否认为你们的产品具有真正的价值？
- 竞争程度（程度越低吸引力越大）。

我们具有的能力

同样，我们首先需要确定一系列决定企业能力水平的因素，这些因素列举如下。此外，可能还包括与你们自身环境有关的其他未曾列举的因素：

- 资源——生产能力等；
- 差异化能力；

- 成本水平；
- 促销预算；
- 销售队伍；
- 获得分销渠道的可能性；
- 形象和声誉；
- 产品质量；
- 服务水平；
- 反应速度。

定向决策矩阵的实际运用

我们将在第 22 章里讨论如何对这些因素作用力的大小进行量化，你可以将相关的两个指针即市场吸引力和企业能力放入矩阵中作为量化依据（本章是分市场矩阵，第 22 章是产品矩阵）。这个矩阵只是对你作决定提供某种帮助而已，它不能代替你作出决定，矩阵中的说明也只是表明可能性的结果，包括投资、抽资和现金收益，供你在战略选择中作参考。

> 用本书的光盘试做定向决策矩阵

第三步：市场定位

选定目标市场后，接下来就要对该市场中的人群展开工作，设计并运用四个 P 的营销组合，对每个细分市场定位出独特的主题。如果对各个细分市场运用的组合存在雷同，那么或者这些市场根本就不应该细分，或者就是我们的主题定位出了错（也或许兼而有之）。

> 主题

市场细分和营销组合

营销组合是影响需求和获得竞争优势的一系列工具或杠杆。营销人员掌握着 4 种杠杆：产品、渠道、市场推广和价格，即传统所说的四个 P 要素，如图 15.9 所示。

市场需求受整个营销组合的影响，四个 P 要素之间相互关联：

- 产品——产品系列、质量、包装、售后服务等。
- 价格——加价、降价、付款方式等。
- 市场推广——就产品信息同顾客之间进行沟通，包括广告、公共关系、推销等。
- 渠道——进入市场的分销途径（包括直接销售、零售、批发等）。

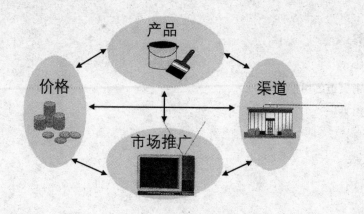

图 15.9 营销组合

四个 P 要素之间不仅相互影响，同时它们之间还必须保持平衡，从而确保营销组合的有效性。新产品上市时，最可能使得营销组合中的要素之间出现不相协调的现象。

从不搭配到搭配

巴香香槟酒刚开始上市时，产品、市场推广和渠道三个方面的问题都考虑得很周详，但是酒的价格偏低。巴香是一种饮料（仿香槟酒），由男士们买给自己的女朋友，以此打动其芳心（这可是从 20 世纪 50 年代传下来的做法！），但是价格这么低廉，又有谁会被打动？为了改善产品的自我形象，巴香在提高价格后又重新上市了，并一直是该领域的榜样。

从搭配到不搭配

当兰德·罗福推出琅吉农用机的时候，渠道是营销组合中不协调的因素，因为农民们是到兰德·罗福的传统经销商那里购买这种新型昂贵的高档产品，当他们看到广告，带着一身泥来到商店的展厅里，看到的机器却比他们所想象的实用农机奢华太多……

"主题"

每个细分市场都要具有针对性的营销组合。实际上，如果在细分市场实施的营销组合缺乏针对性的话，那么细分市场将难以成为一个"可行"的细分市场。我们在前面实际性检验中提出测试问题时，已经对"可行"问题进行了讨论。把营销组合各方面的因素综合在一起形成的整体概念就是我们所说的主题，它能说明顾客购买你的产品或接受你的服务时的卖点。

主题可能只着重强调营销组合中的某一要素：如最低价格、最宽渠道、最好的宣传，或是最好的质量，即营销人员所说的单一主题。这并不是说其他要素就要放弃，例如，最值得信赖的产品可以同时以高价并且通过可靠的渠道进行销售（这种产品在"疯狂米奇"的"降价天堂"进行销售时，则会损害其可信度）。对于最低价格的产品来说，则可能需要通过大力市场推广的手段，才能达到满足成本下降所需的销售量，供货渠道也需要很宽才行。

通过为每个细分市场制定不同的具体的营销组合战略，企业就能集中精力满足各个顾客群体的需求，此时，企业还可以针对市场需求的具体情况，通过溢价定价，产品差异化或是降低成本的方法提高利润最大化的几率。

航空业为我们提供了一个很好的例子，表15.6是一个高度简化了的细分模式，将乘客分为了不同等级——头等、商务、经济、备用。每一群体都有自己的需求、态度和行为特征，而在其群体内部都具有充分的相似性，足以成为一个群体性集合。与此同时，他们又各不相同，可以通过4种不同的营销组合战略加以区别对待。细分的结果是：从伦敦飞往纽约的航班同样7个小时的航程，乘客为其支付的价格从200到6000欧元不等！

表15.6 航空业的市场细分

	产品	价格（欧元）	宣传	渠道
头等舱	奢侈/自我	6 000	直接给予"会员"	直接销售
商务舱	优先/灵活性	2 800	商务旅程	公司定点旅行社
经济舱	标准	850	报纸、杂志	旅行社
备用舱	不确定	250	传真、互联网、小广告	互联网、机场服务台

当然，即使乘客是一起起飞，一起着陆，经历的也根本不是完全相同的一次飞行。这四个等级的乘客支付了不同的费用，因为他们要求得到的东西不同。备用舱乘客对于不确定性有着与商务舱乘客不一样的态度，而且乐意为了得到一定的折扣而购买有一定程度的不确定性（可能无法成行）的机票。头等舱乘客购票的方式可能不同于经济舱乘客：他们在旅行时可能有固定的购票渠道，这是航空公司为他们"安排"的，而经济舱乘客则宁愿四处转悠，挑选航空公司。

在这种细分的框架下还可以对市场进一步细分，分出无数种潜在的变式和微小的细分市场（理论上可以细分至每一位乘客），但上述细分框架已经足够，我们已经可以在此基础上进行差异化定价，推出不同的产品，投入不同的成本，获得不同的收益。

主题随时势而变

定位必须反映市场的动态情况，所以随着市场态势的变化，主题也必须作出相应的调整。

是药店，是治
诊疗室，或者
是国家健康服
务中心的非官
方附属机构？
博慈公司不断
在变

很久以前，博慈药店就已不再只是一家普通的药店了，经过多年朝着综合经营商店转变的努力后，博慈药店对自己进行了重新定位，将自己确定为服务型企业，在药店内提供眼科、牙科和手足病诊疗服务。从一定意义上来说，这种定位是从药店向"关怀诊室"角色转变的延续，但是同时我们也可以看到博慈开始（从困境重重的国家健康中心那里）承担了辅助性健康治疗的新任务。建立在责任、信任和信心基础上的既有品牌优势使得博慈这种新的定位具有特别的吸引力。

认知就是一切：认知图

市场细分建立在消费者群体的需求、态度和行为上。态度不是客观存在的事实和逻辑，而是人们头脑中的认知。

顾客的认知方式与供货商的认知方式截然不同，然而他们的认知又是最重要的。克里夫·辛克莱（现在是克里夫公爵）对他的辛克莱 C5 汽车有一个非常清楚的认识：这种产品是一种高效能、环保型、低成本的交通工具，然而，他的潜在客户却视之为死亡陷阱。"先知者"是一种自助式妊娠测试器，虽然厂商尽了最大的努力通过促销资料强调这种产品所具有的积极作用（姑且不说使用这种产品得到的乐趣），但是仍然有许多人（特别是学生）认为使用这种产品只会让自己看到最坏的结果。

我们与人沟通时，接收到的信息远比发送的信息重要得多，当你试图对自己的产品或服务就选定的细分市场进行定位时，你应该将这一至关重要的真理牢记于心。四个 P 战略将有助于你确定营销主题所包含的各个要素，但是我们需要依赖认知图这样一个概念，帮

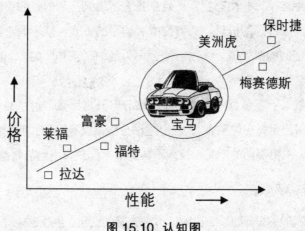

图 15.10 认知图

助我们真正在目标群体的心中占领一席之地。

图 15.10 显示的是汽车市场可能存在的一种认知图，这张认知图主要关注两个因素：价格和性能。根据特定细分市场客户的意见，我们对不同品牌和车型的汽车进行了抽样比较。记住很重要的一点：这张图所显示的并不是根据具体标价和技术指标进行比较后所得出的各种车辆的真实市场地位，它所显示的只是一个特定消费者群体对不同汽车的认知情况，客观事实则可能完全是另外的一回事情。但正是人们对产品的认知促使其购买产品。

认知图具有许多不同方面的用途。在这里，我们把它用于评估目标客户对你的主题的认知，并将其与你设计的主题进行比较。认知图的另一个作用是对竞争态势进行分析，并在图中找出我们可能存在的任何"差距"。这种差距对你来说可能是一个机会，让你提出独一无二的主题。据说宝马公司是第一家将认知定位于中等价格、中型尺寸、高性能轿车的制造商，它一方面利用了福特车和富豪车之间所存在的差距，另一方面还利用了保时捷车与法拉利车之间所存在的空当。利用好这个图中的"空白处"，我们就能发现不少细分市场，作出独特的企业定位。

根据各种各样的不同因素 (不止价格和性能) 对定位进行分析和尝试后，我们就会发现有许多细分市场可供选择。同时，我们还可能估计竞争者的定位，为企业自身的定位寻找机会。

市场细分与市场研究

有关市场细分的最后一个问题到目前为止应该已经十分清楚了：你对自己所在的市场了解得越多，你进行市场细分的方法就越好，你作出的市场定位也更加有效。市场研究是至关重要的，除非你只想依赖自己的胆量和灵感作决定。为了确定市场结构图，我们需要定量资料，并且要进一步研究客户的态度、行为和认知态度，得出定性资料。寻找市场细分的正确依据将有助于我们把重点放在关键问题上，随着市场研究的推进，你会发现越来越多你所不知道的东西。

不要灰心，这是好事！假如你既有足够的动机，也有足够的预算去做调研，最终你将得到更加全面、深刻的认识。时间和金钱在这里是我们需要考虑的问题，这样我们又回到了营销模式中最基础的东西——公司具有的能力。按照最后的分析和自己的意愿，你究竟可以经营多少个细分市场呢？这个问题的答案取决于你认识这些细分市场的能力以及其他同样重要的能力。

16

营销要有品牌策略

Branding

品牌是个大问题，在这里我们要讨论真正的品牌策略，它不仅仅是简单的标识和口号。本章内容将围绕品牌阐述三个战略性问题：

1. 品牌结构；

2. 品牌定位；

3. 品牌价值赋予。

第 20 章将从战术的角度上进一步讨论品牌的管理。

在这里，我们首先要明确品牌策略的重要性。关于这一点足可以写一本书，市场上的确也有上千本的书籍在讨论这个问题，这里我提出品牌重要性的三个原因：

- 品牌能增加利润。

- 品牌能建立顾客忠诚。

- 品牌能降低风险。

品牌战略和盈利能力

"市场战略的利润影响（PIMS）"调查结果显示，在英国食品市场上，任何一个特定细分领域里排名第一的食品品牌都有平均 18% 的利润率，而排在第二的品牌则只有平均 4% 的利润率。这些都是平均数，还有许多排名第二位的品牌处于亏损状态。很显然，占据了第二位置的不少品牌已退出了市场。

这样的结果说明至少在食品市场上，品牌本身并不能带来利润，而只有成功的品牌策略才能使企业站住脚，这意味着食品品牌只有争第一才能保证生存。在其他市场上，虽然有多种品牌可以并存，但也只有大品牌还能获得优势。

表 16.1 以市场份额（品牌实力）和质量为基础，对 3000 多家企业的市场地位进行了评价，揭示了这些企业的平均投资收益率（ROI）。

表 16.1 关于品牌与投资收益率的市场战略利润影响研究

	低档质量	中档质量	高档质量
高市场份额	21.00	25.00	38.00
中间市场份额	14.00	20.00	27.00
低市场份额	7.00	13.00	20.00

仅仅凭这些资料我们还不能得出什么结论，但是这些资料再加上其他证据就能说明不少问题：对品牌进行投资以获取市场份额就如同对产品进行投资以提高质量一样，肯定能够获得足够的回报。如果一个高品质的产品同时拥有一个良好声誉的品牌，那么这个产品就更加有机会获得丰厚的利润。强势品牌更容易获得丰厚利润的主要原因如下：

- 畅销品牌可以采取高价。
- 争取新顾客更容易，成本更低。
- 好的品牌可以赢得客户的忠诚，而留住忠诚的客户并为他们提供服务时，企业所需要付出的成本相对来说要低一些。
- 强势品牌使企业具有讨价还价的优势。
- 大的市场份额有助于你在市场上站稳脚跟，这样可以使你获得更多的知识，让你站得高，看得远，并且培养你适时而变的能力（但同时你一定要不断学习！）。
- 一个好的品牌表明企业的能力与市场需求结合得很好，因此强势品牌是竞争优势的具体体现。

品牌战略和忠诚度

为建立和维持顾客忠诚度，也许有人还会尝试品牌策略以外的工具，例如垄断、贿赂和折扣，但是：

- 忠诚并不是来自垄断。当一个新的竞争者进入某个寡头垄断着的领域时，我们可以看到客户们喜新厌旧的品性：他们几乎不考虑新产品是否具有相对优势，只要出新的，就立即丢掉旧的。如英国天然气公司与他们的工业用户、英国电信公司与新涌现的电信供货商、IBM 与个人计算机等事例就是这样的情况。

- 忠诚并不是来自贿赂。零售商忠诚卡、信用卡会员体系和飞行里程累计奖励计划等等都是行使贿赂的做法，当这种贿赂形式被取消的时候，或者是当这种做法带来的新鲜感消失殆尽的时候，客户又会另觅他处了。

- 忠诚并不是来自价格的折让。许多研究已经表明，当顾客出于价格的考虑而购买一件"比较便宜"的产品时，他们仍然渴望购买一些价格高、品牌响的产品，只不过这次是金钱占了上风。一旦等到中了彩票的时候，他们绝不会买折价货。

忠诚来自于供货商与顾客之间的关系，而这种关系的建立和维持是靠品牌来完成的。的确，品牌策略要求很高的成本投入，但如果通过上述替代方法来赢得客户忠诚的话，付出的代价会更高。

品牌战略和风险管理——品牌"光环"效应

在第 12 章的安思富矩阵中我们看到：当一家企业在实施增长战略的过程中，如果从以市场渗透为基础转向以市场扩展为基础，风险就会增加。如果进一步采取新产品开发策略，甚至是多元化策略时，风险就更大了。该矩阵并不是说你只能采取以市场渗透为基础的增长策略，而不能采取建立在其他基础上的增长策略，而是说你应当采用一切合适的手段降低采用其他战略将要遇到的风险。在实施这样的增长战略的过程中，品牌战略就是降低风险的一个最主要方法。

| 维珍的光环 |

维珍公司善于多元化经营，多元化的速度和频度在商界是史无前例的，而且它超越了安思富所预期的 15% 的成功率。维珍获得成功的答案在于进行市场调研的方式（非常认真仔细）、与专家合作的方式（尤其是供货商们），以及利用品牌的方式。维珍公司所推出的每一项新业务都受益于公司以往业务的成功：人们喜欢购买维珍公司的个人无定息股票（PEPS），这也许是因为他们欣赏维珍公司经营航空公司的方式，或者因为他们喜欢维珍可乐，或者因为他们喜欢理查德·布兰森。维珍公司充分享受到了这种"品牌光环"所带来的效应和好处。

品牌光环所发挥的作用正如其名所示——它为一项新的投资预先提供了保护伞，从而为其成功扫清了障碍。在新的投资与从前的业务并无关联的情况下同样可以利用光环效应，诸如可乐与航空业务之间，或者是手机业务与影院经营之间差别甚大的行业都可以。这种光环还可以让市场营销人员将现有业务的品牌价值（最好是名牌）注入新的业务当中。

以上的品牌策略艺术和技巧只是一个小小的插曲，现在让我们回到战略问题上来，即品牌结构、定位及价值赋予。

品牌的集合体——品牌结构

几乎所有的东西都可以打上品牌——产品、服务、人、城市、地区，甚至是人的想法都可以建立品牌。多数企业的产品或服务都不止一种，企业内部还有不少杰出人才和思想，如果每一项人或事都有一个品牌，都强调自身，那么品牌就会泛滥，使企业受损。因此，品牌也要讲究秩序和方法，这就是品牌结构的含义。

品牌有很多种表现方式。"奇巧"是一个品牌，"奇巧"的所有者"雀巢"也是一个品牌，于是就有了"雀巢奇巧"。这种组合的结果会强化"奇巧"的品牌效果呢，还是会损害其效果？"沙松"是一个品牌，"克罗西和布莱克威尔"也是一个品牌，"沙松"是借助"克罗西和布莱克威尔"的名气推出的，而后者又属于雀巢旗下的品牌。那么我们是不是要在"沙松"前面加上"雀巢—克罗西和布莱克威尔"？如果是这样，那么这个品牌名称又有什么用处？

联合利华在全球有 1500 多个品牌，在多数品牌名字中都看不到"联合利华"的影子，而微软公司的所有产品则都冠以"微软"的字样（维珍、三菱、雅马哈、壳牌都是这样）。

多样化，品牌结构的意义

品牌结构研究的就是品牌之间的不同关系。在阐述具体的品牌结构模式之前，我们先来说说品牌结构设计的意义。品牌的总体结构建得好，品牌功能就会得到加强，否则就会弱化品牌效果，甚至使品牌之间松散，出现问题。

来看我们前面的那个例子：在一个企业内有许多品牌，还有一些待推出的品牌。公司现在的问题是：这些品牌是独立发展，还是统一筹划，共同发展？

图 16.1 中的矩阵将帮助我们思考上述问题，这个矩阵来自于彼得·多耶教授的思想，目的在于说明建立企业品牌的动机强弱程度。

纵轴表明目标市场的共性或差异性大小，数值的确定依据主要是目标市场的行为和态度差别程度。

横轴表明每个品牌所界定的价值的共性或差异大小（品牌界定见"定位"部分的内容）。

当市场相似程度高，而且品牌界定的价值特征相同时，企业品牌就是首选的结构，这样可以提高效率，获得规模收益。当市场相似程度小，各品牌价值、主题差异大时，则最好针对各个产品制定不同的品牌。

不同	分品牌	产品品牌
	宝马3系列，5系列，7系列	泊仙、西芙、雷迪翁
	企业品牌	有效识别品牌
相似	微软、蓝天、维珍	克罗格糖霜面包 克罗格白朗切片面包

目标市场

相似　　　　　　　　　　　不同

品牌界定

图 16.1　品牌结构

此外，图中还有有效识别品牌和分品牌，我们将在下文中讨论。

品牌结构的重要性

产品品牌如同人的品格（参见第 20 章），当我们评价一个人的时候，各人的想法和期望不同，评价也就不同。同样的一个喜剧演员，同样的一出戏，对于威岗工人俱乐部的观众和艾舍牧师花园晚会的观众来说，评价就会不一样。既然两种情况下演出的结果会不同，那么面对不同的市场状况，我们也不能乱用品牌。如果你收到一个巧克力礼盒，牌子是"波音"，也许你还能接受，但如果你乘坐飞机去澳大利亚，飞机叫做"加德伯里超市 747"时，你会作何反应？

在一些情况下，某些新产品推出时需要取一个独特的名字，而此时如果在这个产品上加上公司名称或企业识别名称时，产品销售就会受到很大的限制。

> **如果美洲虎被称做福特，谁又会买它呢？**
>
> 福特一直以来感到难以进入高价位豪华型汽车市场，最后它们发现，要实现这个目标，收购美洲虎是最简单可行的方法。当然，收购以后不能把美洲虎改名为福特，要是那样的话就完蛋了。汽车品牌对于客户具有非常强的情感冲击力（见第 20 章），这是一个很有意思的规律。丰田选择以凌志为品牌推出尊贵的新款汽车，本田则选择创立雅阁品牌，这么做是因为目标市场与现有市场完全不同，而且品牌的界定也很不一样。

产品品牌

联合利华有三个品牌都是定位于同一个市场，它们分别是泊仙、西芙和雷迪翁，它们互相独立，也不受联合利华其他品牌的影响。也许你觉得这样一来品牌就太多了，会降低效率，但实际上这三个品牌都有自己的目标顾客，有自己的细分市场，因此各品牌的界定也不同。品牌界定对于品牌的功能是很关键的，它是企业能力与顾客需求结合的体现，如果为了提高效率而把这三个品牌合并起来的话，则有可能损害多年来树立的品牌价值，因此要多加谨慎才行。

几年前的一个夏夜，我走在家乡的街上，数了数威特布雷德旗下的餐馆，总共有八个品牌，包括必胜客、比萨乡、多姆、TGI 星期五、哥斯达咖啡、吉姆汤普森辣味岛、必福牛肉和蓓拉面馆。他们的多数顾客并不知道他们之间的联系，他们为什么如此不同呢？威特布雷德从中可以得到什么样的优势？如果你仔细观察就会看到：在每间餐馆就餐的都是完全不同的顾客，这样的事实证明了威特布雷德具有将市场细分与品牌策略结合在一起的能力。在这个小镇里，如果威特布雷德只用一个品牌来命名它的餐馆，那么也许它能维持经营的餐馆就只有一家，而且可能会被像我这样年纪的人误认为只是一家酒吧而已！

> **威特布雷德花样繁多的餐馆品牌**

分品牌

当供货商向完全不同的市场的投放不同的产品，而又希望利用这些产品和市场的某些价值特征上的共性时，就可以利用分品牌的方法，如果他想将现有品牌的价值特征传递给新品牌的话，也可以采用这种方法。分品牌法在汽车市场特别典型，因为所有汽车购买者对于汽车品牌的关键价值特征都有相同的要求，只不过有的人想要小型汽车，有的人想要中型汽车，有的则想要豪华型。因此，宝马推出了 3、5、7 系列，品牌不变，只变数字标识。

有效识别品牌

一些产品品牌是以企业名称加产品名称的形式出现，例如克罗格"糖霜"面包，克罗格"白朗"切片面包、克罗格"脆米饼"等。它们不同于纯粹的产品品牌，一般称为家族品牌、伞状品牌或有效识别品牌，最后一种提法是最明确的。通过在产品名称前加上生产企业的名称，产品的来源就明确了，可信度就提高了。如果仅凭产品本身的牌子打入市场，可能不容易站住脚，而加上"克罗格"这一公司名称后，就如同给品牌加了一个保护伞。如果没有有效识别，波波水果馅饼就不会如此成功。玉米片也是如此，如果用"玉米片"作为品牌，名字太普通，也太简单，拿去注册都不合法。此时我们把它改为"克罗格玉米片"，给它打上一把有效识别的"伞"，于是产品一下子就有了特色，也不易仿造了。

当"伞"下的产品都处于相同或相似的产品市场时（上例是早餐谷类食品市场），有效识别品牌法是最适合的，但如果市场不相同时，这种方法就不好用了，例如，洁厕精就不宜冠以"克罗格"的前缀。面对不同市场时，如果企业还使用企业名字作为牌名，那么就是我们后面所要讨论的另一种品牌结构——企业品牌法。

产品品种法和有效识别法的界限并不是很明确。一般来说，如果公司比较有名，其名称的价值含量比产品名称的价值高的话，就可使用有效识别法。"泊仙"显然不是这种情况，虽然"泊仙"的包装上印有"联合利华出品"，但它不叫"利华泊仙"，只叫"泊仙"。它的品牌经理此时要考虑一个重大问题——加上公司名会提升"泊仙"的价值还是会损害它的价值。

是有效识别法还是分品牌法?

雀巢收购了朗特威公司，获得了该公司的"奇巧"品牌后，很快就把"朗特威—奇巧"改成了"雀巢—奇巧"，许多人指责雀巢，说它抛弃了原有品牌多年经营的品牌价值，然而雀巢公司相信"奇巧"本身的价值已经很高，不需要"朗特威"的前缀，相比之下，"雀巢"的识别效果同样不差，而且还能使各雀巢品牌统一，提高效率，节约成本。不过尽管如此，反对意见仍然不绝于耳。

请再看下一个例子，它是分品牌法还是有效识别品牌法？我们知道油漆有多种，有室内漆、室外漆、木器漆、金属漆，等等，因此，最终用户（市场）是很不一样的，但有一家油漆商想在各市场的产品中建立一种共同点，这家油漆公司就是多乐士，它有室外墙面用的"多乐士耐久漆"、室内木墙用的"多乐士上光漆"，等等。

企业品牌

近年来，在品牌策略上最有争议的问题就是企业品牌的价值及相关方面，争议大致有四类：

- 这只是企业自我为中心的体现，对品牌和顾客都没有多大价值；
- 公司品牌法能大量节约成本（但又如何实现品牌管理与成本节约的结合呢?）；
- 这是文化方面的问题，有人认为文化是可以改变的；
- 当对不同产品、不同业务、不同市场实施统一的企业品牌时，必须有一些明显的共性作为统一的基础，这样才能发挥其功效。

日本模式

说到文化方面我们会发现日本人早就意识到了公司品牌的好处。例如在雅马哈品牌之下，就有摩托车、音响、钢琴、游艇、电子器官，等等，而且好像不会造成什么识别方面的混乱。不仅在日本如此，印度也有相似的例子——"塔塔"品牌下就有各种产品和业务，包括银行业务、汽车、日用消费品和化工原料等。这样的品牌打破了图 16.1 中的品牌结构规则，但它们适合亚洲的实际情况，因此做得很成功，而这种现象背后的原因也逐渐为欧美和其他地区的企业所认识。

我们再回头来说日本，三菱公司有一个企业口号叫做"从面条到原子能"，这是一种日本特色的认知，旨在强调企业在社会中的职能和地位。但如果在英国把原子能产业冠以通心粉的品牌——亨氏，那么英国人还会接受吗？

20 世纪 90 年代亨利中心做了一项著名的调查，结果显示人们对许多消费品品牌的信任远远甚于对警察或皇室的信任，并且甚于对企业品牌拥有者的信任。在上述品牌中，赢得消费者高度信任的品牌有百事、玛尔姿和圣迈克尔（产品品牌），而消费者信任度稍差一些的品牌有壳牌、微软和蓝天（企业品牌）。

至少在英国，人们会喜欢个性强、有情感冲击力的产品品牌，同时又对拥有该品牌的企业巨头持有戒心。这种状况并不是媒体引导或压力群体造成的。例如，当壳牌公司与绿色和平组合发生争议时，并不会影响我们对壳牌汽油本身的看法。同样，当政府担心微软努力过于强大时，我们对微软本身的产品也不会因此而持怀疑态度。当然，如果企业名声不好，那么可能还是有一些人会将对企业不好的看法转移到对产品的评价上。

理查德·布兰林爵士把维珍称为"象征性品牌"，他说："维珍"品牌 **象征性品牌** 本身是独立于具体产品之外的，它代表的是一种企业声誉，从这个意义上说，维珍走的是日本模式。他批评说：有的人认为品牌必须和某种产品有直接联系，这是一种"刻板的盎格鲁—萨克森的消费者观念"。作为一个企业品牌，维珍的成功来自于企业自身的能力，维珍是现代企业实践的成功典范，它维护了顾客权益，打破了传统，对现有的规范和权威提出了挑战。

这种品牌价值在集企业家、冒险家和客户朋友于一身的理查德·布兰森爵士身上得到了具体体现。在他的维珍公司所涉足的任何一项业务领域里，它们都会寻求一种新的突破，这些突破都利用了企业的价值。它们不只是销售个人无定息股票，而且跳过了交易中间商；它们不只是为你提供航班服务，同时还为你提供往返机场的巴士服务（有这样良好的企业品牌意识，自然应该在各项业务间共享）。此外，还有旅馆为入住者提供的一份备用品价目表，移动电话销售商很好的服务态度，婚礼用品店为新娘们（而不仅是新娘的母亲）提供的产品，这些都是企业品牌价值的实际应用，它们为消费者带来了切实利益。"维珍"这一企业品牌的成功就是靠这些周到的服务和经营积累起来的。

布兰森明确表示：他希望维珍成为名声最好的品牌，而不一定要成为最大的品牌。对于企业品牌来说，名声就是一切。

从成功的企业品牌例子中我们发现：企业品牌有时候会比产品品牌带来更大的知名度。产品品牌必须识别并适应目标市场顾客的需求、态度和期望，这是微观层次上的问题，而企业品牌的针对范围则很宽，它的价值特征与社会、政治、经济状况相适应。只要日本继续尊崇大企业，那么三菱和雅马哈等企业品牌就会继续发达；但经济出现滑坡、"终身职业"文化解体、大企业丑闻增多时，企业品牌就会受到冲击。

企业品牌的缺陷

当企业品牌不适合实际形势时，就不应该勉强，否则会带来风险。打个比方：如果把所有的鸡蛋都放在一个篮子里，那么就有可能把篮子压坏。不过，理查德·布兰森爵士倒不这么认为，他说："每次维珍进入一个新行业时，总会有人跳出来反对，说我们的品牌扩展得太宽了，对于这个问题我们不担心，我认为'维珍'倒是扩展了人们的想象力。"

诚然，想象的力量是无穷的，但假设你坐上一辆从伦敦到曼彻斯特的"维珍"火车，火车中途却停开了，而此时你已预订了"维珍"下一周飞往约翰内斯堡的航班，那么此时你对"维珍"航班会有什么联想？

如果雀巢这样的公司对自己的所有产品都使用同一个企业品牌，那么这些产品放在超市的货架上会产生什么样的后果呢？可以想见，这些品牌完全相同的产品看起来就会像低档的自有品牌产品。如果其中一种产品出现过严重的缺陷，那么对所有其他产品就会带来极大的影响。

全球化还是本土化？

西奥多·莱威特早在 1983 年就说过："全球消费者的需要和欲望出现了同质化的趋势，而且这种趋势是不可逆转的。"他的这一说法为全球品牌策略扯起了一面大旗。对于有志于全球化道路的品牌经理们来说，这句话鼓足了他们的干劲，但是这种趋势到底在多少个市场中存在呢？这还是个很大的疑问。

按照阿尔·雷斯提出的品牌战略"不变法则"中的第 18 条的描述，所有品牌都应该是全球性品牌，他引用喜力品牌作为例子，说这是一个没有国界限制的品牌。如果你能做到全球化的话，这的确是一个很好的例子，你可以获得不可估量的回报，但是这样做的话，你又该如何进行市场细分和定位呢？实际上，把整个"世界"看作单一细分市场的情况并不多见，例如，你会采用波兰的销售方式去法国销售伏特加酒吗？实际上，喜力并没有做到品牌全球化，虽然品牌名称是全世界有名的，但其品牌的含义却有很浓的地方色彩。

1999 年，ICI 涂料公司将其"奥特彩"品牌出售给其长期的竞争对手 PPG 公司。奥特彩在汽车美容市场上是一种修补漆，正如行业内人士所形容的："如果你们把车糟蹋了，那么奥特彩则会让车重放光彩。"对于 ICI 出售奥特彩，观察家们感到很惊讶：这个品牌的动作非常成功，并且成为了 ICI 皇冠上一颗璀璨的技术明珠，虽然它还不是一个全球性品牌，但 ICI 也不应该放弃这么好的一个品牌。约翰·迈克亚当是 ICI 公司负责涂料业务的执行副总裁，他对该品牌的出售有着非常清楚的认识，他说："技术市场是全球性的……如果你不能在市场上抢占前三名的话，就不要再有任何非分的想法了。"

> 有些品牌生来就具有全球性，有些品牌的全球性却是努力的结果

然而，在装潢涂料市场上，情况则大不一样。20 世纪 80 年代，ICI 公司在很短的时间内接二连三地收购了法国的万仑廷和美国的格力登等世界顶尖品牌，这是为了实现"多乐士推进"而实施的一项计划，旨在使多乐士成为一个真正的全球性品牌。正如约翰·迈克亚当指出的："装潢市场不同于技术市场，你可以在英国排名第一，同时在意大利则毫无地位。"因此，多乐士采用了具有特色优势和知名度的地方性品牌，并且在全球形成一个强势品牌组合，包括多乐士、格利登、库普林诺、哈美力特、波利菲勒和波利西尔。约翰·迈克亚当承认："我们曾经以为无需进行任何地区性的市场调查，就可以将我们在英国的做法搬到美国使用（后来我们发现自己错了）。"

全球化加本土化

对于不断"缩小"的世界，人们已经提出了不少对策。第一种对策主张用一种产品去适应各种需求，这种方法其实很粗糙，在美国是做得最突出的，人们纷纷指责说这是帝国主义。第二种对策则柔和得多，那就是"全球性思考，本土化实施"，也就是全球化加本土化，它在承认本土化的前提下又暗含"全球统一化"的倾向，同样也遭到了指责。第三种对策则把世界看成一个"地球村"，其实是间接地鼓吹仁爱，想借助这种意识来统一全球市场，这种想法既短命又愚笨。

于是我们似乎又回到了"全球化思考，本土化实施"。至少真正称得上全球品牌的可口可乐公司首席执行官道格拉斯·达夫特是主张这条道路的。达夫特反对"全球市场"这种提法，他说："我们只看到共性，却忽略了差异，我们根本没考虑到个体的需要。"这一论述可谓真知灼见。现在，可口可乐大胆放权，让各地方管理层自主开发可口可乐品牌的地方特色，极大地调动了他们的积极性。

> 聪明人达夫特

品牌定位是要获得顾客的心

品牌定位不等于企业做自我表现。自我表现的事情所有企业都会做，但仅凭这个是不可能成功的。真正成功的品牌应该在目标顾客的心中占据一定的位置，并巩固自身的品牌含义和价值特色。本章着重阐述如何发现并占据顾客的心，第 20 章则讨论巩固品牌含义的方法。

要作好定位很不容易，常见的错误定位法有以下几种：

- 定位过低。特色不明显，没有占据顾客的心，不能说服他们购买，甚至提不起他们的兴趣。
- 定位过高。定位太具体、太狭窄，所吸引的目标顾客太少。
- 定位混乱。贪多求全，出现很多自相矛盾的问题。
- 定位无效。例如，有一种冷却器清洁剂厂商宣称自己的清洁剂在使用过程中不需要关闭冷却器，然而，关不关冷却器对于消费者来说并不重要，所以，这种清洁剂的特色就是无效的。
- 定位不可信。有的产品定位神乎其神，似乎是拿顾客当傻子，这种定位谁会相信？它只会损毁品牌的名声。

定位如果错误，就只能花大力气进行重新定位，当然，有时重新定位能挽回局面。

| 万宝路的第二次运气 | 万宝路是最早的过滤嘴香烟品牌之一，原来定位的消费者是女性，但销量不佳。后来万宝路重新定位于男性，而男人们又认为过滤嘴太"女气"，于是万宝路采用牛仔作为产品形象代言，重新定位为"男人的香 |

烟"，终于一炮而红。

大胆创新

通常品牌定位应该避免走中庸路线，但求变求新又常常会招致反对，20 世纪 90 年代本尼顿品牌就出现过这样的情况，但本尼顿的创新最终很成功。不过，现在一些品牌定位的创新的确会招来不少非议，使创新者感到高处不胜寒，当新品牌进入一个成熟市场时，这种情况尤为明显。哈根达斯推出时，众人都强调冰激凌是儿童食品，为了改变人们心中对冰激凌的看法，就必须打破这种意识。在哈根达斯的广告中，主要都是成年人，有时还有一些很煽情的情景，当然，有一些人对此会非议，但哈根达斯最后还是抓住了目标顾客的心（这种战略成功的关键在于市场细分要准确）。

有的品牌甚至利用了部分人对该品牌的抵触而做文章，例如，"马麦特"品牌就强调了一部分人对其口味的厌恶，在其广告中，一边是"我讨厌马麦特"，另一边则是"马麦特，我喜欢"，这样一来，就成功突出了该品牌独特的口味。

"我讨厌马麦特"

定位过程

定位分三步：

1. 建立整体品牌定位框架，这可以在市场甚至企业层面上进行（见前文"品牌结构"）。
2. 对于每个目标市场进行具体定位，考虑品牌所处的价值环境。
3. 在顾客心中巩固品牌的含义，使他们获得愉快的全程业务体验（见第 17 和 20 章）。

过程如图 16.2 所示。

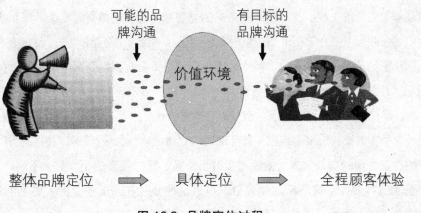

图 16.2　品牌定位过程

整体品牌定位为以下工作指明了方向：它说明了品牌如何促进业务扩张（第 12 章——品牌是否降低风险？）；如何加强企业竞争力（第 13 章——差异化还是低成本化？）；如何与企业选定的驱动力相结合（第 14 章）；如何促进企业能力与顾客需求的完美结合（第 2 章）；如何在每个细分市场都做好。在参看了相关章节内容后你就会发现：一个好的品牌能促进企业与其营销计划更紧密地结合。

品牌的结合作用

具体定位是在市场细分后进行的。细分做得好（见第 15 章），你就能更好地理解顾客的需求、态度及行为；当你运用企业能力去迎合顾客时（见第 2 章），你就能确定自己的产品应该突出什么特色。具体定位的内容应包括你为顾客提供的价值、你最强能力的体现，以及你的竞争优势基础，这也称为品牌界定。

品牌界定

具体定位中品牌界定的来源

品牌界定可以来自于很多方面：

- 品牌的情感诉求（见第 20 章）：你的品牌强调的是货真价实，功效显著，还是使用方便，有没有成为社会地位的象征？
- 品牌的个性（见第 20 章）：它是男用品牌还是女用品牌？是用于老人还是用于儿童？适用于文静型的人还是活泼型的人，适用于新潮人士还是传统人士……
- 品牌的具体效用。
- 价值环境。

下面我们来讨论后两点。

具体效用

每个销售专家都知道：效用指的是产品或服务给顾客带来的满足，它与产品的单纯特色是不一样的。

从品牌策略角度上说，产品给顾客带来的品牌效应有时简单有时复杂。沃尔沃多年来的品牌效用就强调一点——安全。《金融时报》则说："没有《金融时报》，就没有真知灼见。"以此强调该报给读者带来的价值。澳大利亚果汁商贝里公司则以爱国主义为自己的旗帜，强调公司是"百分之百澳洲人控股"。许多麦芽威士忌厂商都将传统和历史作为自己的根本特色，这时，品牌效应就有些复杂了。豪威斯品牌称自己的产品"质量始终如一"。一些品牌甚至借助与竞争者的比较来突出自己，如艾维斯的"超强韧性"、劲霸的"超强耐力"。

有的品牌强调的功效太多，把顾客弄得很茫然，这时就会给企业带来不利。一般来说，所强调的功效越多，品牌界定就越分散，虽然这种分散有利于企业进入更多的细分市场，但同时竞争面也会更大，而单一功效的品牌界定就集中得多了。

| "阿卡弗莱士"的三合一功效牙膏 | 一些品牌只强调一种功效，以提升品牌效应和可信度。另一些品牌则强调多种功效。阿卡弗莱士牙膏选择了三种功效：护齿、增白和清新口气。红白蓝相间的彩条牙膏使顾客在使用时对这三种功效印象更为深刻，取得了不错的效果。 |

价值环境

品牌定位最重要的就是要在顾客心中创造价值认知。在图 16.2 中我们看到，品牌的一系列功效要经过价值环境的过滤后才能到达消费者，这意味着品牌的各种功效应结合在一起才能使消费者对品牌有完整的印象。价值环境的作用机制有多种方式可供选择，不过，选定一种模式后就不应随意更改。

- 价值更多，价格更高。"斯泰拉阿多依斯"产品功效多，价格也高；哈根达斯冰激凌和星巴克咖啡也是高功效、高价位。

- 价值更多，价格不变。凌志汽车就是这样一个例子，在它的一个广告中有这样的内容：用 36 000 美元买 72 000 美元的汽车，这是有史以来头一次。

- 价值更多，价格更低。美国的"R"玩具公司和沃尔玛公司号称零售品牌中的"品种之王"，它们的规模庞大，采购力强，因此经营的品种花色多，价格也更低。

- 价值不变，价格更低。特易购公司"征服英国"的营销非常有名，在活动中它以实惠的价格销售莱威牛仔服装。

- 价值降低，但价格便宜更多。例如易捷航空公司、方程式 1 旅馆连锁和丽得超市连锁等企业在价格降低的同时，服务内容也减少了，不过相比之下，顾客得到价格上的实惠还是更主要的。

此外还有两种选择——"价值不变，价格更高"以及"价值更低，价格更高"，不过这两种方案显然是不可取的。

对于企业间市场来说，以上方法则有所不同。这里我们要借助一下前面讲过的威斯玛价值驱动力模型（见第 14 章）。不过我们这里考虑的不是企业自身的驱动力，而是目标顾客的驱动力。如果顾客看重产品的"出色表现"，那么品牌就应突出稳定性、可靠性、节能性等优点。如果顾客看重产品的领先地位，则品牌就应强调创新技术和新意。如果顾客看重业务关系，则企业要注意自身的灵活性，要善于理解顾客。

是重新定位还是放弃

20 世纪 50 年代浓缩果汁风行一时，特利多普思以其独特新颖的瓶子造型吸引了消费者的视线，成为当时的领先品牌。那时候，该品牌的特色是"经济节约"，适应了时代的需求，然而今天，我们大多数人会更乐意于多花一些钱买一瓶 250 毫升的甜味矿泉水，而不会去买一升可以兑泡 20 品脱的果汁。我们甚至会不惜以更高的价格去买一小盒（不是特利多普思品牌）纸盒包装的已经调兑好的果汁。今天，便利的需要已经超过了节俭的需要，特利多普思已跟不上时代和需求的变化了。

也许品牌定位越明确，特色越明显，它随时代而变化的能力就越差，一旦不合时宜，就会非常被动。

当一些品牌不合时宜时，就应该出售或放弃，或者在适当的情况下转移到低层消费市场，以获得一定的利润。还有一些品牌尽管老化，但由于历史悠久，还是值得重新定位。不过，重新定位有双重风险：如果失败了，不仅收不回投资，还会带来副作用。

重新定位一般比初始定位难。它要在原有定位的基础上进行，而原有定位不仅不能为重新定位做铺垫，反而还会成为一个障碍，要改变原有定位形成的顾客认知和态度是件麻烦事。

脱离母体

如果一个人想改变自己，她可能会从改变穿着、发型、语言、行为等方面入手，但问题是不管她怎么变，她的家人和朋友依然会记得她从前的样子，如果她真的想彻底改变，也许最好的办法是离开家。品牌的重新定位与此类似，若要彻底改变，最好是做到完全脱离母体。

药品变健康饮料

从前，乐口兹是母亲给孩子治病的药水，在几代人的眼中，这种产品是和疾病及治疗联系在一起的。这种定位很明确，但一旦定位形成，发展空间就很小了。该品牌所有者史密斯克莱恩·比汉姆用了数年的时间为产品做了巧妙的重新定位，使它变成一种高能量型运动饮料。因为他发现运动饮料市场潜力很大，他的产品很多特性也符合这个市场的需求，于是他聘请达利汤普森为该品牌做代言人，大力宣传产品的特色，同时，他采用了新的包装设计和零售渠道，结果获得了成功。现在，乐口兹仍然是一种不错的药水，不过它占据的已不仅仅是病人的床头，它获得了"新生"。乐口兹的成功转型，一方面得力于对原有产品特性的适当取舍，另一方面也利用这些特性为进入新市场保驾护航，使新定位成功地脱离了母体（即原来的定位）。

改变心情寓意

重新定位不一定都要求大变，脱离母体的方法比较极端，风险也大。有时候变换一下情感寓意就可以使重新定位获得成功。

寻找新的情感寓意

"先知者"是一种自用妊娠检验工具，该品牌所有者发现自己产品品牌的个性并不完全符合初始的设计。该产品广受好评，安全可靠，但是它会使人产生一些负面联想——令人不愉快的意外受孕带来的不愉快、不希望发生的妊娠，等等。人们购买此产品时，通常是因为有了麻烦才不得已而为之。该品牌定位的基础是产品准确的检测性能，但这并不是"先知者"所希望的定位。"先知者"希望具有更为让人开心愉快的情感寓意，使人们感到怀上孩子的快乐，从而在顾客心中占据更为突出的地位。通过对产品的外包装进行重新设计，并且为该产品开展各种推广活动，"先知者"向人们展示了梦想成真的喜悦及其为个人和家庭带来的幸福，将该品牌提升到了一个新的高度。

安布鲁是苏格兰的一个著名汽水品牌，多年来以含铁量低而著称。不过这个品牌的忠实顾客却随着时间流逝而逐渐高龄化。后来，该品牌为了获得年青一代汽水消费者的青睐，对品牌的情感寓意大做修改，获得了成功。

要么留下，要么出局

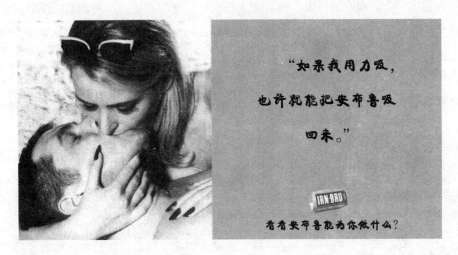

"如果我用力吸，也许就能把安布鲁吸回来。"

看看安布鲁能为你做什么？

安布鲁的例子再一次说明品牌若要吸引时尚人群，就得冒较大的风险，而且很可能会受到目标顾客以外的人群的异议。因此，在采取这种做法前，先要做好准确的市场细分。

紧跟时代

紧跟时代变换产品定位是风险最低的一种策略，因此要求策划者要有很灵活的头脑。不过，这种策略总会招来反对意见，有人会说："既然目前品牌做得不差，那又何必更改定位呢？"殊不知有多少品牌就死在这"何必"一词上。

乐高——不再只是一堆积木

"乐高"曾经是名噪一时的玩具品牌，但在20世纪的最后几年里却慢慢地落伍了（1998年它出现了亏损）。为了重振旗鼓，乐高对其品牌进行重新定位，这次的定位是那些有小孩的家庭——而不是单纯地定位为积木的品牌或是玩具品牌。乐高要成为有小孩家庭的主要购买品牌，于是，"头脑风暴"、"泰克尼"、"麦博"等新品牌和儿童时装及手表等新产品纷纷出炉，"乐高"还建了主题公园，和"星球大战"及"温尼小熊"签定了许多协议，使自己的品牌重新焕发了活力，业绩节节上升。

从顾客入手的重新定位

当企业发现自己的产品在顾客心中形象不佳时，不应该只是一味强调自己产品的优点。有时我们可以运用一点幽默，在广告中巧妙地改变人们的认知。最近斯柯达汽车在英国电视上做了一个广告，广告上一个车主要求停车场的看车人向他道歉，原因是一个顽皮小孩在他车前贴了一个斯柯达的标志，而看车人却没有发现和制止。这种幽默的重新定位法抓住了时代和人们心理的变化，把握了人们当时的认知特点，所以能够成功。不过，也会有一些人是跟不上时代的（当然其中不会有你）。

品牌价值赋予

品牌是企业的宝贵资产，企业应该在品牌投资上花时间、下功夫。不久以前，品牌经理们都会认为"品牌无价"，当然，这说明品牌的价值是无可争议，也是不可估量的，但是，品牌的这种价值意义也不是一成不变的。

1985 年，雷克特—科曼公司从巴西盖奇公司手中收购了"航威"品牌，在这次收购行动中，它们为其"商誉"支付了一笔巨款，从财务的角度而言，就是为航威的客户资源和品牌名气这样一些无法确定的事情所具有的价值付款。事实上，"商誉"使得这些因素成为了非常确定的东西，并赋予这些东西以真正的市场价值。按照会计处理方法，雷克特—科曼公司在支付了这笔款项后，资产负债表上的净资产不会有任何增加，但是雷克特—科曼公司并不是白白花钱买个空品牌，公司对此有一个全新的解决方案：决定将品牌价值资本化。

1987 年，格朗美泰公司收购了海布伦公司，海布伦公司是施密诺夫品牌的拥有者。格朗美泰公司宣布，将把 5.88 亿美元的品牌收购金额记在资产负债表中的相应项目下。

上述两家公司的做法都比较特别，但是并不具有革命性的意义。雷克特—科曼公司和格朗美泰公司都只是把对收购的品牌定价作为他们复杂的收购和估价操作的一部分。真正具有革命性意义的做法发生在 1988 年，当时，菲利浦莫里斯公司以 129 亿美元收购了卡夫食品公司，这一价格是卡夫公司有形资产账面价值的四倍，也就是说收购价的四分之三都用在了品牌这一无形资产上。

同年，RHM 公司决定将其所有的品牌进行价值评估（不只是最近收购的品牌），这引起了不少争论，但从这以后，许多公司纷纷开始效仿他们的这种做法。对于品牌经理们来说，这意味着他们增加了一份责任：他们不仅要在顾客心目中树立品牌价值，而且还要协助会计师计算品牌的价值。现在的问题是如何对品牌价值进行评估——当然我们并没有一个大家一致认可的评估方案。

评估方法

如果一家公司把相应的品牌收购作为其企业并购行为的一部分，事情就相对简单一些了，它们为品牌所支付的价格就可以当作品牌的价值，价格则由市场决定。但是如果你已经拥有了这些品牌，那又该怎么办呢？在纷繁复杂的评估方法中，有三种方法具有重要的意义：

- "既有使用价值法"以该品牌在与其同类品牌的竞争中所获得的超额价格为基础，并对该品牌在市场上的知名度和客户对该品牌的重视程度加以估算，从而确定该品牌所具有的价值。

- "盈利乘法计算法"主要以该品牌获得的现金流为基础，对所谓的品牌盈利进行估算，然后乘以一个以品牌优势为基础所得到的乘数，以乘积为计算结果。品牌优势是一系列因素的集合体，包括市场份额、全球化运作、投入资金以及对品牌进行保护所采取的措施。

- "因特品牌系统法"（由"因特品牌"公司创立）是以近期利润率为基础，乘上一个系数得出品牌价值。系数取值范围为 1~20，数值大小由品牌的几个重要方面综合权衡而来，包括：

  —市场主导地位；

  —预期寿命；

  —所处市场稳定性；

  —全球化能力；

  —未来趋势；

  —营销支持力度；

  —法律保护程度。

可以看出，这些方法仍然为主观分析留有很大的余地，但是随着这些计算方法的普及，分析的标准也会趋于一致。

对品牌管理的启示

在如何对品牌进行估价的问题上我们并不需要花费很长时间，但是我们应该对品牌经理在品牌评估工作中的职责进行认真的思考。品牌估价是一项讲求规范的工作，它要求品牌经理对一些问题加以注意：

- 在我们的企业中，真正体现我们的优势和价值的东西是什么——是品牌吗？

- 与有形资产相比较而言，品牌重要性体现在什么地方？

- 如果品牌拥有价值，我们就可以将它出售。那么，最好的方法是将品牌出售呢，还是继续对其进行投资？

- 品牌价值化有助于我们对品牌的许可使用和连锁加盟进行定价。

- 品牌的价值并不单单取决于现时的收益，而是像其他投资一样，也取决于未来的收益潜力。品牌价值化的做法要求企业把品牌看作长期投资，明确品牌经理应该承担的职责就是要通过对品牌坚持不懈的投入，树立和保持企业的品牌（下次老板要求削减广告预算时，你可以用这一条据理力争！）。

17

营销要有细分市场

The segment audit

从本章开始，我们集中研究细分市场。本书后面所提到的工具和流程都要分别运用到各个分市场中，为各个分市场建立独特的价值组合，满足市场中顾客特定的需要，适应他们的态度及行为。

价值传递

第 9 章中我们介绍了市场结构图以及市场链（即价值链），在营销过程的战略研究环节中，我们又介绍了整体研究、机遇和威胁。而现在我们则更进一步，在分市场的层次上进行研究，寻找机会培育出自己的价值组合，把这种价值传递给顾客，并获得适当的回报。

也许你所在的行业是一个高度商业化的行业，你选择了低成本和低价格作为自己的竞争优势（见第 13 章），但这并不意味着你就可以忽视对价值的思考。对于价值的"旁观者"而言，价值存在于他们的心目中，他们对价值有各自的诠释方式，所谓价值组合就是要把"旁观者"心中所想、所需表达出来，而所谓"旁观者"就是我们的顾客。

价值界定

价值的高低是由"旁观者"说了算。也许别人会有其他看法，但我在本书中仍然要强调这一理念！

请设想下面这个例子：你想向医院销售 X 光仪，而此时医院已有一个理想的供货商，并且关系很好，你若想把产品打入这家医院，就得给予对方一种更换产品的动力，于是你得考虑自己能向对方提供什么样的价值。假如你提出给仪器的使用者做最好的培训，那么所有用户都会对你大加赞赏，于是这时你决定在向医院推荐产品时就以这一特点为切入口，告诉对方你将对放射科的人员进行仪器使用方面的全面培训，培训质量高，而且免费，你甚至会教他们仪器使用以外的放射学知识，你以为这样的价值组合应该不错，但最后你却做不成这笔生意，你百思不得其解。

你认为自己是向顾客提供了价值，但顾客对此又是如何看的呢？他们会认为培训纯粹是多余——如果他们沿用现有仪器则根本就用不着培训。在顾客眼中，他们看不到价值，反而是看到了更换仪器要付出的成本。

有时候顾客会认为你的产品很有价值，而你自己却浑然不觉。例如，某位女士总是购买某一品牌的酸奶，不管价格、促销怎样变化，不管其他品牌的酸奶如何宣传，她都始终如一地购买这一品牌的酸奶。她之所以购买，可能是因为她在学校教书，她发现用这个品牌的酸奶瓶子装油画颜料和胶水很方便，一旦生产商改换包装，她就不会购买，而且以后也永远不再购买。

此时，营销者的任务就是要从顾客的角度出发，要了解顾客看重的是什么，需要的是什么，如何能说服他们看重你的优势，然后提供价值去满足他们，这就是分市场研究的初衷。

分市场研究工具

我们的工具有三个（以后的章节会再做论述）：

- 价值链分析（参见第 18 章）；
- 全程业务管理（TBE）（参见第 18 章）；
- 未来共享分析（参见第 19 章）。

同战略研究一样，这里所用的工具和所提的问题将帮助我们作出一些重大决策，包括：提供什么价值？向谁提供？如何提供？

价值链分析

价值链是指在提供产品或服务等价值物时按时间先后顺序所进行的一系列活动。价值链首先是由一个想法开始，接下来是调查，然后是获取资源，再后来是"生产"，最后是销售产品或服务。不过，价值链到此还未结束，正如第 9 章中的价值链所要求的，我们一直要把价值传递到最终用户。

为什么要叫做"价值"链呢?因为在每一个步骤中,我们都要增加价值。当然,每一步也要增加成本,要进行测试,购买原材料,生产,贮藏,销售,等等。最后如果成功的话,就会实现价值增值,如果增值幅度大于成本,则企业就能赢利。

供应链需要相应的人员——供应链经理来管理,以防止环节冗余、成本过高等问题,提高供应链效率。而市场链则由营销人员负责,对各个分市场及其中的顾客加以关注,寻求价值增值的机会。

> **为市场链增添价值**

过程

在第18章中我们将详细讨论如何利用这个工具(在第18章中叫做"活动循环")来激发价值增值的思路,如何从各种思路中挑选出价值提供的内容,在研究阶段我们给价值增值开了个头,接下来有四个步骤:

1. 从分市场顾客需求出发,界定全程业务管理(TBE)的性质(在消费者市场最好叫做"全程顾客体验",不过在后面的讨论中我们还是沿用TBE)。

2. 画出价值链,找出自己认知不足的地方,着手进行了解和补充。

3. 评估每一步骤对顾客的"重要性"。重要性的标准有:风险大小、面临的问题、增值潜力等等。

4. 开展头脑风暴,为价值链各步骤献计献策,挑选出价值提供的内容,估算合理回报。

从学术的角度研究营销时,要求确定在工具运用和步骤展开的环节中哪些时候属于研究阶段,哪些时候属于决策和计划阶段。不过,本书并不是学术性的教材(如果是的话,你也不可能一直读到此处!),上面那种辨析就留给学者们去做吧!本章我们介绍了工具和过程,但为了简明起见,还是留到第18章进行详述。

全程业务体验

营销人员对增值这一问题谈论得很多,并且通常随之而来的是对各种新想法的狂热追求,希望以此获得竞争优势,但是他们却往往忽视了一个至关重要的因素——增加价值的对象是什么?答案是:把价值增加到客户所渴求的体验上,这种体验也许会超出供货商一直以来就认为是属于产品"范畴"的东西。

如果你问一个销售员,他或她会告诉你:客户买的不是产品的性能,他们买的是可以享受的利益。客户对产品有关的事实性的东西并不感兴趣,他们关心的是产品能为他们带来什么。不过今天的客户是不是比这要求的还要多一些?他们会不会进一步希望得到解决方案，或许甚至还有"体验"？

传统的销售方式（相当简单）首先是对产品或服务所具有的一系列效用进行界定，然后尽可能充分地将其展示给客户。传统的营销活动（更加简单化！）则是对市场进行细分，以便可以将产品的效用持续而有针对性地展示给客户。

全程业务管理在传统营销的基础上更进一步，更全面地为顾客提供解决方案，这是第四阶段，即"营销复合"阶段，如表17.1所示。

表 17.1　营销复合阶段

	第1阶段	第2阶段	第3阶段	第4阶段
产品	功能	效用	解决方案	全程业务体验
客户	所有客户	细分市场	分类大客户	个别大客户
营销模式	销售导向营销	传统的四个P营销模式	转型的传统营销模式	关系营销
销售模式	传统的1对1模式	改进的1对1模式	大客户管理	伙伴式客户管理
竞争优势	最早的，最大的，最出名的，也许没有任何优势的！	宣传产品效用的能力	解决方案的质量	关系的质量
供货商组织和关注点	销售至上	营销至上	客户至上	价值链至上

我们举一个例子来说明问题：有一家公司销售肥料给农民，在第一阶段，考虑的对象是所有的农民。

第1阶段——"买吧，这是我提供的产品，我知道你们需要这样的产品……"

你认为你的客户在本质上是完全相同的，你向他们提供的是一种标准化的产品或服务，你也许会给客户介绍产品所具有的"性能"。

奥粉

你卖的产品是肥料，有3种不同大小的包装，这种肥料含有非常神奇的成分——"奥粉"。

第2阶段——"所有的东西你们都已经看到了……"

你了解客户的需求，这样你就可以把产品所具有的那些性能体现为该产品将为客户带来的相应"效用"。也许该产品或服务并没有什么不一样的地方，只是在表面上有些细微的变化，但是你已经开始意识到你的客户相互之间是有差别的，这些差别通常是通过某种形式的市场细分体现出来。

你对自己所在的市场进行了细分，也许是按照农作物的种类进行划分后，决定向麦农推介产品。神奇的成分"奥粉"仍然存在，只不过改良成"加强型奥粉"，特别适合麦农们的要求。

> 奥粉更多

第3阶段——"这是为你量身定做的……"

你挖掘了客户一系列深层次的需求，在认识了客户更强的个性化需求后，你必须对产品或服务进行更具有实质性的改变。在这种情况下，你可以将自己的产品或服务体现为一种具有针对性的解决方案。一般来说，这样做只是针对一小部分的客户，或许是你的大客户，或许甚至只是大客户中的某几类。

你已经发现了客户希望尽可能少用化学肥料的趋势，并且为你的产品开发了减少使用量的配方，这种产品仍然含有"奥粉"，但是其真正的奥妙在于它的使用量。基于这样的一个趋势以及你满足客户需求的能力，你已经确定了一种大客户"类型"，那就是大型农场。他们希望尽量少地使用化学用品，因为他们生产的小麦是供人食用的，在生产上他们喜欢采用一些高科技手段，他们是新产品的"早期采用者"。

> 奥粉更少

第4阶段——"对客户的全程业务体验进行管理……"

你发现了非常广泛的客户需求，从而你可以完整地了解客户的价值观和他们的渴求。这不只是与你的产品有关，你还了解了他们"对整个业务过程的体验"。你所提供的具有针对性的解决方案现在将在过程的各个层面上产生积极影响，包括在使用产品或服务之前，使用产品或服务的过程中，以及使用产品或服务之后。事实上，你的客户不只是简单地把你看作产品或服务的供货商。你现在在整个业务过程中的不同环节（最理想的应该是所有环节）增加了价值——你取得了主要供货商的地位。

你发现许多农民将施肥的工作看作是其庞杂的工作计划中一项非常低级的任务。施肥要花费很多时间，而这些时间可以用来做其他别的事情，只不过这些高科技肥料的施肥工作很难转交给外来承包商去做。现在你提供的东西已经发生了转化，你不再谈论"奥粉"或"加强型奥粉"，事实上你几乎根本不谈及产品本身，因为你现在的业务是向大客户提供一种专业化的施肥服务。你根据结果（农场利润的百分比）得到报酬，而不是以肥料的数量索价，并且你还在继续开发减少使用量的配方。实际上你们共同的愿望就是提高生产工艺，使用更为环保的替

> 奥粉？什么东西？谁关心这个？

代品，永远不再使用"奥粉"。

从一个阶段成功跨入更高阶段的关键之处在于不断提高对客户需求的认识。产品性能导向是以供货商为中心，效用导向则开始考虑消费者，解决方案是为了满足客户的需求，但是关注整个业务过程则要求你进一步超越这个阶段，超越客户期望，预测客户需求。

如果全程业务管理做得好，你就能了解客户心中渴望的是什么，作为供货商，你不只是关注自己的产品，而且也关注整个业务过程，这样你就有机会改进顾客的全程业务体验。就我们例子中的农民来说，对业务的全程管理意味着他们可以将肥料这一问题完全抛之于脑后，而将时间花在更赚钱、更具有挑战性，或者只是更有趣的活动上，一切由他们自己决定。

**石油供应中的
全程业务管理**

体现供货商超越产品效用，强化客户全程业务管理的另一个例子是石油供应行业。在众多的石油公司当中，英国石油公司认为自己在客户现场管理液态石油供应方面拥有一定的专业技能。针对大客户，英国石油公司将为其提供满足"液态产品供应需求"的全程管理服务。这就意味着他们需要对自己所供应的石油产品以外的其他产品供应负责，在某些情况下，也许甚至要供应竞争对手的产品。与肥料的例子相同，他们把关注的重点转到了降低产品需求量和提高使用效率方面。也就是说他们关注的重点不再是最低的价格，而是为客户提供价值。事实上由于采取了更富有创意性的新型服务，收费也发生了重大变化，产品的价格已经变得无足轻重。

认识客户的"全程业务体验"

在过去落后的年代，有时候我们会告诉客户他们需要什么，如果够幸运的话，我们的看法会得到认同。然而，我们发现有时候自己的认识是不够的，于是我们认识到我们必须学会提出问题，而且我们有些人至今仍在学习……

现在我们遇到了下面的一些问题：

- 如果客户并不知道自己需要什么，那该怎么办？
- 如果世事变幻过快，他们看不清自己前面的方向，那该怎么办？
- 如果客户告诉我们他们想要的东西就是应该按他们说的样子去做，那我们又该怎么办呢？每个人都想要物美价廉的产品和熟练的服务，如何让他们接受更新更好的事物呢？

还记得第3章中关于亚历山大·格雷厄姆·贝尔的故事吗？当他发明电话时他环游了美国，向那些可能会对其发明感兴趣的商人展示他的发明。在一次展示之后，有一位热心者兴冲冲地来找他，并说："贝尔先生，我真的很喜欢你的新玩具。明天是我女儿的生日宴会，如果你愿意来展示的话，我将感到万分荣幸。"

这位伟人为之非常气恼。"不是玩具！"他吼道，"难道你没有意识到这将使通信业和你的事业发生一场革命性的变化吗？请你想想，有了这样的一部电话，你就可以同远在300英里以外的客户进行交谈。"

这位商人思索了一会，然后回答道："但是贝尔先生，我们没有身处500英里以外的客户。"

这个例子说明仅仅把产品宣传给客户是远远不够的。

但是有时候甚至向客户提出问题也还是不够的。在发明即时贴之前谁知道市场会需要这样的东西？还有国际互联网和电话都是这样的情况。营销人员要做的事情就是认识和了解客户可能需要什么，然后是基于他们的潜在需求，尽努力提供给客户，并且让他们认识到产品的前景。那么，你怎样才能锻炼出这种独到的眼光呢？

标杆参照

以标杆作为参照系当然是有效的，但是我们为什么都要向一个方向看齐？不管怎样，我们需要的是竞争优势，而不是"别人怎样，我也怎样"的解决方案。

市场调研

做市场调研当然是可取的，但是问一些传统问题只能得到老一套的答案。是的，客户当然希望得到物美价廉的产品和娴熟的服务，不过这根本算不上是一种见解。

我自己的公司曾经做过一次市场调查，以便了解那些培训经理为什么选择了特定培训公司。答案似乎很有价值，经理们说他们注重的是从金钱、时间、领先性及所有其他方面来说培训是否物有所值。然而我们知道这并不是事实，至少不是接近他们真实愿望的事实。事情的真相是许多培训经理在选择培训公司时，他们选择的标准是这些公司的培训不能使自己看上去显得很傻。我们从他们的立场出发来分析这个问题：他们安排了培训活动，并且让参加培训的人花费时间学习，如果最后培训师所讲的培训课让人不敢恭维，这将有损培训经理们的声誉。

我们如何知道这一点的呢？因为我们重点关注的问题是这些培训经理们想从与我们合作的整个过程中得到什么，也就是他们的业务全程体验。

那么，我们是不是不需要做市场调研工作了呢？上面所强调的东西并没有任何否定市场调研的意思。如果要了解客户和他们的需求，市场调研是至关重要的。我们在这里要强调的问题是市场调研的本质。我们要对蕴藏在客户心中的动机、渴求和价值进行调研。除此之外，你还需要挖掘出甚至连他们自己都不怎么清楚的东西。

为客户着想

记住，客户往往很懒。这可不是带有偏见的言论。这只是说明，客户希望得到的是能够解决问题的最简单的方案。那个要你提供代理存货（商品存在买方仓库，但所有权仍属于你，如果他取消交易，则退货给你）的采购者真的是要你为其提供代理存货吗？或许这家公司想要降低运营资本，而代理存货与建立电子数据交换系统（EDI）相比较似乎是一个更好的选择。代理存货对这家公司而言订货效率更高，也更为简便，但是对供货商来说却并非如此，因此，最终对双方来说都不是一个最佳解决方案。

客户们也许会觉得用言语来表达他们所希望得到的业务全程体验不是一件容易的事情，为了节约时间、费用和精力，他们甚至会讲假话。供货商的责任就是要真正了解客户，把他们所希望得到的体验表达出来，并且尽力提出能够满足他们需求的解决方案，而不只是最简单的解决方案。

接下来的案例介绍的是一家在这方面取得了成功经验的公司，该公司首先着力了解客户的客户——最终消费者，因此，在了解客户需求方面取得了极大的成功。在了解客户需求的基础上，他们为客户增加的价值远远超过了产品本身的效用，他们也因此获得了丰厚的回报。

纽崔莱甜料案例研究

纽崔莱品牌的甜料通常被称为阿斯巴甜，它是一种高浓度的甜料，在世界各地用于众多品种的食品和饮料中。因为这种甜料拥有一个品牌名，于是这就成为问题的最关键所在——纽崔莱甜料的目标是要创造消费者需求，让消费者希望这种"看不见"的原料能用于可口可乐或者口福蕾（口香糖）等食品中。它所追求的是为最终消费者创造价值，而且最重要的是它也为采用了该甜料的产品载体增加价值。

顾客一般对人工甜味剂都心存疑虑，担心会影响产品的口味或自身的健康，然而纽崔莱却成功创造了消费者需求，拉动了销售，甚至带动了可口可乐等产品的销售。纽崔莱的营销者是如何成功的呢？

从一开始该品牌所采取的战略就很明确——纽崔莱甜料必须赢得消费者的特别青睐。仅仅靠优良的产品是远远不够的，采用了该甜料的产品最终会得到全部的信誉和回报，但是如果没有消费者对这种甜料的认可，对于纽崔莱来说，它所获得的回报却是微不足道和不能长久的。为此，该品牌在推广时采取了"口香糖球"促销活动，数以万计的糖球采用了纽崔莱甜料，并且被直接邮寄到了美国人的家里，这是对最终消费者的味蕾所采取的一种正大光明的攻势，同时该品牌采用了一个清晰的品牌标志，将纽崔莱甜料的"Swirl"图案字样贴在一系列低卡路里产品的外包装上。

消费者的认知只是一个开始，要想持续发展，这样的战略必须同时对"载体产品"也有意义，也就是使用纽崔莱甜料的食品企业，于是公司组织了一系列的推广活动。第一，明确对阿斯巴甜的专利权，使其与食品、饮料业的市场巨头们保持长期交易的地位。该专利权有效期于1992年12月结束，该行业中的许多公司都希望阿斯巴甜从此成为一种普通商品。然而，可口可乐公司（1991年）和百事可乐公司（1992年）都与纽崔莱甜料公司签订了长期合作的协议，这说明可口可乐与百事并不打算为了追求最低价格而寻求阿斯巴甜的替代品。可口可乐和百事可乐似乎都认为如果没有纽崔莱甜料这个品牌，它们将会在竞争中处于劣势，这充分证明纽崔莱甜料以消费者为中心的战略起作用了。

第二，纽崔莱甜料与其直接客户进行合作，共同促销客户的产品，作为对此举的回报，他们可以将纽崔莱甜料的商标加在客户产品的外包装上。

第三，纽崔莱甜料在食品市场和饮料市场所得到的经验有助于他们改进自己的产品，尤其是延长了产品的保质期，使纽崔莱突破了早期所存在的局限性。这样的改进使得产品可以得到更广泛的应用，并使他们获得更多的经验，从而又促使对产品进行进一步的改良，形成了良性循环的过程。

第四，除了满足最终消费者方面的需求之外，纽崔莱甜料也关注其自身客户的业务需求。随着销售量的上升，规模经济所带来的优势也出现了，而且公司通过采取不断降低纽崔莱价格的方式与客户共同分享利益。这样做很重要，因为有些客户认为纽崔莱甜料利用消费者对其钟情而形成了对自己的控制，而这也许会导致纽崔莱甜料侵蚀了自己的市场地位，故此他们对纽崔莱甜料产生了不满情绪，持续不断地降低价格则能使他们打消这一类的想法。

或许纽崔莱甜料公司带给其客户和最终消费者的最大价值就在于它认识到低卡路里市场的全部潜力还没有充分挖掘出来。纽崔莱甜料认识到了最终消费者所希望得到的业务全程体验——他们想要的是无异味、安全的低卡路里食品和饮料（糖精曾经造成了很多的消费者"恐慌"）。纽崔莱甜料味道像糖，在嘴里的感觉像糖，但却不会让消费者在健康方面感到惊恐不安。而对于食品和饮料制造商们来说，他们期待的业务全程体验则是两位数的增长，纽崔莱甜料在这方面所作出的贡献是非常显著的——别的饮料表现欠佳，而减肥饮料却得到了快速增长。

纽崔莱甜料成功的秘密是什么呢？首先是优质产品加上独一无二的竞争优势。其次是抓住了消费者的心理，这对于处于离最终消费者有一定距离的中间产品供货商来说很重要。再次是与客户之间的伙伴合作，以及双方对最终消费者的共同关注。最后，也许是最重要的一点——准确认识消费者和制造商们真正需要的是什么，他们希望得到的全程业务体验是什么，然后将这些提供给他们。

第 18 章将继续讨论如何确定企业要向顾客提供的价值。现在我们来看一看分市场研究的第三个工具——未来共享分析。

未来共享分析

未来共享分析特别适用于对单个客户的关系研究，因此，它在大客户管理中是非常好用的一个工具。我们将在这里用未来共享分析工具判断分市场需求的性质以及企业满足这些需求的能力，二者结合得越好，未来共享就越好。当然，如果市场细分做好了，上述两项分析应该会得出同样的结果。因为，细分未来就是把需要、态度和行为相似的顾客分为一个细分市场，按理说其中的一个顾客应该能代表细分市场中的其他顾客特征。

未来共享分析是 SWOT 分析的一种形式，分析过程较为细致，尤其注重的是机遇与优势，威胁与劣势之间的关系。

过 程

我们要填写如图 17.1 中的内容

"+"号 我们对他们的愿望实现有帮助，并且能减少他们的担忧	"-"号 我们削弱了他们的希望，而增添了他们的忧虑	未来什么事情会使顾客兴奋?				未来什么事情会使顾客担忧?			
		1.	2.	3.	4.	1.	2.	3.	4.
顾客认为我们擅长什么?	1.		+++		+			+++	
	2.	"专攻"这些				防止这些			
	3.	+++	事情		++	事情			
	4.					++			+
顾客认为我们不擅长什么?	1.			---				---	
	2.	保证这些缺陷				解决或是退出			
	3.	---	不会坏事	---					
	4.					-			

图 17.1　未来共享分析

要做好此分析，首先务必忘掉自我，完全站在顾客的角度看问题。现在请找出能使顾客对未来充满希望的事以及使他们担忧的事。

图 17.1 显示的是某食品制造企业的未来共享分析，对于该企业的营销者来说，他们面临着最终消费者不断增长的健康要求，以及由此带来的对健康食品的需求，这对企业是有

利的。

但同时企业也担心消费者对食品安全的疑虑会影响产品的销路，此外，零售商势力日益强大，可能会要求以零售商品牌替代厂商品牌……在考虑完这些因素后，请在图中第二行后两栏中按因素的重要顺序从左到右列出来。

当然，若要填出这些内容，就一定得征询客户意见，此外别无他法。你要和尽可能多的人交流，不能只限于采购部门。如果交流机会有限，那么至少要和本企业中那些与客户打交道的人员交流，问问他们客户谈论最多的是什么，这样最容易了解到客户的希望和忧虑。

现在再把目光转向企业内部，不过仍然要以客户的角度为出发点——在客户眼中企业有什么能力帮助客户实现目标？企业有什么缺点会让顾客最终大失所望？企业是帮助客户还是做绊脚石？是为客户分忧还是给客户添乱？换言之，企业在帮助客户实现愿望、分担忧虑方面有哪些优势和劣势？

此时，唯一的办法仍是与客户沟通，而且这次沟通更要讲究技巧，这次的目的是要让他们注意分析各种使他们不满意和感到不安全的因素。

在第二栏的第三、四格中按重要性列出自己的强项和弱项。

在进入下一步前，请诚实地反思一下，所列内容是真实地反映了客户的期望和忧虑，还是你一己之见？所列的强项和弱项是反映了客户的看法还是自己对自己的看法？如果你认为自己企业在某方面特强，而客户对此并不了解时，那么就不应该列为强项。

为什么要停下来反思呢？因为我们即将用这个分析工具确定未来努力的方向，此时一定得看准走稳才行！

现在请逐列（希望和担忧）进行分析，看看自己能力方面的专长和弱点，如果是积极方面的，请打上加号（按作用大小打 1~3 个加号），如果是消极方面，不利于客户愿望实现，反而使他们增添疑虑的，请打上减号。

分析工具的运用

现在我们对你将来的情况做了一个简要的综合分析，加号表示要发挥的积极因素，减号表示要克服的消极因素，当然，左上部分中的加号越多越好，这些方面的内容应该积极宣传。右上部分中的内容表示你有能力分担客户的忧虑，这方面优势也应当让他们知道。

左下角的减号如果太多，会抵消左上部分的优势，如果你确信这些因素对你不利，就得尽力解决。

最后，右下角的减号太多的话，说明你只会加重客户的忧虑，你要么解决这些问题，要么可以认定你和这个分市场没有共同的未来（而就此放弃）。

18

营销提供价值
The value proposition

分市场研究使我们认识了分市场的变化规律，特别是了解了其中的企业寻求并且实现增值的价值的性质。在本章中，我们则要说明如何设计和创造价值提供的方式，把有效的价值传递到顾客手中。

我们来回顾一下过程：

1. 首先确定细分市场中的客户所追求的全程业务体验（在消费品市场中最好称为全程顾客体验，不过在后面的讨论中我们仍然沿用全程业务体验这一提法，即 TBE）。

2. 画出价值链，找出不足的地方，然后采取措施补足。

3. 评估每一步骤对于顾客的"重要性"，可以从所涉及的风险大小、存在的问题、增值潜力等方面来进行。

4. 运用头脑风暴活动，使活动对价值链中的各个步骤产生积极影响，从中挑选出能实现价值提供的活动，开展活动，并获得回报。

现在让我们来研究一个航空业的例子。有一些旅客要横越大西洋去拜访客户，销售产品，他们乘坐的是商务舱，在我们看来，这样的乘客应该属于一个相当准确、稳定、切合实际的细分市场。

第17章中，我们讨论过全程业务管理的含义，在这个例子中我们把这一概念具体化为"做生意"。换言之，我们不仅要考虑乘客在旅行中的体验，还要考虑旅行前、（尤其是）旅行后的感受。航空公司既然要提供价值给乘客，就必须在其产品和服务中分辨出哪些内容有助于乘客"做生意"。甚至应该更进一步考虑如何才能开发产品和服务来协助乘客实现自己的目的。

下一步是列出乘客在经历全程业务体验中所要经历的全部活动，这就是他们各人的价值链。表18.1列出了从开始咨询旅行线路到最后返程的全过程。

表18.1 顾客的价值链

顾客活动

询问航线

购买机票

接收机票

开车前往机场

将车停在长期停车场

乘坐往返巴士去候机楼

办理登机手续和托运行李

安全检查

出示护照

等候

登机

安检

起飞

看电影、玩游戏

读书、交谈、工作

用餐和喝饮料

睡觉

用餐和喝饮料

降落

下飞机

准备护照并入境

提取行李

过海关

出港

寻找出租车

入住酒店

参加商务会谈

再次确认航班

重新开始这一过程……

现在我们知道乘客需要面对什么样的问题，这就开了个好头。

接下来是评估各个步骤对于顾客的重要性，方法有多种。在这个例子中我从识别各步骤中的潜在问题入手，尽力弄清楚在每一个阶段可能导致出现差错的所有问题，以及会使乘客放弃旅行的问题。表 18.2 首先列举的是一些潜在的问题，然后进入下一步，寻找一些能为乘客全程业务体验产生正面影响的行动。

表 18.2 价值链分析问题与可能采取的行动

客户行为	问题	正面的影响
询问航线	对可选航线无所适从没有吸引人的地方	公司的客户服务，"航程积分"计划
购买机票	管理混乱	电子商务
接收机票	担心拿不到机票	不用纸制机票，用电子票
开车去机场	时间不够、迷路	直达专线车
将车停在长期停车场	时间与麻烦	在上述情况下可以避免
乘坐往返巴士去候机楼	时间与更多的麻烦	在上述情况下可以避免
验票及托运行李	排队、为随身可携带的行李而争吵	在专线车环节已解决
安检	时间	快速通道
检查护照	时间	快速通道
候机	时间、缺乏商务设施	直接送到配备了网络通信设施和秘书服务的商务候机楼
登机	争抢行李箱	宽大的行李箱，衣柜
安全程序演示	很好，但是你没有听，因为以前都听过	动画片，个性化介绍
起飞	在跑道上等候多时	通过空中管制手段给予优先安排
看电影，玩游戏	很好，可是旁边的人让你染上了感冒	新的空调系统
读书，交流，工作	无法做到，因为旁边的人太吵闹	调节坐椅，以避干扰
就餐与喝饮料	很好，但是品种和时间都有限	自助式，而不是送餐
睡觉	睡不了，因为坐椅太小	在商务舱设置床位
就餐与喝饮料	你通常早餐吃得早些	自助用餐方式

表 18.2　价值链分析问题与可能采取的行动（续）

客户行为	问题	正面的影响
降落	不停地在机场上空盘旋	通过空中管制优先安排降落
下飞机	令人讨厌的等待——这样近的距离，可又是显得这么远	心理调试
护照与入境检查	耽搁很长时间	安排快速办理，预先计划在空闲时到达
提取行李	担心行李未到	同时到达，安排专线车接送
过海关	耗费时间	离开时检查，到达时免检
出港	很疲劳，而且不能发送电子邮件	安排有沐浴、商务设施的休息室
找出租车	非常忙乱	到达时有专线车接待
入住酒店	疲惫不堪，心里有情绪	专车人员代办入住手续
商务会谈	太多的杂事，没有人帮助	合作酒店给予帮助，如订场等
再确认航班	令人厌烦的事情	不需要
重新开始这一过程……	诸如此类	……

　　并不是所有用以促使产生正面影响的方法都会奏效，我们也不必试图把所有的方法都用上。本章我们还要讨论如何对各种方法进行筛选。目前这一阶段所经历的过程其实是一场头脑风暴——在我们缩小行动范围之前先拓展开我们的视野。

　　维珍公司有一个跨大西洋的航班是从伦敦到佛罗里达的奥伦多，该航班专门为度假者服务。这个分市场的全程业务体验应该是"完美假日"，而这一点维珍公司是如何做到的呢？举例来说，维珍公司可以让乘客玩到最后一天，然后就在迪斯尼乐园办理验票手续，而不用跑到机场办，这样乘客就可以多玩一整天，这就是价值！

> 是完美飞行还是完美假日？

　　在这个例子中细分市场不同，提供的价值也不同，但运用的工具却是一样的。

是链还是圈？

　　营销者要努力把价值链清楚地描述出来，并且尽可能从客户的过程开始，直至整个过程的结束都考虑到。在许多情况下，将价值链分为三阶段的做法不仅方便，而且也有启发意义，如图 18.1，分为"之前"、"之中"、"之后"三个阶段。图中表示价值链是一个圆圈而不是线性的，因为这样可以说明在多数情况下我们希望客户再回来，绕着这个圈往前走，一圈又一圈，周而复始！所以，我们可以把这个过程称为客户的活动圈。

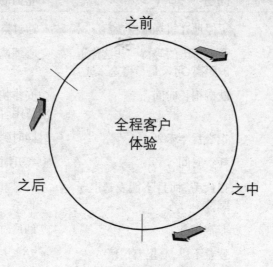

图 18.1　客户活动圈

"之前"阶段指的是客户直接采购并使用你的产品或服务之前发生的所有活动。它包括客户想法的产生、需求的确定、挑选过程、销售商等级评估、试购、供货商谈判和采购。"之中"包括从采购到使用整个过程中的全部活动，不论它是最终消费还是中间环节的使用。价值链的"之后"阶段则包括客户在其自身市场上对其顾客所做的一切活动。

对价值链进行分段后，你也许会发现自己对三个阶段中的一个会比较重视。现在你对各个步骤认识更明确了，而且对这些步骤也添加了价值，不过，竞争者也有可能在做同样的事。

现在你要运用这个工具，在与客户接触之外的环节寻找新的突破口，并且与竞争者提供的产品和服务区别开来，这样你就能在营销模型（见第 3 章）所说的企业能力和客户需要之间找到独特的结合点。

产品还是解决方案？

如果供货商不了解客户活动圈的各个步骤，或者只了解其中一小部分的话，那么这充其量只算得上产品销售，如图 18.2 所示。

但倘若供货商了解顾客，找到一些办法在活动圈的各个点上施加影响，那么就是在销售解决方案了，如图 18.3 所示。

> 销售解决方案
> 要求一体化思
> 维

供货商意识到可以从多方面施加影响时，就是在朝销售解决方案努力了。在一些大的企业中，"左手"往往不知道"右手"所做的工作，虽然在工作中有很多地方可以增加价值，但大家却没有把这些分散的价值

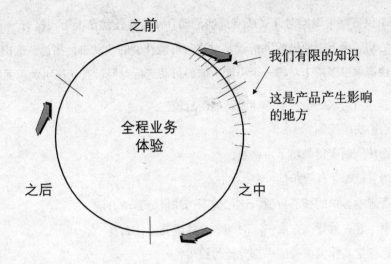

图 18.2 对活动圈有限的影响

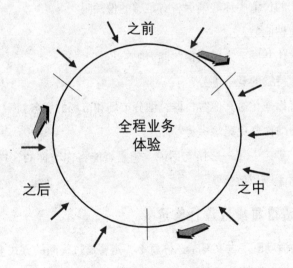

图 18.3 对活动圈多方面的影响

组合成一个整体。第 20 章将就这一问题进行讨论，"组合"的责任由品牌经理来承担，因为品牌管理的工作就是要协调产品或服务提供过程中与顾客的关系，体现顾客对于特定品牌的全程体验。

施加正面影响

我们现在有一系列活动可以做，也许都会对客户的全程业务体验产生正面影响。当然，没有任何一个供货商可以同时开展所有这些活动，而且在任何情况下，没有一个客户会同时需要全部活动。接下来要做的事情就是对这些可能开展的活动进行筛选，选出优先活动。下面的建议性清单可以用来对每一个可能采取的行动进行对照检查，这叫做正面影响分析。

- 它是否为所追求的全程业务体验增加了价值？
- 它是否解决了问题？
- 它是否使问题变得简单了一些？
- 客户为其赋予了什么价值？
- 它是否影响客户的核心价值（比如魏斯玛的价值驱动力）？
- 它耗费了客户的什么东西——时间、金钱或其他什么？
- 客户愿意把其作为服务的一部分而付钱吗？
- 为了给客户提供所需要的东西，你需要付出什么？
- 你的要价是否足够弥补成本或者获得利益？
- 在给市场增加的价值中你能确保享有足够的份额吗？
- 你是否具备这种能力？
- 你能与合作伙伴共同努力以获得此能力吗？
- 它是否给予你持续的竞争优势？
- 它是否有助于你强化对其他客户群、细分市场和市场的服务？
- 它是否可以帮助你避免竞争劣势？
- 它是否把你"锁定"了——换句话说，它是否能将你与你的客户捆绑在一起，而且使你的竞争对手难以效仿？

利用选择矩阵对活动和项目进行筛选

如果你所考虑的活动既庞大又复杂，你就不一定要通过提问的方式来筛选出能带来正面影响的环节，利用一种变形的定向决策矩阵（见第9章和第22章）也可以达到上述目的。

现在我们用纵轴表示项目活动对你的吸引力，横轴表示项目活动对客户的吸引力。横纵轴可以表示为一系列因素的综合结果，可以把筛选过程中的问题都用上，还可以依据自己的情况增加内容。下面举一个对企业吸引力因素的问题表例子：

- 所获收入（或有把握获得的收入）是否能高于成本？
- 我们是否具备能力？
- 我们能否发挥这种能力，是否有合作伙伴帮助我们发挥自己的能力？
- 我们能否从这种活动中获得竞争优势？

- 这种活动是否能改进我们对其他客户或市场的服务？

- 这种活动是否能帮我们"锁定"客户？

对顾客吸引力判断的典型问题有：

- 活动是否能部分或全部解决问题？

- 活动是否对我们（顾客的）核心价值驱动力产生影响？

- 活动是否能降低风险？

- 活动是否有高价值（从顾客对价值的判断来说）？

- 活动对于我们是否是低成本？

我们可以采用与第22章中所说的比重分配相类似的方法把矩阵做出来，处于矩阵右上方的项目是最值得做的，而左下方的则最有可能被放弃。

如果项目处于左上位置，则应该考虑这个项目是否有望改进以增强对客户的吸引力？在做这一部分评价时企业往往会为自己项目的吸引力做辩解，编造出一些"吸引力"来，这是要特别注意避免的做法。企业所应该做的只是实事求是地检查。

对于右下方的项目我们也要检查，看看它们是否真的一无是处？如果它们能为客户带来很多好处，说不定还会成为企业的亮点。同样，我们在处理时要实事求是，避免自欺欺人。

"锁定"

锁定客户是一件极为重要的大事。任何一个供货商都可以做一些对客户具有价值的事情，但是它们是否带来持续的竞争优势则是另外一回事。延长信贷期限对客户来说当然有价值，但是这很容易为竞争对手所效仿，甚至他们还会有比这更好的措施。这样的增加值是不能长久维持的，这样的竞争优

> 持续的竞争优势来之不易

势也无法持续下去，而且最糟糕的是，它将引发一种无法控制的循环，因为作为竞争对手的供货商们都会不断地争相提高优惠幅度。

可持续竞争优势来自于鼓励客户忠诚的活动，活动要使竞争对手不可能轻易效仿和抗衡。客户购买行为上的"忠诚"是靠不住的，人们把经常乘坐飞机累积下来的飞行里程看作是忠诚，但是这往往是一种假忠诚，这种优惠活动一旦停止，客户就会离你而去，更糟糕的是，大家都可以开展这样的优惠活动。

"锁定"的秘密就在于要找到客户所看重但又不愿亲自去做的事情，为他们做事，为他们服务，而且这种事情或服务又要是竞争对手不曾涉足的，并且在做事情时，要防止滥用权力。

在这方面电子商务发展为我们创造了很多新机遇，使供货商能在客户企业内部及其供

应链中开展业务。例如通过远程测算技术，供货商就能监控客户对产品的使用情况，自动进行重购业务。超市结算处的条形码扫描就是一种远程测算，此外，还有的液体储藏罐在

离顶部 2/3 处设置感应器，当液体下降到这一位置时，就自动进行补给，这也是远程测算技术的一种运用。通过远程测算技术可以在一定程度上锁定顾客，倘若客户要换供货商，供应系统就得重头再做。除非新的供货商非常出色，否则客户是不会轻易替换原有供货商的。

这是一种微妙的平衡——"锁定"意味着供货商获得权力，不过供货商应小心谨慎地对待。为企业客户提供全方位商务旅行服务的航空公司必须小心不要滥用了自己的权力——从伦敦绕道纽约飞抵莫斯科（因为这家航空公司没有直飞航线）并不是给乘客添加什么价值，而是添乱！

在锁定客户方面失策的最著名例子或许是苹果公司。苹果公司拥有一套确实是无与伦比的操作系统，但是它们指望牢牢抓住这一系统，利用系统来销售自己的计算机，你只有买了苹果牌计算机才能使用苹果的操作系统。这种做法有效地限制了客户可以获得的价值，但是，当微软公司提供的 MS-DOS 系统可以让人们随心所欲地用于任何计算机时，苹果就被微软击败了。

如果是出于明显自私的目的而采取"锁定"策略，那么"锁定"就不会受欢迎。一些人对采用基因技术改良种子表示不满，因为改良种子使得杀虫剂供货商们提供的杀虫剂无法发挥效力，很明显他们的目的是要把客户锁定，销售他们的杀虫剂。在农业领域，原来旨在帮助农民提高产量的尝试却受到某些自私的目的所阻碍。使农作物不能产籽的恶名昭著的"终结者基因"就是一种非常过分的做法，尤其是想把它销往第三世界国家时就更不道德，这种不怀好意的"锁定"做法最终被打消了。

分享价值

现在你已经做完了细致的正面影响分析，筛选出了活动并且有所创新，那么你能否在市场的价值增值过程中获得你应有的一份价值呢？当然，在正面影响分析中我们提过这个问题，但价值份额又如何评判呢？如果你的客户是市场"主宰"，那么你的"应享份额"就应该调整，把大头让给"主宰者"，这对你来说不是坏事，反而有利于你巩固与"主宰者"的关系，为你带来价值。

要获得应有的份额，最好就是在顾客需求出现之前就做好分析工作，若是等到顾客提出来以后再考虑，你在活动中所能得到的回报就会大打折扣了。你得贴近顾客，在他们刚

刚意识到问题时就能给他们提供解决方案，这样回报的机会就大了。

有时候供货商愿意把大部分价值让给供应链中的其他环节，因为这些环节肯定能给供货商回报，这样的分配同样也是很"公平"的。

当丰田公司在美国推出凌志汽车时，它想让销售商向顾客提供高质量的服务，以遏制竞争者。丰田公司知道高标准服务要求销售商在新系统、人员、培训等方面进行投资，因此它给予这些凌志车销售商的利润回报远远高于行业标准，要求销售商将多得的利润用于提升顾客服务，这样一来，在凌志车的销售中就做到了价值分配的公平。

> 大家都公平

获得优势，或避免劣势

正面影响分析将有助于我们确定那些可以为客户的业务带来最大价值的活动。其中有些东西也许是你所独有的——我们可以称之为"区别性条件"——而这些活动才是你竞争优势的真正来源。

同时，你也要避免一个误区，认为所增加的价值内容一定得大而明显才行，小而零星的活动就没有价值。诚然，大的活动也许会为你带来优势，但是日常的小方面如果没有顾及的话，所产生的负面影响也是不得了的。在这里我们提出另一种活动，我们称之为"前提条件"，这是企业开展业务所必备的。

避免劣势和获取优势一样重要，它要求我们对于各种细节给予关注，也许这些事情是日常性的简单工作，甚至的确很枯燥，但我们不能忽视。例如，发票的开具应该符合顾客的要求，这样的细节虽然不能为我们争取到生意，但能巩固我们现有的地位，如果这一点做不好，生意就会被做得好的竞争对手抢去。

不论你提供的价值有多大，如果你在细节方面使顾客感到失望的话，他们就注意不到你所提供的价值。最近你如果给其他企业的话务中心打过电话，你就会体会到细节上的差异，银行、保险公司或租车行的话务中心会留给你不同的印象。

通过对客户全程业务体验的理解，通过对体验过程中正面影响的各种方式的把握，你就能从中找出能够帮助你获得优势、避免劣势的活动，也就是所谓的"区别性条件"和"前提条件"。把这两种活动区别开来将有助于我们的分析。我们应当特别注意"前提条件"，这往往是我们热火朝天地开展业务时容易忽视的活动！

通过减少功能增加价值

我们很容易形成一种思维定式，认为为了增加价值，企业必须做更多，然而有的时候，"少"其实是"多"。

对客户价值链的认识使我们提出一个这样至关重要的问题：客户的体验中哪些因素最有价值（有些因素价值可能非常巨大），哪些因素价值最小（或许根本没有价值）？如果我们所做的事情根本没有价值，那么在客户眼中就只是毫无必要的成本，因此，就应该把这部分成本剔除。这样做了以后，就能为客户提供已减少了不必要环节的、能够真正满足其需要的产品，而且降低了成本。如果通过低价格把低成本传递给客户，那么客户会感到自己得到了更大的价值——人们甚至可能会开始津津乐道地谈论起你的"实惠"来。

关于使用价值链分析的一些提示

- 建立一个跨职能团队，每个成员都会看到价值链的一个不同侧面，这样也就有了不同的机会。
- 把正面影响分析作为一种手段，通过它来发现自己在认识方面的不足，从而促使自己做进一步的调查研究工作。
- 如果可能的话，可以让客户参与你的活动（但是注意不要抱有不切实际的期望）。
- 从客户的角度来看待价值链，作为他们的供货商，要考虑到与他们发生业务之前、之中、之后的各个阶段。价值增值的最大空间往往就在"之前"和"之后"阶段。也许你在"之中"阶段做得很好，但若要获得真正的竞争优势，往往要向两端扩展与客户的关系。
- 不要只限于考虑客户的价值链，还要考虑到客户的客户，并且一直要延伸到消费者，以超越你客户。
- 找出"前提条件"活动，并与"差异化条件"活动相区分。
- 确保"前提条件"做到位。
- 通过"差异化条件"找出能带来竞争优势的活动。
- 胸襟要开阔，充分认识与合作伙伴共同努力的必要性。
- 对于每个筛选问题制定好、中、差标准。
- 用结果来确定活动的优先级。
- 再用以上结果确定项目团队。
- 定期开展此项活动，并且以市场调研、客户调查和客户参与等为支撑。

关系管理

Relationship management

无论是企业与企业间、企业与客户间，或是消费品品牌与最终用户间，关系都已成为竞争优势的一个关键来源，这是自 20 世纪后期以来最重大的一次突破。在此我特别强调"突破"，因为"关系"一直为人们所看重，但直到近年来，它才被营销者拿来当作价值提供的工具，为企业创造效益。

第 24 章会提醒并警告我们：营销活动是通过和客户协力来完成的，而不是单方面地向客户施加影响和作用。本章目的则在于告诉我们如何通过对客户关系的管理来完成营销。

说到客户关系管理，听起来好像是说我们要指示客户如何做，如何响应，如何与我们打交道。倘若我们这样想的话，那就错了，这是我们应当引以为戒的又一个方面。我们对客户关系的培养，应重在使客户感到我们与客户是伙伴关系，双方在关系管理上的能力是相同的。

下面我们来看看关系管理的五个方面：

- 市场导向的结构；
- 大客户管理；
- 客户分类和甄别；
- 客户服务；
- 客户关系管理（CRM）。

市场中心结构

关系营销把与客户之间的联系看作是寻求合作的机会，而不是简单的销售或者促销行为。在某些情况下，关系营销还将超越这些目标，致力于将上述合作关系的成果融入企业的运作当中。这是一个分为三阶段的过程：

1. 与客户建立关系，使我们更好地理解他们的真正需要和所期望得到的价值，并发现机会。
2. 使上述理解在公司中得到广泛的认同，使员工在接下来的价值提供中发挥积极性。
3. 上下齐心协力提供价值。

如果企业组织是垂直结构（如图 19.1 所示），那么以上三步就无法开展。

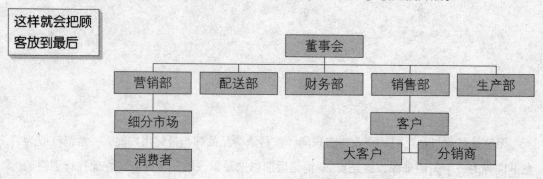

图 19.1　垂直组织结构图

这样的结构往往是权力集中，只会使企业眼光向内，故步自封，对于我们所追求的东西没什么帮助。

正确的结构又当如何？这要视情况而定。在这里我们给不出精确的蓝图，不过有一点倒是确定无疑——不论何种结构都做不到完美！假设你想以客户为中心，你的客户只有两个，这种情况够简单了吧？但如果这两个客户中的其中一个是以采购部和供应链管理部为组织核心，而另一个则是众多区域性企业的松散联合体，企业在技术上各自为政，那么不论你自身结构如何改进，到头来也只能顾一头丢一头，最终只有把业务分成两块才能解决问题。

图 19.2 是我们可能采用的组织结构的其中一种，服务部门是这种结构的中心，由其他与客户有直接联系的部门支持来运行。

我们可以在很多环节中与客户发生联系，包括市场、细分市场、大客户、客户关系管理部门、客服中心、门户网站等诸多方面。

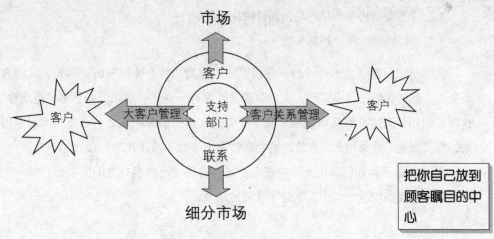

图 19.2 以市场为中心的关系营销结构图

大客户管理 （KAM）

大客户管理（KAM）是一个很大的话题，对于营销者的重要性也日益增强，下面我们只是简单地总结一下。若要了解详细内容，请见彼得·杰威顿所著，Kogan page 公司 2004 年出版的《大客户管理（第三版）》一书。

大客户管理过程

图 19.3 显示了大客户管理的一种合理流程，当然，它并不需要严格按时间顺序进行，一般来说，企业处于客户管理过程中时，这些环节同时都在进行，每个环节都很重要。KAM 对企业的资源水平要求很高，因此要特别注意把资源用在刀刃上，目的要明确。

为什么要做大客户管理？

以下是企业做大客户管理的最典型的 8 种原因：

- 巩固客户关系；
- 全球各地的客户要求统一的服务和业务模式；
- 新的采购方式；
- 供货商自身的复杂性，如业务单位的多元性等；
- 出现增长机会，要求优先配置资源；
- 仅靠产品本身已无法体现优势，关系的重要性增强；

认识机遇

↓

选择目标

↓

优先配置资源

↓

设计市场进入战略

↓

建立稳固的团队关系

↓

开发价值提供内容

同时……

避免错误和陷阱，并且锻炼技巧，改进程序和规范

图 19.3 大客户管理过程

- 企业想要销售的不是产品，而是解决方案；

- 想另辟蹊径，获得超额利润……

前四项和后四项是不一样的，前四项我们称为"防卫性"理由，例如，采购方式出现新变化，就使我们不得不采用大客户管理来应对这一变化；后四项则称为"进攻性"理由，这时我们相信大客户管理所能带来竞争优势。从所列的 8 项来看，好像后面的原因更吸引人，但实际上企业采用大客户管理的初衷却多半是源于前面几项！

图 19.4 显示出如何利用大客户管理重新构造供货商和客户之间的平衡，偏向于客户的失衡关系是我们所说的"购买革命"导致的结果。

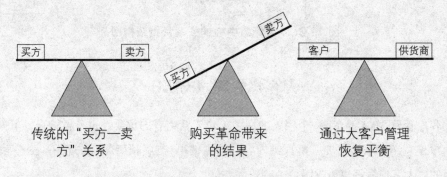

传统的"买方—卖方"关系　　购买革命带来的结果　　通过大客户管理恢复平衡

图 19.4　重新构造平衡

购买者已变得越来越专业，他们对供货商信息的掌握和利用比从前多了。最典型的一种利用是他们能从众多竞争的供货商中找出很少的几家，并且知道哪几家是关键供货商，哪几家是优先供货商甚至战略供货商。从很大程度上来说，大客户管理实际上是取得关键供货商地位的做法。

> 争取到关键供货商的地位

什么是大客户？

大客户是你为之投入时间、人力、物力、精力和才智的客户，你期望未来能从中获得收益，这种收益比传统的销售收益更为重要。这里的关键词是"投资"和"未来"。大客户不一定就是你现在最大的客户，实际上，你今天最大的客户从某种程度上来说已成为历史。

什么是大客户管理？

如果大客户是一项投资，大客户管理就是对投资的管理，或者可以说是对未来的管理，图 19.5 提示我们，大客户管理的内容是在资源和真正的机遇之间保持平衡的目标，大客户管理则帮助我们识别真正的机遇，以便有针对性地配置资源。

在第 17、18 章中我们已见过一种重要的识别真正机遇的方法，那就是掌握直接客户以外的市场链。同时，大客户队伍要在客户的组织内部培养关系，以保证全面、正确地理解客户对价值的需求和期望，他们的任务是要渗透到客户的决策过程。

深入到客户的决策过程

我们来看一个食品香料供货商的例子，这个供货商为一个大食品生产商提供香料。该供货商具有一种开发新奇香料的特殊能力，对他来说最重要的事情就是尽可能早地开始新产品的开发工作，这样他就可以尽快占领市场。如

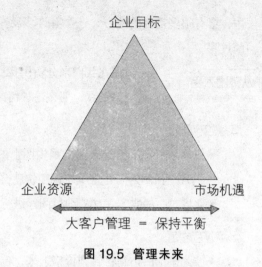

图 19.5 管理未来

果我们想要了解与这样的产品有关的新想法是如何从一个典型的日常消费品公司产生出来的话，也许从图 19.6 中我们可以看出一个大概的轮廓。

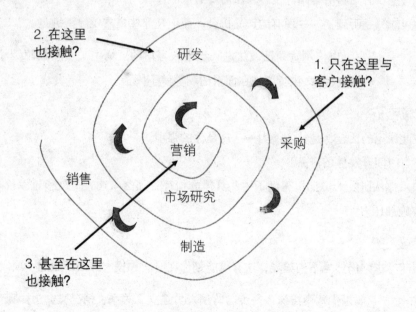

图 19.6 "蜗牛"

通常，一个新的想法是从营销部开始萌发的，然后经过其他一系列部门的共同努力而得以发展——首先由市场调研部对其进行初步的价值评估；然后转到研发部门，由他们确定该想法是否可行；接下来是生产部进行大规模生产的准备工作，采购部大量采购材料，最后销售部将产品推向市场。这种发展过程也许并不完全是线性的一个过程，在这一过程

中，会有很多重叠的地方，还会有许多反复，但是它恰当并准确地反映了许多新产品开发的过程。

从外围入手 现在我们来分析供货商和它对外的一些联系。如果它主要是跟采购人员发生关系，那么这种情况比较典型，对供货商有利也有弊。

有利的方面在于

- 如果某个想法已经到达了蜗牛图上的采购点，那么它很可能是一个真实的要求，而不只是预测的了，订单应该很快就会到。
- 你将对一些实实在在的细节问题进行讨论，而不是"遥不可及"的预测。

不利的方面是

- 彼此谈论的话题将转到价格上来，也许这并不是供货商最擅长的事情。
- 也许已经为时太晚了，客户已经选择别的供货商，与你洽谈只是他们的一种压价策略而已。
- 你可能没有足够的时间开发客户所需要的产品。
- 你可能只是听到了一些现有的产品机会，而不是那些最重要的新机会。

更进一步…… 也许供货商已设法进一步渗入客户的"蜗牛"，并和研发人员建立了关系，那么供货商现在面对的利弊就不同了。

有利的方面在于

- 彼此谈论的话题将是技术能力——这是你的强项。
- 你有时间开发你的产品。
- 如果你从研发人员那里得到了一些具体的指针，那么采购人员就很难以价格为由对你施加压力。

不利的方面在于

- 新产品也许仍然见不到曙光，这有可能是你在时间和投入方面所做的一项风险投资。

到达核心 如果供货商再深入一步与营销人员建立了关系，情况又会怎样呢？

有利的方面是

- 如果开始时就与他们建立起联系，那么你就可以有充足的时间安排你需要做的事情。
- 在竞争对手甚至还没听说这种机会的时候，你就已经开始动手，这样就在竞争中遥遥领先。
- 你们谈话的内容是关于未来和你们之间的合作。
- 客户开始对你产生了信心。

- 这与价格不会有关系。

不利的方面在于

- 营销可能有 100 个很不错的创意，而其中只有 3 个或者 4 个创意可以获得真正的成功——这可能导致你在结果不确定的尝试过程中把资源全部消耗掉。
- 也许客户的研发人员并没有花多少时间与他们自己的营销人员接触，从而产生矛盾。你的主要联系对象是营销人员，他们可能会认为你在和他们的内部工作对手进行合作！

对于不利的因素我们绝不能掉以轻心，但是如果处理得当，有利因素则会占上风。我们可以想一想客户们的雄心壮志，这决定了蜗牛必定是一个缓慢的进程，于是大多数的畅销消费品公司会试图加快进入市场的步伐。为了达到这个目标，他们将尝试对蜗牛的进程加以调整，打破其原有的线性特征，也许可以说是进行组织再造，或者是实施供应链管理或矩阵管理。无论他们采用哪个术语，他们都会要求供货商给予帮助，要求供货商有能力处理跨职能、跨企业甚至是跨大陆的复杂关系，这样的供货商将被认为是主要供货商。这正是大客户关系的真正意义所在力争使自己获得主要供货商的地位。

至此，一切都顺利展开，但别以为仅凭销售专家孤军奋战就能达到上述目的，再有天赋的人，如果不能组成大客户的"菱形团队"，也是无法成功的。

> 这不是靠天才的销售代表……而是要靠整个团队

大客户关系模式：建立菱形关系

图 19.7 显示了大客户关系发展的一种方式，它分为几个明显阶段，其发展是以下两个

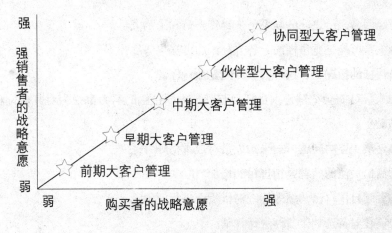

图 19.7 大客户关系发展模式

改编自 A·F·米尔曼与 K·J·威尔逊提出的模式——从大客户销售到大客户管理，应用营销，营销实践杂志，1994，1（1）：9~21。

因素共同作用的结果：

- 供货商的战略意图——相信这是一个好的投资；
- 客户的战略意图——相信这个供货商很出色。

早期大客户管理：蝴蝶结模型

早期大客户管理关系类似于图 19.8 所示的情形。

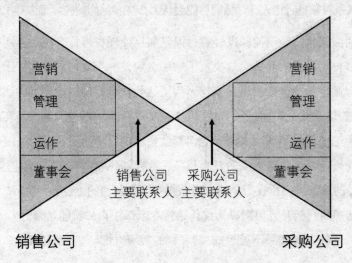

图 19.8　早期大客户管理：蝴蝶结关系

改编自大客户管理：从供货商和客户关系的认识中得到的启示. 科兰菲尔德大学管理学院，1996.

这一阶段可能包括如下一些特征：

- 主要是两名人员之间的联系——销售人员和采购人员。
- 这种关系可能是竞争性的，各方都试图占据优势地位。
- 在最糟糕的情况下，这种关系可能是敌对性的。
- 采购人员可能会把销售人员任何与其他方面接触的努力都视为对其地位和权力的一种威胁。
- 价格是最主要的问题——采购人员对成本格外关注。
- 供货商最关注的问题是销售量的增加。
- 采购者暗自用自己的绩效标准对供货商进行评价。
- 客户还在对备选的供货商进行评估。
- 双方存在的分歧可能导致长时间无法供货。

这可能是一种最典型的销售关系，也就是经典的"蝴蝶结"，同时这也是一个危险的阶段。停留在这个阶段对人们来说实在是太容易了，也非常的诱人。销售人员对这种关系拥有完全的控制权，由于同事们在这方面知之甚少，故此丝毫不会对他们产生影响，如果获得了成功，所有的赞扬也都由销售人员享受！正是这一阶段可以让销售人员在下一次的销售会议上成为人们注目的中心。

而且，采购人员对这种状况也可能感到很满意——对于他或她而言，完全可以高枕无忧，他们都只需要与供货商打交道就行了，一切尽在自己掌握之中，只要加以注意，其中的秘密就不会为旁人所知。

采购人员就像门卫，他们与超级明星般的销售人员搭档，形成了一种对任何变化都会表现出内在抵抗性的关系，但是这种关系带来的弊病实在是太多了：

- 双方的专业知识得不到完全利用。

- 要求销售人员和采购人员是全能型专家——这是不可能的事情。

- 买方和卖方都试图在谈判中获取有利位置，因而导致信息交流受到限制。

- 当真的传递信息时，它所采取的形式是"中国人惯用的耳语"传播方式，顺着传播链一个接着一个把自己领会到的内容往下传递，从专家到非专家，再到非专家，再到专家……然后再传回来。

- 各种项目和活动因为销售或采购瓶颈而被耽搁。

- 对单一联系过度倚赖，如果这种联系一旦中断（采购人员退休或销售人员晋升），那么一切就必须从头再来，未来永远处于风险之中。

- 销售人员成了"关键人物"，对他不能轻举妄动，否则就有丢掉生意的危险（我们在此重复上面所提到的问题——销售人员退休或采购人员晋升）。

这种关系存在一个非常大的局限性，它使得供货商们无法接触到客户内部的运作程序，也无法接触到客户的市场。产品一旦卖出去，销售员可能对其后续情况知之甚少，而对客户在其市场运作的情况就知之更少了。如果这个供货商希望知道如何才能为客户提供最好的帮助，上述不利因素对于他来说就成了难以逾越的障碍。

有时候，不让供货商接触客户的做法是一种有意的行为。这种行为在零售业已经司空见惯，采购员不让供货商与太多的人接触，不让他们了解有价值的信息，这是一种对市场进行控制和占有的能力。过去，一些大品牌通过对消费者的了解和巨额广告费用的投入在客户关系当中处于主宰地位。渐渐地，零售商通过电子终端和客户忠诚卡等方式加强了对消费者行为的认识，从而打破了上述这种状态。知识经验是一种无可争辩的力量，采购者为什么要与供货商共同分享呢？于是，许多采购机构正越来越注意防止向供货商泄露有价值的信息，因为这样得不到什么明显的回报。

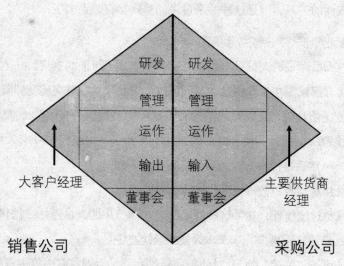
关于这种关系我们已经讲了很多，当然这种关系还是具有它自身的优势——主要是管理方式简单，成本相对来说低，并且也容易驾驭。如果它可以让你得到你想得到的东西，那么你就没有必要进一步考虑其他的关系类型了。但是要注意不可把它看作是一件当然的事情，千万不可洋洋自得，自我陶醉。

伙伴型大客户管理——菱形团队

如果目标客户对于你的将来很重要（也就是所谓的大客户），也许你会希望和他发展一种像图19.9的一种关系，这对于图19.7中的模型来说是一次飞跃，不过在两者之间还会有一种中间状态。

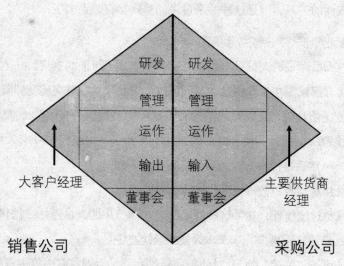

图 19.9　伙伴型大客户管理：菱形关系

改编自大客户管理：从供货商和客户关系的认识中得到的启示. 科兰菲尔德大学管理学院，1996.

这个阶段包括如下一些可能有的特征：

- 主要供货商的地位得以承认。

- 在信任的基础上建立关系。

- 信息共享。

- 容易接触到相关人员。

- 价格稳定。

- 客户首先有新的想法。

- 期望不断改进。

- 具有明确的"销售商等级评定"和"业绩评价"。

- 有承包关系的可能性。

- 通过一体化业务程序追求价值。

- 通过重点关注客户市场追求价值。

- 允许采取"例外措施"。

- 大客户经理的作用是进行协调和调整。

- 虽然供货商的主要联系人可能仍然是商业采购者，但是他们更注重于提高供货商的能力，而不是给他们出问题。

- 供货商的整个组织机构通过"供应链管理"对客户满意度给予重点关注。

这里就是产生利润的源头。通过利用供货商和客户两方面的适当专业知识，更为公开、诚实地传递信息，并因此增进对客户的了解，供货商就有潜力获得显著的竞争优势。通过采取恰到好处的行动，卖方甚至可以获得主要供货商的地位，并获得长期共同发展的保障。

如果说在早期大客户管理阶段，"蝴蝶结"表明的弊端是供货商无法接近客户的内部运作程序和客户自己的市场，那么"菱形"关系所具有的主要优势则在于与客户之间的各种理解沟通渠道都已畅通无阻。在大客户管理过程中的这一点上，为客户提供真正有效的解决方案的途径已经发生了变化，它不再是一条循规蹈矩的固定轨迹，而是一条需要摸索前进的道路。

从蝴蝶结到菱形

但是要留心，随着客户关系的提升，做事情的速度以及说错话、做错事的风险也在增加。如果没有销售经验的人被安排直接与客户打交道，那么他们当中有些人一想到风险可能就会感到心中慌乱不已。仓促上阵最容易导致麻烦，给客户和供货商自身添乱，结果是混乱和失败。现在有一些工具可以给我们引航：一是中期大客户管理；二是联系人矩阵和GROW 工具。我将逐一阐述。

中期大客户管理阶段

这一阶段可能存在的特征大概包括（如图 19.10）：

- 出于加深对客户行为和市场了解的愿望，主要的联系人开始为其他的联系人提供方便。

- 开会讨论问题的时间有所增加。

- 对通报会议的情况和行为计划的纪要等非常重视。

- 彼此之间的信任得到加强，双方更加坦诚相待。

- 相互之间的联系是非正式的，并且通过销售人员和采购人员得以促进。

- 或许在这个阶段最有可能发生一些"意外"——做好接受挫折的准备。

- 对于卖方和买方来说，他们都有大量的工作要做！

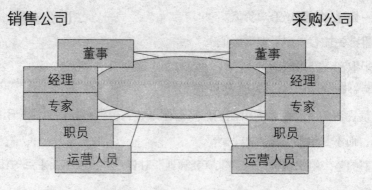

图 19.10 中期大客户管理

改编自大客户管理：从供货商和客户的关系认识中得到的启示. 科兰菲尔德大学管理学院, 1996.

这是典型的"蝴蝶结"与"菱形"伙伴型大客户管理阶段之间的过渡。这是个敏感的阶段，如果供货商机灵的话，他可以慢慢地、精确地按步骤进行工作。

注意，采购员对于任何超过他们控制之外的关系的发展都可能会将其看作是威胁，大客户经理应确保采购员对所有这些新生关系了如指掌并且由其经手安排，大客户经理还要能够参与综合关系整理，出席首次会议，或许还要参加其他更多的活动。最理想的状态是采购者也能加入到这些会议中去，但是如果不行的话，会议的结果必须完完整整地向其通报。

如果对此项活动再附加上解释说明和人员培训两项任务的话，我们会发现这个阶段存在一个最大的问题——大客户经理的潜在超负荷工作。这个阶段的问题是：如果供货商处在其中，单个的大客户经理能负责多少个大客户？而且，中期大客户管理阶段可能会持续几个月甚至几年，我们必须慎重考虑有多少客户可以定为大客户。

> 我们能管理多少个大客户？

这个阶段辛勤劳作的结果很可能会是功亏一篑。也许在此事上所耗精力过多，得不偿失，迈向伙伴型大客户管理阶段所获得的利益也不可能维持长久，而重新返回相对安逸的"蝴蝶结"的诱惑会很大，但你要坚持！

在整个过程中，走过这个中期转型期的大客户关系管理阶段可能真的是非常难做的一件事情。对于大客户关系管理所涉及的双方而言，他们所付出的似乎要大于他们所得到的。这当然需要你具有极好的耐心，相互理解，并解决你能够解决的问题，要求你调动你所掌握的一切技能和工具，以及一些不在你掌握范围之内的技能和工具。为了实现这一目标，你需要得到朋友和盟友的支持。你需要清楚地认识到，这不是个体力量可以担当的任务。

从蝴蝶结到菱形的几点提示

- 不要指望你的行程一帆风顺，在这个过程中你肯定会遇到许多的弯道和岔路。

- 要记住战略目标必须是双方面的，不要指望客户会让你轻而易举地达到目的，你必须付出很大的努力。坚持不懈和不屈不挠是两个非常重要的资本，敏锐和巧妙性同样如此。当客户开始动起来后，你就知道自己的目标已经实现。

- 记住，当你只和采购者接触时，他就拥有很大的权力。你与客户企业扩大接触面时，也许是有利于客户，但采购者也许会认为你威胁到了他们的控制地位，对你产生敌视。

- 卖，还是不卖？如果客户将你的"销售"活动看作是满足你自身需要而强加于人的行为，那么你四处碰壁也就不足为奇了。如果客户认为你的销售活动是为他们寻求解决问题的途径，那么所有的幸运之门都会为你开启。

- 有些客户会要求与自己打交道的大客户经理是一位商务与客户关系经理，而不是一个小小的销售员。

- 有些客户也许不喜欢被称为"客户"——所以这个词只限于在内部使用，而不是用在你的业务名片上（总之，只要是能让他们高兴，你怎么称呼他们都行！）。

- 不要让你的公司自我松懈，迷失方向，对局面失去控制——否则你将得到的唯一结果就是一片混乱，接踵而来的就是客户的迅速流失。

- 不要让你那些在商业活动中"不明就里"的团队成员受到客户制约——首先你要向他们简明扼要地介绍活动要做的事情，并且最重要的是对他们进行培训——这当然应该针对团队中所有的人，包括老板在内（他是尤其重要的培训对象）。

- 不要在内部把这样的一个活动描述为一种开创性的行动——许多企业已经在这方面做出了太多"开创性的事情"，你自己的团队应该避开这种"九日之内创奇迹"的事情。

- 当你从蝴蝶结阶段过渡至菱形阶段时，如果不切实际地紧缩人员出差预算，那毫无疑问将是一个致命的打击——牢固的关系需要通过人与人之间的联系才得以建立。

- 在向客户表达自己的意愿时，你需要注意表达的方式：如果你告诉客户希望与他们更加"亲密"，这可能会令他们感到不安，迷惑不解，甚至导致更坏的后果！

- 如果你是第一个使用"伙伴关系"这个说法的人，你需要慎重。所以尽可能让客户首先说出来为好。

- 也许你的客户在使用"合作关系"这个词时，他们为你设了一个陷阱。客户们说："我们携起手来合作吧。"他们的意思是："你告诉我们你的成本构成，我们就会把你榨干。"

- 你得意识到自己得从猎人转变为农民（见下文）。

- 运用两个简单工具——联系人矩阵和 GROW 工具（见下文）。

从猎人到农民

在一个竞争激烈、客户决策过程复杂的成熟市场上，大客户管理及关系营销是具有举足轻重意义的事情。但是在快速成长期情况又会如何呢？是否这些活动会使你的成长速度放慢呢？

在市场经营过程中，你在某一个时期的主要任务可能是狩猎，而在另一个时期，你的主要任务是进行放牧，营销人员的任务就是要了解什么时候开始这样的一种转变。

> **在群雄竞争的市场上应该狩猎……但是这一阶段会持续多久呢?**

随着20世纪90年代电信市场的开放，诸如MCI、世界电信公司与莫克雷这样一些新的电信经营者的出现使得电信市场陷于寻猎的狂乱之中，在当时也的确只能这样，因为只有最具活力的竞争者才能抓住市场机会。然而仅仅只是几年的时间，轻而易举就能实现的市场目标已不复存在，诸如英国电信公司这样一些最初的电信经营者又开始夺回失去的客户。放牧的时期已经来了，在这一时期，它们更注重于留住并发展客户群，而不只是追求获得几个新的客户。

联系人矩阵和 GROW 工具

为了保证在关系变得复杂的情况下仍然保持良好的控制，我们可以利用两个简单的工具——联系人矩阵和GROW工具来实现。图19.11显示的是一个联系人矩阵，在这个表格中显示了大客户管理团队中的人员与客户企业中人员的联络关系。

	大客户经理	你的团队成员	你的团队成员	你的团队成员	你的团队成员	你的团队成员
采购主管	XXX					
他们的成员	XX					XX
他们的成员	X			X		
他们的成员				XXX		X
他们的成员		XXX				
他们的成员						XXX

肯·雷利·约翰·史密斯
G – 获得某产品订单
R– 提供某解决方案
O– 向成员通报进展情况
W–7月3日于伦教

约翰·哈里斯,现场经理
规格制定者
问题提出者
滞后者

图 19.11 联系人矩阵

在每一个联络点上应该列出一个 GROW 列表，GROW 是四个单词的首字母缩写，即：

- 目标（Goal）——这种关系的重要意义何在？
- 功能（Role）——这个人会采取什么行动？
- 责任（Obligation）——对于团队成员来说，他们的责任和权限等方面的情况如何？
- 工作计划（Work plan）——日期、日程等细节。

大客户计划及营销计划

在以上工具中营销人员到哪里去了？当然，大客户经理是很重要的角色，而且重要性越来越强，他们不是销售代表的升级，而是为了完成工作而被授予相当权限的高层主管。那么，他们是不是要取代销售人员呢？不是的，大客户管理不是销售的开始，而是业务的开始，如果想要建立伙伴型大客户管理关系，并且通过这样的关系来推进业务的发展，那么就需要企业组织内所有的职能部门参与这一过程。这时，就一定要有营销的参与，而且是作为重要部门来参与，因为大客户是他们的市场及分市场计划的一部分。

从图 19.12 中可以看出：大客户计划实际上是细分市场计划的一个从属部分。在对大客户进行确认时，首先要做好市场细分。图中的两个细分市场各有两个大客户，第三个则没有，这是正常情况——并不是所有细分市场下面都有大客户。实际上有的观点认为既然大客户管理是一种理解关系上的促进，而各个细分市场上客户的需求、态度和行为又是相似的，那么一个细分市场设一个大客户足矣！

> 大客户管理是营销者的一大职责

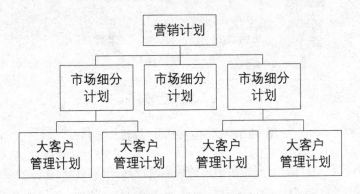

图 19.12 计划结构图

如果对市场没有进行细分，对大客户的选择就可能陷入"规模论"的误区。如果对市场不进行细分的话，按照吸引力强弱来对客户进行比较就很难——在某市场的某一部分具有吸引力的东西，在另一部分可能并不是那么重要，结果业务规模就成了唯一可以进行比较的因素，由此就产生了"规模论"。

> 避免"规模"陷阱

客户分类及区别

你能组建多少个菱形团队？在形势和资源既定的条件下，这样的团队不会很多。此外，大客户的数量也不会很多，而这也是很关键的决定因素，所以，值得你组建团队开展工作的客户数量也是有限的。选择少量的客户作为大客户将有助于你将资源恰当地集中运用，以发展客户关系，对于由此产生的诸多活动你也便于控制。倘若大客户数目过多，结果是工作毫无起色，甚至更糟糕的是会把你的能力分散瓦解，最终丧失。

确定大客户，同时排除非大客户

利用我们在第9和第15章（第22章还会再讨论）介绍过的定向决策矩阵的修改模式，你可以把你的大客户确定下来，他们就是那些对你具有吸引力的客户，而这些客户也认为你对他们也有吸引力。这种相互关系非常的重要，我们在对发展客户关系这一问题本身进行讨论的时候就会认识到这一点。图19.13所显示的就是我们提到的矩阵（你会发现横轴方向变了，"强"方向到了右边，这并没有什么别的含义，只是在矩阵演化中形成的一种习惯，这会给营销分析带来些许不便）。

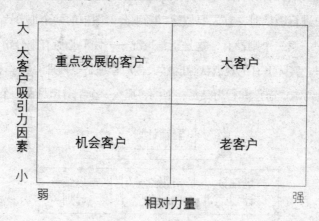

图 19.13 大客户分类：确定大客户

你用以确定客户对你具有多大吸引力的因素将取决于你自己所确立的优先原则，但是你在确立这种原则时必须尽可能着眼于未来。你的相对优势要以客户的角度为依据来评估，要完全按照客户在评估和选择供货商时所采用的评价标准进行。他们各自对供货商的排名都是不一样的。

客户区分及活动开展

大客户确定下来后，还得再确定三类客户：

- 重点发展客户；
- 老客户；
- 机会客户。

每一类客户都要有一定的销售与服务策略与之对应，如果缺了这一环节，大客户工作就很难有起色。

图 19.14 显示了"能量"如何从老客户和机会客户中释放出来，投入到大客户和重点发展客户中去。

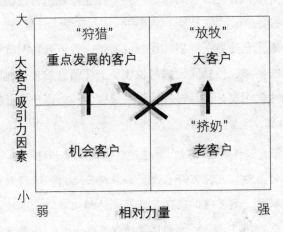

图 19.14 释放能量

图中标出一些可以运用一般性销售手段的地方：对于重点发展客户可采用狩猎法，尽快渗入市场，获得成功；对于大客户实行放牧法，进行培育和养护，以求更好的将来；对于老客户采用挤奶法，对于客户给予常规的服务，避免利润流失的风险，同时也避免分散大客户和重点发展客户管理团队的时间和精力。这要求在销售中投入更多的客户服务，或者使用因特网站及客户关系管理系统等工具。

对于各类客户，我们要专门设计销售和服务组合，对客户的划分依据如下：

- 利润空间以及交往时间；
- 联系的密切程度和深度；
- 对客户承诺的性质；
- 有无合同，若有合同，时间是长还是短；
- 资源分配；
- 项目性质和数目；
- 服务的提供；

- 服务的收费；
- 交易条件及价格；
- 分销商的利用。

客户服务

优质的客户服务将帮助你每一次都获得胜利，它是任何关系管理都要具备的重要组成部分。优质的客户服务意味着在日益趋同的世界里你能体现出自己的差异，它还是培养忠诚客户，留住客户的主要原因，在大客户管理中，它占有很大分量……

差劲的客户服务则完全是另一回事，我们只要想一想下列情况就明白了。关于你客户服务的好消息可以很快传播，但是无论如何也比不上坏消息的传播速度。我们手头有一个例子可以很好地说明这个问题，这是客户针对某家大公司的客户服务提出的投诉，这种投诉方式正变得日益普遍：

> 如果你们优先考虑解决我的问题，并通过传真或电子邮件（不要邮寄，因为太慢了）告知我你们所采取的措施，我将万分感激。如果两日之内不能得到你们的答复，我将与你们在美国的总部联系。我还将向国际互联网上的邮购客户、本地消费者监督协会以及美国的消费者协会发布消息，告诉他们这里所发生的一切。我敢保证我将告诉尽可能多的人，让他们知道你们公司是如何对待自己的客户的。我自己也在经营企业，我从来就不敢想象过这样对待我的客户。

这个例子有意思的地方并不是投诉这件事本身，而是其后所在的意图，投诉者希望对恶劣的服务采取一些相应的措施，要为自己"讨个公道"。

互联网的威力比利剑还要大

最后有一则新闻报道，一个年轻人在举办婚宴时，因为来参加婚礼的客人食物中毒而使婚礼的喜庆气氛荡然无存，而酒店方面却没有任何人出来对发生的事情进行解释，帮助解决问题，或表示任何形式的关心。新郎并不想要求酒店承认过错，他只是希望与酒店进行一次面对面的对话，但是酒店却一心只想把自己洗刷得干干净净，表明自己与所发生的事故毫不相干。后来，这个年轻人发现这家连锁经营的酒店尚未以自己的名称在互相网上注册，于是他就用酒店的名字进行注册，然后在其网页上发布了一系列文章，将这件事情公之于众，让所有通过链接可以浏览此网页的人都知道了这件事情。这就是报复的力量，或者说笔头（这里是互联网）的威力实在是大于利剑。

客户服务与差异化战略

有些人在福特迈森购买亨氏烤豆，他们支付的商品价格中包含了一些附加费用，这些额外的费用花在了购物环境、在这里的购物体验以及让人倍感优越和无可挑剔的服务等上面，而对于这些额外费用他们则是欣然接受。这些人当中的一部分是一次性购物的游客，但是大多数人是一周复一周地都要回头光顾的常客。

有些专业的采购员向供货商支付一笔附加费用，让供货商为其管理存货，或完成质量保障检查工作，或对市场需求提供预测，或在当地进行分销，或者帮助处理紧急送货的事情，或提供专业技术人员上门为客户解决问题。有了这样的服务，谁还愿意劳神更换供货商呢？

有些精明的生意人在购买复印机时会支付一笔附加费用，以便得到"无理由"更换复印机的承诺。施乐公司在推出这一服务承诺后，赢得了近5%的市场份额。

客户服务和留住客户

不好的客户服务会使你失去客户。下面是一份有关商务客户更换供货商的理由的统计资料：

- 由于公司内部人事变动（这通常是被更换的供货商所给出的解释，但这通常不是真正的理由）——不到40%；
- 竞争对手给出的条件（更换供货商的成本通常大于从明显"更优惠"的条件中所获得的利益）——不到10%；
- 对产品不满意（让供货商改善产品通常比更换供货商更容易一些）——不到15%；
- 糟糕的客户服务，其表现形式通常是供货商或供货商的某个员工所表现出来的"漠不关心"的态度——超过65%。

非常有趣的是这里在谈及服务时使用了"漠不关心"这个词，因为客户一般不会期待百分之百的完美。人们常说，是人就会犯错误（"但是要想真正把事情弄砸的话，需要依靠计算机'精心设计'才行"——《牧人的惊慌》，1978年）。客户真正不满的是问题出现时供货商对出现的问题没有作出反应，甚至认为根本就没能发生任何的事情。许多供货商担心承认出了问题就意味着承认犯了错误，所以他们就保持缄默，希望事情在无声无息中自然地消失（而且正如我们所看到的事实，客户经常就是这样忍气吞声）。

当客户"掉头而去"之时

当然，在不存在竞争对手或者是需求大于供应的情况下，糟糕的服务算不上什么大不

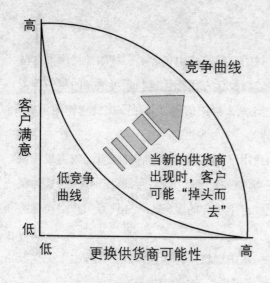

图 19.15 当客户"掉头而去"时

了的事情，或者许多企业就曾经是这么认为的。当销售业绩直线上升时，一切看起来都是那么的美好，然后市场开始进入了平衡的阶段，或者新的市场进入者出现了。现在赢得客户的忠诚已经成了一场疯狂的角逐，大家普遍上演的是价格战，要留住客户就必须付出昂贵的代价。更糟糕的事情是有时候看起来挺高兴的客户们却突然"掉头"到别的地方去了。当然，事实上可能是这些客户一点也不高兴，他们只是别无选择，而不得不与现有的供货商打交道。如图 19.15 所示，他们处于低竞争曲线的位置。

当客户可以选择的机会不多的时候，他们的满意程度一定是非常的低，他们会努力想办法更换供货商。如果他们的选择面很广，而且很容易作出选择的决定，那么竞争曲线就会像一根绷紧的弦那样"绷断"，一点点不满都会使他们离去。

优质客户服务的宝贵价值

一般来说，获取新客户的年均成本是留住现有客户成本的五倍，所以，留住老客户的服务措施是非常重要，非常有价值的。

制定客户服务战略

战略、人员及过程

首先你应该确定以下问题：企业希望从提供优质的客户服务中得到什么好处？如何得到这种好处？保持现有业务的根本方法是做到高度的客户满意度，还是不断争取新客户、运用销售导向的方法尽量多地满足客户需要？

这里有个人和过程孰重孰轻的矛盾。这两个方面的恰当组合最终必须取决于市场需求和供货商的能力。通过严格管理的呼叫中心实现严谨的客户服务"程序"对某些战略来说是合适的，但是其他的一些战略则要求被授权员工发挥自主性。

这种争论有时会变得模糊不清，因为对于那些设在低工资收入国家的企业来说，采用呼叫中心的做法是降低客户服务成本的一种理想选择，但是客户对此又是否满意呢？康泰克特巴勃公司最近利用 ICM 研究发现：有七分之一的英国人与海外的呼叫中心通过话以后就会另找其他商家。

玛雷奥特酒店集团认识到无论是实施哪一种客户服务战略，酒店自己的员工队伍都是这一战略的核心，如果员工轮换率过高，那么他们的客户服务就会出现问题。玛雷奥特酒店发现了降低员工轮换率与提高客户保持率之间所存在的关联性：在某一家宾馆里员工轮换率每降低 10%，就会使失去顾客的比例降低 1%~3%，这一结果用另一种方式来表示就意味着收入的增长，在其整个酒店集团中收入增长的金额因此能达到 5000 万~1 亿美元。玛雷奥特酒店认为，留住员工的办法实际上也等于是对客户服务的投入，这是一种非常可靠的举措。

> 优秀员工 =
> 优质服务

也许你很幸运地做到了完美的客户服务，倘若如此，我敢说其中一定是人发挥了作用。在小企业中，也许和你接触的人员就可以得到足够的授权按你的需要去做，然而这对于大供货商来说要做到就很难，因为大企业中和客户的接触点实在太多，有的企业是跨国跨文化的企业，根本顾不过来。此时你又该如何设计一种方式能灵活地开展客户服务，保护员工的主观能动性，让他们在一线发挥好作用呢？

一个"良好"的系统应该是一个为了客户的利益而设计出来的系统，当客户的需求发生变化时，这个系统也将随之改变，它把价值传递给客户，并且随着时间的推移，不断提高供货商改善这一价值的能力。在小企业，这可能只是意味着相关的员工定期召开会议，总结经验教训，讨论如何改进客户服务。

在我的企业里，每一次大活动后我们都要开会。例如我们举办完"一日大师"培训班后，我们就讨论下次如何能做得更好。我们把行动列成一张表，不断往里面加入新的想法，上一次的想法是在材料盒中加入针线，因为其中一名代表的裤子破了，令他很难堪……

> 好的过程 =
> 好的服务

在大企业中这样的举措要进行规范，服务水平标准要得到各类顾客的认可，而且几乎肯定要用到客户关系管理（CRM）工具。

客户关系管理

"我们上个月启动了客户关系管理（CRM），结果现在我们有了世界上最好、最昂贵的地址簿。"这句话听起来有些讥讽的味道，也没有切中正题，也许这只是从许多人的经验教训中总结出来的心声。

CRM 的潜能是巨大的，但似乎很难落到实处。也许错误就在于人们把它看成了一个"我们对市场做点什么"的过程，而实际上我们应该打开思路，培养一种与市场配合的能力。

CRM 并不要求复杂的软件技术，甚至不需要任何软件，它只是一个过程，先是收集信息，了解客户行为，然后确认他们的需要，再设计一定的业务来满足这些需要。简单的 CRM 只是控制一下语调或服务风格，复杂的则可能是为商业问题提供解决方案。销售专家在心里已经把这种事做了很多年，但长久以来的难处在于如何把他们头脑中的想法全部搬到现实工作中。

在软件式的 CRM 中，着重是从与客户交往中获取并分享信息。超市利用忠诚卡可以从电子销售终端的扫描仪中获得信息；企业客户的供货商则可以从各种手工及电子处理的信息中获得信息。我们与客户之间的每次交流都有可能为我们提供有关他们的需求、购买行为、认知意识、关心的东西和感受到不愉快经历等方面的信息。

随着新技术的迅速发展，我们就能更好地从客户行为中获取信息，以下是网站控制的三个例子：

1. 当客户的点击流在你的网站附近游走，然后进入你的系统时，你可以对这些情况进行分析，知道他们是在作出什么样的选择——他们首先是寻找信息，还是在寻找可选择性替代品？

2. "虚拟销售助手"可以让客户提问，通过他们提出的问题，我们可以了解他们的兴趣、状况、疑虑和他们优先考虑的事情等许多相关的信息。

3. 有些网站还可以让客户向"虚拟客户"提各种问题，寻求他们对产品或服务的"意见"，通过这种互动沟通，客户把自己关心的事情、态度和认知情况等一系列的信息都告诉了我们。

这样的信息保存在被称为数据库的地方，而且在这里信息的储存量大得惊人。如果没有像资料开发软件这样复杂的分析技术，我们也许只能求助于那些"旧式"的、带着活页笔记本的市场调研员。资料开发程序能够根据所收集的信息分析出客户的行为方式，分析出他们的心理、兴趣和需要。于是我们变成了新模式下的销售专家，这时我们观察的不是人，而是"购买信号"。从中解读客户行为，例如他们是否愿意支付更高价格以便尽快得到商品或得到特制的商品，等等。

当然，人们对这种关系管理技术如何运用，能运用到何种地步仍然抱有疑虑。有多少储户愿意让银行以这种技术性的方式来分析自己的行为？即便银行的初衷是改进服务，恐怕也难以得到储户的应和。

布斯公司是 CRM 技术的使用大户，但该公司明确规定对单个客户进行销售时不采用这些技术，因为医疗保健业务是很敏感的，如果对个人用户采用 CRM，感觉就是在刨根问底做审讯，因此布斯公司从来不这样做，只有在需要汇总信息、把握市场动向以便开展订制业务时才使用 CRM 技术。

避免"大动干戈"

量身定做和产品个性化的机会

对营销人员来说，也许 CRM 技术在应用上最令人着迷的地方就在于它能推动对产品本身的设计。我们相信在 CRM 信息的基础上，我们的细分市场分析可以做得很细，在客户的真实行为基础上可以分成更小的子市场或微观市场。有人说我们可以将细分工作细化到每个客户，而这一点我们已在企业客户服务环境中通过大客户管理实现了，当然，在常用消费品市场上不需要细化到这一步。特易购公司原先把顾客分成六个细分市场来管理，而现在 CRM 使特易购能把市场分为上百个，这样一来促销信息的针对性就强多了，成功率也更大。

个性化供应是否会给你带来竞争优势呢？如果供货商们既以标准化的产品作为自己供应链的核心，同时又可以提供各种附加产品特性，那么他们必然会有更大的收获。大家都见证了戴尔公司和其在线"设置系统"，客户在此系统下可以设计自己的戴尔计算机，这使得客户进入了供货商的内部，而不必再去敲公司的大门，递上自己的请求。

我对买汽车的过程特别厌恶。对于有些人来说，买汽车是一件愉快的事情，但是对于我而言，它只不过是一连串的讨价还价和令人沮丧的体验！我在各种款式的车里面选来选去，结果不是我喜欢的款式的车没有我想要的坐椅，就是有了我想要的这种坐椅的车，同时却又多了一个飙车族的减流板……如果哪家汽车制造商把我当成一个细分市场，可以让我直接与工厂联系，并按照我的要求设计我所需要的汽车，那么它肯定会赢得我对它永远的忠诚。

当然，要想使这样一种概念成为现实我们还会遇到很多问题，而且是非常复杂的问题，这种挑战是实实在在的。第一，现在的制造系统将会妨碍这种来自客户的"干预"。第二，供应链物流管理将会因为这种"无穷无尽的变化"而陷于停滞状态。第三，就目前情况来说也许最大的问题是在许多市场中因为没有足够的用户数量而无法使产品取得经济效益。当然，一旦客户意识到他们可以从供货商那里得到想要的东西，而且一旦这种要求开始形成，那些无法满足新形势要求的制造系统和供应链系统将会让它们的主人看上去就像行将毁灭的恐龙。那些能满足新形势要求的竞争者们将会把那些准备为这种服务付费的客户吸引到自己身边来，而且这很有可能是边际收益非常高的一个业务领域，这时，那些恐龙们将会看到自己身处一个走向衰落的恶性循环之中。

从另一个角度来看，如果供货商能提供这种选择，那么他就可以了解到客户需求和动机的最详细信息，这种信息将催生更有价值的营销主题，并开始形成持续发展的良性循环。

客户关系管理——市场营销的宠儿，还是信息技术的玩物？

在很多情况下营销部往往没有做好和把握好 CRM 战略，于是单单是把 CRM 系统建立起来并不能为供货商或客户带来什么好处。当营销人员面对复杂的技术心存畏惧时，往往会把系统全盘交给信息技术专家，这样一来，系统就更难发挥作用了。

20

品牌管理
Brand management

两三百年前，打牌号是牧牛人才会做的事情，牛身上的标牌向人们表明了牧主对牛的财产权和所有权，尤其是在边远的苏格兰峡谷中，标牌提醒旁人"不要对牛有任何非分的企图！"极具谐趣的是，这个几百年前最典型的社会经济现象现在的含义完全被颠倒了——在21世纪，品牌毫不含糊地向人们宣示："请来取用产品！"

第16章讨论的是品牌背后的战略问题，包括目标、品牌结构的管理及定位。本章则说明在传递价值的过程中如何通过品牌的管理让其发挥作用。我们将研究以下五个主要方面：

1. 价值传递的由来；
2. 品牌关系；
3. 激发正面的联想——真实的瞬间；
4. 品牌延伸；
5. 学习型品牌。

价值传递的发展史

商标

商标的历史起源于1876年，英国首次注册的商标是一个红三角，今天百斯酿酒厂仍在使用这个商标。品牌的历史比这个商标还早，但是这个商标的出现却表明了对品牌的正式认可。那么，为什么需要认可呢？工业革命时期，城市人口激增意味着到 19 世纪末的时候只有极少一部分人仍然直接从最初的制造商那里购物，批量生产和批量分销的时代到来了。19 世纪晚期的消费者已不像他们的父辈们还在跟工匠讨价还价地"订货购买"，或是到当地商店购买现场制作完成的食品，而是不得不相信中间商，或者实际上是一系列的中间商们。维多利亚时代晚期，喝酒的人从未与酿酒师碰面，但是酒瓶上的红三角告诉他们喝这种酒是安全的，就如同酿酒师与他是邻居一样可靠。我们今天所了解的品牌最初是作为产品真实可靠性的简单标志。

艾诺（ENO）仅此一家，别无分店	艾诺公司 1903 年在其产品"水果盐"上写着这样一句话以提醒消费者："检查一下瓶子和瓶盖，看看上面是否有'艾诺水果盐'标志，否则你就会受到不值钱仿制品之坑骗。"

品牌就是商标，商标就是品牌。当我们品味现实世界中其他方方面面所发生的巨大变化的时候，一些 19 世纪消费品品牌仍然在熠熠闪射着其不灭的光辉，这确实是非常了不起的事情。安可尔黄油、雅芳化妆品、芭赛特甘草片、巴克斯特尔汤、比昌药、博得蛋糕、博佛雷、布洛克邦德茶叶、凯德蓓蕾、克拉克鞋、可口可乐、科尔曼芥末、菲芙香蕉、亨氏食品（甚至其 57 个不同的品种都可追溯到 19 世纪）、豪立克斯食品、豪维斯、杰可布饼干、强生婴儿爽身粉、科勒格食品、柯达胶卷、迈维逊、欧米茄手表、派克钢笔、皮尔斯香皂、罗伯特逊金装果酱、朗特雷水果香锭、舒维网球拍（严格来说，应该追溯到 18 世纪末）、斯拉珍格尔网球拍、塔特与理勒砂糖、雷格勒口香糖、耶尔锁，等等，这些响当当的品牌都是创建于 100 多年前。

承诺，承诺

直至 1911 年，科勒格公司已经在美国投入了 100 万美元开展广告宣传活动，推广其已为大众所熟悉的红色标志，这是世界上一贯强调其正宗性的品牌之一。但由于仿造者急剧增加，于是品牌经理不再只是对正宗性进行简单表白，他们努力使自己的品牌成为对消费者的一种信心保证。

这种保证可能是承诺口味更好、成分更纯、使用寿命更长、外观更美，而贸然作出上述这些承诺的话，有时候情况也许会变得无法控制。

J.科利斯·布朗博士 1902 年为哥勒颠止痛药所做的广告是这样的：

这是有史以来世界上所发现的最奇妙的药方。哥勒颠是治疗咳嗽、感冒、肺病、支气管炎、气喘的最佳良药。哥勒颠能有效抑制和预防那些通常是致命的疾病——白喉、发烧、喉头炎、疟疾。哥勒颠对腹泻有特效作用，是霍乱和痢疾的唯一特效药。哥勒颠能有效抵制癫痫、歇斯底里症、心悸和痉挛。哥勒颠对神经痛、风湿症、痛风、癌症、牙痛、脑膜炎等有缓解作用。注意——谨防侵权和假冒。

(科利斯·布朗今天仍健在，据说他擅长治疗腹泻。)

那个时代充斥着各种刚上市就试图在所有领域立即"打响"的产品和广告。例如卡特的超浓缩柠檬果汁为人们提供"即喝即有的柠檬"，不仅如此，这种果汁还"对霍乱有预防作用"，而最令人惊讶的是，如果你认为"使用成本"（参见第 28 章）是一个当代的新概念，那么你会发现其标签上早已写着这样的话——"产品最先进，价格最便宜"。

单一销售主题（USP）

由于消费者越来越"精通品牌"，所以承诺必须适度，广告客户开始使用更具单一性的主题作为引导消费者了解其品牌的方式。在 20 世纪 40 年代，卢梭·雷佛开了采用独特销售主题的先河，品牌所承载的意义变得非常单一。单一销售主题给品牌带来了竞争优势，有些单一销售主题一直延续到今天。沃尔沃如今在汽车市场仍然将安全这一概念作为其销售主题，其对这一主题的发挥到了极致，以至于想增加其他的主题内容都很难。

像"博得香槟——现代烹饪方式"，或是"嚼一嚼雷格勒——换换新口味！"这样的广告宣传在今天看来似乎是相当平淡乏味，过于拘泥，但是在当时很多人则认为是颇有企图，有强加于人的意味。单一销售主题给批评家和竞争对手之类的人提供了攻击的靶子，这是它存在的缺陷。如果你将所有的鸡蛋都放在一个篮子里面，那么当别人提供了更好的产品的时候，情况会是什么样子呢？你也许会宣称自己的产品性能最好，但是新技术将会让你遭遇失败。

品牌形象

到了20 世纪 50 年代，像大卫·奥格威这样的一些广告人在做广告宣传时，不再只是局限于一些简单的承诺，他们希望建立"品牌形象"。如果一个品牌可以在消费者心目中树立一种形象，甚至是个性化，那么这将加强其抵御竞争对手和保护自己的能力。这并不只是聪明的广告撰稿人所采用的技巧（虽然今天许多著名作家都是在战后的广告公司锻炼了自己的写作能力），正如前面探讨的营销模式所给出的解释那样（参见第 2 章），这就是营销。一个品牌需要借助于自身的可靠性来建立其品牌形象（企业能力），同时也需要品牌形象得到客户的重视（市场需求）。只有这样，巨额的广告预算才会结出丰硕的成果。

| 让房子有家的感觉 | ICI 公司是世界最大的化工企业之一，在涂料制造方面信誉卓著。但是公司认识到，新潮的、自己动手刷房子的涂料购买者希望得到的不只是 |

涂料罐里的技术，他们希望将自己的房子变成家，这意味着温暖的家庭生活。于是，ICI 将古老的英国牧羊犬（渐渐地，大多数人开始习惯于称呼它为多乐士狗）加进了 ICI 涂料品牌，以营造出温馨的家庭气氛，于是品牌的个性就这样诞生了。

品牌变得日益复杂化、多元化，也更为煽情，这样做的结果就是让企业可以更长久地获得超额利润。品牌不仅是获得竞争优势的途径，也是让企业获得长期市场保证的途径。

"T 计划"

在 20 世纪 60 年代，J.瓦特·汤姆逊咨询公司实施了"T 计划"，这是一个知识性的概念，它认为品牌是信息、信念和情感投射的综合体。换而言之，品牌是你所知晓的东西，你能够说出它背后蕴含的实际内容，你相信内容是真实的，它引发的感觉和情感超越了产品本身或产品单一销售主题。而正是这些情感投射才是最重要的。沃尔沃汽车将安全作为其单一营销主题，但是情感投射则更为重要——它是具有特殊含义的安全，即保护家人的安全。最终正是情感投射或是我们称为"情感投入"的东西使沃尔沃汽车具有品牌价值，而不仅是安全记录或是撞车测试方面的统计资料。

品牌关系

我们快速浏览一下接下来的三张图片，对于其中任何一张图片，看的时间不要太长，几秒钟就够了，然后看下一张。

情感冲击力

如果你肯花时间，也许你现已在一张 A4 纸上写满了各种各样的事实、信息、想法、思路、信念、承诺、期望和情感，这些都是三个知名"品牌形象"仅仅在几秒钟之内所传递给你的信息。你之所以会有如此的想法，是因为这些品牌的"情感冲击力"很强，这是品牌与顾客接触的结果，企业甚至可以用它来建立与顾客的关系。

图 20.4 是第 16 章中模型的再现，它说明了品牌的定位，我们现在来看模型的右半部分，说明的是品牌与顾客的互动。

品牌互动和情感冲击

品牌是我们与所购商品在购买过程中互动关系的总和，这种互动关系就像人际关系一

图 20.1 可口可乐商标

图 20.2 维珍商标

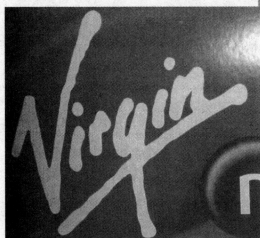

图 20.3 梅塞德斯商标

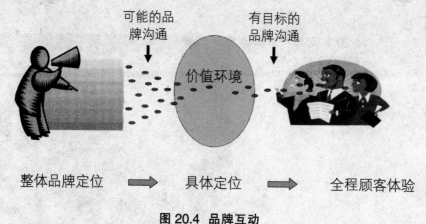

可能的品牌沟通　　有目标的品牌沟通

价值环境

整体品牌定位 ➡ 具体定位 ➡ 全程顾客体验

图 20.4　品牌互动

样会带给我们不同程度的情感冲击力。

有些品牌比其他品牌更能引起消费者的情感反应。这其中的原因很多，而且很复杂，并且最主要取决于消费者个人对该品牌的认知情况。下面列举的是一些相关的因素：

- 支付的价格；
- 购买频率；
- 购买风险；
- 使用风险；
- 购买的显著程度；
- 一贯性的重要性；
- 产品或服务的效用；
- 性能的实在性；
- 品牌竞争对手的数量。

这些因素不是孤立发挥作用的，也不是总朝着同一方向发挥。如果某一物品价位低，消费者定期购买，而且带有功利性，这并不意味着它就不能具有情感诉求的成分。卫生纸是一个很能说明问题的例子，安德鲁斯品牌长期以来花费巨额资金投入，以获得超越这些因素的情感反馈——安德鲁斯狗传递了柔软、温暖、关心和责任这样的信息（同时还有助于传达卷纸长度这样的信息！），巧妙地赋予了商品强烈的情感冲击力。

互动是一种还是多种?

品牌若要长久，它的内容就应该能引起顾客的一系列互动，如果很单一的话，可能就会因为形势的变化而下滑或者是被低成本、低售价的仿冒者所取代。

柯达是世界上声名鹊起最快的品牌之一，而柯达希望自己是因为与顾客互动的性质而为人所认识，它不希望人们只把柯达当做胶卷产品的代名词。如果柯达与胶卷挂钩，则随着数码技术的出现，麻烦就会来了。而如果柯达实现了互动，为顾客提供的是影像产品，更重要的是为他们留念和分享美好回忆提供了途径，那么柯达就能继续生存下去了。

> 柯达——是胶卷还是影像产品?

近年来零售商品牌发展很快，成为品牌营销的一大典型榜样，原因何在？是因为价格吗？不是。真正的原因是当顾客购物时，会与这些品牌有很多的接触和互动，这样，零售商与顾客发展积极关系的机会就增多了，图20.5列出了一些互动内容。

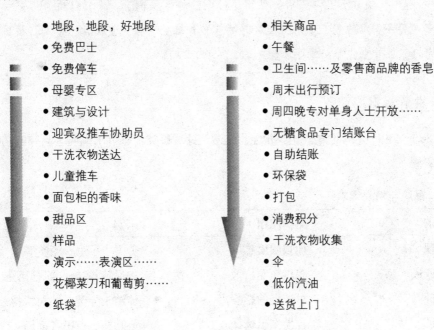

- 地段，地段，好地段
- 免费巴士
- 免费停车
- 母婴专区
- 建筑与设计
- 迎宾及推车协助员
- 干洗衣物送达
- 儿童推车
- 面包柜的香味
- 甜品区
- 样品
- 演示……表演区……
- 花椰菜刀和葡萄剪……
- 纸袋

- 相关商品
- 午餐
- 卫生间……及零售商品牌的香皂
- 周末出行预订
- 周四晚专对单身人士开放……
- 无糖食品专门结账台
- 自助结账
- 环保袋
- 打包
- 消费积分
- 干洗衣物收集
- 伞
- 低价汽油
- 送货上门

图 20.5 一些零售商品牌的互动内容

互动和忠诚

激发和保持忠诚是品牌战略肩负的使命，消费者与品牌之间的关系越复杂，成功的几率也就越大。对某种品牌汽车的忠诚是一个极佳的例子：你正在考虑换一辆新的奔驰车，这种车价格非常昂贵，购买的人不多。如果买错了车，那就是犯了一个大错误，开错了车也是一个大错误，许多人会因为你所驾驶的车而对你品头论足。你的父亲有一辆这样的车，性能很好，你可以每天驾驶这辆车出席重要的商务活动，你可以感觉它在你脚下的性能，不管怎样，世界上只有一个"奔驰"。

但是对于其他一些人来说，这么高的价格确实让人咋舌，他们并不介意别人是怎样看的，他们认为汽车只是用以代步而已，他们开车从不超过时速30英里，对他们来说，汽车只是汽车。人们以及他们所拥有的不同偏好正是创造品牌的原因所在。

品牌可以激发其目标消费者极度的忠诚和情感诉求，在这个过程中，品牌甚至会与那些不是其目标消费者的人相抵触。你是否曾经看过一个让你想破口大骂的电视广告？很可能你并不是这个广告的目标受众。

时代在变，互动内容也要变　　DHL致力于创造"可靠快捷"的品牌价值，其情感冲击力是来自于商务人士对速度和全球化快递的需求，如果能满足这种需求，快递品牌就能成为业界王者。然而这时电子邮件出现了，人们对快递的需求迅速下降，电子邮件不需要飞机、船或火车，只要几秒钟就能传输大量文件，于是，快递品牌不能再是急件服务专家，而必须寻求改变。

情感诉求的类型

表20.1对4种类型的情感诉求进行了描述，针对每类情感诉求说明了品牌的功能，并举出了实例。

表20.1　品牌与情感诉求

情感诉求	品牌作用	示例
社会表现	加强归属感	劳力士手表、豪美等
满足感或成就感	获得超额价值	杰尼特·雷格、凯德蓓蕾
功效保证	对选择的影响力	佳洁士牙膏、仙丽饮料
品牌保证	容易作出选择	科勒格、市民咨询局

我们并不想通过这张表针对某一特定品牌进行分析，而是想通过这张表来表达一个概念。当然，就情感诉求层次和品牌的关系而言，它们之间存在着一些交叉——这正是它们具有的优势。假如在调查对象不知情的情况下进行一些市场调研，可能有许多消费者无法分辨自己购买的玉蜀黍片是科勒格公司的品牌，还是零售商的自有品牌，但是当他们从绝对真实可靠的科勒格品牌盒子里倒出他们所钟爱的早餐玉蜀黍片时，肯定会产生一种由衷的满足感。

让我们对每个层面上的情感诉求进行一番探讨，首先从最底层次开始，然后向高层次递进，并以日用消费品、企业之间的商业活动和服务业为例子进行说明。

品牌就是真正的保证书

在前苏联时代，据说来自格鲁吉亚高加索地区的宝佳密矿泉水是排名第三的知名品牌，伏尔加汽车和阿罗佛洛特汽车则占据头两把交椅。到1996年为止，有10年或是更长的一段时间里由于政府实行自由竞争的政策，不知不觉之间对侵权和盗版起了推波助澜的作用，从而导致出现了一种非常严重的后果——多达90%的宝佳密矿泉水都是假冒产品！于是宝佳密开展了声势浩大的广告宣传活动，提醒消费者真正的宝佳矿泉水其包装具有独特性（"谨防假冒"），1998年发生的巨大金融危机使许多财力羸弱的假冒产品生产商销声匿迹。到2000年时宝佳密对外宣布，市场上销售的宝佳密矿泉水已有90%是正品。

> **保持领先地位（在周围各种竞争产品衰退的情况下）**

当市场上竞争者众多，而且顾客只想轻松地挑选一个他们能信得过的品牌时，具有强大市场号召力的商标或标志就非常清楚地显现出了价值。这就是独特营销主题的生命力所在。

- 日用消费品——科勒格品牌以及那句著名的广告语"如果产品包装上没有注明科勒格字样，那么包装内的物品就不是科勒格产品"。
- 商务领域——惠普的可替换墨盒完全适用，并且不会损坏你刚刚配置的价格昂贵的打印机。
- 服务业——市民咨询局提供的建议求真务实。

当然，就如科勒格标志一样，劳力士标志或是拉喀斯特标志也是产品正宗性的保证，但是这里隐含着对品牌战略的一个讽刺：如果正宗性是品牌所追求的全部意义，那么谁又会故意去买一块仿劳力士表，或者假冒的拉喀斯特衬衫呢？人们这么做（虽然几乎没有人会承认）只表明某些品牌在一个更高的层面上追求情感诉求的效果，因此有些人为了满足这些层面上的情感需求而愿意撒谎，甚至是自欺欺人。

品牌对使用性能的信心保证

如果品牌的目标是为了对使用性能作出承诺，那么它必须对这种性能提供保证。通常这种保证通过品牌的寿命得以体现，但是这不一定可靠，正如可口可乐试图推出一种新配方产品的时候所引起的问题一样。新推出的可乐遭受失败有各种各样的原因，但是毫无疑问其中一个原因是许多消费者认为可口可乐所给予消费者的信心保证已经没有了。

价格越高或购买风险越大，信心保证就越重要。有些产品提供了一长串的产品特性作为品质的证明（例如计算机硬件这样的产品），但是好的品牌可以用更好的方式达到相同的目的。虽然对于汽车来说我们可以列举耗油量和转速来说明问题，但是通过一些更为无形的想象、事例以及联想等因素，可以对使用性能提供具有说明力的证明。保险套也许可以将测试程序的统计资料印在包装盒上，但是对于大多数人来说，他们更愿意信任某一特定的品牌。当杜雷斯保险套开始在市场上推广其别具一格的系列产品时（追求使用上的满意，而不仅是性能上的优良），有些消费者却只想知道这个品牌是否保持了其绝对的可信度和可靠性。

- 日用消费品—— 一个例子是仙丽饮料公司所进行的产品对比测试，另外一个例子是装在圣诞玩具中并使其永不停止运动的劲霸电池……
- 商业领域——像莱卡这样的品牌在性能方面向消费者提供了两个层次的承诺；对制衣商来说，它是性能非常好的原料；同时，它通过强大的消费者特许联盟为该品牌衣饰的销售提供有利的支持。
- 服务业——KPMG 和西蒙—库彻公司的品牌有足够的品质保证，受到很多客户的称赞。

品牌带来的满足——愉悦感或成就感

　　品牌有助于给消费者带来满足感的一个最好的例子就是酒瓶上的标签。在看到瓶子时，如果我们了解这个品牌名字并且对其评价甚高的话，就足以使我们相信瓶中之物味道一定会（而且确实是）非常的美妙。你自己可以做一个口味试验，首先在知情的情况下试一试，然后再做一次盲测，看看结果是否会不一样。如果你得到的结果并不像我所说的那样，那么至少你通过这样的试验也已经有所收获了。

　　我们有许多确切的证据显示了这样的事实：如果头痛病患者使用了自己听说过的某种品牌止痛剂的话，就他们的感觉而言，效果要比不知名的药强，疼痛马上就会减轻。事实也已经证明，知名品牌的镇痛药要比那些包装在普通白色盒子的镇痛药疗效更好。

　　洗衣粉是否也能提升到满足感或成就感这样的高度？帕斯洗衣粉的市场营销人员就是这么认为的。多年来，他们在向消费者做广告宣传时就一直强调他们的产品不仅仅是作洗涤衣物之用，这其中所要透露的隐含意义就是一个洁净的家，让清洁品充当了家庭的保护者和关怀者。如果这种含义还没有将洗衣服的满足感上升到与吃巧克力或看电影相提并论的话，那么至少在使用该品牌时所得到的自豪感已使洗衣服的家务事上升了一个层次，使其再也不是一件没有乐趣的苦差事。

- 日用消费品——多乐士涂料：不仅为你家的墙壁增添色彩，"更让你的家焕然一新"；又如邓禄普高尔夫球：挥杆击球，你就会感到玩高尔夫球所带来的惬意；或者如凯德蓓蕾酥饼：虽然是一种简单的产品，但是让你享受到了在糖果店里难以体味的好感觉。

- 商业领域——"从来没有人因为购买了 IBM 而被解雇。"这句著名的广告语向消费者表明：消费者买回来的不仅是产品的性能，更买回了工作的保障。

- 服务业——英赛特市场营销与人力资源培训公司：在培训公司里常常都会有人打电话进来，告诉你他们希望自己的团队可以参加你的一个培训课程，因为 10 年前他们曾经参加过你的培训课程，现在他们仍然记得那段美好的时光，仍然忘不了他们所学到的知识，忘不了那位优秀的培训教师，学习到的知识发挥了作用……

品牌传达的社会意义——表现自我，同一性/与众不同

有时候，品牌实现的是一种表现自我的消费行为——开着一辆美洲虎，穿著一件博宝夹克衫，甚至在威特罗商场购物也挎着那些哈罗德的绿色塑料袋。

有时候，品牌表现的又是自信的问题，是出于对自己的决定进行检验的需要。看见别人穿著与你刚买的完全一样的品牌牛仔服，有些人可能会感到很沮丧，但是对于绝大多数人来说，他们会认为——哦，我所作的选择是正确的。人们需要表达的社会意义可以是同一性，也可以是与众不同，品牌可以传达这两种不同主张的任何一种。坐在一个叫做东方天涯的酒吧里喝着加冰的苹果酒，可以让你品味远离喧嚣的恬静，而豪美啤酒则会使你感觉置身于芸芸众生之中（如果要得到截然相反的感受，则代之以亨利·雷卡他）。

豪美啤酒在英国成功上市，目前消费者是年轻的工薪阶层男士。在一个关着门的酒吧里，大家静静地喝着啤酒，彼此分享着相同的心境，这是该品牌寓意的最典型情况。豪美采用了"乔治"这个名字——一种"花花公子"的格调，以赢得街头巷尾大众的青睐，当然，那些对乔治了解并不多的人自然不在目标市场之列。

你属不属于"花花公子"

许多汽车广告一来并不是想说服你购买汽车，它们的潜台词多是向你保证：你事实上已经作了一个正确的决定，并且这个决定会让你的同辈们对你刮目相看，油然起敬。

- 日用消费品——劳力士手表、豪美啤酒、雷密·马爹利葡萄酒。

- 商业领域——高尔特克斯品牌让其制造商具有充分的自信对自己的产品进行准确定位，以充分的自信向其消费者表明产品具有优良的品质，让消费者像"自家人"一样对产品了如指掌，充满信任。

- 服务业——据说美国特快专递想就用户问题发表高见，其实高见说完之时也就已经说明了一切。

从这些例子中我们可以看出，品牌总是希望从情感的最高层面上打动消费者，但这种雄心勃勃的想法并不见得都是最明智的选择。就自我表现层面而言，维持一个品牌的形象是一件代价非常大的事情，需要经历一个非常长的时期，持之以恒地向消费者展示其具有的可信度。

企业对企业的情感诉求

上述例子已经说明企业对企业商务领域和服务领域是如何顺应形势，向客户展开工作的。也许"顺应"说明企业处于劣势，实际上企业甚至不得不委曲求全。图20.6针对企业间商务及服务品牌中客户的期望性质进行了排列，按重要性从小到大往上排，以便于品牌经理在其中找到自己情感攻势的最佳层次。

图20.6的排列是以供货商的重要性为依据，越向上端如果供货商能给予客户积极影响，那么客户忠诚度增加也就越大。

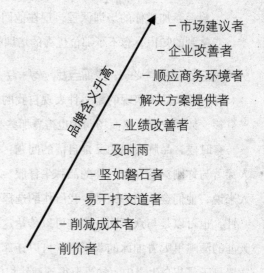

品牌含义升高

- 市场建议者
- 企业改善者
- 顺应商务环境者
- 解决方案提供者
- 业绩改善者
- 及时雨
- 坚如磐石者
- 易于打交道者
- 削减成本者
- 削价者

图20.6 企业业务及服务品牌的情感诉求

此外，自然还有一些"如果"和"但是"：

1. 这只是代表一些典型的期望内容，并不能一概而全。
2. 客户一般不会全部都想要，他们得到满足的期望则更少。不过，这些期望并不互相排斥，品牌的界定可以从这些期望中变换出无数的搭配组合。
3. 如果你的市场中有其他期望，就请全部加上！
4. 期望会随市场变化而变化。

削价者及削减成本者

市场新人者常常以削价开路，老练一些的则以削减客户成本为名。有时候企业为了打破市场格局，也会悄悄拿出一些品牌来做开路先锋。

有些培训公司开通网上培训项目，称这是为了降低培训成本，这样一来维持品牌也的确容易一些。但如果要向上走几个层次成为业绩改善者或企业改善者（当品牌市场被许多传统竞争者所挤占时），这些办法就很难行得通了。

易于打交道者

美国快递称自己将不遗余力地做好企业邮件快递，而且也做到了。它在很多大企业

"内设"办公点，帮助企业处理所有递送业务，省得企业人员亲自跑腿。而现在，这个"易于打交道"的品牌面临挑战了，因为经理们更愿意自己用因特网收发邮件，觉得这样更方便。于是美国特快进行了调整，重新顺应了商务环境的变化，并获得了新的优势。

坚如磐石者

特拉白是一个"坚如磐石"品牌的好例子。它有众多对该品牌深信不疑的用户，该品牌每次包装技术的改进都会为其创造出新的市场。如果特拉白真的出了问题，用户也坚信它能解决问题。如果特拉白让客户失望，则这个品牌就完了，用户也清楚这一点。所以，供货商、用户和消费者的利益是紧紧地捆绑在一起的。

及时雨

DHL 公司围绕着可靠性和速度构建其品牌价值。对 DHL 而言，它是一个"及时雨"品牌，公司必须以最快的速度将快递业务做好，在全球范围里做好。收到 DHL 的信，你就可以松口气，这就是 DHL 最好的情感诉求。正如前文提到，接下来有了电子邮件，于是无需借助于飞机、轮船和火车的协助，大量的文件可以在几秒钟的时间内发送出去，这时，DHL 品牌必须根据新的需求而进行改进，它不能仅仅是提供专业的紧急服务，也许它得提供更广泛的商务解决方案，适应真正全球业务需求的变化。

变成业绩改善者、解决方案提供者、企业改善者和市场建设者

如果说一个消费者品牌要加入社会及生活的情感诉求，那么企业业务品牌则要顺应变化着的商业环境。

英特尔公司通过各种各样的方式获取了个人计算机制造商们对自己品牌的忠诚，它不仅是业绩改善者，能提供体积越来越小，运行速度越来越快的芯片，它还是市场建设者，通过消费者特许来建立市场。但目前芯片的成本削减问题正日益凸显，这已经是一个趋于成熟甚至是饱和的市场了！英特尔是否要向下走，转为削价者，借助赛扬芯片生产线的高产量维持下去？还是坚守住市场建设者的定位，鼓励软件升级，以更好地发挥英特尔芯片的速度优势呢？英特尔公司选择了后者，推出了奔腾 3 芯片，专门适用于提高网站效率和电子商务效率。而你会选择哪一条路呢？

品牌人格化

品牌人格化是情感诉求的另一种说法，图 20.7 显示了品牌人格从低到高的发展。

你可以做一个练习：找一个品牌，看看它属于哪个层次（这里没有标准答案，全是主观判断），然后想想是什么原因使它达到这一层次，是产品、广告还是与顾客交往的过程？我相信随着层次的提高，答案会越来越

如何看待自己
所使用的品牌？

集中在"交往"上。

界定人格：识别人格差距

再做一个练习：你认为自己的品牌类似于下面的哪种人？

- 影星？
- 笑星？
- 新闻散播者？
- 政客？
- 运动员？
- 作家？
- 电视虚拟？
- 游戏节目主持人？
- 其他人。

你也许还会问：

- 是男性还是女性？
- 年龄多大？
- 他属于哪个党派？
- 他信什么教？
- 他或她是已婚并有小孩还是未婚？
- 健康状况如何？
- 这个人如何应对压力和危机？
- 其他特征。

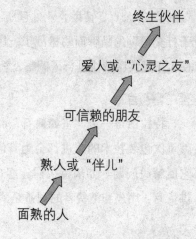

图 20.7 人际关系化的品牌

这是个大的练习，要请同事们一起做——最好是不同职能部门的同事。也许你们会有不少意外发现……

更好的做法是与顾客一起做（请找有品牌定位经验的专业营销调研人士协助），这样你会知道顾客对你品牌认识的正确程度，同样，其中也会有意外发现。

下面是一些问题：

- 他们对你品牌的人格界定是否如你所想？
- 如果不是全部吻合，那么是否接近，你希望他们还能看到哪些方面？
- 如果完全不吻合，你希望重新定位后他们如何看你的品牌？

还有最后一个最值得问的问题：如果他们对你的看法已定，你是否能接受？也许这不是你想要的人格，但如果它对你有用，至少你应该考虑考虑。

激发积极联想：真实的瞬间

品牌经理的职责是保证与客户的每次互动都有助于树立和提升品牌形象。他得考虑品牌的名字、图案、包装设计、销售方法、客户关系管理、广告、销售点的设计、产品或服务性能、售后支持，以及最不能忽略的投诉处理。其中每一步都能为积极的客户关系创造机会，每一步都是我们所说的品牌"真实瞬间"。

名字里寓含着什么？

对于一个新品牌，可以针对其定位专门设计名字，而老品牌则已经给名字赋予了含义。名字有多重要？是否品牌需要改名？

许多品牌都是以创立者或发明者命名，但时间长了以后我们就不再会把品牌和人联系起来。我们甚至会惊讶：居然真的有叫费尔斯通和固特异这两个名字的人（现在是两个知名品牌名）！

只要时间足够长，品牌名称都会和品牌的界定合二为一，当然，能激发积极联想的好名字也会变成糟糕品牌的象征，如今失败的拉达品牌，俄语中原是"至爱"的意思。

> "名字里有什么？我们叫做玫瑰的东西，即使叫别的名字我们也能感受到芬芳。"

阿雷斯说过：如果就品牌名称来看，莎士比亚就错了。他说："香水营销中最重要的事就是给香水起名字。"

听起来像……

取一个与惹眼的单词近似甚至易混的名字也是一种办法——FCUK 可能就是最近最有争议的一个，而 FCUK 实际上是英国的法兰西通信公司（French Connection UK）的缩写。

缩写

缩写也可以用作品牌名，当我们熟悉了缩写后，看到全称时却往往会诧异。3M 公司以发明创造闻名，而我们却很少知道它的全称是明尼苏达开采与制造公司。我们都知道宝马，可说到它的全称贝叶氏·摩托林·维克时，谁又会有兴趣呢？

神奇字母

有些字母在日常生活中用得少，而在品牌名中用得多，X、K 和 O 最明显。它们在品牌名中出现得多，就能吸引我们的注意，如多乐士、柯达、诺尔、依凯、埃克森、施乐和奥格。

自创

柯达是乔治·伊斯特曼于 1888 年命名的，它"短小精悍、不会被拼错……而且没有任何语义含义，符合商标法规定"。这是个好办法，我们可以借此再进一步认为一个品牌名字应该满足下列标准的半数以上：

- 应该短小精悍。最精典的要数奥格，或是安宝的新球靴品牌——赛。
- 应该不会被写错或念错。不过诺尔和雀巢倒是不满足这一条。
- 它应该独特。找个好名字既费时又困难，可有时灵光一现又会出来……
- 它应该与品牌界定一致。老品牌的名字已经与其定位相磨合，而选新名字时就要小心。哈根达斯虽然是自创的名字，但其斯堪的那维亚语的渊源却很深奥，有冷饮秘芨的意味。
- 它必须与现有品牌结构相符。如果新开的酒店以舒缓压力，健体清心为主题，那么"森"是个不错的名字，但如果用在假日酒店集团旗下的酒店就不好了……
- 它应该能跨国使用，不会造成尴尬或文化上的冲撞。

   FCUK 倒是打破了这一条。不过当克莱斯勒在墨西哥推出诺瓦汽车时，却吃了苦头（"诺瓦"意即"不走"）。

- 它应该能引人注意。FCUK 倒是符合这一条。
- 它应该能受到保护，所以不能是普通的单词，最好是一个不带任何意义的字。当然，推出品牌后可千万不要真的"什么也不是。"
- 它应该受到目标顾客的喜爱，这需要反复调研——不要相信营销队伍的敷衍之辞！

以下是一家名为莱克星康的品牌开发公司的建议，教你提升品牌的煽情能力：

1. "名字如果已经顺耳——那样就好，但不是最好。"好名字要能煽情。
2. "名字是否打破常规？如果没有，再换一个。"好名字不仅要合适，还要响亮。
3. 要不要用名字表达承诺或编故事？——"当然要。"

成为产品的代名词是一件好事吗？

也许有人会认为当一个品牌成为某种产品或服务的代名词时它就体现出了品牌本身所具有的威力，例如用"胡佛"表示吸尘器清扫地毯，用"斯乐"表示胶带打包，用"联邦快递"指代送往悉尼的邮件，而这种品牌名的泛化却会削弱品牌，如今我们也经常用"迪松"吸尘器清扫地毯，使用"斯卡奇"胶带密封包裹，或者委托"DHL"快递来传送包裹。我们在咖啡馆里要一杯（可口）可乐，而服务员没有作任何解释就递给你一杯不知名的可乐。

以你的品牌名称作为同类产品的代名词而获得知名度是一件很好的事情，但是我们知道，品牌战略的实施并不只是简单的知名度，它更主要的是让人们产生各种各样的联想。如果顾客乐于将别人的产品和你的品牌联系在一起，那么，你的品牌个性在哪里呢？

假如你的的确确拥有某个词，并一直保持这个词的专有权，那么成为某种产品的代名词就是一件好事情。做到这一点需要你持续不断地付出巨大的投入，需要你时刻保持高度的警惕性，不断地进行创新，丝毫不得有功成名就的松懈。坐吃山空是不行的。

改换名称

一个知名品牌改名时，往往会引起公众巨大反响，人们会纷纷写控诉信给《时报》和其他自由媒体，表达自己对品牌改名的关注。你是否还记得"马拉松"改名为"施尼克"，"欧宝水果"改名为"星百士"的事件，那仿佛是有人偷走了我们的一段童年回忆。

改名的成本高昂——当安德森咨询公司被迫更名为安森佳时，品牌价值损失高达1亿多美元，要不是出于无奈，安德森是不会这样做的。至于施尼克和星百士，它们改名则是为了其全球化业务的统一性。当然，如果处理得当，改名引起销售或顾客忠诚方面的波动就不会像控诉信所说的那样强烈。

改名过程中对时间的把握很关键。联合利华公司在英国的"吉夫"品牌在欧洲大陆现在叫做"喜夫"，不过有好几年的时间里联合利华一直不愿意做这样的改动，因为"喜夫"听起来太像俚语中一种性病的名称，后来艾滋病的流行转移了人们的注意力，使这种病变成"二类疾患"，此时再用"喜夫"就很安全并易于人们接受了。

有的名字会变得过时，或者对产品范围产生制约，这时也需要改名。当英国邮政局改名为"康西尼亚"时，该局称新名字符合国际化潮流。虽然说"邮政局"这个名称在海外不是最好听的，可"康西尼亚"后来在本土却更吃不开，终于这个新名字被废弃了，大家也没觉得有什么可惜。

也许从根本上说改名应该是为了吸引注意力，使优秀的品牌获得新生，这使我们不由得想起"原来叫做王子的那个艺术家"的故事。

品牌图案和广告词

图案

图20.8中的图案本身也许足以说明一个好的、持久的图案对于品牌的重要性。

图案是使人们认识品牌的快捷方式，它使受众下意识地作出反应，促进销售的增长。企业客户品牌在这方面同样也不能低估品牌图案的力量。多年来，农业市场最畅销的化肥是ICI的"蓝色袋子"化肥，农民们只要看到ICI的图案和熟悉的蓝色袋子就对产品质量放心了，这种标识象征着企业的名声，使蓝色袋子成为英国上下各农场最常见的物品。当然，一旦标识为大众所接受，就不要频繁更换。

图 20.8 图案的重要性

口号

广告的运用须谨慎——当形势变化时，不恰当的广告词会给企业带来麻烦。当人们热衷于公共交通时，英国铁路公司推出了"这是铁路的时代"的广告词，但随着人们热情的迅速消散，这个广告词的冲击力越来越弱了。荷兰飞利浦电气公司的广告词是"我们会做得更好"，可每次飞利浦的产品出了问题或是受到顾客强烈投诉时，这句广告词就成了头条新闻撰稿人的靶子。

为了使用户对英国邮政局的认识超越有形服务的内容，该局采用了"传递价值"这一广告词，但很多人认为这个广告词不实在，他们认为邮局把送信的事情做好就行了。

有时候广告还会卖乖。早在1984年有这么一个广告词"金尼斯酒有损健康"，但这却招来很多回头客。

不过，广告词只是一种短期性的战术，它并不是品牌界定的根本。

包装：品牌策略中的灰姑娘

近年来包装行业面临不少压力，因为客户如今更关注的是降低成本而不是增加价值，这实在是对包装的一种摧残——因为包装运用得当时，就能通过顾客对包装的接触为品牌增添不少价值。

"奇巧"品牌本来是致力于改善顾客对产品的印象，而现在它也屈就于降低成本的压力。采用了新的流水线包装后，成本的确节约了不少，可由于少一层锡箔包装，消费者的体验就大不如从前了。这一点点顾客体验缺失以后，原来一种美好的品味享受现在感觉却只不过是咀嚼一块巧克力华夫饼干了。

包装有很多功能，有了包装就便于运输、防损、保鲜、识辨、使用、储藏和处理，此外我们还应加上一条——有助于树立品牌形象。

> **包装上为用户着想**

• 有一个油漆品牌的定位是"色彩明丽，焕然一新"。如果采用透明包装，让人能看到油漆的真正颜色，那岂不是比在不透明的油漆罐外面刷一小块样色强得多!

- 利米兹系列低脂饼干采用的包装是细长型,质感犹如黑缎,许多消费者都说:"它就是我想要的样子——苗条而性感。"

- 有一种麦芽威士忌以泥沼及其忠实的守护者作为品牌包装形象,这种精心的构思使它有别于普通的威士忌,摆脱了许可证的限制,变成一种棕色的酒精饮料。这种威士忌包装在硬纸筒里,虽然只是一种小小的改动,然而却在高品质威士忌的销售道路上迈了一大步,使它成了一种送礼佳品。

- 有一种胶卷的品牌定位是"完美的色彩再现",但如果货架上的胶卷包装盒颜色深浅不一,消费者又会作何感想?

- 安哥斯图拉苦味啤酒包装既独到又吸引人:标贴很大,而上面的字却非常小,但它却很快畅销起来。

- 有一种酒的包装形似马桶,非常独到,视觉冲击力很强,从情感上来说似乎又是一种提醒,让我们注意卫生。

- 如果你是工业企业的大批量材料供货商,你在包装上突出自己产品易搬运、易储藏、不易变质、易更新的特色,效果会怎样呢?

- 即便在产品使用后进行处理时,包装也会在这最后一个环节上为用户带来美好的品牌体验。"伊维安"的塑料瓶设计就很好——使用后一压,就可以压到原体积的四分之一。这种饮料本身就强调天然纯净,包装又强调了对固体废物填埋处理的贡献,品牌形象的积极意义就更强了。

顾客关系

与人的接触同样有助于树立品牌的正面形象

让·卡尔松任 SAS 首席执行官时说:与人的接触是体现品牌的"真实瞬间"。他把这种描述进行了量化:SAS 每年观察 500 万名乘客,发现每名乘客平均会与五名 SAS 人员接触,这意味着 SAS 就有 2500 万个真实瞬间,即 2500 万个树立和提升品牌的机会,当然也可能是 2500 万个砸自己牌子的风险,为此,SAS 把销售及客户服务培训当作头等大事来抓。

真实的瞬间

不久前我在哥本哈根机场想搭乘一辆艾维斯车,可不曾想办理订车业务的人真让人生气。对于我的每项要求他都说:"不行,我们不提供这个。""不行,我们没有那个。"

"不行，我们没有空调。"他还说："你在预订时并没有要求这些。"我气急了，因为我每次订车时肯定都是把要求先说明的，于是我对他说我要换一家订车行，他却说："随你便。"这时，他们那句"我们会更加努力"的口号在我看来是如此空洞……

创造新的体验和联系

布罗德和巴尼·诺贝尔是美国的两家书商，他们为顾客创造了几种新的体验：有轮椅、店内咖啡茶座、集会区、理发师、合唱团，等等，而在此之前，有哪家书店能做如此丰富多彩的事情？

别人的品牌也可以为你的品牌增色。"小厨师"饭店的菜单上就有"伯德"蛋黄派，麦当劳的产品线策略中也纳入了凯德蓓蕾和雀巢，当然，这是一种企业间的互惠行为。喜力也常常把自己和其他品牌扯在一起，最有名的是有一个广告，主题是"喜力能到达别的啤酒到不了的地方"，画面上则是一只多乐士狗在刷墙。还有另一个广告，画面里夸张地表示啤酒能弥合丝绸上的裂痕。

一些对企业不利的故事和传闻不仅伤不到企业，还会使企业更出名。福特"只会生产黑色汽车"的故事是出了名的，然而这并没有影响福特的成功。本杰里公司一直是无数都市神话的主题（至少在美国是这样），人们纷纷猜测这个公司的利润用到了哪里，他们赚钱后去干了什么事。波的商店创始人阿尼塔·罗迪克备受媒体热捧，使得这个品牌也声名大振。老板的个人魅力对于品牌和企业来说也是一大财富，甚至 ICI 品牌在约翰·哈维琼斯的领导下也变得"迷人"起来。

不仅仅是巧克力（而且还要多得多!） 凯德蓓蕾乐园是为数不多的由非娱乐型企业经营的"主题公园"旅游胜地之一。许多人认为凯德蓓蕾与娱乐业本来是毫不相干的，公司内部也有不少人持此观点，他们指出经营乐园时亏损的年份比赢利的年份多。当然，凯德蓓蕾此举并非是为了钱，它的财务目标是持平就行。该乐园的目的旨在强化品牌本身的定位：品质优秀且给人快乐。因此，乐园并不是借品牌扬名，而是给品牌贴金，成千上万的游客来乐园游玩时，感觉既新奇又快乐，他们对凯德蓓蕾品牌的印象就更好了。

在企业间的业务中也可以通过产品以外的客户体验强化品牌。用销售服务和解决方案来替代产品销售就是常用的一种策略，但这样带来的利润往往不大，此时若把服务和解决方案也做成品牌市场，就能突出特色，与竞争者的单纯产品区别开，效果就更明显了。

最后，还可以把品牌与受人尊敬和喜爱的人物类型联系起来以强化品牌形象，当然，人不要选错。如果你经营牛仔服装，你的目标是青春"酷"一族，但如果现在首相也在穿牛仔服时，那岂不更妙！（人们对"酷"的追逐总是令人惊奇，最古怪的风格忽然之间也会成为"酷"的代表，这是谁也无法预料的……）

因特网体验

因特网提供了一种全新的体验方式，许多消费品品牌设立了网站，提供产品信息、报价，常常还会有消费建议，籍此扩大品牌势力。帮宝适的网站就已成为妇幼保健信息的知名站点，使品牌远远超过了尿片产品本身。

企业与顾客的互动是双向的，顾客反馈信息也为品牌将来的定位提供了指引。在网络中顾客获得了一种新的咨询渠道，同时也更容易找到其他竞争商家的网站，这样一来，品牌的透明度就提高了，产品的挑选比较就更容易了，有时候顾客的一些询问还能触及品牌的价值核心，所以说因特网不仅提供了一种新的互动方式，而且还有助于品牌脚踏实地地发展。

对于典型的日用消费品来说，因特网带来一个矛盾——消费者每次买东西一般都是好多种，不会只买一种，这样一来，各品牌的网站岂不是要输给零售商？当然，网站可以采取一些措施来弥补这个不足，例如提供商品信息等，但这些举措也不如在商店现场来得方便。假如你想买佳发蛋糕，那么是上麦克维提网站便利呢，还是到商店的儿童区便利？此时，请站在消费者的角度上想一想……

斯沃琪品牌一直想让自己在与时间概念的关系上来一次既新奇又有意义的突破。1998 年它看到网络时间或称宇宙时间问世，把一天分成 1000 个单位，并取消了时区，于是该品牌开始考虑自己是否跟上这个变化潮流，但它对将来的发展又不太肯定。如果"斯沃琪时间"取代了"格林威治标准时间"，甚至是用"斯沃琪"时间登录网站的话，这种品牌与时间的关系变化就太大了。

走在尖端

品牌延伸

如今市场上多达 2/3 的上市新产品都是现有品牌的延伸，以便用一个知名品牌支持新产品的上市。这样做的理由很明确：利用其品牌的"光环"效应减少新产品上市时失败和覆灭的风险（参见第 16 章）。如果市场是个新市场，风险会更大，对品牌光环效应的利用也就越重要。

品牌延伸有多种方式，最简单的一种是把现有产品的形式进行改变以后上市——肥皂粉变成肥皂液，但品牌不变；玛尔姿冰激凌变成方糖大的小块，叫做玛尔姿小冰激凌。有人认为这只是品牌提升，因为产品本质和市场都没有改变，那么，玛尔姿小冰激凌是否招来了新市场和新顾客呢？这里有个用词上的讲究：提升是指在现有领域的巩固强化，而真正的延伸则是进入高风险的未知领域。

品牌延伸的更高一级是以同一名称推出互补产品，例如吉列在推出刀片后又推出刀架和剃须水。一旦品牌获得成功，紧接着就是品牌提升，例如在吉列剃须水的基础上又推出剃须啫喱。

当品牌伸向其他领域时，风险最大。在这方面维珍品牌是最能干的，它用光环效应降低了风险，把现有的品牌价值延伸到新的市场。此外，卡特彼勒和 JCB 成功地开创了越野服装市场；JCB 还进军儿童玩具市场，使迷你挖掘机大行其道。有些品牌延伸是有关联性的，目标顾客能看到新产品与旧品牌价值的关联，并且也愿意接受。对于 JCB 来说，它推出的服装耐久性好，功能多，适合恶劣的户外环境，这与它品牌的根本含义是一致的。

而其他一些品牌延伸则没有关联性。

强扭的瓜不甜　　例如《时尚》杂志进军酸奶和果味矿泉水市场，菲利浦·莫里斯想用万宝路的名字开饭店——有些品牌延伸是自然形成的，有些则是为了达到扩张目的而勉强为之，这对于品牌经理来说是很危险的。

过度延伸的问题……

一些品牌专家把品牌定位比作遗传基因 DNA，认为它是品牌独特性的根本，而品牌延伸其实是把 DNA 拉长，但如果拉伸过度，DNA 就会受损，结果是自掘坟墓，等到失败时，还会殃及原有的品牌产品……

学习的品牌

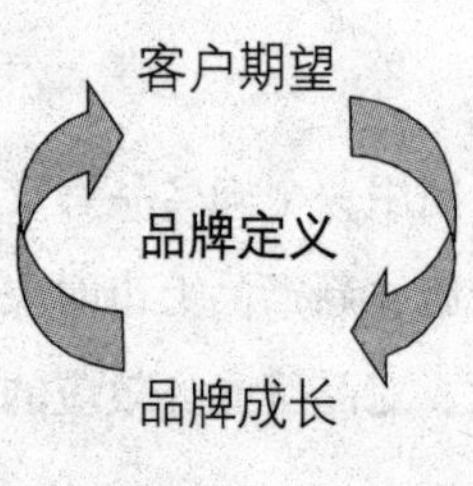

品牌会成长——至少优秀的品牌是这样。它们一边成长一边学习，图 20.9 就是一个成长过程。

品牌随顾客期望的变化而变化（如果品牌密切关注顾客的话），品牌通过成长反过来又能促进和影响期望的发展，由此形成品牌定义。

这是一种循环的过程，品牌经理可以从任何地方介入，可以是主动，也可以是被动。"主动"能带来成功，

客户期望

品牌定义

品牌成长

图 20.9　品牌定义与品牌成长

正如即时贴便笺或亚马逊网站，但风险也大。"引领潮流"的品牌一般都是采取主动而不是被动，把自己的品牌定义强行打入市场，而不是随市场变化。

时间回溯到 20 世纪 70 年代，莱威·斯特鲁司试图以缝有莱威品名的 **强行打入……**
成衣套装进入一般的男士服装市场，称为莱威服饰经典。市场调研得到的
结果并不如其所愿。"对于如此巨大的一个行动人们还没有足够的心理准备，为什么不采取分步实施的策略呢？"这是市场调研报告根据实际情况所提出的建议。但是莱威我行我素，仍然按照既定步骤行事，向一个并不存在的市场强行推行其品牌，因而为之付出了极大的代价。因为人们对莱威的印象不是成衣套装，这样强攻势必失败。

采取被动时失败的风险小一些，但同时也容易被竞争者击败，要把握好并不容易。

一战后不久，金伯利·克拉克在美国推出了"舒洁"品牌纸巾，在产 **聆听和学习**
品中舒洁加入了活性棉（在防毒面具中有过滤作用），并认为这样就为战
后剩余的活性棉找到了市场。战争结束后，市场升温，化妆品开始畅销，舒洁作为理想的卸妆纸上市了。虽然舒洁产品很好，但品牌并没有打响，克拉克想了很多办法但都行不通，因为这个市场太小，替代品又很多。

于是舒洁的人员开始展开调研，这时他们发现人们用舒洁纸做的一件事是他们从来没想到过的——人们用舒洁纸擦鼻涕！这使不少调研成员感到失望。不过这也说明存在着新的市场，也是件好事，但如何进行品牌开发呢？答案就是品牌成长。

用舒洁纸卸妆的人对舒洁的印象是好的，如果他们听到舒洁被用来擦鼻涕，肯定会感到不舒服，所以第一步是找一个新的目标市场，这时他们想到了儿童——他们最爱流鼻涕。

于是舒洁找到了答案，他们动员家长买舒洁给孩子用，让孩子们既体面又干净，这是多好的事情。20 世纪 30 年代，舒洁打出了"纸干净，防感冒"的广告，又占领了成年人市场，此时，品牌定位已从小市场转到了大众市场，这就是学习和成长的品牌，这就是成功品牌的关键。

图 20.10 说明品牌如何一边学习一边工作。品牌有助于顾客选择，也有助于他们选购产品后增强对产品的信心。学习型品牌的关键就是要准确了解顾客喜爱产品的原因，这比让他们选择你的产品来得重要。如果顾客购买你的产品是因为别无其他选择的话，他们实际上可能并不喜欢你的产品。一旦品牌经理知道顾客喜爱产品的原因，他们就会想办法更好地满足顾客，于是品牌就开始成长了。

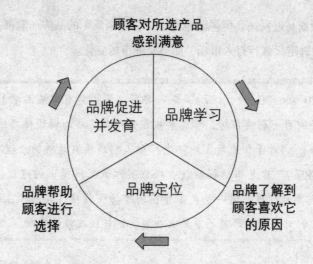

图 20.10 学习型品牌的良性循环

投诉也是一件好事

品牌还可以从投诉中总结教训，以提高管理水平，改善品牌。

如果哪家知名品牌坑了顾客，《看门狗》电视节目就会对其进行全面披露。此时如果品牌经理出言不逊，品牌就会名誉扫地，而他如果连声道歉，赔一大堆产品的话也许就可掩盖过去。可是这样顾客会满意吗？成千上万没有得到赔偿的电视观众又怎么办？

很多时候品牌经理会巧妙利用代金券或免费样品来处理投诉。据我所知，有几个大品牌告诉顾客如果对在大零售点所购买的产品不满意，可写信投诉，公司会寄出一大堆代金券以示补偿。

品牌经理要注意对问题的调查，发现原因后通报顾客，做出更正，并提供有力的证明保证将来提高信誉。这样不仅能深入了解顾客心理，而且工作也会更令顾客满意，更重要的是他们能在自己与市场之间建立另一层忠诚关系。

21

职能部门协调
Functional alignment

人不是孤立的，营销更讲求合作。你的计划做得再好，如果得不到执行人员的支持也会泡汤。许多天才的计划就输在这一点上。计划者一心想着自己要做什么，而不考虑其可行性，最终就会失败。现在我们又回到第 2 章中关于左翼还是右翼的争论上，而好的计划应当左右兼顾。

供应链

图 21.1 是一个供应链，它涵盖了所有环节，涉及到所有的人员和职能部门，包括材料采购、生产及销售。

若你希望营销计划成功，传递你所设计的价值，并从中获得应有的回报的话，你就得赢得这些人的心。这个问题在书中多处都有提及：在"渠道"一章（第 26 章）中，我们谈到供应链及销售队伍；在"定价"一章（第 28 章）中，我们谈到如何与销售队伍合作，调查价格效应，实施定价决策；在第 19 章中，我们还特别讲了关系管理。

大客户背后的协调

第 19 章所说的大客户管理难点很多，传统的垂直组织结构就是一大难题，如图 21.2。而大客户管理需要矩阵式的组织结构进行跨职能部门的合作来完成，如图 21.3。

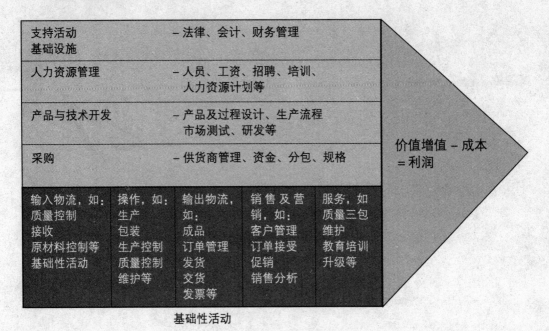

图21.1 供应链

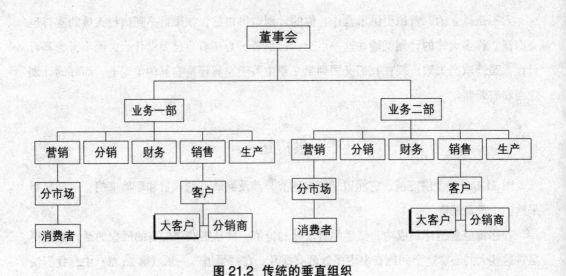

图21.2 传统的垂直组织

建立矩阵组织是销售部还是营销部的责任？大客户经理在传统垂直组织中也许是销售人员，但大客户管理是关系管理的一部分，这属于营销者的职责范围。当然，销售部与营销应当通力协作，打破传统的职能分割，如果他们迎难而上就能大有作为，如果推诿就会输得很惨。

商业伙伴

供应链涉及的还有职能部门甚至企业以外的人。在制药等高新技术行业或对研发投资投资很高的行业中，企业间的合伙关系越来越普遍，有正式的合资，也有普通的承包协议（而这种协议的内容可不简单！）。这对管理者提出了更大的挑战：合作双方可能来自不同国家甚至不同洲，企业文化也不同，要合作谈何容易。双方高层达成的目标和共识下层又是否能心领神会？不论怎样，请拿出耐心来对合作的可能性做个全面分析，解决谁做、做什么、在哪儿做的问题。

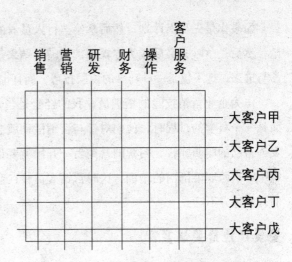

图 21.3 大客户管理必用矩阵

能力分析

在整个计划过程中我们会一直问自己："我能做吗？我做得了吗？"如果做不到，那么能否有机会提高一下自己？自我提高一方面是供应链经理的工作，另一方面也是营销者的工作。这时如果营销者变成大家的监工，而营销部变成公司里的警察署的话，势必会不得人心，这是很危险的。

最好的办法是让大家做自我剖析。为保证实效，标准必须统一，当然，最后还得经最高层决议通过，由董事会决定营销计划。近年来，一些职能部门的地位已上升到董事会的水平：原来的销售部现在变成供应链管理部进入董事会，原来的人事部现在变成人力资源部也进了董事会，现在连安全与风险管理部也想往董事会里挤。营销部倒是真的应该在董事会有一席之地，但正如我们在第1章里看到的，不少人还认为营销工作只是做做宣传手册而已。所以如果营销部要想得到应有的重视，争得高层席位的话，就得充分运用本书中的专业技巧，按科学步骤开展工作，兼顾长远目标与当前具体任务，制定出详细而务实的营销计划。

说服技巧？

营销人员要不要成为能说会道的说服者？答案是肯定的。说服的关键是"动之以情"，不要说教，也不要滔滔不绝，而是要反过来让顾客说，让他们告诉你他们的愿望。

如果你是先写出计划，然后拿给执行人员看的话，那肯定会失败。首先计划会引起争论，然后是争吵，最后成为赤裸裸的对峙，结果是不欢而散。最好应该是一开始就让大家参与进来，这不仅是一种巧妙的说服技巧，而且也是一种巧妙的营销技巧。

作为企业营销技能的培训员，我的经验是当营销部门之外的人员知道营销不是巫术，而是一个科学的过程时，他们对参与营销活动就会表现出极大的热情，而且他们会在其中发挥自己的聪明才智，明智的营销者一开始就要让他们参与进来。要开好这个头，最好先组织一次跨职能部门的培训，这时营销人员往往会对他们所说的"营销外行"所表现出来的智能惊异不已。

要资产还是要顾客？

制造企业总要对顾客的需要和工厂的生产效率（工厂实际生产量与产能的比率）进行权衡，看看谁重谁轻。这似乎很奇怪，因为我们都清楚企业应该以顾客为重，不过，从营销模型来说，我们还是得看看企业的能力，倘若企业获得竞争优势的唯一办法只能靠开足马力生产来降低成本，那么零散的顾客需求就不再是企业考虑的重心了。

我们面临着鸡和蛋的问题。如果你的工厂规模庞大，产量很高，然而产品面对的只是零星市场的话，那也许是建厂时营销人员就犯下了错误，导致市场与企业能力的严重失衡，眼下的当务之急是把工厂运转起来，然后着力攻克那些会下大额订单的客户。

为避免上述困局，营销人员就得与生产人员对话，确保各自的部门计划与对方的计划协调一致，对于操作人员、销售人员、客户服务人员、研发人员等也要做同样的沟通。

通过驱动力和业绩评价来推动计划

第14章中我们讨论了魏斯玛的价值驱动力，包括杰出经营、产品领先及密切的客户关系。同一企业内部不同部门所选择的驱动力是不同的，生产人员会选择杰出经营，研发人员会选择产品领先，销售人员则会选择融洽的客户关系，而这种分割就为失败种下了祸根。正如第14章中所说，驱动力应当是在企业层面上进行选择，同时要兼顾其他的驱动力，然后确保业绩目标和评估的正确性。由融洽的客户关系驱动的企业在生产经营上也不能弱，由杰出经营驱动的企业也不能因此忽略其他方面，如果我们注意在产品线切换上留有余地的话，业务就能做得更好。

22

产品组合管理
Portfolio management

组合可以分为很多种，有企业组合、市场组合、细分市场组合、客户组合以及产品组合。各种组合管理的原则大致相同，工具也主要是两个——波士顿矩阵以及定向决策矩阵。现在我们讨论的是细分市场中的决策问题，所以这里的组合管理指的是产品组合。第 19 章与此类似，讨论的是客户组合。

挑战

康奈克特公司的案例研究（第 10 章）告诉我们，该公司是一家拥有很少产品系列的公司，但他们想要在差别很大的市场上推出完全不同的产品系列。毫无疑问，现有市场已处于成熟期的晚期阶段，许多的外部环境因素加速使其走向衰退。新产品虽然具有极大的潜力，但也面临着诸多的挑战，哪个产品系列值得公司给予最大的关注呢？

大多数企业都拥有一系列的产品，对于这些公司来说，产品的优先权和资源配置问题总是最棘手的问题。通常情况下，对这些问题的决策将取决于产品经理的说服能力或老板个人偏爱。有时这样做可以得到理想的结果，但是谁又愿意长此以往呢？

管理一个产品组合无疑比管理一家只有单一产品的公司更难，但是如果管理得当的话，则可以为公司争取一个更加稳固和成功的未来。

波士顿矩阵

我们手边有一个非常好的工具可以利用——波士顿矩阵，这个矩阵用一种奇异的语言来体现，如明星、现金牛、瘦狗和问题小孩等。图 22.1 所示就是波士顿矩阵，这一矩阵由波士顿咨询集团开发，旨在决策过程中给营销人员以指导，包括：

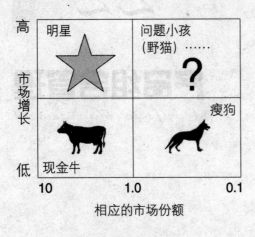

图 22.1 波士顿矩阵

- 如何分配资源；

- 如何管理各个产品；

- 对各产品制定什么样的财务目标。

在波士顿矩阵中，纵轴表示产品组合中各种产品未来的增长速度，这是对它们在产品生命周期中所处阶段的一个评价。横轴表示产品的市场占有率，左边代表高份额，右边代表低份额。

我们为什么采用这两个评价指针呢？稍后我们将会讨论这两个指针存在的局限性，但是现在我们把增长作为衡量吸引力的一项指针，把市场份额作为衡量市场优势的一项指针。

左上方象限的产品称为明星，这显然是一件好东西，将来它有增长的潜力，拥有这种产品，你将在市场中占有居高临下的地位。

右上方象限里的产品有一个问号标记——这个问题小孩可以培育成一颗明星吗？这只野猫能被驯养吗？这种产品占据一个诱人的市场或细分市场，但是也许相比较而言你是个新进入者，或者在这个市场竞争非常激烈。你在这个市场花费精力值得吗？而且由于资源有限，你应该把资金投放到这个象限里的哪种产品呢？

左下方象限里的产品是一只现金牛，正等着你挤奶。你拥有的高市场份额象征着稳固的市场地位，但是增长已经停止。在这里，你需要注意减少高成本的资源，不要花费过多的精力。

右下方象限里是瘦狗，这是那些准备要放弃的产品或是必须严格控制的产品，只能投入低成本的资源或较少的精力。

在上述简明扼要的分析中你也许会希望你所有的产品都成为明星。但是你此时该停下来想一想，如果是这样的话，你的业务会是什么呢？如果你所有的产品都在一个象限里，那么设想一下吧！

- 所有产品都是明星——一方面需要以巨大的投入保证跟上成功的步伐，另一方面这样的企业其未来也许已经乌云笼罩。产品进入成熟期后，下一步又该做什么呢？
- 所有产品都是问题小孩——这是一家有前途的企业，但前提是它现在要拥有可投入的资本！
- 所有产品都是现金牛——该企业拥有大量现金，但是长期发展目标是什么？
- 所有产品都是瘦狗—— 一家很快要破产的企业。

理想的企业至少应该在明星、问题小孩和现金牛三个象限里都拥有自己的产品——这是一种平衡的产品组合，就像一个平衡的投资组合。如果我们考虑图 22.2 中每个象限产品的现金流的含意，平衡产品组合具有的意义就更加明确了。

当然，图中的位置只表明一般性的情况，一些明星产品将会有大量的进项现金流，但是明星产品出现赚多少花多少的情况也是很平常的事情。同样地，一些瘦狗（产品）也可能是进项现金流大于出项现金流或者反之，但是我们考虑的重点是平衡组合的必要性。没有现金牛的企业需要大举向外借贷，现金牛可以保证有足够的资金投向问题小孩，然后将他们变成明星，而今天的明星则必将会变成明天的现金牛。

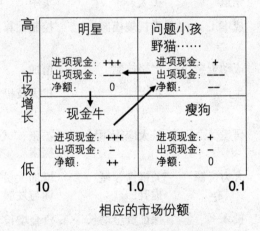

图 22.2 波士顿矩阵与现金流

这项分析在诸多方面都很有价值——可用于资源的配置，用于营销组合中重点的确定（问题小孩要耗费大量的促销精力，现金牛需要谨慎的价格管理），甚至可以用来为每种产品确定理想的产品经理。对于现金牛可能需要以会计的方式对其进行成本控制，而这种方式却可能会使一个问题小孩窒息而死。对于一个明星，则需要比表面看上去还要更加精心的方式对其进行管理——在一家企业中，拳头产品会吸光一切资源和利润（同时也带来了大客户）。表 22.1 为每一个象限里的产品提供了一些通用的策略和活动项目。

波士顿矩阵的局限性

波士顿矩阵具有的简明性既是它最有吸引力的地方，又是它的主要缺点。从有利的方面看，大多数的企业都能够利用增长率和市场份额进行一些必要的评估和比较；从不利的方面看，增长是否就是有吸引力的产品或市场的唯一决定因素？你是否必须占有一个巨大的市场份额才能获得稳固的市场地位呢？当然不是，但是在这里我们看到了这种分析的一

表 22.1 波士顿矩阵——通用的战略与活动

活动	明星	问题小孩	现金牛	瘦狗
战略	保持增长	选择优先投资产品	收益最大化	撤出或控制现金
市场份额	保持增长	增加投资以求发展	保持现状	关注利润而非市场份额
产品	改进及拓展	新产品开发	理性对待	理性对待
价格	价格最高	渗透	稳定价格或提价	提价
促销	高规格	扩张，争取市场份额	减少，保持现状	最低限度
渠道	扩大	集中	保持现状	理性对待
成本	重视规模经济	控制预算	重点关注供应链成本	大幅度降低
流动资金	严格控制	增加	减少债务人	大幅度减少
生产	扩大	扩大及投资	最大限度提高占有率和效率	收缩
研发	扩大应用领域	扩张，试验及探索	有限度的项目	无?
人力资源	关键性领域提升	增加人员，培训与发展	保持现状给予效能奖励	减少人员
投入	保证资金增长	资金增长	有限度的固定投入	无?

个优势而不是它的缺陷，即它提出这些问题的方式，它鼓励我们走向另外一个更为成熟的分析模式——定向决策矩阵。

定向决策矩阵

波士顿矩阵可以发展成定向决策矩阵（DPM）——见图 22.3，关于定向决策矩阵我们在第 9 章、第 15 章和第 18 章中已经讨论过。定向决策矩阵是一个重要的多功能工具。

与波士顿矩阵比较，定向决策矩阵的本质区别在于它可以在两个轴上以两个笼统的标题反映众多的因素。纵轴上反映的是评估吸引力的综合性因素，横轴上的各种因素综合起来则用以评估你在市场中具有的相对优势。这样就避免了波士顿矩阵的局限，迫使你在营销工作中考虑更多的因素，并判断哪些因素适用于你，哪些适用于客户。

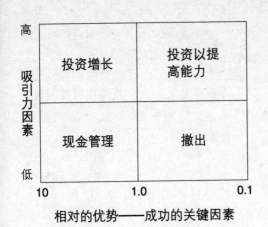

图 22.3 定向决策矩阵

市场吸引力因素

是什么样的因素使产品对我们有吸引力？也许有下列几种：

- 销售规模。
- 销售额。
- 利润率。
- 增长潜力（销售量、销售额、利润率）。
- 产品所处的生命周期。
- 产品组合的协调性——该产品是否与系列中的其他产品相适应？

- 你的产品对顾客"有价值"吗？
- 你有获得竞争优势的机会吗？
- 竞争程度如何（竞争程度低则吸引力大）。
- 必要的投资（投资越低吸引力越高）。
- 客户的具体需求。

你自己的企业环境必然决定你的选择和你可能给予各种具体因素的评估值。

无论你最后作出的选择是什么，你必须能够将这些因素应用到产品组合中的每一种产品上，相互之间进行比较以对其予以评估。为了确定这些因素，你首先需要花费许多精力确定你希望从事的业务，这样做本身就是一件非常有益的事情。

相对优势因素

这些因素指的是客户对你能力的认知情况——记住，是他们的认知，而不是你的自我认知。你的研发部门也许会告诉你"我们的产品比竞争者的好"。而且通过无标识测试结果也的确如此，但如果客户不认可，转而购买别人的产品时，那就是因为他们的认知起作用了。

与确定市场吸引力因素相比较，确定这些因素的难度的确是更大。为了准确确定这些因素，可能需要做市场调查工作，对客户的认知情况和满意度进行分析。如果我们做了这些工作，即使就到此为止，那么我们付出的努力也已得到了回报。

对于市场吸引力因素来说，其目的是将你的产品与一些常见产品进行比较，而当我们考虑相对优势因素时，需要将你的每一种产品都与竞争对手的相应产品进行比较。比较的方面可能有：

- 品牌名称；
- 品牌知名度；
- 创新；
- 价格；
- 使用成本；
- 服务要求；
- 质量要求；
- 供货商的市场投入；
- 使用中的价值；
- 长期持续性；
- 供货商的经验。

完成矩阵

下列各种表格旨在帮助你将分析情况加以汇编。你可以利用软件来做，不过我们还是建议你先用纸做，虽然这样是麻烦一些，但这样做可以迅速帮你找出市场信息方面存在的缺陷，并使团队的分析工作变得更简便易行，最为重要的是你使用了你的大脑，而不是你用来打字的手指。

吸引力

表 22.2 吸引力因素

	产品								
吸引力因素									
1									
2									
3									
4									
5									
6									
总计									

平均得分： （所有得分累计相加之后除以产品数量）

- 将你的产品填入表 22.2 中的顶端。
- 建议选择大约六个因素——当然可能存在更多的因素，但是因素少一些将有助于你在分析时有所集中。

- 每一种产品的记分标准为 1~10 分，按照每一种吸引力因素进行评判。得分越高，产品越合适。
- 计算平均得分。目的是把每一种产品都放在矩阵上，看其比平均分高还是低。

相对优势

- 对于考虑范围中的每一种产品，确定六个相对优势因素，代表客户选择产品的标准。这些因素是决定你在竞争中成功或失败的主要因素。
- 为列入表 22.2 中的每一种产品填写一张表格（表 22.3）。
- 在表格的顶端填写你的名字和竞争对手的名字，并依据每一个因素为每一种产品记分，分数范围从 1~10。记住要保证得分结果反映的是市场的认知情况，而不是你的意见！

表 22.3　以竞争情况为基础的相对优势

产品	竞争对手				
相对优势因素	你				
1					
2					
3					
4					
5					
6					
总计					

放入产品

利用上述两个表格中的资料，你就可以将每一个客户列入矩阵图里。

在表 22.2 中，如果某种产品的得分高于平均分，那么你可以将其列入上方两个象限中的一个象限里，如果某种产品的得分低于平均分，则将其列入下方两个象限中的一个象限里。要确定到底列入两个象限中的哪一个，则需要利用表 22.3 得到的结果。如果你的产品得分高于你最强劲的竞争对手，则将该产品列入左边的象限里；如果你的产品比其要差的话，那么则将该产品列入右边的象限里。

一般性产品策略

在阅读这部分内容时，每个象限中对相应产品的管理都有一些一般性建议，但你得注意这只是一般性建议。也许某些建议并不适用于你的实际情况，不过当你放弃这些建议时你要清楚放弃的理由，清楚自己做事的原则。

- 左上方：增加投入以继续扩大战果。
- 右上方：增加投入以获得竞争优势。
- 左下方：现金管理。
- 右下方：撤出。

有些企业把产品分配给产品经理来做（日常消费品企业就是典型），在分配时，你得考虑产品经理的技术和能力水平。左下方的产品要求经理善于控制成本，从各个细小环节上节约开支；右上方的产品则要求经理有市场调研的专业能力，善于设计产品；右下方则又是另外一种情况……

23

营销战术分析
The tactical audit

营销过程到这里时，你对信息的要求应该是很具体了。记住：战术分析的目的与战略分析及市场分析的目的一样，都是为了帮助你正确决策，此时的决策是关于营销组合的：

1. 我们的宣传有用吗？
2. 我们的价格是否准确地反映了价值？
3. 我们的市场渠道选择是否正确？
4. 顾客认为我们的产品怎样？

此外，我们要对照计划来检验成绩，检验内容除上述几项以外还有更宽层面上的内容，例如：

1. 我们的市场份额如何？
2. 竞争者状况如何？
3. 顾客满意度如何？

渠道分析极为重要，第 26 章就专门讲渠道。在这里我还要就这个问题再提两个方面：一是顾客满意度调查，二是宣传效果的跟踪。

虽然这些分析是"战术分析"，但这不等于说它们只是一次性分析。我们应当把它们看作长期调研活动的一部分，从中获得的信息可供我们在营销过程中的战术实施阶段使用。

客户满意度调查

你的客户可能正在以超过了正常态势的速度和方式流失，你也许想弄明白这其中的原因是什么，因此组织了市场调查活动，了解客户的态度。也许你做了客户满意度调查，但是当市场上出现了某些不利于你的因素（你的竞争对手采取行动或者你是最近刚刚提价），导致客户对你产生了一定程度的偏见，在这个时候组织这样的活动还合适吗？客户满意度调查并不是一次性解决危机的有效工具，（你也不能指望通过客户满意度调查为供货商带来什么令人高兴的事情！）开展客户满意度调查的目的是为未来的行动指引方向，这是一项长期投资行为，实际上，如果这项工作的开展是断断续续的话，就会在很大程度上损害客户对你的认知度，这比不做还糟糕。

向客户了解他们对企业的看法并不像看上去的那么容易。"我们的价钱贵吗？"这一问题并不能帮助你从一位忙碌的客户那里讨要到建设性的答案。更好的方

目的在于理解

式是请客户首先考虑对他们来说与供货商打交道时什么东西最重要。在这个方面提出的问题可以宽泛一些，这样做有利于避免客户只关注你最近做得不尽如人意的地方，从而让他们根据自己的要求对你进行客观的评价。当然，让"独立的"代理机构组织这种活动将会使上述情况得以缓和，但是越来越多的客户不愿意对这种宽泛的问题作出什么响应——他们想知道隐藏在这些问题背后的真正主使是谁，为什么要问这样的问题（并且他们到底要做什么）！

如果你列出一张客户期望清单，并要他们按 1~6 的等级将清单上列举的内容进行等级排序（1 是最不重要的，6 是最重要的），你就能在图 23.1 中的横轴上找到一个点。（顺便

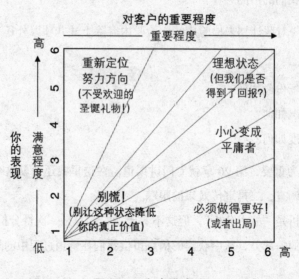

图 23.1 客户满意度

说一句，对于任何这样的等级排序，使用 1~6 的等级比使用 1~5 的等级要好得多。采用 1~5 这样的分级方法进行排序的话，有可能得出骑墙的结果——任何一种情况下都可能选择 3，以求达到平均数——而 1~6 这样的分级方法就可以避免出现这样的结果，你得到的响应或者高于这个中间数，或者低于这个中间数。）

现在我们让客户根据上述各种因素对你的业绩情况作一个评价，完成这项工作需要专家的帮助。假如你想要从客户那里得到真实情况的话，你必须认真设计调查问卷或访谈的内容，不要有意无意地使问卷设计指向你所期望的答案。按照这种分级方法，1 表示情况差，6 表示情况非常好，接下来你就可以确定纵坐标，并和前面的横坐标联系起来在象限中描点。

这类分析很简单，而其带来的结果通常极有启发性，足以说明问题。

- 那些出现在右上角象限中的要素说明你的情况不错——这些要素非常重要，而且你做得很好。但你也许会问：我们这样出色的表现是否给自己带来了相应的回报？

- 左上角象限里你的某些表现情况不错，但这对客户来说并不重要，他们并不需要你在这方面的表现，相信大家在这方面都有切身体会。在这里你得重新定位努力方向，可能甚至要停止某些活动。

- 如果你处在右下角，那么应该给自己敲警钟了，如果你觉得自己无法改善，可能就该引身而退了。

- 最后是左下角，若你处在此处，先不要慌乱。也许客户会拿一些借口来作压价的筹码，但如果你心中有数的话，就不要让他们乱了你的阵脚。当然，对于自己的不足你也不能泰然处之，也许它们只是一些小小的瑕疵，但在心理上会被极端夸大。

上述分析可用于多种目的，我们可以改进右下角象限里各要素的表现，减少左上角象限里所投入的精力和资源，并从右上角象限里各要素体现的价值中获得更好的回报。

在为自己的业绩情况进行了分析之后，你还可以对竞争者做同样的分析，而且其价值大于标杆分析。它可以帮助你了解自己能在哪些关键的方面打败竞争对手，同时也可以让你知道自己在哪些关键方面还做得不够，尚存不足之处。这种分析方法是一种不错的调研方法，这一调研方法将清楚地表明你对客户满意度的认识，并引导你朝着有利于提高自己竞争力的方向努力，而不是支持你目前在这一问题的认识上所存在的偏见（记住第 7 章中大卫·奥格威的抱怨，他说很多人对市场调研的利用就像醉汉对电灯杆的利用一样不合理——常人用电灯杆来做路灯，而醉汉却拿它当墙来靠）。一旦你走这条路，就会发现一些令人兴奋的机会。我们是否可以利用这些调研来对某些客户进行分析，以便和他们共谋战略，共商合作，共同规划光明的未

……但也要注重对期望的管理

来呢？当然可以，但做的时候你要注意一些意想不到的问题。这种做法很容易抬高客户的期望，而当实际情况不如他们所想的那样好时，他们可能又会很失望。你要注意对期望进行管理，在开展此类调研时，向专家寻求帮助对你必有裨益。

对市场推广开展效果的追踪调查

要明白起作用的是哪一半！

如果你在电视广告上投入了数百万元费用，那么你当然应该再花上数千或数万元的资金以确定这些广告是否取得了预期的效果。亨利·福特曾经说过，花在广告上的费用有一半是被白白浪费掉了，但不幸的是你根本无法确定被浪费的是哪一半。"追踪调查"就是一个让你对此做到心中有数的方法。

许多大手笔花钱做广告的大众消费品企业已开始更仔细地关注这方面费用所取得的效果。过去他们也许会组织相应的研究，以便对"头脑印象"的效果进行评估，（有多少调查对象能不经提示就想起企业所做广告的品牌？）如果调查得到的结果是 75% 以上，他们则会开心不已。但随后他们开始感到迷惑不解，为何这个在调查中 75% 的调查对象能够想起来的品牌最终占有的只是 20% 的品牌份额？——很显然，这样简单地对广告效果进行评估是不够的。

典型的追踪研究也许会向受访者提出三组主要的问题，提问将分别在广告活动开始前、进行过程中、结束后进行，目的在于确定该广告活动在受众身上产生的影响和这种影响具有的"持续能力"：

- 直截了当。该活动使受众产生了什么样的认识？哪些人接触到了广告信息？他们对该活动还记得多少？

- 信心和认知度。该活动提升了哪些价值和承诺？你在受众心目中有多大的可信度？该活动是否强化了受众对你产品、品牌、公司的认知度？

- 反应程度。这次活动的结果会使受众作出什么样的反应？现在或者将来他们会购买这一产品吗？会向别人推荐该产品吗？

这种研究在典型的情况下费用为 8 万英镑左右，每月使用 300 人规模的调查样本，追踪调查活动的时间将延续 3~6 个月。与这类调研相应的广告投入则为 500 万英镑以上，所以调研开支占总支出并不算大。

24

四个 P 还是四个 C?

The four P's or the four C's

一直以来，当讲到战术组合时，人们都说是四个 C——产品、渠道、宣传推广和价格，实际上我也打算以四个 C 为基础来论述，但在此之前我们来听听菲力普·考特勒等人的忠告。

我们都承认营销组合的四个 P 的目的是为了使我们在每个分市场设计出独特的产品内容，用营销组合拉动需求。营销者可以用许多种巧妙的工具来完成营销组合，做出独到的产品，还可以做出像利特兹那样精致的餐饮品牌——他们用的都是四个 P 组合。运用这个组合的精妙之处不在于面面俱到，而在于掌握平衡。

营销组合问世之前人们用的是什么工具呢？当然，要件都已是齐全的，只不过还没有进行整合罢了。在"不愁销路"的年代，生活方式简单，企业决策也没多少花样。我还记得 1981 年我进入 ICI 时受到的入门培训，培训者说："60 年代和 70 年代早期是黄金年代，做什么产品都能卖掉！但 80 年代就是危机的年代了，因为竞争的时代已经到来。"当时公司上下都急忙展开营销培训，结果那时公司大获成功，成为利润最高的时代。

为了摆脱"不愁销路"思想的束缚，营销专家发明了有效的营销组合工具，其理念认为顾客不仅关注产品本身，而且也因此开始关注整个市场，关注细分市场及其他顾客。营销组合中的术语并不具有革命性意义，但它适用于当时以产品经济为主的市场状况。

人们对营销组合的理解很容易发展成"我们要对市场做什么？"的想法，这就带来了问题，使我们不由得要想想考特勒的警告：营销应该是"我们能和市场一起做什么？"因此，菲利普?考特勒在其《考特勒论营销》（1999 年）一书中提出了替代四个 P 的"四个 C"概念，鼓励我们从顾客的角度看问题。按照四个 P 的理念，即便我们理解和运用正确也不可能达到四个 C 的境界，而四个 C 则打破了营销组合在视角上的局限。

为了切实界定好营销组合，许多人还是沿用了四个 P，我在随后的章节里用的也是四个 P，对于四个 P 进行适当修改后，我们就可以得到以下变通概念（这样也许更好）：

- 产品变成顾客价值。这提示我们的产品不仅是被众人看在眼里，而且它要为顾客带来真正的价值。
- 价格变成顾客成本。这提示我们价格只是一个记号，大多数购买者关心的是使用产品时的全部成本。
- 渠道变成便利性。这比渠道原先的不确切说法——"地点"好多了。"便利性"提示我们之所以把市场渠道放在首位，其目的就是为了让顾客方便地接触到产品。
- 宣传推广变成了沟通。这个变通也许是最重要的，它强调宣传应改进为与顾客的对话。

也许有的人会说这只是同一概念的不同说法，但这样一变，语气上就有很大不同了，虽然后面我还是用四个 P，但其中寓意已是四个 C 了。

25

产品策略

Product

众所周知，今天的市场营销根植于 19 世纪新兴的制造工业，因此长期以来将产品定义为有形物品就不足为奇了——产品就是被制造出来的某种东西。诚然，它可以是一枚别针，也可以是一艘远洋航行的轮船，但无论如何它必须是一个"客观真实存在的事物"。

近年来，"产品"一词的应用范围得到了大大拓展，不仅是在营销领域，就是在日常生活中这个词也常被提及。现在就是将一个假期、一项抚恤金计划、一场戏剧表演或是英超联赛的一场比赛描述成一件产品也是很正常的事。即便是一个国家也可以被视为产品——塞舌尔旅游委员会就从可口可乐公司聘请了一位执行官来推销它们的假日岛屿。泰格·伍兹和大卫·贝克汉姆等体育明星也常常被当作商品，当然，"商品"这个词用在人身上并不合适。现在连英国的基督教主教都在提倡要用新思路去推销他们的产品，虽然人们并不是很清楚他们所指的是他们的教会、教义或是上帝。

产品不单只是有形的"物"，对于营销者来说，广义的产品同时还是消费者经历的一个过程。在雷茨餐馆就餐，不仅只是为了那里的食物，就餐同时是一种独特的体验。就此而言，大麦克汉堡是一件产品，但我们还能体验到食物之外的东西，例如速度、便利性、灵活性、食物的安全以及质量。虽然这个问题容易扯到第 28 章的价格问题上，但我们最终所支付的金额不能以账单上详细列明的面包、牛肉馅饼或是莴苣叶的价格来计算，就餐的整个体验本身就含有价值。

产品经理要负责的不仅是物品，他们要对产品的形象、联系、信誉以及产品的最终价值负责。随处可见的亨氏烤豆与国家歌剧院中上演的《卡门》表面上是截然不同的产品，实际上却有很多相通之处。

商品

只有商品等于失败

经济学家将商品描述为被销售物品的总称，而营销人员则有一个更准确的定义。对营销人员而言，一件商品就是一次失败的尝试。倘若产品不包含任何超过其各组成部分价值的价值，那么产品就是失败的，产品销售者所获得的利润应该来自于他们将该物品销售给顾客时所提供的服务，而非来自产品本身，在这一点上，当然产品不再是商品！

如果产品增加了价值，那么产品就不再是商品了。如果产品中附带的服务没有任何价值，那么营销人员还不如不做。

根据这一定义，我们很难想象得出什么才算得上真正的商品——水早已不是商品了，糖的自身的变化比以往更加微妙，甚至连面粉、茶叶之类的"已知有价物品"都摆脱了商品的概念。自享的安逸，粗面粉的健康，茶包的方便，春黄菊、牛蒡、龙牙草的味觉感受，这些都是商品获得新生的救星。

增加价值

有人认为附加值是市场营销人员或是广告商发明的花样，实际上并非如此。一个产品要想不再是商品而采取某种附加值的形式时，只有得到了消费者认可才能实现，而不是营销人员说怎样就怎样，价值存在于大众的心目中。

价值在大众的心中——有大众甲、大众乙……（即细分市场）

一位药商代表向我讲述了她与一名医生的15分钟宝贵经历。她向医生说了药品的各种优点，但医生听不进去，于是她留下些样品后准备离开。但医生打开包装后又把她叫了回来，医生说："你事先没说这药是蓝色的。"对于医生来说，他见惯了形形色色的药品，而这种药品的蓝色外观则使他感觉耳目一新，于是他欣然接受了。当这名销售代表后来向另一位外科大夫推销产品时，她也强调了蓝色外观，而这一次却没有什么用了。

价值与产品的生产成本无关。如果一袋薯片中赠送了一张廉价的卡通人物卡片，而这张卡片正好能完善你的收藏，那又有谁会否认它的价值呢？而救生艇对于溺水之人的价值就更难以计算了……

有的制造商为了增加价值，采用了很复杂的制造工艺，然而这并不一定能帮助他们实现增值的愿望。

我们拿一个"小玩意"为例，也就是啤酒罐底部那个可以让啤酒产生泡沫的小东西。开始的时候它只不过是一些零部件，它的价值并没有体现出来。当把这些零部件组装起来，并将其装配在酒罐底部时，就增加了价值，因为在倒啤酒的时候，它们对啤酒产生了作用。不过事情到此还没有结束，接下来最重要的价值部分要由消费者来决定。啤酒饮用者一直都对罐装啤酒持批评意见，认为罐装啤酒是打开龙头就能喝的鲜啤酒的拙劣的替代物，而啤酒罐底部的"小玩意"（由奎尼斯制造出来的）使这种情况发生了奇迹一般的改变：罐装啤酒不仅饮用方便，同时保持了鲜啤酒的美味——如果你爱好喝啤酒，你就会感觉到这是真正的附加值。

> 增加价值的小玩意

核心价值与外围价值

当然，认知是可以改变的：我们在餐馆里会花费比在家里高出 4 倍或 4 倍以上的价钱去喝杯饮料。又如，因为喝一瓶稀释好的力比纳更方便，我们可能会支付等量未稀释的力比纳的 20 倍的价钱，虽然后者只需要另外加个玻璃杯和一点自来水。所以说，影响我们的不仅仅是产品本身，而且还有其外围价值。

百事可乐公司在英国开展了一项规模宏大的消费者调研项目：让人们蒙着双眼去品尝百事可乐公司的饮料与其他主要竞争对手的饮料，以便对它们进行比较。调查结果让百事可乐公司感到欢欣鼓舞：55%的人喜欢百事可乐。于是百事可乐公司展开了长期的广告宣传，在百事可乐广告中展示的是这样的画面：当人们按照要求蒙着双眼品尝几种不同的可乐时，他们发现自己最喜欢的还是百事可乐，他们为其妙不可言的美味而陶醉其中。但是这场广告宣传攻势并没有像预期的那样将可口可乐公司从销售冠军的宝座拉下马来。问题在于当人们知道自己在喝什么而不是被蒙着眼的时候，65%的人还是选择可口可乐。

> 只是味道好还远远不够

我们对产品的偏好和选择不仅只是受味道等因素的影响，大量的外围因素交织在一起，共同决定我们的最终选择，如图 25.1 所示。

产品都有自己的核心，但在此基础上可以加上许多有形价值，如品质、包装、便利性、

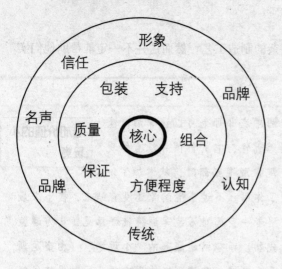

图 25.1 核心和外围价值

保证等；接下来还可以再加上信誉、传统、名声等无形价值，这些都属于认知的范畴，可以纳入"品牌"的内涵中。这种无形认知的附属价值越大，产品的竞争力往往越持久。

百事可乐和可口可乐的核心实质上都是"黑色的甜味饮料"。你愿意为该"核心"付多少钱呢？此时，核心还没有增加很多价值。价值的增加都在外层部分。首先是有形因素——饮料所含成分、味道、外包装的设计和购买的方便程度，这些有形因素增加了价值，但通常是在外圈中——也就是说在无形因素上——我们才能感觉到产品增加的大部分价值，包括从年轻充满活力到传统习惯，从精力充沛到自由自在的放松自我，从恪守传统到"酷"，从美国人的梦想到全球大家庭，种种联系，不一而足。

麦芽威士忌饮用者会告诉你，他们能精确地分辨出一种麦芽酒与另一种麦芽酒味道上的差别，因此他们对麦芽酒也有自己偏爱的品种，但是尽管如此，酒商们还是围绕产品的核心在外围联想上花费了太多的心思，包括商标、酒瓶的形状、葡萄园的浪漫等。一些酿酒厂在此方面做得更为神奇，他们为自己的产品所塑造的形象是一些具有传统工艺的酿酒师使用一些可能令地方食品检查员瞠目结舌的酿造工具，沿用一些年代已久的酿酒方法酿酒。假如我们知道具有相同味道的酒却是来自一个化工厂的不锈钢大桶时，我们还会认为它具有这么高的价值吗？

汽油泵的竞争展示了上述观念的另一个版本——产品在超越了其最初本来意义的情况下，产生了一系列的有形联想和无形联想。就其核心而言，汽油就是汽油，某一公司加油站的地下油罐里装满其竞争对手汽油的事情也不是什么秘密，即便某一公司开发了一种独特的配方，的确和其他品种存在实质上的差异，这对于我们的购买力行为又有多大的决定作用呢？我们每个人都有自己选择某种品牌汽油的理由，有一些理由是有形的，有一些则并非如此。下面是某个消费者调研活动得到的结果，反映了消费者对产品的不同偏好，各项内容排列时没有特别的先后顺序：

● 加油站在我上班的路上。
● 加油站就在街的这边，不用穿过繁忙的大街即可加油。

- 加油站内设有商店。
- 加油站有现金收款机。
- 加油站有清洁卫生间。
- 加油站防风挡雨的设施很好。
- 在加油站可以洗车。
- 我可以积攒忠诚度积分。
- 我可以得到免费礼品。
- 他们那里有我最喜欢的品牌香烟。
- 加油泵加油速度很快。
- 加油泵不漏油。
- 那里总是提供我需要的早报。
- 那里买快餐很方便。
- 我相信他们的汽油最适合我的发动机。
- 我不喜欢街对面那家加油站的环境。
- 有一次我的车抛锚了，是他们帮我解决了问题。
- 加油时排队的人很少。
- 我喜欢那里的服务员。
- 我相信他们不会在汽油里添加乱七八糟的东西。
- 那里的油价好像总是最便宜。
- 那里的汽油可以保证车跑的里程数更多。
- 我信任这个品牌。

以上这些理由既有有形的，也有无形的，但是只有不到一半的理由跟汽油本身有关。购买某种汽油似乎更取决于服务和相关产品综合起来的因素，而非核心产品。当我们论及与汽油本身相关的理由时，除了汽油品质以外，还有信任和感觉的理由。我们每个人对这些理由有不同的评价和排序，我们每个人都属于汽油市场的某个细分市场——因公出差的人、图方便的购买者、精打细算的人或是积分积累者，这里仅仅列举一部分具有可能性的理由。由于细分市场不同，价值的增加的途径也不尽相同，而且由于细分市场的原因，情况会变得复杂。作为一个因公出差的人，我十分讨厌站在买杂货的人后面排队；但若是周末的话，我会是第一个对他们深夜加油时送上牛奶和面包表示感谢的人！

服务业和企业业务的外围价值

核心与外围价值不仅适用于日常消费品，对于服务业来说这可能更为重要。服务企业

**"好"的服务
不仅仅是服务**至少要在核心内容里加上人、系统及能力证明这三个因素。以培训公司为例，对于客户来说，由谁做培训往往比培训内容本身还重要。培训质量不仅仅是培训过程的质量，它还涉及对客户在工作前、工作中和工作后的贡献。选择培训公司时，客户会有以下风险考虑：如果培训公司浪费我们的时间怎么办？如果它不了解我们的需要怎么办？如果它引导错误怎么办？因此，培训公司必须证明自己的实力，它可以找推荐人推荐，出示能证明培训能力的客户名单，争取演示的机会，或是提供一本能证明自己能力和可信度的资料翔实的小册子。

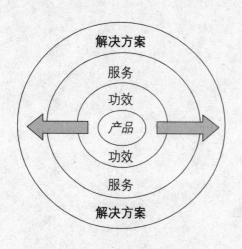

图 25.2 企业间业务的外围价值

企业间的业务也要注重外围因素。供货商往往以为自己的产品全看性能和价格，而实际情况则很复杂。如果供货商注重外围因素的话就能获益不少，例如便利性、供货方式、客户服务、产品组合品种。再往外围还有变通的灵活性、反馈速度，再进一步还有声誉、客户信心和信任，等等。

图 25.2 是图 25.1 的一个变形，附属因素首先是一些具体功效，然后是服务，最后是解决方案——这是比较适合于企业业务的用语。

**用解决方案锁
定市场**有一家化肥制造商在差异化战略中从产品的具体功效入手，强调化肥抗雨水冲刷的能力。这一招很管用，后来竞争者纷纷效仿，于是该厂商又转向服务差异化，为农民提供使用建议。在大获成功并且又被效仿后，该厂商又转向解决方案。他意识到农民真正需要的是庄稼长得好，而并不在意怎么用肥料，于是他提出为农民施肥，按作物产量及利润的增长情况提成。当然，竞争者还会仿效这种做法，但不同于以往的功效和服务改进的是，这一次制造商与农民拉近了关系，把业务牢牢攥在了手里（即"锁定市场"）。

既定条件和差异条件

尽管大部分的价值通常是在外围价值的外圈上增加的，但我们不能就此认为产品的核心就不重要，金玉其外败絮其中的产品是不会长久的。产品必须具有效用，例如饮料如果宣称可以使人精神振奋、有益身心，那么就应该说到做到。产品的外围形象越是树立得完美，一旦其核心出现问题，跟头也就摔得越重。当皮尔矿泉水被发现含有微量苯时，其撤下柜台的结局就成为了媒体头版头条的新闻。

1999 年，可口可乐公司的产品中发现了二恶英，为此公司不得不在比利时、荷兰、卢森堡经济联盟三国收回数百万升的产品，这引起了媒体的广泛关注，食品安全问题成为头条新闻。这并不只是因为我们关心健康，更是因为食品制造商曾向大众承诺其产品纯净、新鲜，有益于大众的安康。可口可乐公司受到多方面的指责，不仅仅是由于产品本身，而且还因为公司处理该事件的方式。在亚特兰大的公司管理层未能及时就事件进行处理，而当他们就事件作出反应时，也很少作出解释。当这种敷衍了事的举动导致产生更严重的问题时，他们才发出大量的产品召回通知，以维护企业的声誉，但大众此时已不为所动——当某些"既定条件"给人们带来的是不尽如人意的感觉时，这些事实在人们心中就成了十分敏感的事情。

> 既定条件是起码要求，但往往被供货商忽视！

我们或许可以将产品核心以及最接近核心的一些因素看作是"既定条件"，这些既定条件必须给人产生正面的效果，否则就会给你的商誉造成损失。除了产品核心，我们关注的还有所谓的"差异性条件"，这种差异性因素也就是竞争优势的来源。我们选择汽油时，无论什么品牌的汽油都应该能正常发挥效用——这就是既定条件，它属于我们前面所说的营销组合的内容，而差异条件则决定了我们对某种产品的偏好。下面我们来讨论产品差异化的两个方面：包装和客户服务。

包装

包装在任何时候都可能是实现产品供应、产品个性以及广告宣传的一种很实用的途径，有时还是实现产品竞争优势的一种实用手段。柯达胶卷装在黄色的盒子里，但并不是任何一种黄色均可，外包装颜色上的一贯不变性对于强调完美色彩再现的产品来说具有至关重要的意义，外包装是产品可信度的一部分。

上一章我们说过利米兹减肥饼干系列，它采用丝质黑色包装，呈细长条形，许多顾客说"那正是我的希望成为的样子——苗条、性感"。传统的可口可乐瓶秉承并张扬了传统的外观造型。安哥斯图拉啤酒瓶毫不含糊地体现其包装具有的独特个性。随着时间流逝，包装甚至可以传达诸如诚信这样一些复杂的信息。多年来 ICI 公司都是用一种具有鲜明特色的蓝色袋子来运送肥料，农民从当地批发商那里也是订购"蓝袋"，看见自家仓库里堆的是蓝色袋装化肥，他们才能长舒一口气放下心来——这是可靠性得到保障的体现。

新奇的包装可以使现有产品产生新的效用。特利佰公司从牛奶到橙汁的各种饮料都采用了多利包装，有即开即饮型、可长期保存型或是其他使用方便的包装方式。对于这些方便性饮料，有人认为这些外包装是产品的核心而内容则变得次要。许多食品购买者的生活都很繁忙，对他们来说，包装上可用微波炉加热的标记几乎比里面装的东西更加具有重要的意义。我经常将那些味道肯定可口但要使用烤箱加热的食品放回货架上，改而选择购买那些方便型的食品——由于包装的缘故，这些食品既方便，又有了附加值。

新型材料的出现使工业生产中大宗材料的供货商能够大批量向客户供货，从而满足用户的生产计划的需要，而不再受到供货商包装的局限。这里价值的增加是显而易见的——将产品直接交到用户的手中，这样就缩短了从订货到交货所需要的时间，减少了货物储存这一必需环节，同时使用户专注于生产，而不必分心于对存货的管理上。

营销人员遭遇的一个困难就是新奇的包装通常要比产品本身花费更长的时间去开发，在这个日益强调速度就是商业效益的市场上，这不可避免会使一些非常有创意的包装理念束之高阁。解决这一问题的办法在于不要把包装看作是生产环节最后的附加物，而是要将其视为产品不可或缺的一部分——不论是作为产品核心因素还是外围因素。

包装不是现想的，它需要规划

关于这一观点我有个非常喜爱的例子，这就是多乐士涂料。他们在推出一种新产品——"一次好"时设计了一种正方形的罐子，其新颖的外观使人联想到产品必然具有的新奇独到之处，但这时时机并不成熟。市场营销经理明白，这种新奇的外观设计必将有助于强化新产品形象，只是他暂时还不知那个产品是什么，这要等到将来才能见分晓。他下令大量生产这种方形罐，确信它一定适用于某一将来推出的新产品，如果只是坐等新产品的出现，那就意味着在包装的竞争上错失良机。一年后，多乐士公司开发出了新产品——"儿童天地"，并使用了那种新颖的方形外包装罐，从而使这种新产品获得了巨大的成功。多乐士大胆创新，但又不褊执孤行，这是一种务实精神，也是一种大智慧。

客户服务

作为产品外围因素的成分之一，客户服务为企业带来的丰厚回报远远高于其需要投入的看得见的"成本"。客户服务获得成功的关键就是寻找到一种恰当的客户服务形式，这同时也意味着我们所选择的客户服务形式要适合于产品本身。

20世纪90年代的客户服务经理一般都要求员工在客户电话响第四次铃声之前接电话，这是一种值得称赞的做法。然而一家宾馆如果将其业务电话号码公布在一个繁忙的机场的公告板上，但是客户打来电话时，却要在铃声响过五遍或五遍以上才有人接听，那么这家宾馆的生意就一定会惨淡，最终在残酷的市场竞争中被淘汰出局。另一个例子是高新科技产品（例如工程师软件）的供货商，对于他来说，电话的内容要比接电话的速度更为重要。

产品生命周期

产品也需要我们精心予以呵护和管理（正因为如此，才产生了产品经理），因为产品就像生物一样，也有自己的生命周期。产品经历出生、发育，通过学习得以成长、成熟，然后走向衰退，或许在将来某个时刻还会死亡。对于那些意图驾驭这一进程的人来说，产品生命周期这一理论具有非常巨大的价值（见图25.3），因为它提供了一些具有指导意义的准则，这些准则与一个称职的父母将孩子培养成人应该遵循的行为准则是同样的一样道理。

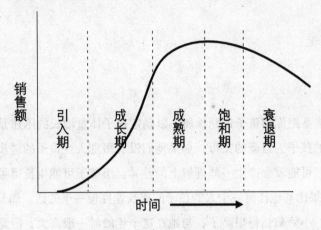

图25.3 产品生命周期

一般来说，产品要依次经历上述生命周期五个阶段：

- 引入期——这是一个典型的大投入、慢增长的时期。
- 成长期——在这个时期，如果产品为客户所接受，就能迅速成长；随着销售量大规模上升，成本降低，产品还会得到进一步成长。
- 成熟期——产品的成功使得众多竞争者蜂拥而上，纷纷进入这一竞争领域，使得该产品的日子变得艰难起来。
- 饱和期——在该产品领域，已经出现竞争者太多的局面，僧多粥少，最后导致大家都无利可图。
- 衰退期——随着该产品领域不再有利可图，供货商对其失去了兴趣，产品开始走下坡路，走向死亡。

这一发展过程因产品性质差异而千变万化。一种成功的药品其生命可能延续数十年，一种畅销的糖果其成败兴衰可能只要两年，而一台个人计算机的生命周期可能在它被购买时就终止了！

产品生命周期中并非每一环节都要经历。有许多产品在引入期就死亡了，还有许多产品在成熟期又有了新的开端。这和人很相似，但二者还是不能画等号。人的生命过程必定经历出生、成长、成熟、死亡，但是产品并不一定要经历这几个阶段，这取决于市场和产品经理。

产品生命周期的运用

产品生命周期分析可以为营销人员提供如下三方面的作用：

- 对比作用；
- 参考作用；
- 能动作用。

对比作用

这种情况就像是把你的孩子带到诊所，以确定孩子体重增长的迅速是否与其年龄相符合。那些以自己的孩子为自豪的父母，如果他们没有跟别人就孩子的进步、成长方面的情况交换意见的话，可能就会产生一些理解上的差异。小孩子可能生长得很快（他们确实也是这样），但是如果比其他任何一个人的孩子的成长速度慢一半的话，那又怎么办呢？你母亲可能会跟你说，小萨莉长得很高了，与她在这个年龄时一般高大，但是如果今天的环境可以使人长得更快，那又该怎么办呢？产品生命周期可以用一系列的参照物来判断——例如同一领域的其他产品、竞争状况和市场周期。市场周期尤为有价值，因为它使你对其规律有一个清醒的认识，并可体现企业在关键时候的表现。如果你知道市场正处于上升阶段，而你却在走下坡路，那么你就有充足的机会采取有效的措施，改变这种状况。如果缺乏这方面的认识，那么绝大部分的人都可能因疏忽大意而最终铸成大错。

参考作用

产品生命周期可以发挥像儿童保育手册一样的作用，不过我们仍要注意每个孩子和每一件产品都是独一无二的，而且环境处于无限变化之中——但尽管如此，指导性建议仍有一定作用，图25.4中列举了一部分这样的建议。

我们尤其要注意图25.4中使用了"可能性"这一措辞——这些战略不是获得成功的灵丹妙药，只是一些一般性建议，其中争议最大的就是在产品进入衰退期以后，价格需要提高还是降低。坚持提高价格的人认为，反正产品无论如何都要"死亡"，还不如从中多榨取一些利润；主张降低价格的人认为，购买者日益减少，而你还有一家工厂需要维持。具体该怎么做，需要考虑以下四个因素：

- 你的竞争对手在做什么？

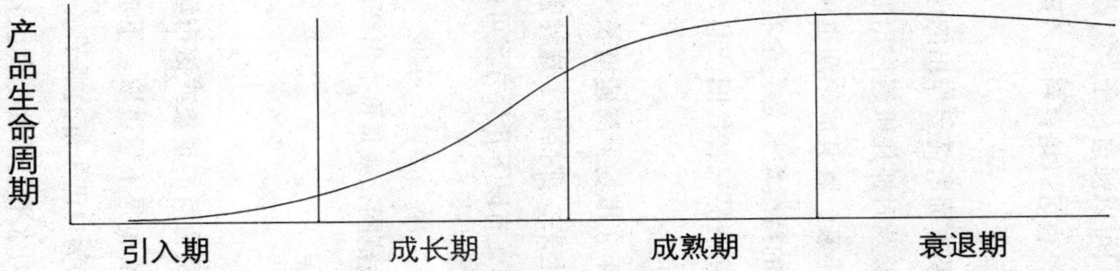

产品生命周期

	引入期	成长期	成熟期	衰退期
可能性特征				
销售额	低	快速增长	销售顶点	衰退
成本	单位成本高	下降	单位成本低	也许上升
利润	负	上升	最大值	下降
消费者	爱好新奇者	早期适应者	大多数人	也许是跟随者
竞争者	几乎没有	增加	也许过剩	可能淘汰
可能性目标				
	激发对产品的认知	最大化扩大市场份额	争取最大利润	降低成本
可能性战略/策略				
产品	基本	开发	产品线拓展	理性调整
价格	高价	渗透	跟随	降价或提价
宣传	引起注意	树立品牌	加强品牌	降低或停滞
渠道	选择一些	多种销路	所有销路	合理调整
销售力量	定向	大量	降低	也许转向

图 25.4 产品生命周期——参考作用

- 市场可能会接受哪种情况？

- 要多大销量才能保持生产的有效性？

- 面对产品衰退的情况，你打算采取什么措施？

第四点引出了产品生命周期分析的第三个功能，同时也是最重要的功能——能动作用。

能动作用

能动作用是在与人类生命相模拟过程中差异最大的一个作用。市场营销人员有着父母不曾拥有的特权：他们可以推迟或加快自然的进程。他们可以做出一些慈爱的父母不可能做出的行为，但他们这样做仍然不失为一件正确的事情。他们可以强迫"子女"改变自己的性格；也可以扶植另外一个"孩子"而忽略眼前的"孩子"；也可以培育新的"孩子"并摧折眼前的"孩子"；甚至还有权选择立即"杀死"他们的"孩子"。

市场营销是有关抉择性的行为，产品经理在产品生命周期方面所需要作出的选择比在其他任何情况下所需要作出的决策都要多，然而不幸的是能够及时抓住机遇作出准确决策的产品经理少之又少。从理论上来说，任何产品都可以长盛不衰，且其成熟期也可无限期地推迟。假如营销人员能及时采取有效措施，实现产品销售的持续增长是完全有可能的。即使产品的成熟和衰退不可避免，也总是可以选择另外一种新产品来替代旧产品，但关键问题是什么时候该这样做？

假设一家汽车制造商推出的新款汽车销售量已经连续几年在市场上高速增长，而目前呈现达到成熟期的迹象，其他制造厂商也纷纷采取措施追赶上来，都推出了这种曾经具有革命性意义的新款式车型，市场份额开始下滑。在这种情况下，有以下几种方案可供选择：

1. 什么也不做。

2. 采取措施使现有车型重现活力——产品升级，扩展产品范围，或是再推出产品。

3. 对该产品重新定位，为其寻找新市场。

4. 推出新产品取代处于困境中的旧产品——新产品开发。

只有当市场分析结果显示某种产品在市场上行销不畅只是暂时的现象或该市场已不再诱人，第一种方案才是可取的选择。巧合的是，这种做法恰恰也是不思进取、不求变化的企业最常采用的，这种做法成了那些不用脑子或亡羊补牢的人为自己争辩的幌子。

第二种方案也许是最有吸引力的选择，我们在现有的能力水平上再加把劲就行了。但这样做是不是就足够了，或者说这样做是不是就有保障了呢？

第三种方案很诱人，但是可能更具挑战性。

第四种方案倒是能有所突破，但只怕会太迟……

改进产品

产品在经历成长期时，精明的产品经理会密切留心捕捉各种机会，对其产品进行改进。这可能意味着要采取一系列行动，包括增加产品的特色或性能，采取新的设计或新的风格、新的包装，或者拓展产品系列。这些举措的目的在于给该产品"加把劲"，使其远离成熟期的威胁，走向新的成长之路（见图 25.5）。

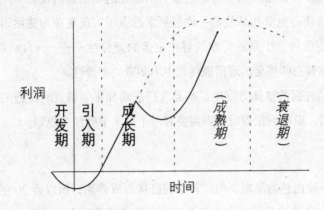

图 25.5 产品重生

这方面最经典的例子是"新改良"产品，例如肥皂粉或小汽车。

汽车可以通过上述过程实现不断改进的既定计划。新推出的车型是最基本的东西，它本身具有的独创性注定了该产品在市场将获得成功。随着时间的向前推进，产品增加了不少新的内容，原来只是供选择的一些项目现在变成了产品的标准配置。当该产品所有可以想象得到的可增加项目都成为其标准的配置内容时，汽车就接近其生命周期终点了。

如果我们还记得第 15 章（图 15.7）的"采用者曲线"，我们就可以看出这一战略所具有的意义。创新者的需要跟那些早期采用者的需求是不同的，而后者的需求又与初期多数使用者的需求不同。如果产品经理能够洞察这些消费者群体的需求，他们就可以对产品开发工作进行规划，以满足上述不同消费者群体的需求。长期以来，日本人被认为是这方面的专家，他们善于预先进行规划，而在那些以发明创新和技术优势为驱动力的西方企业中，这种对产品进行改进的观念是被拒之门外的。飞利浦公司一直是电子产品和高保真市场技术创新的源泉，它们的创新成果可能比它们愿意回想起来的还要多，它们之所以不太愿意回忆这些创新成果，是因为它们有太多极具创新意义的想法无法成功推向市场。如果我们想为其做得不够好的业绩找个原因的话，我们可以从公司明显不愿经营产品生命周期的行为中找到答案。公司过于频繁地推出具有一系列特征和性能的产品，这种产品更多地适合于早期多数消费者，却不适用于创新消费者，并且在许多情况下，某一亚太地区的竞争对手由于采用了一种更恰当的产品生命同期战略，已经抢先占领了市场。

核心和外围因素（见图 25.1 和图 25.2）这一概念有助于我们从另一方面理解改进产品的战略。最初在产品核心之外开展的活动可以被视为该产品在市场上体现出来的差异性，但随着时间的推移，这些差异性就转化成为产品的既定条件。成功的供应商必须连续不断地寻找新的差异性，通常是到越来越远离核心的地方去寻找，并且很快这些差异性也会转化为既定条件。毫无疑问，第一家免费赠送塑料水仙花的加油公司在竞争中抢了先，但是很快，在汽车加油站获得免费礼品就是一件很平常的事了。现在在加油站附设一家杂货店已经成为又一个既定条件，于是就得继续寻找更多的差异性————自动取款机、快餐、免费提供报纸……还有那些将会出现但现在谁也不知道的差异性。

在上述关于产品方面的整体方案中，产品改进战略如果能够及时实施的话，将是一个低投入高收益的举措，而准确把握时机则需要有一个高水平的预先规划。

拓展产品线

曾经市面上有一种白色的涂料，但这种涂料已接近成熟期，所以近 20 年来，它在不断地拓展着产品花色，先是出现了鲜白色的品种，然后是略带一点点色彩的自然白，紧接着就出现了超白色，接下来还有单层白、古典白、浪漫白等，各色品种层出不穷。以前只有一种产品，现在就出现了数十种品种。这种拓展产品线的战略是针对产品成熟期惯用的战略。备受困扰的汽车厂商也许可以选择通过在车的主题内容方面作些变动来重拾自己的利益——如推出敞篷车、跑车款式，或是以柴油发动的汽车等。

当然这种战略的运用有时也可能会有些过头。品种过多的白色涂料不仅使消费者感到茫然困惑，而且零售商们也因为需要订购和陈列这样众多有差异的品种而感到不知如何是好。而且货架空间这个非常现实的因素也迫使这种无休止的拓展现象叫停。

重新推出产品

让经典获得重生 下列一组案例是重新推出产品策略的最好说明。

1985 年，在一种新配方可乐在市场上遭受了挫折以后，可口可乐公司重新推出了主打产品"经典可乐"。新型可乐的推出是一个错误，并且损失巨大，随后老产品的重新推出则是一个回防措施，但是这一举措在老产品中灌输了新鲜血液，使其获得新经典重生之"运气型"生，效果非凡。新产品的风波过后，老产品的重新推出被视为一个胜利而使人欢欣鼓舞，当大家事后再回过头来认真分析这件事情时，都认为这是一个天才的行为！

2000 年 1 月，苏泊托公司宣布要把那个举世闻名的足球节目游戏软件从市场上撤下来。这时人们对电子游戏节目以及诸如此类的游戏软件所具有的极大诱惑力议论颇多，媒体对苏泊托公司的决定也进行了大量的报道，接下来，游戏迷们纷纷提出强烈的抗议。到了 2000 年 2 月，该游戏软件得以"存续"下来，而且与事件发生前相比受到了更加广泛的欢迎。许多著名的足球运动员受邀请参加支持该产品的活动，因为该产品吸引的受众绝大部分是年轻男性，球员的参与极大地推动了市场，一个业已成熟的老产品的销售又重新看到了复苏的希望。

经典重生之
"聪明型"

科勒格公司花费重金做了一系列广告宣传，试图再次推出其玉米片产品。广告的内容是向消费者展示一些成年人在与他们的小孩共进早餐时"重新品尝"玉米制品的美妙滋味。广告以淳朴和健康的色调将怀旧和回想的情绪巧妙地结合起来，所有这些都在一个错综复杂的商品世界中得到了充分的凸现（如果我们早餐只吃谷物类食品，那正中科勒格公司的下怀！）。一种古老而成熟的商品，其价值和性能从头到尾都不曾改变，其销量却获得了引人注目的提升，而实现这一目标所需要的只是对这种产品进行重新宣传。

经典重生之
"直接型"

产品重新定位

如果分析表明你的产品的销量下滑是整个市场下滑的结果，那么花费资金去拓展产品或重新推出产品就很难有效果了。在这种情况下，你就该寻找新的目标市场了，第 16 章中的"乐口兹"就是这样一个例子。

新产品开发

企业为了避免成熟期的到来会采用新产品开发的手段，这乍看起来有点不合理，因为新产品会抢占旧产品的市场，使旧产品线更恶化，那岂不是以己之矛攻己之盾？但事实上你是愿意自己打败自己呢，还是愿意让敌人打败你？接下来又引发一个问题：应该在什么时候推出新产品替代旧产品呢？图 25.6 对此进行了分析。

我们需要把产品生命周期的图再画一次，但这次进行分析时，我们用纵坐标表示利润，而不是销售量或销售收入。这样就能看到答案了。

"理智"的选择似乎是在成熟期进行。你可能会想：为什么不等到产品长到最大时再"杀"呢？这时，你得扔掉手中的育儿手册了，因为在现有产品的利润保持稳定甚至开始下

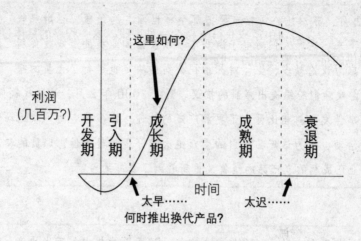

图 25.6 产品生命周期、利润及新产品开发

滑的时候，开发一种新产品需要投入，这是一种潜在的净损失。不仅如此，新产品的开发还要获得高层管理人员或董事会的批准，当他们看到公司现有产品的业绩是从成熟期迈向饱和期时，他们会批准这样的开支吗？新产品开发或许还要面临第三个问题：它需要各方面力量予以通力协作，而这些力量很可能在现有产品迈入成熟期或饱和期时就开始退去。新产品开发面对的最后一个问题就是新产品开发的过程耗时很长。开发产品要花时间，推出产品要花时间，树立品牌要花时间，而如果到了旧产品的成熟期再做新产品，时间可能就不够了。如果耽误了时机，那么就会大大增加新产品失败的风险——如果新产品失败，则将导致全盘皆输。

通常推出新产品的恰当时期是在现有产品销量依然在增长的时候，即便是新产品的推出会加速一个目前极具生命力的产品迅速衰亡，这样做仍然是利大于弊。产品此时的利润非常可观，便于拿出来进行投资；业务依然很有吸引力，董事会自然会很乐意批准你的投资建议；企业仍然具有很强的斗志，成功大有希望。唯一的问题就在于那糟糕的陈腐观念："如果这个旧产品没什么问题，为什么要修改它？"产品经理绝不能有这种思想。诚然，新产品开发会缩短现有产品的寿命，但如果能够控制这一进程的是你而不是你的竞争对手，这岂不是更好？市场营销人员的任务就是做好企业上下的组织带动工作，这确实是一个惯性问题。如果企业能像这里描述的那样习惯于新产品开发，那么问题就不大。如果企业很少有什么新产品开发项目，那你就得时刻留神像"如果它还没什么问题……"这样的质问。

新产品开发与"阶段门"

对于一家企业来说，仅仅提防那样的质问显然是不够的，最好还是事先要有处理这种质问的妥善办法。富有新产品开发经验的企业通常采用阶段门程序，作为其评价新产品构思并使产品开发项目在公司中争取获得支持的一种手段。这一程序的具体过程设计因企业而异，下面提供的是可普遍遵循的一般性途径。

阶段门是一个程序，在以市场为导向的企业中用于对大量涌现出来的新产品构思进行管理。企业越是接近市场，产品构思的速度也就越快。那么如何对这些构思按照优先级进行排列，并保证只有最佳的构思才能获得本企业有限资源的支持？

同时，阶段门程序也是一个在新产品开发过程中获取相关职能部门支持的过程。如果他们高喊"如果它还没问题……"，那么他们就不可能全力以赴对新产品的开发贡献自己的力量。阶段门程序确保所有职能部门都会投入到新产品开发工作中。

这里我们提出一点告诫，也是很重要的一点告诫——设计出来的程序要能够加快最佳产品构思推向市场的速度，并且将那些不怎么出色的构思束之高阁，或加以摒弃。阶段门程序的目的在于加速而非阻碍新产品开发的步伐，如果一旦由于各种层级关系和官僚作风导致新产品的开发工作延迟，那么你就应该对该程序进行更改了。

一般性途径

阶段门如图 25.7 所示，它首先从一个构思开始，然后必须经历一系列检验，这些检验就是一道道门，决定了这些构思是通过、不通过或是重新构思。

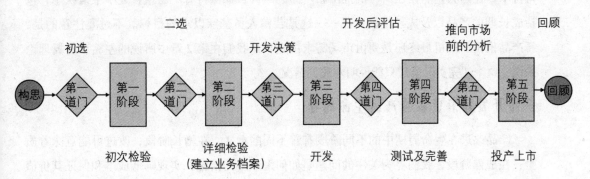

图 25.7 新产品开发的阶段门过程

不管产品开发进行到了哪一个阶段，都可以让该项目回到较前面的阶段，但是这样做的时候，要注意防止使新产品开发速度减缓的势头。当然你需要一种程序将那些可能失败或是获利较少的构思予以剔除，同时又要确保将那些好的构思迅速转化为产品并将其成功推向市场，但是最重要的还在于这一筛选过程要有助于加快将产品成功推向市场的速度。很有可能在未来的十年里新产品"推向市场的速度"将成为企业竞争优势的主要标志，因此你一定要努力让阶段门程序帮助你实现这个目标，而不是阻碍你实现这个目标。

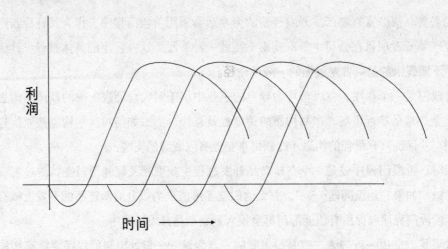

图 25.8 新产品开发和产品生命同期的 "规划"

新产品开发速度

图 25.8 对新产品开发和产品生命周期的规划提供了一个 "完美" 的模式。

之所以说它 "完美"，是因为每项新产品开发的投入费用与现有产品系列获得的利润保持持平，还因为企业在任何一次推出新产品的时候，都保持着产品组合处于平衡状态，包括成长期的产品以及成熟期的产品——这是营销人员梦寐以求的目标。不过要注意的是，新产品推出的时机最终还是要由市场需求决定！从我们在第 2 章中所说的左翼和右翼理论来说，这个 "完美" 模式只能说明左翼的情况。

产品开发和消费者的产品生命周期

产品改进在生命周期中的不同阶段有着不同的意义。在增长阶段，改进可能意味着质量；在成熟阶段，我们更为关注的问题是如何采取节约措施，实现降低成本和保证其价值的目标。如果研发部门与营销部门联系不紧密，这种目标的变化对于产品开发者来说可能就是一个严重的问题。某些产品改进项目为了抢夺先机，要求提前数年就对产品进行改进，而如果供货商数年之后再做的话，这些工作就没多大意义了。在企业间的市场中这个问题更为重要，你不仅要了解自己的产品周期，更要了解客户企业的产品周期。

多年来，英特尔公司一直通过加快其芯片运转的速度来改进他们的芯片，它的竞争对手也是如此。于是企业形成一种基于这种经验的文化——不断改进，而改进的核心就是速度。虽然目前这样做还可以带来极大的利益，但是它对此必须要有一千万个小心，不能让这种文化蒙蔽了眼睛，以至于看不见由消费者更具前瞻性的产品生命周期所引起的目标方面的变化。当个人计算机市场进入成熟期的时候，运算速度还会是关键问题吗？成本或服务会不会变得更为重要？对这样的问题进行认真思考是营销人员的工作任务之一。

关注消费者的市场链

由于市场成熟了，如果英特尔要赢得这场"速度就是一切"的战争，那么它就必须开发出大大超过自己制造能力的专业技术。为了说服个人计算机制造商，让他们认识到速度的至关重要性，现在英特尔必须直接对最终用户在计算机应用方面施加影响。英特尔将资金投入到那些讲求运算速度的计算机应用企业，以求对直接客户之外的市场链环节施加影响，最终支持自己的产品开发。到目前为止一切情况尚好，但是困境已经出现。国际互联网现在已经成为影响个人计算机生产厂商战略的最重要因素之一，速度在这里成了一个焦点问题——互联网速度缓慢。在这里决定计算机应用前景的是网络带宽，而不是微处理器。现在英特尔必须看得更远一些，因为它得依赖于开发更快的宽带，以赢得自己"速度就是一切"战略的成功。

奔腾 3 微处理器是英特尔最为精密复杂的微处理器，这种微处理器的上市标志着自己对客户需求和客户产品生命周期的关注。奔腾 3 微处理器的目标很明确，就是为了改善大型网站和电子商务应用的运行状况。这种关注所带来的利益是明显的：对于英特尔来说，与其低利润、大销量的赛扬芯片系列产品相比较，这是一个高利润的领域。

产品开发不能在真空中进行，供货商必须大大超越自己的研发实验，去了解市场中可能影响其产品性质和适用性的各种力量和变化。英特尔的成功不仅取决于其拥有最快速度的芯片，更重要的是速度竞争必须是有的放矢。

26

营销渠道战略
Place

在传统营销组合中，销售渠道无疑是四个 P 要素中术语采用最不恰当的一个。为了使表述这一名称的词语以 P 字母开头，我们最终采用了"地点"这个术语，但它对于市场营销工作中具有重要意义的渠道因素没有准确表达，并且弱化了其重要性。"地点"这一表述似乎意味着我们所做的事情只是与我们将产品销售给最终消费者的地点相关——采购人员的办公室、展示厅、零售店。基于这样的认识，大多的市场营销人员把营销组合中的这部分工作完全交给销售人员去做，因为他们相信销售人员就应该负责这方面的工作。

"渠道"不是目的地，而是整个流转途径

渠道不只是与产品或服务的销售地点有关，渠道真正涉及的工作内容是将产品或服务推向市场的整个过程，包括接受订单、仓储、供应渠道，也包括对产品或服务在销售前、销售中和销售后的全程给予支持。在市场营销组合的所有要素中，渠道要素也许要求企业内各项职能的最广泛参与和相互协调，包括分销、供应链、销售和顾客服务。正如第 21 章中所说，对于所有这些环节，市场营销人员都应该给予充分的重视。

现在，我们更愿意采用菲利普·考特勒的四个 C（见第 24 章）中的"供应渠道"甚至是"便利性"来表示渠道因素，而不愿意用"地点"来指代。

注意：关系管理（包括大客户管理和客户服务）也常常被认为是渠道的一部分，但实际上关系管理很重要，具有战略地位，所以不应该归在战术性的营销组合中。在第四篇第 19 章"传递价值"中我们已对其进行过讨论。

渠道经理

随着营销组合中渠道的重要性加强，渠道经理这一职务也越显重要。为什么现在要特别强调渠道呢？因为当今价格和宣传方面的竞争已日趋同一化，渠道越来越成为企业获得真正竞争优势的来源。通过对渠道功能的重新评估及提高供应链效率，就有更多的机会降低成本。如果渠道伙伴选择正确，还能充分利用他们的信息和经验为产品增加价值。最后还有一个重要原因是来自于电子商务带来的新变化，它对渠道管理产生了巨大影响，为物流、供应链管理和客户管理注入了新的活力。

渠道经理是营销者还是生产者之一，抑或是销售队伍的一部分？对他的职责定位反映了企业对渠道的重视程度、企业的竞争优势来源以及它的价值驱动力（见第14章）。如果放在生产环节，说明企业是以卓越经营为驱动力；如果放在销售部门，说明企业是以客户为核心，把服务管理作为竞争优势的关键；但如果放在营销部门，则我们就得在本章末了时来讨论了。

供应渠道

市场途径

企业有着各种各样通往市场的途径，即供应渠道。渠道管理首先需要做的事情是在这些途径中作出选择，确定将优先采用的途径。图26.1所列举的正是这样的一些选择。

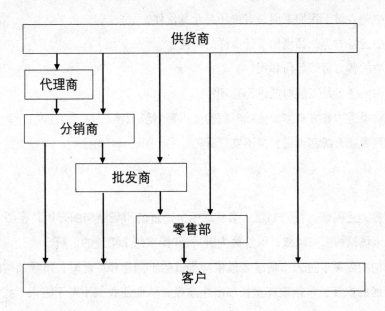

图 26.1 市场途径

我们是否应该将产品直接供应给最终用户？我们是否应该通过批发商、分销商或者代理商供应产品？只有把这个问题弄清楚了，渠道经理才能开始对渠道进行管理。

| 新渠道解决老问题 | 近年来许多银行相继关闭了一些设在乡村的分行，这些银行的做法引起了众多的争议。银行解释说，由于国际互联网这样的新渠道形式出现，一方面迫使他们做出这样的决定，另一方面也为客户提供了更好的替代方式，另外，他们还在考虑其他的替代形式。劳埃德ＴＳＢ银行有一项计划，他们想让邮局的分支机构代理一些简单的银行业务，由于社会安全保障资金不再采取以现金方式到邮局营业柜台当面结算，邮局尤其是乡村的邮政所在业务上遇到了非常大的困难，故此，邮局代理银行业务的做法也许会给银行、邮局和顾客等各方带来一个多赢的结果。 |

渠道分析

为便于选择渠道，我们提出以下问题：

- 有哪些渠道可用？
- 这些渠道中有哪些商家和客户？
- 这些渠道的份额和态势如何？
- 我们在渠道中的策略是推动式还是拉动式？
- 我们是否想在工作中有所突破？
- 渠道中的人对于我们来说是客户还是业务伙伴？
- 渠道中的各方为产品增加了什么样的价值？
- 渠道中的各方可以如何利用？
- 渠道中的各方是否能对其进行管理？
- 我们对渠道中各方有多大依赖？我们是否要摆脱依赖？
- 我们是否能开辟新渠道？要不要开辟？

渠道图

为了回答上述问题，我们必须从第9章中讨论过的市场结构图开始，在图26.2中我们列出了这个市场结构图（以旅行保险商为例），并标出每个渠道的份额。

市场结构图列举了进入市场或者说供应渠道的不同途径。此时，市场结构图应该旨在探求所有可能的途径，包括现有途径和潜在途径，从而使我们不至于陷入"我们一直采用的都是那种途径"这样的陷阱——在市场营销的大森林中，我们太容易犯"只见树木，不

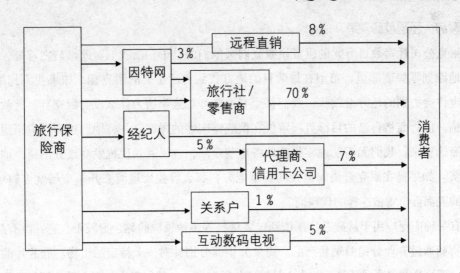

图 26.2 渠道图

见森林"的错误了。在这里我们标出了各个渠道占有的份额，要注意的是这些比例要从整个市场上来定，而不单是从你的业务本身来定。如果我们以后者来定份额，我们就很难进行渠道改良，这就像生活在三维空间中却只看到二维世界一样狭隘（参见第8章来自于V·K.杰克拉瓦迪的启示）。

此图还可用于显示我们与竞争者在渠道中的相对份额。

对于营销人员来说，他们所面对的最为艰巨的任务之一就是把握住这些渠道内存在的变动因素，因为这些渠道常是受到销售人员小心翼翼"保护"的势力范围。各种各样的传闻经常对其复杂性进行大肆渲染，制造这些传闻的目的通常是为了吓唬初入道者，有时候渠道中各方手中所掌握的权力甚至会被夸大到连他们自己也意想不到的地步。

把握渠道态势是一回事，而试图改变渠道态势则又是另一回事。你打算入手的渠道中可能存在的是这样一些人：拥有30年合同关系的代理商们，比你更了解市场的分销商们（并且他们希望保持这种状态），你认为费力不多却要拼命攫取利润的批发商们，以及那些10年前也许为你的产品尽了一分力量，但现在再也不会如此尽心的推销员们。你得努力面对这一切，并对那些使你处于不利地位的因素加以小心。所以我们要对信息把握准确，明辨真伪。

对市场渠道的研究方法与我们在市场细分程序中所采取的方法是一样的，就是寻找"热点"，或者说寻找杠杆作用点。这些点在市场结构中是你实实在在作出决策的地方（顾客会买还是不买），这些决策将决定你在市场上能否获得成功。这样的热点是在最终消费者那里呢，还是在渠道中的某个地方？换言之，你是在做推动营销呢，还是在做拉动营销？

推动营销，还是拉动营销？

耐克公司耗费数百万元的巨资说服我们买他们的鞋子，而我们对此也趋之若鹜，心情急切地跑到零售商那里，希望在最醒目的地方找到自己想要的耐克鞋，如果找不到的话，我们也许会去别的地方继续找，我们甚至有可能埋怨这家店为什么没有耐克鞋，这就是拉动营销。供货商将自己的目标直接定位在供应链末端的顾客，并将他们拉到供应渠道——零售商这里来。我们无需劝说零售商储备这些产品，也无需劝说批发商或分销商，他们自然会买。如果是在耐克鞋尚未遍及的偏僻地方，那么寻找代理商来开拓市场就更简单了，所有的人都会争着做这样的代理商。

有一种广泛应用于从硅芯片制作到包装材料等多种领域的黏合剂胶带，它并没有品牌，其供货商通过专业分销商销售产品，每个分销商分别针对一个特定的市场。硅芯片的使用者——不论是戴尔公司还是戴尔个人计算机的用户们——他们根本就不在乎使用的是谁的黏合剂，只要是能用就行，而且他们离黏合剂供货商越远，对黏合剂也就越不关心。当这个黏合剂供货商需要专业分销商时，这就产生了一个问题——为什么就应该用他的黏合剂呢？分销商会把竞争对手的产品拿出来给他看，说它价格更低，或者包装的大小更合适，或者该竞争对手做了更多的工作，帮助分销商将产品销售给硅芯片制造商，这就是竞争者的推动营销。供货商必须说服分销商接受他的产品，并且采取各种激励和奖励措施予以推动。

一些公司采取了双管齐下的策略——福特公司大规模的广告活动吸引我们走进产品展示厅，各种对经销商的奖励促使他们努力销售，让我们在走出展厅时不由得都买上了福特产品。在现实生活中，大多数企业都会将拉动营销和推动营销结合在一起，只是各有偏重。对于具有品牌的大众消费品，更多的是采用拉动营销的方式，而对于企业与企业之间的产品，则主要采用推动营销的方式。

黏合剂供货商是否可以改变这种均衡态势，更多地采用"拉动"营销的方式呢？可以。他可以创立一个品牌，并让最终用户接受这个品牌，这是一项非常重要的任务，并且需要付出长期的努力，但这不是"拉动"市场的唯一因素。供货商还可以与硅芯片制造商发展关系，更好地了解他们的需求，并利用这些信息帮助分销商做销售，甚至自己直接做销售。供货商还可以进一步将供应链延伸到个人计算机制造商，看看是否可以从制造商对硅芯片黏合技术的选择中得到积极的启示，从而帮助硅芯片制造商销售产品，也帮助分销商开展销售工作。他甚至还可以将供应链延伸到消费者——如果黏合技术会影响到计算机容量和速度两者之间关系的话，那么对于客户爱好的了解也许有助于改进渠道中各环节的效率。

对"推"、"拉"力度的把握具有非常重要的意义，因为这将对你在市场中的优势产生影响，改变企业的成本结构，并最终决定你获得的收益。它同时还将决定你对消费者的看法，以及对消费者的管理方式。表26.1列出了一些"推"、"拉"上的差异，无可否认这是

表 26.1　推动营销还是拉动营销

	优势	成本结构	收益	客户 / 伙伴
拉动营销	供货商占有市场 可以"选择"渠道伙伴	市场推广的投入	收益高 通过品牌得到保障	渠道伙伴
推动营销	渠道主要占有者拥有市场 争取客户	为促进销售进行投入 打折和返利	收益低 与分销商"分享"边际收益	客户

一个很绝对化的模式，但其目的在于帮助你找到自己在"推"、"拉"之间的定位。

收益

我们应该对收益问题进行更深入的分析。首先从分销商的角度来对其进行考虑：假设你提供给分销商的是一种没有品牌的产品，也不会给分销商太多的支持，你没有任何市场方面的信息作为指引，只是要求分销商为你销售该产品。那么，由谁进行投资呢？谁将承担这个风险呢？谁会期待得到良好的收益呢？分销商们和批发商们希望从交易中得到丰厚的收益，而供货商们则希望在渠道中与渠道经营者们"分享"全部收益。

或者是另外一种情况，你向分销商提供的一切都具有绝对的可靠性：你有响当当的大品牌，并且马上就要开始促销活动，市场需求旺盛，市场方面的信息足以让你清楚地知道自己应该努力的方向，你需要分销商做的事情就是接受订单，发送产品。这时，你在进行投资，你也在承担风险，因此你期待得到收益。你甚至有权选择分销商，这当然是一种具有优势的地位。

是客户还是渠道伙伴？

所有这一切都表明一个问题：你应该怎样看待渠道所涉及的对象？他们是客户还是你分销网络中的渠道伙伴？我们现在仍然是以绝对化的模式讨论这个问题，然而现实世界是五光十色的，有着各种想象得到的色调差异，但是我们仍然以前面已经讨论过的两个极端的情况为例继续我们的讨论。在既无品牌，也不会给予什么支持的情况下，分销商就是客户，需要积极争取，劝说他们，给他们甜言蜜语，并且对他们在供应链中的下一步环节所做的事情给予回报。在第二种情况下，给分销商的几乎就是一个金钵钵，分销商只是实现目的的一个方式，是供货商自己的分销网络的一种延伸，是供货商自己的销售队伍的延伸，此时他变成一个渠道合作伙伴，需要对其服务进行管理，并对他们的服务给予回报。

成本和能力

至此，我们已经绘制了一幅色彩鲜艳的拉动营销战略的图画，也描绘了一幅辛劳而令人沮丧的推动营销战略的画卷。或许我们应该对这种均衡再次进行强调：当然拉动营销战略非常好，但并不容易做到。我们需要回顾一下企业能力：你是否拥有顾客特别青睐的品牌，拥有进行大型促销活动的资金，对市场有充分的了解从而知道切入市场的途径，拥有满足市场需求的能力，拥有与下游各环节进行谈判的各种资源？对于追求拉动营销战略的企业来说，其成本结构非常吓人——前期投入十分巨大，如果是在一个新的市场投入一种新的产品，我们知道这样做的风险会有多高。

拉动营销战略也许向你表明你并不需要分销商：既然市场需求如此旺盛，那么我们可以省掉一些中间环节。但此时我们又要提到能力问题了：你是否拥有一套可以应付大大小小源源不断订单的系统？你是否拥有一些有形的资源能力，如仓库、运输车队，并且在这些方面的成本能否从削减中间商而获得的额外收益中得到弥补？专业人士所做的工作通常比一般人所做的工作更有成效，因而一个优秀的专业分销商在运营方面应该可以做到比你付出的成本更低，并获得利润。如果你可以把分销商看作是你自己的分销网络的真正的延伸而与他们进行合作，如果他们的确是你的渠道合作伙伴，那么我们为什么不借助于那些运作成本更低、能力更高的专业销售机构和物流机构，通过他们的工作获取我们自己应有一份效益？这个问题的答案在很大程度上确实取决于这些合作伙伴的"可驾驭"程度如何，我们将在后面对这个问题再次进行讨论。

推动营销战略要求企业自身拥有一整套的能力——寻找优秀分销商的能力就是其中之一。当俄罗斯从前苏联分离出来，并开始向企业打开门户时，世界各地的供货商们发现他们遇到了一个问题：过去是由政府掌管着采购和分销渠道，一旦你明白了政府的规则，销售就相当简单了：只有一个打交道的对象，只有一份订单，唯一客户就是苏维埃社会主义共和国联盟！随着前苏联的崩溃，相应的采购委员会也消失了，并且没有任何的替代机构。想要找到一个优秀的分销商真是一件非常艰难的事情，尤其是刚刚冒出来的分销商中很多都处于财务状况很不稳定或者更糟的境地。

直接销售还是多环节间接销售?

直销是最简单的市场路线。只需建立一个网站，安装一个订单接收系统，了解一下邮寄投递的方式，你就立即拥有了一个直接面向市场的渠道。这是许多企业的梦想，在许多情况下，也是对此项工作的低估。建立一个引人入胜的网站是一件很容易的事情，但是其后的组织结构才是决定成败的关键因素。易捷打印机和戴尔计算机是采用互联网进行直销的两个著名案例，他们为建立直销系统投入了巨额的资金。许多企业都试图在网上建立虚拟商店来开展零售业务，但只有亚马逊网上书店和耐菲斯（美国一家 DVD 和影碟租售网站）公司真正实现了持续发展。

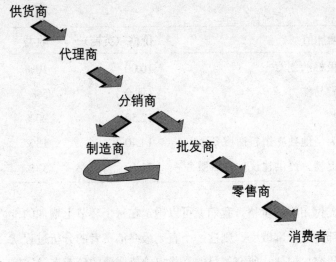

图 26.3 市场的"长"渠道

我们再来看看另外一种极端的方式，就如图 26.3 所表明的这种市场渠道，这个渠道很长，有多个参与方需要管理。

各环节的参与者都对商品的价值作出了应有的一分贡献，如果他们不能产生增值作用，反而只是增加了成本，那么就应该把他们从渠道中去掉。

代理商具有专业知识，并且懂得该领域或市场上的"规则"，他们在当地联系甚广，会以收取某种佣金的方式要求对其增值贡献给予回报。分销商从供货商那里大批进货，然后"拆零出售"。他们有时也会对产品进行一些额外处理，如重新包装、加入添加剂、测试产品效用。在企业与企业之间的市场上，产品可能作为一种"原材料"或是部件交给制造商，然后再以一种新的产品形式回到批发/零售渠道。

批发商们将产品带到当地市场，他们提供销售队伍和信贷条件，配送货物并提供客户服务等。零售商们与消费者直接打交道，处理询价、投诉和售后服务等问题。

渠道中的价值

我们在上文已经讨论了现有和潜在的渠道，并且对几种可供选择的形式进行了简要介绍，现在我们必须对这些渠道形式所具有的相应优势进行分析。从这方面来说，比较好的做法就是首先对各种渠道形式进行评估，确定哪种渠道增值最大；或者从反面角度评估，确定哪种渠道增加的成本最大。至于如何对价值进行确切的定义以及给谁增加价值，则取决于你自己的营销目标，也许还要包括进入市场的速度、投资实力和愿望、专业知识和能力等因素。

对于我们考虑的每一个渠道，都需要对从供货商到最终消费者的整个过程进行了解，注意供应链上每一个环节所发挥的作用及所增加的价值，如果可能的话，还应该对增加的价值进行量化分析。表 26.2 以一种从英国出口到东欧的消费品为例，产品在每一个阶段都没有发生变化，因此我们可以知道供应链上每一销售环节的价格是多少，并且知道每一环节所获得的收益是多少。在每一环节上所获得的价格仅仅反映了对增加价值的粗略估计，

表 26.2 渠道中的价值

	职能	增加值	价格（英镑）	收益
供货商	产品	极好的创意	10.00	10%
代理商	专业知识	贸易能力	（佣金）	5%
分销商	拆整为零	？	12.50	20%
批发商	销售	为当地独立销售商服务	14.40	13%
零售商	客户服务	促销、提供建议、售后服务	21.60	33%

假定客户在每一种情况下都愿意支付相应的价格，我们就可以确定在每个环节上增加的价值。如果产品在流转过程中发生部分或全部改变，则这一个直到最终消费者的分析过程就会很复杂，但它仍然值得下功夫研究。记住：研究的目的是找出价值增值的环节点及实施者，以便确定实施者应该得到的回报。而且我们由此能回答一个更大胆的问题：我们能否转换目前格局？

通过这样的分析，我们可以回答下面一些简单的问题：

- 渠道的每一个参与者是否都为其直接客户增加了价值？
- 渠道的每一个参与者是否都为最终消费者增加了价值？
- 是否有参与者增加的成本大于增加的价值？
- 渠道参与者是否从增加的价值中得到应有的回报？
- 是否渠道的每一个参与者都为你的企业增加了价值？
- 是否存在替代性渠道——电子商务、许可经营、特许加盟等？
- 是否有哪个渠道参与者是不必要的？
- 你是否能够承担其中某种职能？
- 你是否具有合适的能力？
- 你是否能够以低于现有渠道参与者的成本完成某种职能？
- 你对渠道参与者的活动会产生什么样的影响？
- 你对渠道参与者获得的回报会产生什么样的影响？

在表 26.2 的分析中，我们并不知道分销商增加了什么样的价值，也不知道拆整为零的重要性如何，这个问题值得我们作进一步的了解。也许我们可以对直至批发商的供应渠道进行重新安排，省掉分销商环节，从每件货品中节约出约 2.5 英镑用于做直接供货，或者投入市场开发，或者把它作为额外的利润。

根据各种不同的情形我们还可以提出更多具体的问题。假设你在支持一场大型的促销活动，这是为了实施拉动营销战略举措所作的一个重大努力，那么渠道中的收益分配是否与你和其他人所付出的努力相称？也许零售商的收益在产品上市的早期阶段中要高些，因为在这一时期零售商需要给予市场大力的"推动"；而一段时间以后，这部分收益是否应该减少呢？

渠道中的效用和可管理性

我们必须立足于两个广泛的层面之上对渠道参与者做分析，即渠道参与者的效用和可管理性。

- 渠道参与者的效用评估——他们是否对你和消费者发挥了有益的作用，他们将来是否还会继续发挥这种作用？（对于营销来说，他们未来所发挥的作用将比目前所发挥的作用更为重要，从而在这个领域引发了销售职能和营销职能之间存在的一个问题——两者之间计划角度不同。）

- 渠道参与者的可管理性——你是否有能力对他们的活动和收益发挥影响？他们会按照你提供的日程表开展工作吗？

我们应该对第二个问题——分销渠道的可管理性稍加留意。对渠道施加影响与反竞争行为之间是有明显区别的，英国汽车市场曾经受到严密的调查，因为有人说汽车制造商对渠道实行了不公平的"管理"，尤其是对分销商可以或可能销售的价位进行了过度干预，导致销售给客户的汽车估计每辆多收取了1100英镑的价格。

为了说明对这两个因素如何评估，我们现在来看一个英国涂料专业装修市场的例子。如表26.3所示，有五种选择方案，分别列明了各渠道现有的市场份额、对其未来市场份额的预期，以及对渠道的效用和可管理性的评估。

我们将根据不同渠道相应的效用和可管理性，把这些渠道放在一个四象限矩阵中进行分析，如图26.4所示。该矩阵首先说明了那些按照我们自己确定的计划安排具有最大发展前景的渠道（右上角），接着显示了那些需要我们花费（并且也值得花费）巨大精力进行"管理"才能实现我们计划安排的渠道（左上角），然后是那些我们可以选择对其进行管理但是并不在优先考虑之列的渠道（右下角），或者也许就根本不予考虑的渠道（左下角）。

我们有"野猫"或"问题小孩"这样的渠道（见第22章），他们是新涌现的零售商们，以及在某种程度上来说属于新兴的、具有进取精神的建筑商们。涂料供货商是否应该追逐和鼓励这些"野猫"渠道呢？

下面列举了一些追逐这类零售渠道的赞成理由和反对理由，在作出判断前，你也许要考虑一下自己是否还应该再多了解一些情况。

首先，赞成的理由是：

表 26.3 专业装饰材料市场渠道的选择与优先考虑的因素

渠道选择	现有市场份额%	未来趋势	效用	可管理性
供货商拥有的装饰材料商供应链	12%	稳定	非常高，但很难再在市场上获得显著增长	高——虽然公众主张让中间商充当真正的商家而不是供货商的"傀儡"
竞争对手拥有的装饰材料商供应链	40%	稳定	几乎为零	几乎为零
传统的独立装饰材料商	26%	慢慢下降，如果竞争者从零售商环节进入，会有急剧下降的危险	由于客户认为他们日益落后于时代，特别是在价格和服务方面落后，因此效用在降低	中等程度——由于业务来往时间长，关系良好
建筑商	11%	快速增长	价格和服务优势正在提升其在客户心目中的地位	低——试图在市场上建立新的动作模式
零售途径	11%	如果一家大的机构进入的话，会有大幅度增长的前景	如果他们成功进入了这个非常传统的市场就会非常高	很低——新的进入者希望确立自己独立于供货商的市场地位

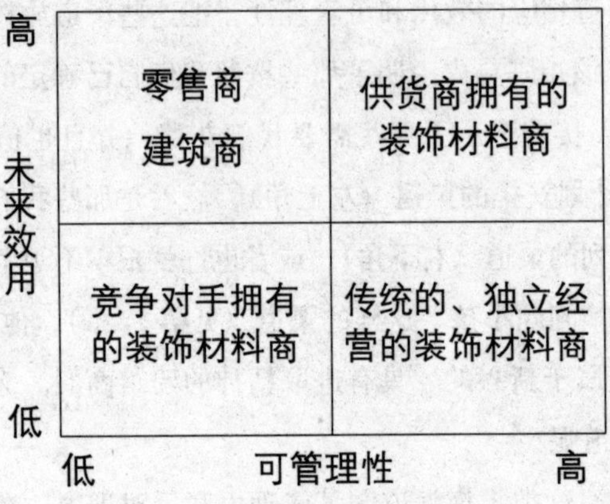

图 26.4　渠道选择与优先考虑的因素

- 这里有一些非常强大的、重要的参与者。
- 他们做业务的方式可能会成为未来大家所遵循的方式。
- 如果他们确实想进入市场的话，他们很快就将获得市场份额。
- 在上述情况发生之前我们就要与他们确立合作伙伴关系，而不能等到他们已经采取行动之后再与他们形成合作关系。
- 我们不能被他们看成是前进道路上的障碍。

反对的理由是：

- 我们现有的客户会感到不高兴。
- 我们自有的装饰材料商供应链将会受影响，我们的做法将会为我们自己的竞争对手提供支持。
- 销售人员不会支持这样的做法。
- 零售商进入这个保守市场遭受失败的风险很大，其结果是我们所给予他们的支持只是在浪费资源，并且我们与现有客户的公共关系也将受到一些不必要的损害。

假设你作出了决策，打算积极追逐零售渠道，接下来又怎么做呢？我们此时又得回到渠道管理的问题上来。

渠道管理

我们回到前面的问题：是直销还是多环节间接销售？对于这两种极端来说，管理方法是截然不同的，而对于各种折中方式来说，管理方法也不一样。

接下来我们举四个例子，它们在对进入市场的途径进行考虑时都作出了一些颇有新意的选择，创出了新路子，也发展出各有千秋的渠道管理工具和技巧。

神奇烟花公司总部设在鹿敦，销售额达 150 万英镑，其中 80 万英镑 **把握季节机遇** 来自其精心组织的烟花展示会，50 万英镑来自公司所称的"邮购订单"，剩下的 20 万英镑则来自设在农场的临时销售点。这种安排对当事人双方都非常有利：在一年当中其他来源的收入微薄的时候，农民可以从销售收入中提取 20% 的佣金或是返还的产品，而神奇烟花公司在 11 月 5 日前的短暂时期可以获得一个可靠而直接的销售网络。

盘活资产

苏姆菲尔德公司是一家超市集团公司，近来它开始向自己的竞争对手——小规模独立经营的杂货店提供供货服务，尤其是对一些设在农村地区的杂货店服务。公司将自己所有的产品都以批发价提供给这些竞争对手，包括自有品牌的商品。这项服务盘活了资产，这正是经营者希望看到的情况，并且它有助于使苏姆菲尔德公司的品牌进入一些新的地区。

寻求更大回报

农友公司正日益受到农民和消费者们的欢迎，市场份额处于上升趋势。消费者可以直接与供货商进行交谈，到地里享受拔土豆的乐趣，还可以带走仍附在茎上的布鲁塞尔嫩芽。农民们则以难以想象到的高价出售自己的产品，同时学到了许多东西，知道了客户真正需要的是什么（与零售商和批发商告诉他们的情况完全不一样），并且他们也享受了讨价还价的乐趣！

**在供应链中
"大家都赢"**

"影碟岛"是一家英国小公司，该公司打算用邮寄方式开展 DVD 租赁服务。这本不是什么新创意，该公司老总只是想模仿美国耐菲斯的商业模式。顾客首先对 DVD 进行挑选，然后就可以租看三部片子，看完后可再换另外三部。他们的选择余地很大，远远超过传统的租碟模式，再加上租订的便利性，这种模式对打算看影碟的人产生了极大的吸引力。

当时最大的问题是如何获得客源，如何快速建立客户网，为此，公司想出了一种非常新颖的办法（从渠道管理的角度发展而来）。影碟岛并没有单打独斗，它汇集了特易购、MSN、康美和"R"玩具公司等名声好、信誉高的企业，向它们提供"自有商标"式的订购服务。

这个办法的巧妙之处在于它在供应链上创造了很多潜在的赢家：零售商可提供服务，影碟岛可立即获得市场，甚至电影公司和 DVD 供货商也乐开了花——因为这种办法能为一些老片打开销路（街头的租赁店一般只把新片摆放在前面，后面也只摆几部经典老片。）

另外还有两种渠道管理方式——许可经营和特许加盟，它们的管理方法截然不同。

许可经营

许可经营是许可方以获得许可费或加盟费为目的，将自己的技术、专业知识、知识产权或品牌名称给予另一家企业，允许这家企业在它所在的市场或区域内经营供应渠道。对于你无法直接与消费者打交道的区域或市场，或者是你并无什么兴趣与他们直接打交道，但是你又希望从他们身上有所收入的市场，这是一个颇有吸引力的方式。但是请注意，许可经营这种方式有时候可能会回过头来反咬你一口，这当然是一种让人感到不快的结果。你今天可能没有能力或者缺乏足够的兴趣去顾及某个市场，但是明天情况就可能完全改变。当你为了图省事而与他人签订为期10年的许可经营合同，使得其可以尽情享受从中获得的回报时，你又得到了多少回报呢？而且许可经营是否在任何情况下都能让你省心省事呢？许可经营需要你给予支持、进行管理。你的产品或者是你的名字掌握在接受许可者手中，也就是说你的声誉掌握在接受许可者手中。千万注意，不要把许可经营看作是对待非核心市场的一种省事的途径。

特许加盟

特许加盟经营是渠道管理的另一种可供选择的方式，其含义是让他人按照你的模式经营业务，但是它与许可经营之间是有区别的，在特许加盟模式下，你对渠道组合中最核心的部分保留了更大的控制权。麦当劳的许多分店采取的都是特许加盟模式，它们必须通过严格管理的渠道购买原料，而且在运作和管理方面必须遵循非常严格的标准。通过特许加盟这种模式，新的创意很快就能渗透市场。当你的企业现金流出现问题，可能阻碍你的发展时，特许加盟模式对你来说将会是一个非常诱人的选择。

渠道管理规则

既然渠道管理的手段有很多种，我们自然也就不能用单一的规则去管理渠道。在此我不再笼统地阐述规则的运用，而是以管理分销商为例来具体说明对渠道的管理。

管 理 分 销 商

假如你是将渠道管理完全交到你自己的销售人员手中，让他们为所欲为，那么，你还能设想到更坏的情形吗？答案绝对是肯定的——更坏的情形是将渠道管理交给别人的销售人员来做。

当你在非常有效地利用分销商时，你将许多重大的责任交给了第三方，但你需要了解事情的进展情况，并保证对全局的控制。如果你的营销策略主要采用推动模式，将分销商看作一个有价值的客户，那么你对这个分销商进行的"管理"与你在拉动营销战略中对渠道伙伴的管理的内涵是不同的，而且这种差别很重要。你跟他说话的语调需要更加委婉，你对他的期望要加以调整，无论协商什么事情，力度的均衡具有很大的区别，但是动机还是相同的——尽可能多地了解自己的客户，并且对你的产品或服务的销售保持控制力。请先记住这些差异点，接下来我们要对管理分销商的一些方法进行探讨。

挑选

最好的方法就是从仔细挑选你的分销商开始，这说起来容易做起来难。可能你已经接管了前任经理所挑选出来的分销商，或者你处于一个几乎没有选择的市场，但无论你是否拥有真正的选择权，请尽努力开列出一张有助于你确定完美分销商素质的清单，这将是一件十分有价值的事情。这些列举的素质可以在任何一个挑选程序中使用，也可以将其用于评估现有分销商的业绩，以此作为制定改进计划的基础以及管理程序的核心。

你列举的素质也许包括以下几个方面的内容：

- 他们拥有的市场信息和经验；
- 他们的市场覆盖面；
- 他们的业绩记录和声誉；
- 他们对你的产品表示的承诺和热情；
- 少数（或没有）竞争对手介入；
- 他们销售队伍的规模、素质和声誉；
- 销售拜访的频率；
- 他们在产品和产品应用方面所掌握的知识等；
- 他们的客户服务质量；
- 他们的营运成本；
- 他们对讨论营运成本的积极性；
- 存货控制——他们是否会持有存货，并对其加以有效的管理；
- 他们的可管理性——他们是否会按照你的计划安排开展工作；
- 他们是否会分享有关客户方面的信息；
- 他们是否愿意采纳建议，不断提高自己；
- 你是否可以提出共享业务计划；
- 相互关系的质量；
- 他们对回报的期望值。

在现实世界中，营销管理都是以上述所有的要点为基础进行运作的，无论是在协商时还是在工作中，双方之间力量的均衡是一个永恒的主题，这一点在监控和改进业绩方面尤为强烈。

业绩改善计划

世界上没有完美的分销商，所以分销商总是存在需要不断改进的地方；世界上也没有完美的供货商，所以作为供货商的你在经营中也需要不断加以改进。为了保持良好的关系，你应该与分销商开诚布公地、建设性地讨论问题，并制定业绩改善计划。你开展这项工作的方式将对你成功建立起良好的关系具有至关重要的意义，就如同销售队伍一样，市场营销也希望找到那些值得合作的分销商们。

理想的状况是把业绩改善程序看作一个双向的过程，当作相互关系中的一个常规任务，而不是作为对紧急情况和危机的临时性反应（这样做很难为彼此间的合作与业绩提升提供一个最佳的环境！）。双方都应该针对各种各样的问题把自己的想法列出来，然后交换意见，看看冲突可能出现在什么地方，为了减少或避免这种冲突应该采取什么样的行动。你所列举的问题可能涉及到两方面—— 一方面是你们两家公司之间存在的问题，另一方面是市场上存在的问题。你最后也许会以类似于表 26.4 的一个图表来归纳内容（我们只是想以表 26.4 作为一个例子，并没有打算将所有的内容完整列出来）。

我们只需看看其中的一个问题，就可以看到在典型的推动营销策略和典型的拉动营销

表 26.4 业绩改善计划

我们的关系	供货商的愿望	分销商的愿望	潜在矛盾	减少和避免矛盾的措施
产品范围与库存				
价格与折扣				
收入分享与成本分担				
条款与条件				
培训项目				
投诉程序				

市场问题	供货商的愿望	分销商的愿望	潜在矛盾	减少和避免矛盾的措施
客户选择				
销售计划与目标				
价格与折扣				
促销				
客户服务计划				
供货商支持计划				
投诉程序				

策略两种不同的情况下，"管理"分销商时可能出现的差异。

产品业务范围和持有存货

在实施推动营销策略的情况下，供货商通常希望分销商能够接受规模大、品种全、产品线深厚的存货，而分销商的想法则也许正好与此相反！要解决双方之间存在的这些差距，也许需要从动因或"交易"这样的角度考虑问题，或者考虑采取卖主自备并自己管理的库存方式。委托寄售（将库存商品保存在分销商的仓储场地，但是在这些存货卖出去之前，其所有权还是属于供货商）是一种可以用来说服那些不情愿的分销商们经营新产品业务的手段，但是这种方式也存在严重的缺陷。

首先对于供货商来说，采用这种方式所需要付出的代价多半是非常高的——关于这个问题，你可以去咨询一下会计。其次，采用这种方式在管理和控制上特别困难，对委托寄售持坚决反对意见的人有时会将其视为"损失"的存货！第三个缺陷就是这种安排可能让分销商对你的产品销售"动力"下降。供货商希望推动自己的产品，但是将分销商的仓库填满供货商自己的存货也许并不是推动分销商积极工作的最佳方法。

在实施拉动营销策略的情况下，供货商可以通过市场信息和销售预测对经销商的产品范围和库存情况发挥更大的影响力。比如说，可以通过对某一特定促销活动的具体安排来"指导"分销商进货。就管理分销商这一问题来说，采用拉动营销策略可能看起来更具吸引力，但是不要忘了，为了促使这一营销策略得以顺利开展，供货商必须参与其全部的活动，并提供相关的投入；而在实施推动营销策略时，供货商则不需要考虑这些活动和投入。

培训

在供货商所提供的支持计划中，最关键的一个环节就是给分销商提供培训计划。在提供培训时，最起码要针对产品对分销商的员工进行培训，但是除此以外还需要提供更进一步的培训内容。分销商通常希望从他们最好的供货商那里得到帮助，希望供货商为其员工提供培训——还有什么方法比联合培训更有益于巩固双方的关系呢？

供货商和分销商的销售人员同时进行销售培训时，可以探讨市场内部的相关问题，也可以进行联合计划的研讨，这样就能一举两得。不过要注意，供货商不可在其中过分地指手划脚，避免授人以"洗脑"的嫌疑。为了避免上述问题的出现，可以聘用一位独立培训师做培训，而不要委派供货商自己的人讲授培训课程。

据我了解，利用培训以巩固客户关系、提高渠道合作伙伴能力的一个最好的例子是PPG公司。这是一个为汽车修理市场提供装饰漆的供货商，他们的客户中有许多是独立经营的喷漆店，这些店的规模小，但培训需求很大，只是自身缺乏培训资源。PPG为他们提

供了一个系列培训课程，介绍"小企业经营"方面的问题，客户需要支付一定的培训费（很少的金额，但是却物有所值）才能参加这个培训课程，讲述的内容包括如何在市场中提高自身的价格——这是一家作为供货商之类的企业非常关心的问题！

> 培训你的客户，教会他们把价格升上去！

共同业务计划

如果分销商是一个真正的渠道合作伙伴，那么双方一定会希望制定共同业务计划。许多供货商把分销商业务计划简单地看作一系列将要推行并需要实现的销售目标，当看到分销商对这样的做法丝毫提不起兴趣时，他们会感到很惊讶！这是不对的，一项真正的渠道合作伙伴计划应包括如下一些要点（基本上以英国农用化肥市场的一个真实的例子为基础）：

- 合作意向的联合声明（双方希望通过这种合作关系得到什么，他们的期望值是什么）；
- 供货商和分销商的价值目标和愿望；
- 目标市场的优势、劣势、机会与威胁分析，以及双方的优势和劣势；
- 客户和目标客户的确定——如果需要的话，还有大客户的确定；
- 对目标客户的需求和愿望的说明；
- 价值链的分析（参见第 17、18 章）；
- 销售主题；
- 支持计划——供货商的责任、分销商的责任、预算、客户服务计划、培训计划；
- 具体销售目标；
- 服务水平协议；
- 活动清单（人、事情、时间）；
- 主要业绩指针和评价标准。

制定这样的计划不仅需要花费时间，同时还需要彼此之间高度的信任与合作。不要指望轻而易举就可以完成这项工作，当然也别指望水到自然成。营销人员在制订计划过程中所发挥的作用将有助于使他们与销售人员形成密切合作的关系，这样的合作对于所有相关者来说只有益处。

物流及供应链管理

按时按量地配送货物是企业在现代社会中必须具备的基本能力。但是就在不久以前，像 OTIF（准时并完整无缺的配送）这样的衡量标准还在用来体现一个供货商相对其他供货商来说所具有的竞争优势。上述变迁说明了营销组合中有关物流管理的一些情况：企业一直在坚持不懈地提高自己，有时可能有几个月时间里拥有真正的竞争优势，并为此而感到高兴不已，但很快其他企业迎头赶上，把这种优势又变成企业赖以生存的一个基本条件。因此，物流管理一定要做好，否则会出大问题。

长期以来，物流管理都是营销组合中一个比较缺乏光彩的领域，但是如果对其不理不睬、疏忽大意或是缺乏严格的管理措施，那么它也会在不经意之间造成最大的损失。物流管理专家是供货商为社会培训的无名英雄，越来越多的事实表明，在从大众消费品到企业商务及服务行业的各类市场上，物流的顺畅性变得日益重要。如果某家邮购公司给你送错了邮购物品，你还会回头光顾这家公司多少次？如果某家银行或信用卡公司每个月与你结算时将别人的费用打在你的账单上，你还能与它们在业务上来往多久呢？

> 一些市场中的竞争并不是在产品或品牌上，而是在供应链上

随着市场的成熟，竞争的日益加剧，对竞争优势要求的不断提高（特别是在获得竞争优势最困难的时候），市场对供货商的可靠性要求提高到了一个新的高度。在这样的市场上，供货商必须具有准确预测和及时"送货"的能力，正是这种能力成为了胜利者和失败者的分水岭。过去，在竞争激烈的战场上往往都是对市场份额的争夺，最后是最具实力的品牌胜出，而将来我们看到的将是在供应链上发生的战斗，胜败的定义会大不一样。

有效的顾客反馈

有效的顾客反馈（ECR）是供应链效率的一大指针。例如在零售业中，每次顾客购买产品时，企业都可以利用自动记录程序来获得顾客信息。沃尔玛不仅把 ECR 变成了一门科学，而且使它成为了沃尔玛成功的关键。其程序首先由条形码解读器录入商品信息开始，经过一系列复杂运算对录入信息进行整理分析，然后沿供应链回溯到产品的原厂商。在分析过程中，还可以查出产品的季节性、促销计划、制造及交货的时间差、保持期等各种信息。

供应链管理

许多大型企业内供应链管理活动的兴起是供应链竞争的见证，也是说明内部运作如何关注客户和市场的绝佳的例子。图 26.5 向我们展示了这种企业外部的工作重点是如何内化为企业运作的内部职能的，而且这种职能进一步延伸到了采购环节，甚至延伸到了供货商的供货商。

在这种情况下，市场营销人员与内部经营人员之间的对话将是富有成效的。生产部门或者采购部门的目标将以客户满意度和企业内部评估经营效率的标准进行确定。生产部门仍然可以追求产能的最大化利用（对总生产能力的有效利用率），但此时他们知道这不仅仅是因为较大的产能利用率本身是一件降低成本的好事情，而且通过降低成本还能不断为客

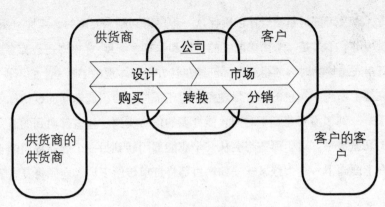

图 26.5 供应链

户带来更大的收益，最终使企业获得竞争优势的潜力。这种方法将会有助于消除内部运作机构和营销人员之间的利益冲突，因为两者的目标现在是一致的。此时的适当产能利用率指标既要考虑标准生产所带来的极大效率（这是旧式工厂厂长所追求的神圣目标），又要考虑市场对多样性和灵活性的需求（旧式营销人员所追求的神圣目标），在两者之间作出决策，选择一条正确的途径。

通过对供应链的认识，营销人员可以为自己确立两个目标：一是提高供应链的效率以降低成本，二是加强供应链对客户供应的有效性。在物流管理和供应链领域，都存在着降低成本和扩大差异性的途径，最终使企业获得竞争优势。

勾勒供应链图

对于任何一家企业来说，如果它想努力通过提高供应链的效率实现降低成本的目标，或者通过加强供应链的有效性提高对客户服务的水平，那么它就应该对供应链定期进行检查。一个非常有价值的做法就是勾勒出一幅从开始到结束的供应链图，而无需多少技能但又极为有效的方法就是在一面空墙上贴上一些便笺条。对于采购所要采取的每一个步骤你都要单独写一张便条，最后你可能需要很大的一面墙才够贴，因为整个事情出人意料地复杂。从客户的订单开始，情况就有多种多样，有通过销售代表接的单，有通过电话以及传真下的订单，还有电子订单、长期订单，你可以顺着这条线路进到公司内部，然后再从公司出来，通过最终的物流把产品配送到达客户手中，然后开发票，最后接收付款。

> 借助便贴和一大面墙壁进行工作

请努力沿着供应链回到生产部门，然后再进入你自己的采购环节，在这其中让专业人士参与到此项活动中来——客户服务、内部销售、分销、供应链、综合计划员、采购员、推销员、信贷管理员——所有这些环节的专业人士都会为供应链添加自己的便笺条。

通过这种方式，供应链程序就变成了看得见摸得着的东西，从而使你开始认识到这一程序的复杂性，以及跨部门紧密合作以确保这一程序得到顺利实施的必要性（而在此之前，你可能认为供应链只不过是一个简单明了的订货和送货系统）。你也许还会惊喜地发现，现在每次按照订单发送货物时你的组织内部已经在各方面都体现出了能力上的不少突破。

一旦你在墙上贴满了黄色的四方形便条，对于那些将会引起麻烦的事情你要在上面画上一个大黑叉——例如需要花三天时间才能办妥的信贷支票、包装部遇到的瓶颈问题、开发票时出现的高差错率。对于那些将会从一个职能部门转到另一个职能部门的至关重要的问题，你要在上面画上一个大红叉——如销售部将订单传给工厂、仓库将其责任转移给运输公司等。

退后一步，看一下哪些地方你还需要加以改进（画黑叉的地方），哪些地方你需要确保执行过程中的绝对可靠性（画红叉的地方）。你要把供应链程序看成接力赛，每一个选手都要把接力棒交给下一位选手，你要注意那些接力棒可能会掉棒的地方。

在这样一个一切都通过软件来完成的高科技时代，这种做法听起来似乎有点落伍，但是还真没有比这更好的办法可以让我们掌握供应链的运作。当然，在这个过程中并不只是要找出存在问题的地方，我们还要找出那些不必要的连接处和那些不起作用并耽搁事情的环节，然后把它们从供应链上清除掉。我们的目标应该是寻求各种可行的手段缩短供应链，加快供应链的运行速度，调整整个供应链系统，使客户尽可能接近你自己的供应链系统。

如果你允许客户直接给你的工厂下订单，那么将会出现什么样的情况呢？是引起一片混乱，还是由此开创一条获得竞争优势的途径呢？供应链上的营销人员应该致力于为客户提供近距离接触企业供应链的渠道，从而将他们有效地锁定在彼此紧密相连的合作关系之中，因为这样更便于客户与你开展业务。

管理和销售

本章的例子和引证反复围绕销售部门和营销部门合作这一棘手问题展开，现在我们已经充分认识到这个问题的重要性，并了解了其中的妨碍因素。销售部门与营销部门之间的矛盾就像两个敌对的邻国，因为靠得太近，所以常常会打起来。有的时候销售部门像是在拖营销的后腿，有时又像是在为营销部门收拾残局，而有时又像是在一旁说风凉话的人（的确有这种情况）。而正确的关系应该是由营销领导销售，为产品销售负责，如果营销部门退缩的话，就得为后果负责。

第19章专门讨论的大客户管理使销售和营销两大部门走到了一起。从一定意义上说，一个大客户的确就是一个细分市场，对这个市场的管理也许更多是销售部门而非营销部门的事，但此时销售部门不能囿于传统的销售模式，而是要看得更宽（从狩猎变为放牧），看得更长远（大客户是一项投资，大客户管理就是投资管理），简而言之，他们得像营销部门一样思考和工作。

这时，让我们再回头看本章前面那个没有回答的问题：渠道管理应该由销售部门负责还是由营销部门负责？虽然说这个问题本来是双方的共同责任，但这样折中未免有"骑墙派"的嫌疑。总的说来，这多半还是营销部门的责任，因为市场渠道只是营销组合的一个部分，而营销组合又是由营销经理控制和管理的，如果营销部门不管销售的话，整个组织结构就不牢固了。

27

市场推广战略

Promotion

<table>
<tr>
<td>"捡、捡、捡、捡起一只企鹅"</td>
<td>"客乐"作为工间休息时备受青睐的一种巧克力饼干而"拥有"整个英国市场，但是有一年他们决定不做广告宣传，而把节省下来的广告费用作为额外利润。"客乐"是饼干品牌的领头羊，一年不做广告又能够带来</td>
</tr>
</table>

什么损失呢？但他们运气不佳（或者是市场短视病），恰好遇上"企鹅"饼干推出大规模的市场推广活动，加上德雷克·尼墨那段著名的结巴广告词，使"企鹅"一往无前地朝前走，而"客乐"再也没有重获其过去一统天下的市场地位。

为主要品牌进行市场推广必须是一个长期的行为，持续的费用投入具有至关重要的意义（尽管对于财务经理而言这可能有点难以理解）。但市场推广的内容并不仅限于此，它不只是顾客的电视广告。

任何市场推广战略的关键都在于它要实现的目标。你首先要知道你希望实现什么目标，这样才能避免没有效果的行为和超预算开支这样的陷阱（政府就老是干超预算的蠢事）。

市场推广的目的

你开展市场推广活动的目的可能是为了：

• 扩大市场的总体规模；

- 扩大你自己的销售量；
- 扩大市场份额；
- 提供销售动力；
- 提升分销能力；
- 对竞争对手予以反击；
- 提升你的产品、品牌或者公司的知名度；
- 影响消费者的需求和愿望；
- 影响消费者对你们主题的认知；
- 克服各种偏见；
- 对产品或服务予以试用；
- 提高使用频率；
- 强化现有行为；
- 在你的主题和消费者的需求之间建立特有的联系；
- 建立或打造信任；
- 澄清"公司在走向衰败"的谣言；
- 显示对社会或政治的关心；
- 影响消费者的购物倾向，购买你们的产品；
- 告知消费者你们在主题方面的变动；
- 告知消费者市场环境的变化情况。

上述列举远远不能完全包括市场推广的所有目的，这些只是营销人员意图通过市场推广活动希望实现的目标中的一部分，但总的原则是不要太贪心，不要对某一次市场推广活动寄予太多的希望，什么都想得到的话，结果可能反而收获甚微。上述每个目标都是独一无二的，因而需要以独一无二的方式予以对待。

市场推广活动和沟通

市场推广活动不仅仅是单一层次的沟通活动，它的含义及目标比后者广，后者则只是它的一部分。整个活动可能包括多种媒体，对每一种媒体的利用都是为了借助它所具有的特点和长处，以求产生特定的效果——电视用于提高知名度和刺激购买欲望，报纸杂志用于传播信息，销售服务是为了刺激购买行为，等等。而每个单一层次的沟通则要求有更具体集中的目标。

市场推广目标

确定市场推广目标要有步骤地进行，要从整个市场推广活动的大局出发来制定目标。对于各种特定的沟通与活动，则要按照下列步骤把内容写下来：

- 这次市场推广活动……（确定媒体和方式）
- 将要，或者目的是……（阐明预期效果，来自消费者或市场的预期反应，撰写时要采用一个动词——诸如获取、建立、达到、赢得、改变、消除等）。
- 与目标受众……（详细说明）
- 按照下列时间安排……（详细说明）
- 伴随以下结果……（详细说明——对销量、市场份额、利润等产生的影响）

下面以一种新品牌淡啤酒的推广陈述为例，其内容如下：

> 这次斥资 300 万英镑在黄金时段播放 30 秒的电视广告，其目的是鼓励居住于格林纳达电视覆盖区的 18~25 岁的男性品尝并购买浩哥淡啤酒。测试期为 5 月 1 日至 6 月 30 日，预期结果是在这段时间内销量增长 160%（即 120 万英镑），在目标受众中将品牌认知度提高到 90%。该项广告推广活动还将对中间商市场推广活动提供有力的支持，鼓励他们尝试订购我们的产品。

但我们不能过分强调这种撰写方式的重要性，原因如下：

- 当你向公司外的代理机构介绍情况时，你得具体说清楚要他们做什么。
- 当你要求自己的公司为市场推广活动提供资金时，你必须能够对这项投资可以得到的回报进行量化。
- 和其他活动一样，你要对市场推广活动效果进行评估，这要求你对自己的目标很明确。
- 市场推广比营销组合中的任何其他部分更容易受到"感觉良好"综合征的影响，营销者往往只看到活动开展得热火朝天，却忘了最初的目标，因此，时时检查和回顾目标是至关重要的。
- 漫不经心的目标将会导致漫不经心的活动，得到的将是混乱的信息和迷惑不解的消费者。

目的的明确性

近十年来牛肉检疫的问题不断出现，如果你想要提升牛肉产品的认知度，那就大错特错了。皮尔·卡丹也没想到，自己的品牌越是出名，苯含量超标的丑闻就越是受到众人的关注……仅提高产品知名度是不够的，知名度得有所指向才行。

市场推广的首选良策

做任何形式的沟通——无论是一对一的谈话，还是耗费 500 万英镑的电视广告活动，首先最关键的事情就是应该铭记所接受的信息要比发出的信息重要得多。如果顾客对于企业和产品有某种看法，那么这种看法就会影响他们对推广信息的理解。如果你在法国电视台上大力宣传英国牛肉的美味，而大众对于牛肉的安全性又心存疑虑的话，那么无论你广告做得多大多响，结果只是自讨苦吃。你不仅不能得到预期的效果，还有可能招致更多讥讽和不信任。

当一家公司意识到其产品形象欠佳时，它所要做的就不仅只是到处宣传其产品有多么优良。在这种情况下，玩诙谐幽默是一个最受青睐的方法，已经有很多幽默的广告被广告商视为改变大众认知态度的一种手段，第 16 章中的斯柯达广告就是一个榜样。

单一主题

人的大脑虽然很发达，但如果收到的推广信息太多，就会很快进入超负荷的状态，所以每一次沟通时不要试图表达太多的内容。大多数市场推广媒介只能吸引消费者数秒钟的注意力——电视广告可能平均为 30 秒，一则杂志上的广告内容可能延续时间长一些，而对于上网冲浪者一瞥而过的网页内容来说，时间就少得多了。请记住，一次只表达一件事情，把这件事情说清楚，让人记忆深刻，从而引发出希望得到的反应，这样做才是明智的举动。也许你有太多话想说，但等你说完后顾客却已失去了兴趣，甚至更糟的是他们会对你产生不信任。

在市场推广活动期间，你可以确定一系列的单一主题，但推广方案中的每一项具体活动都应该只用一个主题。

京瓷公司是办公设备制造商，最近在报纸上为易可行打印机系列产品做了一系列的平面广告，在系列广告中贯穿了一个明确的主题，但每一个广告只传递一个信息。这个活动旨在将京瓷产品独特的性能（技术领先）与消费者众多需求中的一项——商务效率和对环境的关注联系起来。每则广告中，京瓷都展示了其技术的一个不同侧面，但采用了一句始终如一的口号："商业需要效率，地球需要关注。"

> **京瓷——拯救地球**

对于百货零售企业阿斯达来说，它可宣传的信息很多，但多年来该企业只有一个广告形象——一只抚摸着钱包的手，它表示在阿斯达购物最省钱。这则广告非常成功。

有效的沟通

提出主题只是一个开端，有效的沟通还必须满足以下一些条件：

- 必须传达到目标受众。
- 必须通过时机、相关性和简要性的有机结合，吸引受众的注意力。
- 必须传达想要表达的信息。
- 必须将需要传达的信息与品牌名称结合在一起。

许多高成本投入的广告无法通过上述条件的检验，有时四个条件中没有一个能够达到——高额广告成本并不能保证广告的有效性。

是否传达到了目标受众？ 一个拥有最新互动技术的卓越网页如果没有人找得到，那么最终也只是一种浪费。

是否具有渗透力？ 电视遥控器将许多电视广告交给了"无声"的垃圾箱，所以广告商们都竭其所思地想把广告做得与众不同。美国超级网球公开赛的广告时段是全年当中最贵的，所插播的广告很精彩，而且广告本身也吸引住了观众……

是否表达了想要表达的含义？ 我曾经看到一则香烟广告，一个身着晚装的男士对面坐着一位对他充满爱慕眼光的女伴，爱慕的原因显然在于这位男士抽的香烟。除了显而易见的含义之外，这则广告还表达了一层隐含的意思，那就是，你对此种香烟的选择是体现你对你所爱的人的关爱的一种方式。不幸的是这则广告上有政府的健康警示语：被动吸烟将会导致癌症——这就与爱和关心相去甚远了。

是否与品牌结合？ 如果你不是品牌领先者，那么你所做的广告宣传常常会让人们误认为是市场上的头号品牌。我在为多乐士涂料品牌工作的那些年里，总会收到来自朋友和亲戚们对我们最新广告的祝贺（有时是批评），结果却发现他们所看到的是皇冠牌涂料的广告，这一品牌长期以来一直是位居市场第二名的地位。

市场推广的第二条良策

仅仅告诉人们一些信息是不够的，你还要激起他们的响应。你要了解人们对你所说的话有什么想法，所以信息反馈很重要，你要让人们对信息作出积极的反应。巧妙的市场推广活动会通过诱导人们作出反应而将客户引入"对话"之中，这就是考特勒四个 C 当中的沟通（见第 24 章）。

媒体的选择——利与弊

每一种媒体都有其自身的优势和缺陷，这当然取决于你所预期的结果。下面列举的内容是对几种主要媒体的利弊进行比较，考虑了诸如成本、策划、目标的精确度、影响的性质等因素，还有最重要的一个方面——如何激发积极响应。

电视

这种媒体所具有的优势如下：

- 你可以对信息内容加以控制。

- 在适当时候穿插广告，就能较准确地把握住目标市场。

- 可以产生巨大的影响，引起积极的反应。

- 迅速获得很高的知名度。

- 对市场认知和潜在需求可以产生良好的影响。

- 可以获得很好的品牌机遇。

- 有助于建立产品的可信度。

- 不论是反复播放同一个广告片还是通过某个广告主题的不断深化发展，经过一段时间以后总是可以实现树立品牌的目标。

- 有可能实现区域性定位，并具有极大的灵活性。

这种媒体所具有的缺陷是：

- 需要高成本——不仅要购买时段，还要制作广告片。

- 间或会产生广告位置安排方面的麻烦。

- 随着其他更为直接的传媒工具日益增多，电视的人性化特色降低。

- 电视仍然只是一种局限于国内范围传播的媒体，极少有电视广告能够播及国外，像"外国人约翰"这样的广告令人如痴似醉的现象实在是罕见！

协调安排好电视广告的具体插播时段可以更好地帮助你实现广告安排的预期目标，并使过去让人尴尬的广告安排方面的老问题减少到最低程度。当然有时候还是会出现一些麻烦，比如在新闻中插播一段瘦身产品广告时，新闻中却正在播放关于东非遭受严重饥荒的新闻报道。

由于电视广告费用昂贵，因此它仍然只是大公司才能承受得了的媒体，并且由于电视广告的制作成本非常高，如果是小规模的宣传活动，这样的投入就很不划算了。假如降低制作成本的话，那么你所投放的广告将首当其冲成为牺牲品，观众手中的遥控器会对你毫不留情，除非你的广告抓住了现在的某种流行时尚。

电视广告必须比其前后播放的节目在制作上更加独具匠心、更有趣、更新奇、更具吸引力，或者更具有某种引人注目的方式。广告的目标设定是一种技巧，广告内容则是另一种技巧——隔壁邻居的"炼金故事"广告以及"这是圣诞老人还是爸爸?"香皂广告就是上述技巧的具体体现。

广播

这种媒体所具有的优势在于:

- 地域针对性强。
- 足不出户也能进行"交流"。
- 低成本，高播放率。
- 它是一种具有"立竿见影"效果的媒体，在促使受众立即采取行动方面效果很好，因此是零售商最喜欢的媒体。

这种媒体的缺点在于:

- 有时候受众规模很小。
- 对于许多题材来说缺乏视觉感受，需要广告商发挥创意，通过语言及声音进行"描绘"。
- 开展全国性活动有一定难度。

全国性报刊

这种媒体具有的优势是:

- 能够对市场上发生的事件和发展作出快速反应。
- 通过在一定时间内连续性刊登广告的方式可以在受众脑海中加深印象，最常采用的方式就是"明天呈现在我们面前的会是什么呢?"这种激发好奇心的广告方式。
- 在提供产品或服务方面很方便，尤其是提供与时间有关的产品或服务。
- 报纸本身可以为广告客户开展某些市场推广活动——如度假、机票、火车票优惠等。

这种媒体的缺陷在于:

- 费用昂贵。
- 可能遇到广告版面安排方面的问题。

易捷公司非常有效地利用了"现在就买"这样的广告推销他们欧洲航线的低价机票。在日报上刊登广告使得广告本身更具有紧迫感，让人感到"现在就买"刻不容缓。在易捷公司创建的早期，它能够与那些大名鼎鼎的报刊"联姻"，这对其建立自身的信誉以及将来长足的发展起到了非常重要的作用。

专业刊物

这种媒体具有的优势是：

- 目标非常明确。
- 你可以传达更复杂的信息，使这些信息成为杂志本身的内容之一，而不是插入的广告。
- 刊物中的内容主题接近，形式则更加无拘无束。

这种媒体的缺陷在于：

- 别的竞争者也挤在其中，导致信息超负荷。
- 与其他大众传媒相比，制作成本就其所能接触的受众规模来说要相对高出许多。

柯达公司曾在一本主要摄影杂志上做了一份单页广告，内容非常简单，只是一个黄色页面，上面写着这样几句话："我们真正的广告在第 5 页、第 12 页、第 28 页和第 37 页"。在这些页面上，每一页都有漂亮的

巧妙的专业性广告

照片作为一篇文章的一部分，附注上则说明该照片使用的胶片——当然是柯达胶卷。这是一个巧妙的方式，其预算极小，几乎没有什么制作成本，但是获得了最大的效果——而通常像柯达这样的公司，广告在其预算中是一笔巨大的费用。

广告性文章在许多杂志上被广泛应用——乔装打扮一番以后，广告就像杂志本身登载的文章一样在杂志里登堂入室。但是如果过多过滥地运用这种方法，杂志的可信度就会大打折扣，所以这种机会也不可多得。

商贸刊物

这种媒体用于做广告时所具有的优势是：

- 目标明确。
- 通过定期出版发行的形式，可以在市场建立相应的受众基础。
- 有助于强化某个单一的主题——例如"让兰紫处理吧！"等广告主题。
- 有助于传达更复杂的信息——读者在浏览商贸杂志时，愿意阅读比其他类杂志更多的广告内容。
- 对新涉足者有利。

这种媒体的缺陷在于：

- 影响力不大。

- 它属于慢热型，要经过很长的时间才能产生知名度。

- 有超负荷的危险——你的直接竞争对手可能也采用同一种媒体。

- 广告内容有时会给销售人员造成麻烦，因为广告所表达的东西与"当地"的风土人情不完全相符合。

- 目标受众规模小，这意味着制作成本低，与此相应的就是广告沉闷乏味，效果就像"家庭作坊式剪剪贴贴"的廉价品。

海报

利用这种媒体做广告所具有的优势是：

- 适合视觉类的信息。

- 有助于做引发好奇心的广告（例如"还记得席得吗？"）。在广告中可以采取"令人惊奇"或震撼的技巧——贝尼顿、FCUK 等广告就是采用了这样的方式。

- 可以针对本地受众进行，甚至可以具体到一些特定的街区。

- 可以连续推出。

这种媒体的缺陷在于：

- 相对于接触到的受众规模来说，其制作成本非常高。

- 需要费尽心思选择张贴的地方。

- 将品牌和信息相结合并非一件易事。

- 容易受污损。

有这么一个预算投资小的 DIY 品牌，它非常有效地利用了海报将新产品推上市场。该产品是一种极其复杂的木料保养产品，而不是消费者一时兴趣才会买的东西，对于这种产品来说，品牌信誉和可靠性具有重要的作用。海报张贴在位于主干道上的几家大型 DIY 商店前，这样消费者在走进商店的时候可以看到这些广告。在商店里面时，虽然消费者面对琳琅满目的商品，但是进入商店前消费者最后看到并留在记忆中的就是这个制造商的产品的印象，这种印象有助于在消费者心中建立信任感。

不凑巧的是，由于海报形式的广告不容易使广告信息与品牌联系在一起，所以当一些组织想开展不针对任何具体供货商的宣传活动时，也最爱使用海报。工商协会就常常通过海报这种形式推广市场，而推广活动不针对任何特定的供货商。英国的牛肉、纯羊毛和牛奶都采用了海报这种媒体做市场推广。英国的床具生产商们经常采用海报这种形式，劝说人们为了健康经常更换睡的床，这种做法几乎就是把海报当作了一种公共服务媒体。

国际互联网

国际互联网所具有的优势是：

- 它在交互式交流方面具有巨大的潜力——市场推广先是成了相互之间的交流，然后发展成贸易往来。

- 它可以形成巨大的市场需求——但是你应该对此小心，保证自己对这样的市场需求有能力作出响应。

- 它对树立现代企业形象具有至关重要的意义。

- 对信息或资料更新具有极大的作用。

- 在网上小企业看起来不会比大企业逊色，这使小小的"大卫"有机会战胜巨人"哥利亚"。

- 对那些要查找资料的人来说，互联网上提供了大量信息。

- 可以跟踪消费者的使用情况。

- 很容易构建（但是也容易变得枯燥无味）。

这种媒体的缺陷在于：

- 互联网的使用并不是"免费"的——至少人们仍然得知道怎样才能找到你，这就需要在那些相对传统的媒体上宣传网站，此时，海报尤其有用。

- 许多网站显然不够专业，不够精彩，令人失望。

- 需要有大量人员和物流方面的支持，处理客户的气反馈信息。的确，美国的"维多利亚之密"网站在 1999 年圣诞前一小时的点击率高达 250000 次（"维多利亚之密"网站是一家亚麻布制品零售商），但它由于超负荷而瘫痪了三天，所造成的损失估计有数百万美元。

这里有一家总部设在美国的家政清洁服务公司，它取了一个"很棒的"域名——www.SpruceSpringclean.com（意为美国佣人），但是如果不采取大量传统的宣传手段，谁又会知道这个网站呢？有趣的是在电子促销媒体得到繁荣发展的同时，它也带动了传统广告媒体的发展。当搜索引擎 AskJeeves.com 推出时，它所采用的就是电视、报刊和海报等传统的促销形式，与传统的前因特网时代的促销活动相比较，这些促销活动的投入并不少。如果你想让人们了解你的话，你仍然需要花钱才能达到目的。网站的作用远不止是一种市场推广的工具，但是如果在这个层面上利用网站的话，下面的一些忠告也许对你会很有帮助：

- 网站的设计必须在 4 秒钟内吸引访问者，否则大部分访问者就会离开这个网站。你应该聘请一位专业人士协助完成网站的设计任务，不要因为营销团队中最年轻的成员恰巧是一位"网络英才"，就将这项任务交给他或她去做。

- 对于那些要查找具体内容的客户，一定要满足"点击两下就立即能找到"的原则。

- 如果你希望人们经常回访网站，那么内容和设计必须定期更新——陈旧的网站很快就会令人厌倦。

- 利用别人的网站进行链接时，如果链接过程不够迅速，并且不能准确到达目标网页的话，那么这种链接的做法就会让人生厌。

- 要以获得反馈为目标，而且要立即对这些反馈进行处理。

- 通过互联网了解人们的需求，弄清楚他们在寻找什么。

- 对网站的使用和转换频率予以跟踪。

目前，网站对访问者的回复率只有 40%，这种情形很糟糕。记住：市场推广是一个沟通的过程，如果你不回复的话，就好比在电话中与顾客讲到一半时突然切断（40%的回复率意味着 60%的切断率）。

直接邮寄品

这种媒体具有的优势在于：

- 通过完善的信息库，可以选择极其明确的目标，甚至精确到个人。

- 具有完全可控的信息，以及超越单一主题的能力。

- 提供了与客户进行对话的机会。

- 易于对效果进行检查。

- 启动成本相对较低。

这种媒体的缺陷是：

- 会被人看作是垃圾邮件。

- 命中率很低——通常低于 1.5%。

- 效果取决于收件人名单的质量。

绝大多数人对垃圾邮件都非常痛恨，所以当我们在门口看到了真正有趣的邮件时，往往会感到惊喜。直接邮寄品的诀窍在于要正中下怀，而且信息库的质量起着至关重要的作用。

电话营销

这种媒体具有的优势是：

- 启动成本相对较低。

- 有机会与客户进行交谈。

- 有机会对客户的真实需求和认知情况进行调研。

- 可以在竞争对手毫不知情的情况下悄然入市，也可在市场未察觉的情况下悄然退出。

这种媒体存在的缺陷是：

- 可能被认为是最具有侵扰性的媒体。

- 可能引起强烈的反感（这种销售技巧有强加于人之嫌）。

- 命中率低。

电话营销的一些潜在好处——如深入的交流以及调研的机会——都只有在从事这项工作的人员得到充分指示和训练后才能得以实现，而且最重要的是要舍得让他们花时间为实现既定目标而不懈努力。在此基础上，许多注重时间和效果的电话营销活动都会取得积极的成果。如果你希望以此作为营销的媒体，那么你必须认真选择中介机构或者从事这项工作的人员。

展览

展览具有的市场推广优势是：

- 与客户及潜在客户进行直接的联系。

- 有利于保持良好的商贸联系。

- 为新产品的上市提供了很好的平台。

- 是展示商品的良机。

- 推出产品，建立信誉。

- 提供了让客户深入了解产品的机会。

- 提供了导购信息。

展览存在的缺陷是：

- 成本高(如若过分节约成本可能被认为是偷工减料)。

- 在时间上对员工要求很高。

- 你的竞争对手通常出现在同一展览场（可能比你更耀眼、更引人注目）。

- 一旦开始，若要抽身退出则必定会引起非议，旁观者可能会说："我看某某厂家今年怕是不敢在这里出现了"。

赞助和明星代言人

这种方式具有的优势是：

- 知名度高。
- 提供了将良好价值和认知与你们自己的主题内容紧密联系在一起的机会，从而提高了产品的认知度。
- 如果应用得当，他们将为你的营销主题赋予实实在在的内容。
- 提供了娱乐的机会。
- 具有锦上添花的作用。
- 提供机会展示独树一帜的态度或理念。

这种方式存在的缺陷是：

- 如果名不副实，则将招人冷眼相待。
- 如果两者之间的联系不当，将会令人感到不是滋味，况且并非所有的结果我们都能预见（如百事产品与迈克尔·杰克逊就是这方面的实例）。
- 目标问题复杂。
- 这种方式可能同时产生反对派和支持者，尤其是在赞助运动队的情况下更为明显。也许只有为数不多的曼联队的拥护者会使用夏普产品，并且他们当中几乎没有人会去签订沃达丰产品的合同（参见下面的讨论）。
- 这种方式需要付出长期的努力，退出来则是一件很困难的事情，退出的后果可能给公共关系带来负面影响。

就少了一个 ……

意大利电动车制造商阿普雷公司曾邀请辣妹组合作为其产品代言人，当辣妹中的凯丽·哈利维尔突然离开组合时，不仅令阿普雷公司措手不及，给公司造成了非常不好的影响，并给阿普雷公司留下了一大堆无用的宣传照片和资料。

赞助要有效果

2000 年 2 月，曼联队与沃达丰电信公司签订了为期 4 年总价值达 3000 万英镑的赞助合同。这是曼联继与夏普合作 18 年后的签约，人们对此议论纷纷，揣测沃达丰在 4 年时间里怎样获取比夏普 18 年更多的利益。沃达丰当然要从这一签约中获利，而不只是慷慨解囊。这笔交易充分表明了赞助这种手段不只是用于市场推广，还可以用于营销组合中的其他方面。于是，曼联队成了产品，沃达丰是分销商，曼联队网站 1 个月有多达 7500 万的点击率，而不久以后网民们就可以通过沃达丰电信业务用手机上网了。

产品展示

这种方式包括诸如在家庭服务方面的电视节目中让主持人使用自己的 DIY 产品，或是让零售商为时装杂志提供一些产品。这种方式具有的优势是：

- 费用低。
- 随着时间的推移，可以建立人们对产品的信任感。
- 知名度高。
- 可迅速提高销售量。

这种方式存在的缺陷是：

- 对传达的信息内容缺乏有效控制——如果产品遭受批评的话，则会带来不利影响。
- 效果往往是昙花一现。

英国的各家超市现在想方设法要事先了解清楚戴丽雅·史密斯在她的烹饪节目中将会采用什么产品，因为只要她在节目中提及一种新式的奶油或是某种不知名的蔬菜，这些东西在第二天便会被抢购一空。最轰动的一次是在戴丽雅的节目播出以后，英国的干西红柿马上脱销，因为她的节目使这种不起眼的蔬菜一跃成为耀眼的明星。

备受超市宠爱的戴丽雅

"产品展示"是一门艺术。飞利浦公司曾将其一系列尖端科技产品用于最新的邦德影片中而一举成功。由虚构的人物（或已死去很久的人物）来代言产品有时比那些由现实中的人和健在的人代言产品效果更好（更让人感到可信）。

产品展示的方式很多，你还可以将你的产品与另一种正在进行推广的产品联系在一起，从而起到推广自己产品的目的。洗衣粉广告可以在其广告内容中指明特定的洗衣机生产商，小厨师饭店可以将伯德乳蛋糕写进菜单，亨氏可以借用多乐士狗展示其啤酒所具有的与众不同的卓越品质（小狗在为其主人刷漆，而主人正悠闲地品尝着手中的啤酒）。

产品展示也不只是适合于消费品品牌。乐克维自动化公司在向投资者和客户做市场推广活动时，就是将自己作为雀巢公司的一个供货商，把自己与雀巢品牌在冰激凌市场获得的成功联系在一起。乐克维自动化公司刊登在《金融时报》杂志股票价格版面上的广告表现的内容是"乐克维自动化公司帮助雀巢公司以其完美、始终如一的口味在冰激凌市场独领风骚"。

公共关系（PR）

公共关系所具有的优势是：

- 这是种巧妙的方法，让人感觉不到是在做市场推广。
- 对处理重大问题和重要信息很有利。

这种方式存在的缺陷是：

- 需要极其专业化的管理，非专业化的做法可能导致大麻烦。
- 难以评价其实际效果——公共关系其实是一种"诚信"（但如果做得不好的话，反而更容易受到批评！）。

促销活动

这种方式具有的优势是：

- 目标非常明确。
- 可以对其实际效果进行评估。
- 促销活动期间增加的销售收入可以缓解在开展其他市场推广活动时出现的现金流动问题。
- 有助于调动分销商的积极性。

这种方式存在的缺陷是：

- 在预测方面可能出现问题，比如众所周知的胡佛公司机票活动大崩盘事件（参见第7章）。
- 可能只是获得短期的效果—— 一旦促销活动结束，销售额也就停止了增长。
- 有可能会形成对促销活动的长期依赖。
- 有可能导致品牌贬值，如果总是把价格作为促销手段的话，品牌贬值更严重。

买一赠一　　布雷克·布诺斯公司是餐饮行业食品供货商的领头羊，它在2000年的第一季度推出了"买一赠一"的促销活动。这在食品行业中相对来说是一种不同寻常的促销方式，公司惊喜地发现又增添了2000个新客户。但是他们没有因此而

被冲昏了头脑："我们现在的任务是要让这些新客户成为我们的长期客户"，这是非常明智的选择。

销售队伍在市场推广活动中的作用

在众多企业与企业之间的商务环境中，由销售队伍所进行的面对面接触是促销活动中非常有价值的一个组成部分，它提供了真实的对话和信息反馈。遗憾的是，这种面对面方式的成本太高，而且由于销售队伍规模的缩小，真正促销（而不是销售）的时间就会变得少之又少。销售队伍日益缩小的趋势已经严重影响了企业与企业之间的商务运作能力，使得这些企业在市场上难以实现推销自己的目的，这也许是企业盲目削减销售队伍成本的恶果。

近年来，销售队伍在药品市场上所发挥的重要作用是空前绝后的，因此在药品市场上企业对销售队伍的挑选和培训就格外讲究，但是对于任何一个企业来说都很难将这样的销售队伍的费用严格控制在底线内。

> 随时为您提供临时销售队伍的恩诺威公司

一种新药品的上市无疑是一项昂贵无比的活动，在上市的头两年里，可能有 10 亿美元要用在市场推广上，而这其中非常重要的一环就是销售队伍。药品公司一直在寻找方法降低销售人员的成本，现在较流行的办法是招聘临时销售人员。恩诺威这样的公司所开展的业务就是按照医药公司事先约定的要求为其提供现成的销售人员，从而可以保证医药公司在促销期间组建一支理想的营销队伍，然后在活动结束时遣散。

挑选代理机构，并向其简要介绍推广活动的目标

不论你想组织开展什么形式的市场推广活动，代理市场上都有大量的代理机构可以帮助你完成这样的任务，但是当你因为只需要一家代理机构而必须作出选择时，大量存在的代理机构就会让你感到不知如何决策是好。很多大型的代理机构自认为是代理行业中的佼佼者，做起事来很傲气；而众多规模极小的代理机构则认为它们凭借自身具有的业务经验已足以让你感到为你提供的帮助确实物有所值。的确，有时候正是这些规模较小的机构能帮你淘到真金。既然是这样，我们在选择代理机构时怎样才能作出正确的选择呢——是根据代理结构的名声、规模、个性，还是他们的经验？

在拿起电话簿找代理之前你有许多准备工作要做：首先你要对自己的推广目标有一个明确的认识，为了向代理机构简单地说明你希望实现的目标，你要事先准备好任务书。完成这一步工作后，你在选择合适的代理机构时就会感到心中有数了。

简要计划书

代理机构对市场推广活动需要了解的内容（如果他们说不必要了解的话，也许他们就并不是你所要找的代理机构）包括以下全部：

- 你们的公司、公司品牌和产品的主要特征；
- 市场业绩；
- 市场动态；
- 主要竞争对手；
- 市场的主要趋势；
- 市场细分；
- 以往开展的促销活动及其取得的效果；
- 任何可能对你的推广能力产生不利影响的因素，如经济、法律、道德因素，等等；
- 目标市场、细分市场、客户；
- 促销活动的目的——预期结果、目标受众、时间安排、需要达到的具体目的；
- 你所决定的单一推广主题（你也可以让他们帮你确定）；
- 支持这一主题的论据；
- 你所期待的品牌定位；
- 你希望选择的媒体；
- 时间安排和预算。

如果代理机构在了解你的意图和目标前就对计划书上的最后几项内容特别关注的话，那么他们就能在选择过程方面对你提供帮助。

一旦完成了计划书的编制工作，你就可以挑选一些你希望能够得到反馈的代理机构。挑选时不要贪多，因为：第一，对推广活动进行解释说明的过程很耗时；第二，代理机构提交方案的过程耗时更长；第三，如果该机构只是众多考虑对象之一，那么要求它针对你的推广活动计划做太多的工作显然是不公平的。从前，代理机构一般都要向客户收取"构思费"，后来，由于竞争日趋激烈，这一收费项目才停止。如果你联系了代理机构，让他们提交方案，窃取了他们的构思，然后又把他们踢开的话，势必激起他们的愤怒，所以这种把戏你最好想都不能想！

精简代理机构名单需要借助于同事们的共同努力，大家都可以提供这方面的信息。也许我们可以先排除那些为竞争对手提供服务的代理机构，然后，对候选代理机构以往在同类领域中取得的业绩记录进行评估。在对代理机构的业绩进行评估时，我们并不是看他们获得了多少广告大奖或是诸如此类的荣誉，我们更主要的是看该代理机构帮助其客户在业务方面所取得的成就。

向代理机构简要介绍推广活动时需要遵循的一些原则

1. 安排足够的时间对推广活动进行完整的介绍。

2. 给代理机构一份书面的简要计划书。

3. 要明确推广活动的目标、时间安排和预算。

4. 代理机构应该会欣赏你的奇思妙想，但是要把最终具有决定意义的创意过程留给专家来做。

5. 请代理机构提出问题。

6. 鼓励代理机构提供批评性的意见。

7. 在你对代理机构进行筛选的过程中，尽可能给他们提供充分的信息，如时间安排、标准、竞争对手，等等，你的目的是帮助他们把事情做好，而不是为他们设置障碍，检验他们的积极性。

8. 决定你何时要得到他们的答复，以何种方式答复。

9. 明确你希望他们怎样答复——只是需要一些构思，还是希望他们提供一份完整的推广活动建议书。

接收代理机构方案时必须遵循的一些原则

1. 给予他们所要求的时间。

2. 在开始时要重新陈述一下推广活动的目标，或者最好要求代理机机构自己陈述。

3. 对照推广活动所要实现的目标对代理机构的建议方案进行检查，检查时不要被那些富有创意、激动人心的想法所左右，重要的是这些想法是否能够实现你所确定的目标。

4. 要求代理机构对其方案在设计、制作和实施方面所需的全部费用提供预算。

5. 考虑让代理机构按成效计酬。

最后这一点是广告和宣传业的一种新趋势。有实力的代理机构会欣然接受成效计价法，至于委托人，则不应当利用这一点去勉强推行一些自己本不看好的推广方案！为了保证方案的实效性，你必须非常明确推广活动的目标，并且要有量化依据——这是任何代理机构都不会告诉你的秘密。由于成效计价法能促进方案的精确化，所以它是一种值得采用的方法。

当你最后确定承担该项推广活动的代理机构时，一定要采用书面的形式予以记录下来，并再一次对该推广活动的目标、方法、时间安排和费用等一些关键性因素进行核实。

一些营销人员鼓励专业采购人员参与代理合同的议定过程，这样做当然很好，不过你要确保采购人员知道推广活动的目标（尤其是在采用成效计价时），而且也不允许他们"窃取"公司与代理机构之间的这种关系。

预算

在推广活动中（尤其是企业对企业的推广），最令人头痛的问题就是要确定到底需要支出多少费用。毋庸置疑，活动中最大的三个难题一是预算，二也是预算，三还是预算。

一方面，我们回想起亨利·福特对广告费用所讲的一番话："广告费中一半的费用被浪费掉了，但是非常遗憾的是你永远无法确定被浪费的是哪一半。"另一方面我们又看到这样一个事实：一些目标宏大的营销计划因为过去吝啬的预算开支而被扼杀于摇篮之中。

我们可以通过多种方法计算出预算总额：可以是销售收入的百分比、利润的百分比、竞争对手费用的百分比、上一年的开支加上或减去财务部门提供的百分比，所有这些方法都经常使用，但没有一个是令人十分满意的。

如果你长期以来已经对费用和业绩的关系有了经验，那么采用销售额或利润的百分比这种计算方式就比较合适。但是时代不同了，情况也随之发生了变化。不过，这些老方法都有一套能使其自身永久存在的循环逻辑。

我们赖以决定预算的基础只能有一个。市场推广是营销组合中四个 P 战略之一，营销组合与你如何实现营销目标有关，要确保营销的成功，各要素之间必须处于一种平衡状态。市场推广费用必须足以保证手头正在开展的某项工作的正常进行。推出新产品的费用一般要比扩大现有畅销产品销售量所需的费用要高一些，但也不能一概而论，每一种具体情况都是独一无二的，简单地采用某种模式很难见成效。

如果你在拿出营销计划之后发现营销预算被削减了，那么你就要慎重考虑对营销组合中其他要素进行相应地改变，或者改变营销计划的目标。

这并不是说你不必想方设法采取积极的方式争取扩大预算的效用，在讨论专业性报刊的一节里，我们看到柯达如何精明地使用其紧凑的预算开支。同时，我们还得经常对经费的使用效果进行审查，从而根据实际需要对预算加以调整。

跟踪调查

对许多企业而言，跟踪了解最高数额单笔开支的使用效果是一件很重要的事情。在评估开支效果时，我们不能只看销量变化，因为在活动与成效之间存在许多变量，所以我们不能将销量增长全部寄托在推广活动上。一个耗费 500 万英镑的电视广告做完以后，可能还需要再花费 8 万英镑评估该节目对顾客的认知度和态度的影响程度。典型的跟踪调查应该关注受众的认知度（通常称为媒体的穿透力）：受众对这个品牌或产品形成了怎样的认识？

他们认为推广活动作出了什么样的承诺？他们对这种承诺能够兑现的信心或信任程度如何？在什么情况下受众会购买促销产品？只有得到了这样的信息（以及销量统计！）之后，你才能去见财务经理，并且实事求是地说明推广费用的合理性。

28

定价策略
Price

价格也许是营销人员最畏惧的问题了——如果价格问题处理不当，你将深陷困境而不能自拔。如果你开始定价太低，导致利润流失，那么你又怎样能把价格抬高呢？如果定价太高，那么在你开始实施计划之前，可能一切就已经完了。如果定价合适，而成本又太高，这时又该怎么办？所以，价格的确很难定。本章的用意在于帮助你定价，避免失误，其中将列出定价的各种方法，教你如何在客户需求、企业自身需求及竞争者行为的影响下把握好方向。首先我们来说说定价的重要性。

价格的重要性

价格是增加利润的最佳办法？

假设你是一家大型企业的营销经理，董事会刚刚给你们确定了下一年的利润目标：在对长期业务不造成任何损害的前提下，将利润提升 15%。遗憾的是，在供应链上你没有任何的新产品，因此你的选择面很狭窄——或者销售更多的现有产品，或者降低成本，或者提高价格。该选哪个呢？

当然，这些选择之间彼此并不是互不相干的。销售更多的产品当然可以实现，但或许得通过降低价格的途径才能做到，而这能否保证利润增加呢？降低成本当然也可以，但是这样做是不是会影响产品的质量，从而影响价格或销售额呢？最后一种办法是提高价格，但这样做会对销售额产生什么影响?

我们最好是从价格、销售额和成本方面的变化各自所产生的相应效果开始分析问题,也许有些结论会让我们大吃一惊。为了便于比较,我们假设各个选择不受另外两个因素影响。表 28.1 显示了三种选择,在此例中,你去年销售了 20 万个产品,获得利润 5 万欧元,现在你必须将利润提高到 5.75 万欧元。

选择方案一是扩大销售额,选择方案二是提高价格,选择方案三是降低成本,实施每一个方案的前提假设都是其他因素保持不变。

表 28.1 提高利润的最好办法——销售额、价格还是成本?

	现有业务	选择方案一 扩大销售额	选择方案二 提高价格	选择方案三 降低成本
销售数量	200 000	230 000	200 000	200 000
单位成本	0.75 欧元	0.75 欧元	0.75 欧元	0.7125 欧元
单价	1.00 欧元	1.00 欧元	1.0375 欧元	1.00 欧元
销售收入	200 000 欧元	230 000 欧元	207 500 欧元	200 000 欧元
单位利润	0.25 欧元	0.25 欧元	0.2875 欧元	0.2875 欧元
毛利润	50 000 欧元	57 500 欧元	57 500 欧元	57 500 欧元
变化率		+15%	+3.75%	−5%

一个公式还是两个公式……

我们可以借助于一个简单的公式对三者进行比较,这个公式也适用于其他例子。假如你提出这样一个问题:在销售额提高比例确定的情况下,将价格提高多少将会使利润得到同比提高(其他条件相等)?答案如下:

$$\frac{\text{毛利百分比} \times \text{销售额增长额度百比分}}{100} = \text{需要提高的价格幅度百分比}$$

(在这个案例中,毛利等于销售价格减去原材料成本。)

我们再以另外一种方式提出这个问题:在价格上涨幅度既定的情况下,销售额增长多少才能带来利润的同比增加(所有其他因素保持不变)?其方程式表示如下:

$$\frac{\text{价格提高幅度百分比} \times 100}{\text{毛利百分比}} = \text{所需要的销售额增加量百分比}$$

点评

1. 意外结果：为达到同一目的，价格只需上涨 3.75%，而销售额要增加 15%，成本则要降低 5%。

2. 问题：现实中我们不可能假设其他因素不变。

3. 危险：三种选择中，降低成本似乎最容易，但它带来的长期影响又如何呢？

降低成本也许是最简单的办法，但最好的办法是哪一个呢？我认为是涨价最好：一方面涨价幅度比销量增加幅度小，另一方面它最容易被忽视，然而它又是对营销者技能要求最高的。涨价意味着认知价值增加，而提升认知价值是营销者每日必做的功课。

降价不一定能提升销售额

现在我们在另外一种情况下来看价格和销售额的关系，也就是采取降价措施以扩大销售量的做法。假如你打算降价 5%，为了获得同样水平的利润，你需要增加多少额外的销售量呢？答案取决于在削价之前你的利润水平。

图 28.1 表明了与各种额度下的价格削减相对应所需要增长的销售量（在中间的格子里），并以毛利的不同百分比来计算（假定更高的销售量不会产生规模经济效应。）

还有一个公式有助于你计算在既定降价幅度下所需要增加的销售额（假定没有产生任何规模经济的结果）：

$$\frac{\text{价格削减百分比} \times 100}{\text{毛利百分比} - \text{百分比降价幅度}} = \text{需要增加的销售量百分比}$$

现有利润水平（%）

	10	15	20	25	30	35	40	50
2%	25	15	11	9	7	6	5	4
3%	43	25	18	14	11	9	8	6
4%	67	36	25	19	15	13	11	9
5%	100	50	33	25	20	17	14	11
7.5%	300	100	60	43	33	27	23	18
10%		200	100	67	50	40	33	25
15%			300	150	100	60	43	33
20%				400	300	133	100	66

降价幅度（%）

降价以后为保持现有利润水平而需要增加的销售量

图 28.1 与降价相对应的销售额增长率

也许这里最引人注目的结果就是我们所看到的这样一种情况：在相对较小降价幅度的情况下，需要增加的销售量却惊人的巨大；在利润水平不高的情况下，需要增加的销售量也非常巨大。由此所产生问题就是——你能够实现所需要的销售量增长目标吗？如果答案是否定的，那么你就不要采取削减价格的措施去追求以销售量推动才能获得的利润。在我的企业中有这么一个说法："追求销量只是一种虚浮的表现；追求利润才是实实在在的目标。"如果对上述问题的答案是肯定的，而且销售量的增长可以带来规模经济效应，从而实现降低成本目标的话，那么通过降价的措施实现销售量增加的战略就可以发挥其应有的作用。此外，降价策略成功还有一个前提，那就是竞争对手不会亦步亦趋地跟着降价，不过这种可能性几乎没有！

> "销量为虚，
> 利润为实"

图28.1还提出了另外两个重要的问题：一是保持高利润水平的重要性；二是对这些利润水平的认识的重要性。利润水平低的企业无法抵抗降价所带来的风险，除非它们在销售量增长的基础上能获得规模经济效应。实际上价格战对这样的企业来说具有致命的影响，价格有时被用来作为一种迫使低利润竞争对手出局的武器。大多数市场都会不时爆发价格战，但是这些价格战对低利润行业的杀伤力最大，如加油站或是糖果、香烟和新闻业等零售商。那么，这些企业为什么要打价格战呢？出现这种现象的原因通常是由于企业对销售量增长的预测过于乐观，或者更简单的原因就是人们对于销售总量存在着错误的认识。

在大多数情况下打折是一项危险的游戏。倘若企业采取了打折的措施，但是对自己的利润水平却一无所知的话，那么这样的做法就是一种盲目的行为。大多数企业都了解自己整体的毛利水平，他们可以从企业的年度财务报表上知道这些情况，但是以产品、细分市场或是客户等因素来测算利润的话，情况又会怎样呢？如果你没有从这些方面认识自己的利润情况，并且你正在实施打折或给予回扣等措施的话，那么你应该回过头来先做好细致的利润分析工作。

了解了自己企业的毛利水平后，你还应该了解企业的固定成本对特定产品利润所产生的额外影响。如果缺乏这方面的认识，企业就有可能为了追求利润而作出一些非常奇怪的决策……

为追求利润而走向破产的企业

不幸的是大部分企业将各种产品的固定成本"混杂"在一起。表28.2显示了一家生产四种产品的企业采用的典型成本分配方式，在这种情况下，其显而易见的结果就是以产品为基础来计算净利润。

表中的结果显示，产品D是亏损产品，因此为了追求总体利润，企业在经过计算后取消了该产品的生产。令人遗憾的是，在这一过程中，D产品60单位的管理费总额并没有全

表28.2 固定成本的"混杂"分摊方式（1）

	产品A	产品B	产品C	产品D	合计
毛利润	100	80	60	50	290
管理费用	60	60	60	60	240
净利润	40	20	0	-10	50

部消失，而是只下降了30个单位，表28.3显示了这个决定所产生的结果，这显然是对停止D产品生产决策的讽刺。

表28.3 固定成本的"混杂"分摊方式（2）

	产品A	产品B	产品C	产品D	合计
毛利润	100	80	60	××××	240
管理费用	70	70	70	××××	210
净利润	30	10	-10	××××	30

此时企业仍然处于赢利状态，但是现在产品C显然成为了亏损产品。这时，企业里还是存在同样的问题，即对固定成本的正确分摊方法缺乏认识，因而其结果也是非常的不幸，企业仍然在重复着同样的错误，又将C产品删除了，当然，C产品的固定成本并没有完全消失……

表28.4 固定成本的"混杂"分摊方式（3）

	产品A	产品B	产品C	产品D	合计
毛利润	100	80	××××	××××	180
管理费用	90	90	××××	××××	180
净利润	10	-10	××××	××××	0

我想你能够推理出接下来所发生的情况。

价格是对全部营销工作的回报

营销组合有四个P，前三个P是产品、市场推广和渠道，而这三个P的工作归根结底都是为了第四个P——价格。前三个P不论做得多精心细致，如果不通过价格来实现收益的话，最终都是白费。

确定价格的四种基本方法

这四种方法是:

- 成本叠加定价法;
- 边际定价法;
- 市场定价法;
- 价值定价法。

成本叠加定价法

假定你知道你的产品或服务中包含的成本,那么成本叠加定价法就是一个非常直接的定价方法。将成本与你所要求的利润相加后,你立刻就可以定出价格。这种定价方法有三个值得推荐的原因:

- 它迫使你对成本进行审核。
- 这种方法相对来说比较简单(甚至是会计就可以做得到的事情)。
- 它可以保证你获得预期的利润——前提是你能够以这个价格销售该产品。

但是成本叠加定价方法往往是弊大于利。

第一,谁敢保证你能够获得你所期望的利润?如果消费者不愿意支付这样的价格,那么你是否甘愿降价而牺牲利润?如果不降价,你又是否愿意为改进服务和产品而追加成本?如果两方面都为难的话,为什么当初要选这种方法呢?

第二,你有没有可能通过提高价格获得更大的利润呢?成本叠加定价方法似乎使供货商变得懒惰起来,从而使他们仅仅满足于实现既定的目标,沾沾自喜,就此驻足不前了。

第三,成本叠加定价法促使供货商关注自己的成本(前面已经对此进行了说明),但有时也导致企业忽视了对市场的观察。对于一个决定降低成本并利用价格这一武器进行市场渗透(参见下一节对竞争性定价战略的论述)的企业来说,这可能只是一个小问题,但是对于寻求实施差异性战略的企业而言,这会是一个非常严重的缺陷。

第四,当客户发现了你们的方法时将会发生什么事情呢?经过严格培训的专业采购员他们会要求供货商提供具体的成本构成;他们希望知道你们的成本情况,并从中了解你们的利润。有了这方面的信息支持,采购员就掌握了控制权。他们可以利用折扣表(图 28.1)告诉你,你们需要将价格降低多少以便换取相应采购量的增加。

> 掌握主动的购买者

更糟糕的是他们也许会告诉你,你们的其中一项成本——比如技术服务费用——与他们是毫无关系的，因此在计算价格时他们会要求你将这一成本费用予以剔除，从而相应地降低售价。这种情形下，客户显然掌握着讨价还价的主动权，并且逐渐地，但毫无疑问地决定了你们的定价策略。

他们甚至会坚持认为你所得到的利润比例大大超过了他们从中得到的利润，因此他们会质问利润分成的公平性。这种质问并不合理，就好像将苹果与梨比较一样没有意义，因为处于市场链上不同环节的企业所获得的利润比例的差异是由他们各自所处的市场环境和其具有的态势所决定的。超市可能只从他们销售的产品上赚取少数几个百分点的利润，而制造商却能获得30%的利润，原材料供货商更是获得了50%之多的利润，但是这三家企业所具有的运行态势就是如此，因此它们都接受这种现状，对于当前的利润分配比例坦然处之。最后我们需要记住，你存进银行的不是百分点，而是钱。

成本构成——
噩梦缠身

　　　　一位向零售链供应一系列著名品牌化妆品和洁具的供货商在其产品的价格上很难与客户沟通。"你从来没有为我们做过什么事情，"一位客户肯定地说："而你却在漫天要价。"面对这种指责，供货商试图加以反驳："这样说话太不公平。不要忘了我们的销售人员和业务人员所做的工作。他们拜访你们的商店，收取订单，安排商品陈列，提供建议和培训，处理各种发生的问题。或许你们并没有意识到，仅是销售人员一年就要花费我们10万英镑。"

客户听到这些解释一言不发，但3个月后他坐下来商谈来年的采购合同条款时说："我们明白你们的销售团队一年花费你们10万英镑，从下个月开始，我们不再要求他们到我们商店来了——我们将自己下订单。为此，我们希望将这10万英镑作为一种折扣或回扣。"

噩梦变得更加恐怖了，供货商遣散了销售队伍（他别无选择，因为自己的销售人员已被赶出商店），并加大了对客户的"广告支持"力度。三个月后，供货商发现自己产品的销售量急剧下降，并且摆在商店里不太引人注意的地方，货架上的商品零零落落，顾客投诉和种种问题无法得到解决，要改变这种状况除非自己为此花费巨额的费用。于是供货商又一次找到客户，要求让自己的销售人员重新回到商店。"当然可以，"客户回答："不过你不能取回你的广告支持费用。"

客户将供货商的成本进行了"分析"，而且更糟糕的是，他在分析时弄清了各个具体项目的成本费用构成情况。实际上，他非常看重销售人员所起的作用，但是为了使自己获得更多的利益，他就以承受短期的服务和销售损失为手段，成心"忘记"销售人员具有的这种价值，以便与供货商讨价还价。

边际定价法

对有些企业来说，边际定价法只是临时采用的一种策略而已，而非一种长期的定价方法，但是对其他企业而言，边际定价则是它们日常生活的一部分。让我们回到表 28.1 所描述的那家企业，它以 0.75 欧元的价格买入产品，又以 1 欧元的价格卖出。如此一来，从每件产品上获得 0.25 欧元的毛利，或者说 25%的毛利，毛利是扣除可变成本后剩余的利润部分。在这里我们不讨论该企业其他方面的成本，也就是它的固定成本，这些成本不论它是否销售了产品都需要承担。我们假设该企业的固定成本是 3 万欧元，或者说每个产品的固定成本是 0.15 欧元。这意味着企业得到的净利润是每单位产品 0.10 欧元，或者说是 10%。

现在我们假定企业在向某一特定客户索要 1 欧元的产品全价时遇到了困难。该客户的出价只是 0.90 欧元，供货商接受了这个价格，并且对这笔生意感到甚为满意。但如我们上面所看到的情况，若把可变成本和固定成本统统考虑进来以后，他们从每件产品上只赚得了 0.10 欧元的利润，企业怎么还能开心起来呢？这笔生意根本就没有让企业赚到一分钱！

解决这个问题的答案就是边际定价法。无论企业是否销售了产品，每单位产品都承担了 0.15 欧元的固定成本。事实上，如果企业达不到销售 20 万件的销售量，那么每个单位的固定成本就会上升，因为 3 万欧元的成本不得不分摊在更少量的货品上。在接受 0.90 欧元这样的价格情况下，供货商根本就没有赢利，而是在赔钱。

做贡献……

在某些情况下，这样的定价方法确实是非常明智的选择。如果供货商还有剩余的能力，他们还可以让其充分发挥作用，获取一些收入，作为分摊固定成本的资金来源。航空公司和宾馆都实施这种定价方式，他们在接待处提供预留票或备用票，如果航班上有空位的话，那么就可以用这些票填补空座位，这个座位的票价至少可以为分摊航空公司的一些固定成本作出贡献。如果客房是空的，那么可以低价让客人入住，虽然这个客人所付的房费低，但他可能就会到吧台或餐厅消费。这虽然不属于边际定价的范围，但它是边际定价法衍生的收益。

同样地，这种策略也会出现失去控制的情况。由边际定价法贡献理论武装起来的销售人员在确定销售折扣时，有可能最终使得所有销售出去的产品价格都偏低！为了解决这个问题，宾馆只留出一定数量的房间对其制订边际价格，并且只在每天的最后时刻执行。当然，有时候他们会对用于边际定价原则的房间数量进行预算，在此基础上将这些房间有计划地作为特价房提供给客人。要使这种措施奏效，他们的预测系统必须准确，而且不能出现本来可以全价提供的房间却打折提供的现象。航空公司以折让价向旅行社批量销售机票时也采取了类似的做法，其关键是要准确计算有多少个座位的机票可以全价售出，从而计算出有多少座位的机票可以在不亏本的情况下打折销售。

边际定价法可能遇到的最坏情况就是由于对其处理不善，导致消费者认为无论在任何一种购买环境下他们都不必以全价购买机票。因此，就边际定价法而言，关键之处在于必须做到把握自如，而这个问题对于市场营销人员来说是一个实实在在的挑战。边际定价法是营销人员在管理资产和成本时运用的工具，不要把它当成销售人员提升销量的法宝。

……营销工作处于控制之下

市场定价法

最纯粹的市场定价形式就是以市场可以接受的价格出售商品。经济学家从讨论供应和需求关系入手，以供求达到平衡时的价格作为理想价格。真正的市场一般不可能像我们用图表所描绘的供求关系那样进行预测，但是其体现的基本原则是我们对市场定价法展开讨论的最佳切入点。图28.2显示了一种典型的供求情况，供应曲线为A，相应价格为A。

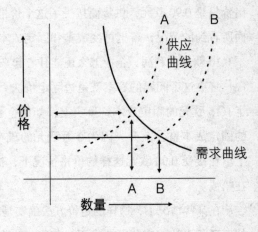

图28.2 供求曲线

如果供应量增加，而需求量并未增加，那么价格就会如图中供应曲线B与需求曲线的交叉点所示降低到B点。价格下降的额度取决于经济学家所称的"需求弹性"。如果需求曲线十分陡峭，这就意味着当需求发生变化时，价格的变动非常小；如果需求曲线较平缓，那么当需求量上升或下降时，价格的变动就会很大。使得需求曲线显得陡峭或平缓的因素是什么呢？有一些产品对价格的反应非常敏感——如果将房价降低10%的话，就会驱使需求狂飙上扬（需求曲线表现为一条平缓的曲线），而其他产品的降价对需求所产生的影响则相对小一些——面包的价格即使下降10%也不足以让我们蜂拥到商店去争相采购（需求曲线表现为一条陡峭的曲线）。

供应曲线和需求曲线只是分析的开始，它们表现的是不存在任何外界干扰因素的"完美"状态。在现实世界中，情况更为复杂，因为不论是供货商还是客户，都不可能不折不扣地按照书本上所说的规律做事情！

限制供应

如果某个市场对某种产品的需求量是100件，提供这种产品的供货商只有一个，而这个供货商的生产能力只能达到80件，这样的状况所导致的结果将必然是买方争相报高价，产品价格必然上扬，这就是当供给小于需求时将会发生的事情。在这种情况下，竞争对手必然会看到其中有利可图，于是他就以自己的现有生产能力加入到竞争行列中，生产40件产品。这时，两个竞争对手开始互不相让地争夺业务，供应马上就会大于需求，价格将出现下降。第一个供货商可能会为了坚持高价，把销售量减少到80~60件之间（60件是竞争对手的供给缺口），甚至可能选择只销售60件产品，但是如果他想要把全部产品都卖掉的话，那么价格就得下降。

在上面所提到的单一供货商的情况下，一定会存在某些因素使得供货商不能一味地按照自己的意愿漫天要价。首先，他得对自己产品的需求"弹性"进行检验——在需求消失之前，他可以将价格上扬到何种程度。同时，他也可以寻找价格更低的替代品，也可以什么也不做。

几年前在BBC电视台举办的"分忧解难"节目中，有一个让人印象非常深刻的情节是约翰·哈维·琼斯爵士对莫根汽车公司的批评——因为莫根公司坚持每个星期只制造6辆汽车，按此生产量，排队等候购车的人需等待6年之久！而莫根公司的响应同样让人印象深刻，他们说，就是这样的一种供求关系才能够创造价格奇迹，约翰·哈维·琼斯不满意，那么他可以不买。颇为讽刺的是，现在车市需求下降了，莫根汽车公司却反过来选择了增加产量的做法，原因在于市场已经发生变化，观念已经发生转变，老牌子的莫根汽车公司已经不再是过去那个"万人迷"了。供应和需求之间的经济形势已经改变，莫根汽车公司现在试图通过推出一种新款汽车（Aero8车）以增强其市场吸引力，而成不成只有过一段时间才能见分晓。

> **理性行为的理据**

以势压人？

限制供应有助于提高价格，但在供求与价格很敏感的情况下，这种做法容易招致客户的不满。多年来，欧佩克为了维持石油的高价格而故意限制产量，为此招来了不少抗议声。

可口可乐公司在日本试用了一种新式售货机，这种机器对外界温度的反应很敏感，当温度上升时，温度计的水银柱就上升，而机器内饮料的价格也会上升！但可口可乐公司后来并没有计划将这种售货机投入市场。如果它这样做的话，那么它就是采用了毫无人情味的供求定价原则，这种做法有可能导致顾客丧失对它的信任。市场定价法总是处于一种敏感境地，有时候"能要就尽量要"的做法可能演变为"以势压人"的行为。

> **以势压人？**

价格保护伞的危险

将市场价格提高至其极限的做法（尤其是当一个具有绝对市场地位的供货商这样做的话）有时候会形成价格保护伞，在这把保护伞的庇护下，小供货商们得以进入市场。在20世纪70—80年代 IBM 公司就经历了这样的事情，那时候 IBM 的市场价格极高（曾经在一段时期里它是自己所在业务领域唯一的供货商），使得新的市场进入者获得了立锥之地。这些新的进入者对其产品或服务的定价大大低于 IBM 公司的价格，虽然在开始的时候这些新进入者的产品尚有很多不足，但是很快他们就在市场份额扩大的基础上改进了产品，站稳了脚跟。

在百货零售业中相似的情况也出现过，一些知名产品价格很高，于是零售商就借此机会推出了自有品牌商品，价格非常低廉。结果，英国的知名产品追求高利润的短期行为使这些企业自食其果，而自有品牌商品却占领了40%的总市场份额。

在价格磋商中失利

在企业业务中，市场定价的常规做法总是对买方有利。卖方往往只面对一个买方，而买方却有众多供货商可供选择。如今买方的经验更丰富了，预测能力也更强，而这种能力在市场定价法的情况下是非常重要的。

买方在知道价格将会上涨的情况下，他所报的价格就会高于现价。也许他会提出按所报价格签订一年期的供货协议，此时卖方以为价格高占了便宜，更为长达一年的供货协议窃喜不已。然而协议签订后，市场价格是一涨再涨，很快就超过了协议价，此时，精明的买方才是坐享成功的赢家……

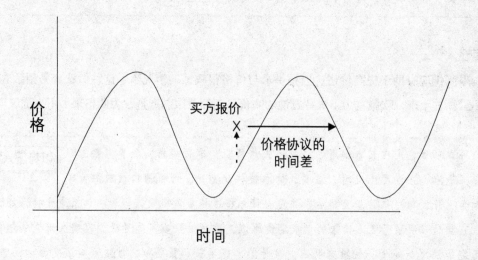

图 28.3 市场定价"游戏"

价值定价法

为了避免受到"以势压人"这类的指责，在定价时不应该简单地以你"能够得到多少"作为定价的基础，而要以你"应该得到多少"为基础。这就是营销者最推崇的定价方法——价值定价法。

使用成本

采用价值定价法时，不能狭隘地把注意力集中在价格本身。价格只是一个标志，是你乐意进行买卖的一个数字。从这个意义上来说，价格完全不同于成本或价值。

消费者购买你的产品或服务是要付出代价的。假设他们要买一罐漆，那么他们驱车到DIY商店购买时要消耗汽油，而且为了刷漆他们还要买把刷子。当刷漆时油漆会溅到地毯上，为此他们还得再到商店买清洗剂清洗（此外又加一笔汽油钱）。油漆一般会剩下一些，这又是一笔浪费。最后，作为有责任心的市民，他们又得开着车去找合适的地方处理油漆罐。在此过程中我们还没算上时间的消耗……我们把以上成本称为顾客的"使用成本"，有时这些成本很高，使得产品的原始价格显得微不足道。从这里我们已经可以看到供货商确定价格的一点线索：他们可以改进产品或服务，为顾客节约使用成本，同时适当提高价格，只要成本节约幅度大于价格提高幅度，顾客就会愿意购买。

请在下述情况下考虑你的定价战略：你销售的大功率电泵供各种各样的制造企业在不同条件下的工厂使用，电泵的价格是每台4万英镑，而且这个价格已经维持很长一段时间了，但你的一位顾客刚刚告诉你，有别的人在抢这个市场，他们提供一种类似的电泵，要价只有3.6万英镑。在这种情况下你会怎么做呢？

> **电泵的故事**
> ……

首先你要考虑如下一些问题：

- 该电泵是否跟你的产品属于同一种规格？——好像差不多。

- 该供货商有名望吗？——很有名望。

- 他们的交易条件是否与你相似？——几乎一样。

- 他们的电泵是否使用同样的电量？——恐怕是这样的——该产品并没有节约使用成本。

在上述情况下，你会怎样考虑呢——是降低价格，还是放弃这笔生意？

稍微再多花一点工夫，你就可能找到你所需要的解决方案。首先，作为一名优秀的以市场为导向的供货商，你当然与你的顾客有着良好的关系，其次我们再给出一些有趣的资料：一个电泵的平均寿命是5年，其使用成本如表28.5所示。

拥有这些资料后，你会做什么呢？

表 28.5 使用成本——电泵

项目	5 年内的总成本（英镑）
购买价	40 000
备件	5 000
安装成本	40 000
能耗	230 000
维修	35 000
处置	4 000
总使用成本	354 000

假定你有改进产品的能力，你就可以重新设计你的电泵以达到节能的目的。对顾客而言，这与单纯的降价相比潜在价值不是更大吗？当然，这样会增加你的成本，并且意味着重新设计的电泵价格更为昂贵，但是难道一台定价为 4.4 万英镑，然而可以降低耗能成本 10%的电泵不是一笔好买卖吗？这个例子再次提示我们：价格只是营销组合四要素之一，通过组合的变化，我们就有可能改变价格。

价值定价与营销工具

价值定价的精髓在于理解顾客对产品的期望和要求。这就使得我们要考虑各种营销工具的运用，有了价值定价作为基础，这些工具就能有机地结合在一起发挥作用。以下就是一些佐证的实例。

价值定价和市场推广

当然，顾客有时并不会意识到自己的需求（如第 3 章中亚历山大·格雷厄姆·贝尔与电话的故事），所以营销者肩负着三重使命：一是计算价值；二是教顾客发现自己的需求；三是对他们施加影响，让他们用有利于你产品推广的方式来理解价值。

胡佛及"每秒吸尘量"

我们以近百年前的一个例子来说明（这世界上新鲜的例子本来就不多）：胡佛吸尘器以性能卓越闻名，胡佛公司发明了一个概念——DPM（每秒钟吸尘量），并把它提升为"电动清洁器效能的精确指标。"公司建议顾客在购买产品时可以要求销售者解释 DPM 的含义，并用 DPM 测试胡佛产品的性能。同时，胡佛公司也对销售人员做了精心的培训。

价值定价与细分市场

图 28.4 是价值定价中"价值量化"手段的另一个新例子。

如果只是以价格为基础，那么每一次竞争松下打印机都是赢家，但是京瓷公司谋求以

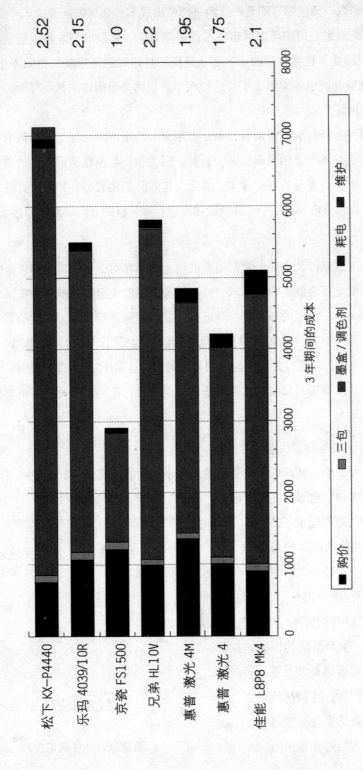

图 28.4 印刷的实际成本。以 3 年时间为基础进行比较，设定从 8ppm–425 规格到 10ppm–500 规格纸张的购买价和每天的平均用量，以便反映在不同工作环境中所预期的用量。

资料来源：《环境》杂志 1994 年 7 月：自有打印机每页纸的成本

京瓷及每页成本

另外的方式取胜。他们说，问题的关键所在不是打印机的价格，而是包括墨盒、调色剂等配套产品的全部使用成本。如果把这些成本考虑在内，那么京瓷公司则可以胜出。再进一步考虑，如果他们能够说服消费者按照每张打印纸所花费的成本计算价值的话，那么他们的打印机的价格就显得微不足道了，因此在竞争中获得超额利润也就简单多了。这和多年前胡佛公司的方法是一样的，只是多了一个因素——细分市场。

京瓷的价值主题并非针对所有使用者，而是以用量大的用户为目标，例如保险公司的销售处和宾馆等。京瓷并不以家用型购买者为目标，因为他们并不在意调色剂的质量，他们的打印量也不多，不会在意每页纸的成本。实际上这时我们还有另一种细分方法——按企业提供的价值内容来细分市场，从中选择最能体现你产品价值的分市场为目标市场。

价值定价及客户关系管理

京瓷公司所采取的战略以及有关电泵制造商的讨论都是在对营销模式透彻领悟的基础上进行的，"领悟"就是要理解客户的需求，并以一种独特的主题满足他们的需求。这一模式还要求我们具备另外一种能力——能与合适的人就该主题进行沟通。或许购买电泵的人并不负责支付电费账单，或许购买打印机彩色墨盒的与购买打印机的并不是同一个人，但供货商必须与这些人进行联系，并讨论与此相关的问题，这属于第 19 章中客户关系管理的内容。在此我们又一次看到，如果要实现真正的价值定价，我们就得对营销概念和工具加以综合运用。

价值定价法和企业业务中的"供货商定位"

在企业对企业的业务中，客户看待供货商的角度是不同的。就如供货商会将一些客户区别为大客户一样，客户也会寻找主要供货商。图 28.5 中的矩阵显示了某些专门采购者确定主要供货商的过程，他们以两个坐标为基础对供货商进行定位—— 一是相应的费用支出，二是各供货商所具有的相对重要性。

重要性涉及许多各不相同的因素，包括技术因素、地理因素以及更换供货商的难易度等因素，还包括品牌的使用，或者供货商的资金保障等因素。例如，杜邦公司通过在客户的

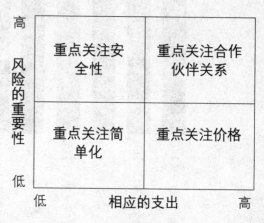

图 28.5　供货商定位

产品上使用其品牌的方式提高公司对客户的重要性——特富龙和莱卡品牌的使用就是两个著名的例子。

那么供货商定位对价格会产生什么样的影响呢？如果一位供货商被定位在右下方的方格里，那么客户重点关注的就是价格问题，根据订货量确定折扣额度将成为主要的考虑内容，此时供货商实施价值定价法的能力将会受到极大的限制。然而，如果将供货商定位在其他方格中，那么客户对于价格的态度就有所不同了。

在左下角的方格里，供货商为客户承担采购责任的能力——确定采购政策、管理存货、经营预测等——也许比最低价格的重要性程度更高，这样的服务使得供货商可以实施价值定价法战略。这种情况下往往会出现独家供应的情况。以文具供应为例，客户不想浪费时间做文具采购这样的事，于是就找一家文具商专门供货，价格则高一些。客户企业中的部分人员可能并不理解这种做法，他们会说到超市里买铅笔会便宜得多。这说明他们并不理解采购者的用意以及对价值的界定。

在右上角的方格里，供货商对客户的未来具有重大意义，不论是从资金角度还是运营角度来说都是如此。就这种关系而言，供货商与客户之间所看重的远不止价格方面的折扣。钱的问题虽然重要，但对于聪明的价值定价供货商来说，更多的注意力应该是放在如何帮助客户降低使用成本上，而不仅仅是降低价格。

对于被定位在左上角方格里的供货商，让我们以联合利华公司的一位黄油香料供货商作为实例来进行说明。这种香料是最终产品的一种关键成分，因此供货商处在重要性坐标最上端的位置。同时，在联合利华采购的所有用来生产黄油产品的原料中，这种香料占全部成本的比重微不足道，在相应支出坐标上则位于最左端。联合利华对定位于这个方格里的供货商要求其提供绝对的供应保障，质量上也不能出丝毫差错，只要香料供货商能够达到这些要求，那么联合利华就会高度重视该供货商。图28.6形象地说明了这一情况。

这个胖人代表了联合利华黄油业务所采购的全部原料总成本，胖人身上的那个小点代表香料成本，但是请注意它所处的位置——正好处于心脏的位置上。双方都很清楚，谁也不会为了价格方面的折扣问题而做心脏移植。

价值定价法和客户产品的生命周期

我们在第25章中讨论过产品生命周期，它表明在产品的引入阶段价格可以走高位，进入成长期时价格趋于

图 28.6 肥胖的人

下降，成熟期时达到最低，到了衰退期又再次上升。但是，在这里我要讨论的不是供货商的产品生命周期，而是客户的产品生命周期。

我们以某家制药公司为例，来看看公司的某一种药品在历经产品生命周期的各个阶段时，公司对于供货商所报价格的考虑。

在推出这种药品之前，他们坚决要求该药品执行各个正规环节的审批程序。鉴于此，他们绝不会为了获得供货商产品的大幅打折而拿出上十亿元的投资来冒险。在这一点上，供货商是他们获得成功的关键，因此供货商要具备专业知识，提供服务，以保证药品顺利通过上市前的各个程序，并确保药品的功效。真正能提供这种帮助的供货商所具有的价值有时是不可估量的。

一旦药品推出上市，制药公司的注意力就从功效和正规审批转向了供货商跟上销量增长的能力。此时，能够保持同步供应且能保证产品安全和质量的供货商仍然会得到公司的重视，这种重视已不如前期，不过公司此时还不会在价格上与供货商计较。

只有当药品进入成熟期并开始走向无差异竞争时，公司才会开始将其注意力转向价格。但即使这样，供货商也有实施价值定价策略的机会，如果他们在包装设计和风格上能有所创新，从而使该药品在竞争激烈的同类产品中仍然保持住优势地位的话，明智的制药公司就会看重这个供货商，给予他相应的回报。

价值定价法与风险

作为培训服务的供货商，我们这样的公司经常要替客户解决一些疑难问题。令人沮丧的是，许多客户非要到了遇到麻烦的时候才会来找我们寻求帮助，而正确的思路应该是像医生所告诫的——预防总是比治疗容易且便宜。典型的情形可能是某个客户计划推出一种新产品，而在最后时刻就要到来之时他们才意识到对于事情的整个操作安排根本就没有把握。如果我们回想一下第12章讨论的安思富矩阵就会看到，新产品开发是一项高风险活动，从事高风险业务的企业需要从优秀的供货商那里得到帮助，并且他们所能够得到的这种帮助往往关系到事情的成败。在最后关头才开展新产品开发培训课程对于客户来说已几乎没有什么帮助，即使在客户事先准备已经很充分，培训是"预防"措施而不是"治疗"措施时，培训也要耗费不少时日。更能起作用的还是供货商，一个可以帮助客户降低风险的供货商对于客户来说是非常有价值的，而这正是价值定价法的根本所在。

价值定价法和采用者曲线

在第15章里我们介绍了采用者曲线的概念，这一曲线描述的是随着时间的推移而采用某种新产品或接纳一种新观念的人数。消费品行业在定价策略中长期以来都特别偏爱这种模式。一个产品在刚上市时，对特定的"创新者"细分市场来说显然是新型的、新颖的、有趣的，并且具有吸引力。创新者有时只是简单地依据产品的新奇性就觉得产品具有价值。某种新汽车的上市就是一个很能说明问题的例子，它的上市备受公众的关注和媒体的渲染。1999 年美洲虎 S 型汽车上市的时候极大地吸引了公众的注意力，就仿佛让时光回到了 20 世纪 60 年代的辉煌时期。毫无疑问，市场上有一群人向往着抢先驾驶 S 型汽车，以求在人们眼中体现出自己价值。他们这种张扬自我、显示优越感和表现与众不同的心理是实施价值定价法极大的驱动力，这款新型美洲虎汽车抓住了这样的市场机遇。

另一个可以说明求新心理与产品价值关系的例子是在移动通信领域。在这个市场中，技术变革的迅猛步伐促使产品不断推陈出新——这正是创新者和早期采用者所急切期盼的。在采用者曲线的另一端，晚期多数采用者则经常购买早已过了成熟期、即将消失的产品。采用者曲线上这种不同的细分市场为我们进行差异化的价格政策提供了广阔的空间。一些人会为最先拥有一种领导潮流的新款手机而支付一笔可观的超额费用——机场免税商店的玻璃展示柜已经说明了一切。在这种市场中，价值无疑是通过新奇性来体现。

四种基本定价法的总结

我们对四种方法分别进行了讨论，但实际上，多数企业都是将几种方法合在一起同时使用。如果管理得法，组合运用就能发挥效力。边际定价法很有用，但要使用有度，要由营销人员进行控制而不能交给销售人员。市场定价法与价值定价法则有明显的交叉——市场定价法决定了价值定价法的上限，同时也促进产品或服务提高价值。成本定价法在本章中受到的批评最多，但我们也应该记住它的优点在于对赢利的重视程度高。或许我们可以在定价开始时以成本叠加价为目标价格，也可以在价值定价工作完成后用成本叠加价作为赢利能力的最后检验。

最后要补充一点：以上方法仅仅是理论，实际情况则更为复杂，在设计定价策略时，我们还要考虑竞争者的反应。当然，如果你垄断了市场的话，定价策略则又完全是另一种说法了。

竞争性定价策略

定价策略既是你获得合理收获的手段，也是一种决定你竞争优势的方法。对于竞争者的入侵，你可以用定价策略进行防卫，甚至用它来打垮对手。这种进攻——还击——再还击的战斗好像既复杂又危险，所以我们绝不能走错棋。下面我们将对一个两步骤的程序进行讨论：(1) 价格/业绩审视；(2) 竞争性定价战略矩阵。

价格/业绩审视

请审视你自己目前的业绩，并将你提供的产品或服务放入图 28.7 的矩阵。

这个矩阵会让你考虑两个方面的问题：第一，你的价格是高于还是低于竞争对手（纵轴）；第二，你的业务增长是快于还是慢竞争对手（横轴）。按照你的产品或服务在四个方格中的位置，我们可以归纳出概括性的结论：

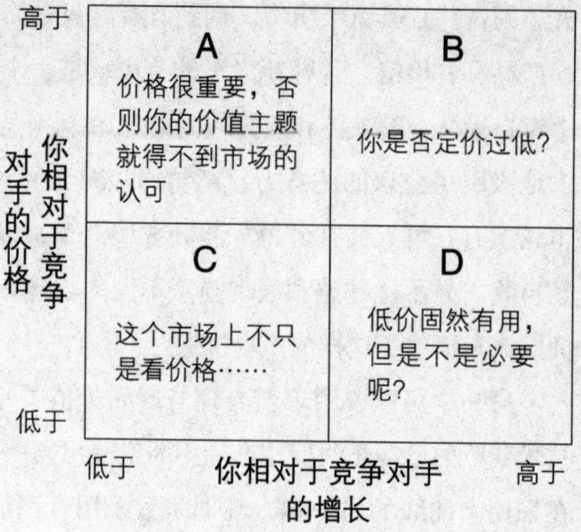

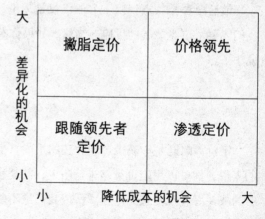

图 28.7　价格/业绩审视

- 方格 A——无论你告诉大家你的产品或服务多有价值，但它要么达不到你所提出的价格要求，要么它就不是消费者想要的东西，而竞争对手的产品或服务却具有更好的性价比。
- 方格 B——你也许正着手妥善处理价格问题，此时你应该注意，不要错过了定更高价格的机会，也不要提供"过多的"价值。
- 方格 C——很显然在这个市场可以做的事情绝对不只是价格。
- 方格 D——低价似乎可以发挥作用，但这样做有必要吗？你是否可以定更高一些的价格？

上述分析只是泛泛而谈，并且引发了更多的问题，竞争性定价战略程序的第二步提出了其中的两个问题。

竞争性定价战略矩阵

你在降低成本方面有什么样的机会？你在提供差异化产品或服务方面有什么样的机会？图 28.8 中的矩阵显示了从这两个问题的考虑出发得出的四种可能的定价战略。

降低成本的机会来自于多种因素，包括：

- 你有剩余的生产能力，利用

图 28.8　竞争性定价战略

现有剩余能力扩大生产规模就可以达到降低单位成本的目的。

- 由于拥有较大的生产规模，你的产品和服务获得了显著的规模经济效益。
- 你有能力投入资金以提高效率。
- 如果采取较低的价位，你的产品可以在质量或服务方面降低要求。
- 经验曲线。经验曲线的概念是指你从事某项活动的时间越长，你在这项活动上的能力就越强。随着经验的丰富，生产商应该能以越来越低的成本进行生产（参见下文）。

记住，上面的矩阵涉及的是竞争性定价这一战略，因此问题的关键不只是你能否降低成本，而是你能否比你的竞争对手更迅速、更大幅度地降低成本。

使你的产品或服务实现差异化目标的机会来自多种因素，包括：

- 品牌名称的使用；
- 促销费用；
- 公共关系活动；
- 服务项目；
- 产品质量；
- 关系影响。

再一次记住，上面的矩阵涉及的是竞争性定价战略。问题的关键不只是你是否有非常不错的想法、产品或服务项目，而是你在这些方面能否超过竞争对手，让消费者感到值得为之付出超额价格。

基本策略

从上述分析中产生了如下四种一般性的定价战略：

- 撇脂定价法——定价高于竞争对手，从市场中挑选"乳脂"；
- 渗透定价法——定价低于竞争对手，以争取市场份额；
- 价格领先法——能够"引导"市场价格的升降；
- 价格跟随法——不得不跟随价格领先者。

撇脂定价法

在扩大规模已不能降低成本或者已没有规模扩张空间的情况下，撇脂定价法是一个很有吸引力的选择。另外，当你已经占有了巨大的市场份额，因而进一步扩大规模已变得困难的时候，或者规模经济对你来说已不合适的时候，你也可以用撇脂定价法。

渗透定价法

当市场需要一种低价、大批量、统一的产品或服务时，渗透定价法是一个很有吸引力的选择，但是这一定价法也充满了问题。

现实中的渗透定价　　美国的一家皮革工业化学制品制造商决定采用渗透定价战略，这并不是因为他们认为这种做法能够降低自己的成本，而是因为他们相信自己能够比其他竞争对手更长时间地忍受低利润的煎熬，将竞争对手从市场上"淘汰"出局。该制造商低廉的价格在争取市场份额方面大获成功，市场份额获得了增长，竞争对手不得不跟着降低价格。但是接着问题出现了，他们已经达到了最大的生产能力，而市场形势仍然是供不应求，于是竞争对手得以重新抬高价格，这时渗透战略演变成了竞争性定价战略。这种情况的出现是生产能力与供求关系共同作用的结果，它说明定价战略在现实中很难完全独立于这些因素而发挥作用。

我们在这里讲述了渗透性定价战略，其成功的关键是要有一个真正的机会去降低成本，这可以通过销售量、规模经济或经验曲线（参见下文）实现。当然，企业常常会采用一种貌似渗透定价战略的做法鼓励顾客试购他们的产品，这是日常消费品市场上的一个普遍现象，但这种做法并非我们在这里所描述的真正意义上的渗透性定价战略，它更多地表现为一种短期的定价策略。这种做法经常会遭遇失败，原因在于它会导致不良的市场竞争，其结果不仅会摧毁上述定价策略，同时还会摧毁整个市场的赢利能力。

价格领先法

如果你有足够能力的话，价格领先法将是一个不错的策略。当然，这种策略要求企业具备高水平的营销技能！如果你知道竞争对手在价格上敌不过你，你就可以率先降价；如果你的产品奇货可居，你就可以提价，但同时你得注意前面提到过的保护伞问题。

价格跟随法

做价格跟随者是无奈的事，你千万要避免成为跟随者（办法是提高营销能力），否则就只好出局了。不过出局也说不定是一个成功的营销措施——既然强留已无望，退出乃明智之举。

以上策略只是提供一个指引，究竟哪个合适还得看具体情况。在竞争环境下，你最终的定价策略还是要以企业目标为依据，如利润增长、市场份额、良好的认知度、鼓励试购等。

许多企业打破规则也获得了成功——至少看上去好像是打破了规则。一般的航空公司认为机票实施渗透定价法根本不可能，而有的公司却做到了。英国航空公司等企业原来根本不相信易捷公司的低成本模式能成功，然而易捷却做到了，它采用了纯粹的渗透定价策略，降价不仅带来了市场份额的扩大，而且带来了运营规模的扩大和单位成本的降低，形

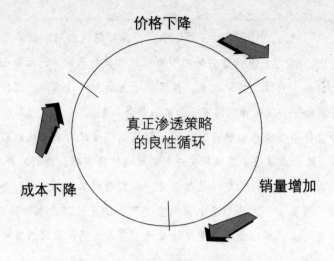

图 28.9　真正渗透定价的良性循环

成了一个良性循环（见图 28.9）。

自然，现在的问题是这种良性循环能持续多久？如果竞争者纷纷效仿降价导致市场疲软，这种模式会不会被打破？我们拭目以待。

经验曲线

对大多数的企业行为而言，你从事一项活动的时间越长，你对实施这项活动的能力就越强。当一个制造商学会了如何制造该产品后，他就会改进生产该产品的工序，提高产量，与供货商相处得更加融洽，于是他的生产成本就不断下降。客户也常常用这一理论来说服供货商降低价格。

汽车业的供货商都了解通常被称为"罗佩兹因素"的这样一种情况。 **罗佩兹因素**
伊格那图斯·罗佩兹是通用汽车公司的一位高级经理，他之所以家喻户晓，
是因为他做到了让供货商长期削减价格。一个可以承诺今年降价的供货商，明年、后年将有可能继续获得做供货商的机会。这种安排具有两重作用，一方面有能力承诺降价的供货商会逐年减少；另一方面，你对每个供货商的采购量将会增大，这就为他们降低成本提供了机会，经验曲线之益处也会发挥出作用。对于某些供货商而言，这个理论起的作用特别大，但是对那些几乎没有规模经济机会的供货商来说，这个理论则作用不大。

不论这一理论对你的企业是否适用，它都是一个非常重要的概念，因为它很可能就适用于你的竞争对手。

我们回到 20 世纪 70 年代，当时柯达公司在欧洲胶卷市场上拥有巨大的份额，从而保持着相当可观的价格和利润。随后富士公司闯进了该市场，富士胶卷的价格大大低于柯达胶卷，甚至低于柯达的制造成本，而柯达公司将这种做法视为一种短期现象——以这种价格富士怎能维持长久？

富士以这种价格销售胶卷的确没有赢利，而且他们当时的成本远远高于柯达，但是他们所采用的是与经验曲线理论紧密联系在一起的渗透定价战略。他们的价格可以赢得销量，并且随着他们在欧洲市场上经营变得更加老练，他们的成本降下来了。日本人以"打持久战"而闻名于世，而富士公司也准备长时间坚持下去，直至其成本也降低到价格线以下，最终他们做到了这一点，柯达公司也清楚地看到了富士公司所采取的策略并不是一个暂时现象。

此时此刻柯达得作出自己的选择，或者顺着富士公司的这样一种价格路线追赶富士公司，通过降价来恢复销量，从而降低一些成本，或者争取创造产品差异化的机会。此时，产品差异化的机会（与富士胶卷相比）比降低成本的机会（相对富士胶卷的成本）要大得多，因而柯达公司选择了产品革新路线，而且，正如他们自己所说的，从那以后两家公司的日子过得都非常的开心。

最后的策略——零价格或零利润战略

零价格或零利润战略看上去是一种相当疯狂的战略，企业卖东西而不图任何回报，甚至也不是为了获取利润，但是这种战略至少说明了一点：价格只是营销组合的一部分，价格只是赢利的一种手段而非一切。供货商经常在销售产品的时候为客户提供一些免费试用的产品，比如粘贴在杂志上的小袋洗发香波，比如提供度假服务的经营者让客户免费享受几个周末，又如农业化工产品供货商为第三世界提供"援助"，等等，每个行为都有它的动机，有的是为了鼓励客户试用，有的是为了吸引客户，还有的则是为了使客户形成对产品的依赖。

零售商采用"亏本招徕"策略，以成本价（或低于成本价）销售知名品牌产品，吸引我们走进他们的商店，一旦进了商店我们就肯定会花钱购买其他一些他们可以获取"全额利润"的物品。研究显示，实际上受这些促销廉价品诱惑而出门采购的人通常所花费的钱会比一次正常采购活动更多。说完这一点，我想起了在东英吉利独立开杂货铺的一个老板，任何时候当其竞争对手低价销售产品时，他都会兴致勃勃地从竞争者的商店采购回来大量"亏本招徕"商品（并且只买这些降价品），然后再以正常的价格（超市的销售价通常低于他从批发商进货的价格）在他自己的店里销售。他认为这是对大商店不公平竞争策略进行反击的一个举措，直至今天他还是坚定不移地这样做！

像移动电话网络公司这样的服务提供者会利用移动电话价格本身（大大低于其实际成本，甚至免费）做诱饵，使我们接受他们的服务，通过这样的方式，真正的定价战略就开始了。"天上不会掉馅饼"，此话非常正确！

有些采取现金销售方式的运营商更是将零利润的概念运用到了极致，他们在向客户销售商品时不赚取任何利润。这种做法的真正目的在于现金流。现金销售这种方式顾名思义就是企业在销售产品时不接受任何形式的赊欠，只接收现金支付。如果他们通过协商能够与供货商达成长期赊购的条件，并且如果他们能做到快速的存货周转，那么他们就会获得足够的自由资金投资用以转投于其他可以得到回报的领域。这种现金销售的经营方式只不过是获取现金的一个手段，当你与这样的企业进行竞争，但却不了解他们对于价格的运用目的时，那将绝对是一个令人沮丧的经历。

现金就是王牌

公开成本交易

许多采购机构已经意识到供应商对于价格的决策通常具有任意性，而且让人摸不着头脑。虽然我们知道存在着各种各样的定价理论，包括成本叠加定价法、市场导向定价法，或者是价值定价法，但我们并不了解供货商真实的价格构成，在这样一种情况下，采购者日益普遍采用的一种解决办法是进行公开成本交易，这种做法要求供货商公开其价格构成，以说明其价格成分和基本定价原则的公正性。这种做法也许看上去像是要求供货商作成本分析（我们在上文"成本叠加定价法"中对此进行了讨论），伴随而来的是对整个过程可能失去控制的风险。在某些情况下这种交易确实会失控，但在另外一些情况下，这又不失为有效改善客户与供货商关系的一种尝试。对此供货商应该给予什么样的响应呢？

一种做法就是拒绝给予配合，这种做法通常都能奏效，但等到竞争者开始配合采购者做公开成本交易时，老供货商再拒绝配合就不行了，于是他们会纷纷转变态度。另一种做法就是给予配合，但是由于其中充满了复杂性，最终会导致此目的落空，所以短期内这样做可能会有效果，长期这样做则非常不受欢迎。

也许解决这一问题的真正办法就是确保你的价格建立在价值的基础上。你要检查自己所做的事情，并决定它们当中哪些真正为客户增加了价值，尽一切努力剔除不能增加价值的事情。如果你做的事情对客户有价值，那么他们不会要求你取消这些方面的事情；若是他们要求你取消，则你所做的事一定是他们不需要的。

最后，那些害怕这种价格讨论的供货商们必然是做得不好的供货商，例如附加成本的供货商、不能提供任何真正有价值产品的供货商，以及那些最糟糕的、不了解自己所提供价值的供货商。

对于客户的公开成本交易请求，你还应该再做一件事：请他们提供其详细的使用成本，并利用这一信息完善你的产品和服务，以确保尽可能为客户提供最大限度的价值，这是另一个良性循环的开始。

定价策略自我评估

当你阅读完本章内容，并在阅读第 29 章案例研究之前，或许你应该花 15~20 分钟的时间考虑下列一些问题，这些问题将有助于你确定某一具体的产品或服务，以及具体的客户。

从你的角度出发思考下列问题：

1. 你在哪些方面并以什么方式为你客户的企业增加价值？是不是通过：

　—产品？

　—服务？

　—关系？

　—其他？

2. 你在哪些方面实现了价值定价法的目标？是如何实现的？

3. 你在哪些方面产生了成本，但是却没有增加价值？

4. 在什么情况下你未能实现价值定价法的目标？

从客户的角度出发思考下列问题：

1. 对于你的一种产品或服务，分析：

　—它的特征（有形特征）；

　—它的好处（这些特征对客户有什么作用）；

　—它的价值（客户从这些好处中得到了什么价值）。

2. 确定客户对所接受价值的理解。

3. 尽量对客户得到的价值进行量化（如果客户企业未得到该产品或服务，他们会付出什么样的代价？）。

4. 你是否以该产品或服务具有的特征、好处或者价值为基础确定产品或服务的价格？

5. 客户对购买你的产品或服务的替代方式是什么：

　—竞争对手的产品或服务？

—其他解决方案?

—什么也不做?

6. 你对第 5 个问题的回答在"价格弹性"方面说明了什么（在客户选择上述某种替代方式之前，你的价格可以上升到何种程度）?

29

恩比安特有限责任公司案例研究
The Ambient Ltd case study

20世纪70年代，恩比安特公司从北海石油天然气业务中应运而生，主要产品是管式船具密封胶。尽管其基地在英国，但是它的业务客户已遍布全世界。恩比安特的产品质量卓著，企业良好的声誉主要归功于其在1993年成功推出的产品——安宝5。

安宝5

当安宝5推出之后，它具有的独特性能使其在市场上独占鳌头。安宝5的"秘密"就在于它的硬化剂，这种硬化剂定形时间可灵活掌握（主要是根据用量确定），而且成形后硬度很高。这使得安宝5尤其适用于恶劣的环境，对于石油天然气开发来说是一种理想产品。

未来如何？

恩比安特公司预测未来几年的石油天然气开发有下降趋势，至少在公司主要的区域市场会出现这种情况。于是公司的马丁·多利开始积极为产品开发新用途，寻求新市场。公司花了很多时间开发欧洲的建筑市场，1999年开始，小袋装的安宝5通过英国建筑材料供货商上市了。这次上市带有市场测试的目的，早期报告显示这种产品在质量上口碑不错，但使用不方便——产品说明书就长达4页。

竞争

安宝5的成功掀起了市场竞争热潮，不久两家恩比安特公司的竞争对手就推出了类似的产品，其中一家对手生产的"乐特 C"于 1995 年上市，尽管早期产品的质量还不稳定，但它的销量很好，因为相对于恩比安特公司有限的生产能力而言，市场对此种产品的需求量实在是太大；第二年，另一个竞争对手推出了它的产品 X-Tec。

市场变动

这三种新产品的销量在前三年高速增长，到 2000 年，三大供货商的价位都很接近了，市场份额也趋于稳定。恩比安特公司占市场份额的 50%，乐特 C 与 X-Tec 瓜分了剩余部分。

从 2001 年开始，销售量增长速度开始减缓。很明显，市场在一段时间并没有扩张，早期的销量增长主要是来自于新旧技术的替代。销售给建筑市场的新型小包装的产品只占总销量的极小比例，但至少它还在增长，不像全部产品在 2004 年的总销量那样开始下滑。

2004 年 1 月，恩比安特将其价格从每公斤 9.5 英镑提升至 10 英镑。另两家生产商价格保持在 9.5 英镑。第一、第二和第三个季度，安宝 5 的销量下降了 10%，而乐特和 X-Tec 扩大了其市场份额。

为 2005 年定价

到了 2004 年 10 月，那两家竞争公司都没有提升价格的意思（本来预计它们会在 7 月份提价，即便到 7 月份仍未提价的话，也会在 9 月份提价），这样恩比安特就面临着一个如何为 2005 年定价的艰难决定，于是，马丁·多利召开了一个特别会议商讨此事。

恩比安特董事会

董事会名单如下：

马丁·多利——执行董事；

巴利·赛勒斯——销售部主任；

瓦特·伯兰特——生产经理；

迈伦·马克斯——营销经理；

福斯·莫尼——财务经理。

马丁强调这将是个简短的会议，因为他在 12 时 30 分还有个人要约见。会上，他要求所有董事会成员必须对 2005 年产品定价的事情准备发言（马丁 12 时 30 分是与一位老朋友约会，他是为恩比安特提供主要生产设备的一家公司的老板）。

马丁让营销经理迈伦·马克斯准备了有关市场预计规模及份额的详细情况（参见表 29.1），以及从 1998 年起到目前为止所有的价格明细单（表 29.2）。财务经理福斯·莫尼则准备了在不同生产规模情况下有关安宝 5 生产成本的机密资料（表 29.3）。

表 29.1 预计市场规模和销量（千克）

年份	总量(预计)	安宝5(实际数)	X-Tec(估计数)	乐特C(估计数)	
1997	60 000	60 000	–	–	
1998	140 000	140 000	–	–	
1999	350 000	210 000	–	140	000
2000	610 000	335 000	155 000	120	000
2001	830 000	410 000	210 000	210	000
2002	990 000	515 000	250 000	225	555
2003	1 140 000	630 000	260 000	250	000
2004	1 255 000	565 000	350 000	340	000
2005	1 330 000				

表 29.2 报价（单位：英镑）

年份	安宝5	X-Tec	乐特C
1998	5.60	–	–
1999	6.00	–	–
2000	7.00	7.00	6.80
2001	8.00	8.00	8.00
2002	9.00	9.00	9.00
2003	9.50	9.50	9.50
2004	10.00	9.50	9.50

会议

会议于上午 11 时准时开始，销售部主任巴利·赛勒斯和财务经理福斯·莫尼一致认为恩比安特须将价格维持在每千克 10 英镑。福斯提出了自己的理由，他转身面向生产经理瓦特·伯兰特说："瓦特，你今年夏天一直说他们每千克只卖 9.50 英镑准是疯了，我看不错，以这样的价格进行销售，他们必定会亏本的。"福斯接着预计，2005 年价格将会统一到 10 英镑；因为即使是低通货膨胀，竞争也不可能使价格稳定维持三年之久。"如果价格真的达到每千克 10 英镑的话，"她说："那么我们就有可能重新获得 50%~52% 的市场份额，我对此深信不疑。"她对销售部主任巴利说："我建议订立一个 680 000 千克的销售目标，预计赢利会超过 125 万英镑。"

表 29.3 机密生产成本

数量(千克)	530 000	560 000	590 000	620 000	650 000	680 000	710 000
直接成本	英镑/千克	英镑/千克	英镑/千克	英镑/千克	英镑/千克	英镑/千克	英镑/千克
原料	2.10	2.10	2.10	2.10	2.10	2.10	2.10
劳动力	1.12	1.05	1.00	0.98	1.00	1.06	1.10
其他成本	英镑/千克	英镑/千克	英镑/千克	英镑/千克	英镑/千克	英镑/千克	英镑/千克
生产	0.06	0.04	0.04	0.03	0.04	0.05	0.06
销售	0.06	0.05	0.04	0.03	0.03	0.04	0.45
管理	0.02	0.01	0.01	0.01	0.02	0.03	0.04
固定成本	英镑/千克	英镑/千克	英镑/千克	英镑/千克	英镑/千克	英镑/千克	英镑/千克
生产	3.75	3.54	3.36	3.2	2.93	2.80	2.68
销售	1.58	1.50	1.42	1.35	1.29	1.24	1.18
管理	1.06	1.00	0.95	0.90	0.86	0.82	0.79
	英镑/千克	英镑/千克	英镑/千克	英镑/千克	英镑/千克	英镑/千克	英镑/千克
总成本	9.75	9.29	8.92	8.60	8.27	8.14	8.00

　　营销经理迈伦·马克斯向财务经理摇了摇手表示不同意，他表达了自己的观点："就我看来，我认为由于我们竞争对手的销量上升了大约 40%，因而他们更可能赢利，而不是亏本。"瓦特尴尬地点了点头，他本来对于福斯提及他夏季初所说的那些轻率鲁莽话语就颇为恼火。当他看到乐特 C 和 X-Tec 的秋季销售预测，他就意识到竞争对手正在改善对设备的利用——每家公司都有三个生产部门，每个部门拥有 120 000 千克的年生产量。

　　巴利递了一张纸给马丁，然后就开始了正式陈述：

　　"正如你们所看到的，我们一直在关注他们保持 9.50 英镑的可能性。如果他们一直维持这个价格，我们持续的销售推动将会有助于在市场上收复一定的失地，我估计抢占 46%~47% 的市场份额是大有可能的。"

　　福斯对此表示赞同，她补充道，若生产 6 200 000 千克的产品，管理费就会超过 400 万英镑。巴利和福斯相视而笑——他们对自己早上的通力合作感到很满意。

　　马丁记得仅仅在一年前，他还同意了销售人员按照销售量拿奖金的方案，现在他一听到巴利讲什么"销售推动"就会感到局促不安，他向大家征求把价格提升至每千克 10.50 英镑有什么意见。

"我所说的一切,"巴利立刻跳出来说:"一切都以保持我们的价格为前提,"他又递了张纸给老板,并且停顿了一下,看看迈伦会不会大叫大嚷表示反对,然后接着说:"或者降价。"第二张纸上记载的是巴利以安宝 5 价格上涨而销售量降至 530 000 千克为基础进行预测所获得的计算结果:市场占有份额降低,利润暴跌至 400 000 英镑。

马丁读出这可怕的预测时,巴利拼命地点着头,并直直盯着迈伦,他几乎要脱口而出的话是:"任何进一步扩大价格差异的行为都将带来灾难性的后果。"

让巴利吃惊的是,整个会议室鸦雀无声,会议桌边的人不住地点头,但最让巴利吃惊的还是迈伦的反应:"我同意这种看法。市场的增长已经不可能有更大的发展,在这种状况下,市场份额就是至关紧要的了。即使是跌落至 47%——我想那是你的估计,巴利——即使不跌也是够我们受的。我认为现在是重新对竞争者施加压力的时候了。"

令人惊讶的是,在别人还来不及发言之前,迈伦就站了起来,取出一支笔在活动挂图上写了几个大大的粗体字——"价格降至 9.50 英镑"。

对此瓦特首先发表评论,他说他完全支持迈伦的观点,会议室里气氛一下子变得活跃了,瓦特也因为情势转变而变得兴奋起来。早在 2002 年,瓦特就预计 2003 年销量为 690 000 千克,2004 年销量达 720 000 千克,并说服了董事会批准成立第六个生产单元(它们用"单元"表示年产 120 000 千克的标准机器)。事情进展得很顺利,第六台机器以惊人的速度投入生产,促使恩比安特在 2003 年达到创纪录的销量。由于此举带来了一笔可观的绩效红利,瓦特一度成为了英雄。但是在今年的大部分时间里,那台机器却都被闲置了。后来瓦特在对原来每一台旧机器进行检查和维修期间,又将这台机器开了起来,但这种情况并没有维持多久,现在他所雇用的那些编外员工很快就会像那台机器一样无事可做了,除非销量重新得到提升,他不得不沮丧地面对着解雇新员工的前景——其中一个原因是他的侄儿也是新进雇员,而且几乎铁定是最早被遣散的人。此时,迈伦讲的这些话让他感到欣慰。

迈伦和巴利现在肩并肩地站在活动挂图前,他们画出上升的曲线,表现出那种自从安宝 5 上市以来从未展现出的热情——以每千克 9.50 英镑的价格出售,市场份额将会回升至 52%,并且随着削价之后强有力的销售措施,市场份额的提升可能大大超过预计的 6%,削价措施将促使增长超过 8%(达到 1 360 000 千克),其中安宝 5 为 710 000 千克。

福斯在她的计算器上打出了新的数字,她与迈伦、巴利——现在又加上了瓦特——都站在挂图前,他们几乎都没有留意到马丁要起身离开。"多谢你们的高见,"马丁说:"我建议我们今天下午 3 时继续开会。各位都没问题吧?"

这正像老板的作风,他们心想。没有什么线索可以推测出他在想什么,他们刚刚激起的热情也没有得到任何支持。他们各自散了,心中揣测着下午 3 时他们再次开会时会发生些什么。

与案例相关的问题

1. 对每个董事会成员的观点进行思考及评论。

2. 对两位董事会成员在表 29.1、表 29.2 和表 29.3 中提供的资料加以评论。这些资料对于作出定价决定起多大的作用？

3. 对董事会讨论问题及为 2005 年制订计划的方式进行评论。

4. 假如你是马丁，你要约见公司的机器供货商，他们提供的机器用于生产安宝 5，而且公司的竞争对手也是采用他们的机器，那么在约见时你会问供货商什么问题？

5. 如果你被聘为董事会的顾问，你会为 2005 年的定价和其他营销方面的问题提供什么建议？

你可以将你对本案例研究所做的答案或者评论以电子邮件寄给英赛特公司，地址是 customer.service@insight-mp.com，我们会对你的答案或评论予以点评，并且把我们的看法反馈给你。

30

给营销做体检
The marketing health check

下面是一个问题列表，供你及你的同事对自己目前的营销水平做自评，并从中找出值得注意的问题。在这个过程中，最好是把第二人称"你"换成第一人称"我"。

对于下面的问题，你都要给自己目前活动的有效性打分，评为完全有效、部分有效和完全无效三种，然后，首先以"完全无效"为重点加以改进，再以"部分有效"为重点做改进（问题后标有章节号，供你参阅相关章节详细内容）。

A	营销过程及计划（第一篇）	完全有效	部分有效	完全无效
A1	你的营销过程是否有清晰的结构？（第5章）			
A2	市场研究能帮助你进行必要的战略和战术决策，你的营销过程是否以严谨的市场研究为基础？（第5章）			
A3	这个过程是否是以战略定价为开端，经过价值主题发展，然后进入营销组合四个P的战术应用，形成一个流程？（第5章）			
A4	通过这个过程能否形成有前瞻性的正式书面营销计划？能否使计划深入到每一个人，并且容易更新？（第6章）			

完全有效　　部分有效　　完全无效

B　战略性市场分析(第二部分)

B1　你是否进行了环境因素分析并作出了结论? (第9章)

B2　你是否作出了市场结构图? 是否找出了一直到最终
用户的主要市场渠道? (第9章)

B3　你是否采用了波特的方法来分析五种力量对你竞
争性定位产生的现实影响和潜在影响? (第9章)

B4　你是否对你的市场地位进行了全面的SWOT分析? 你
是否明确了顾客对你优势和劣势的认知? (第9章)

B5　你是否运用了定向决策矩阵来选择优先目标市场
或分市场? (第9章)

C　战略定位(第三篇)

C1　你是否清楚"我们从事什么业务"这个问题? 你是否
有符合SMART标准的目标? (第11章)

C2　你是否找出了优先的增长路线? 是否对这些增长战
略进行了风险评估? 是否找出了降低风险的办法?
(第12章)

C3　你是否找出了自己的竞争优势? 你是打算做低成本
供货商还是做差异化供货商? (第13章)

C4　你是否有大家一致认可的价值驱动? (第14章)

C5　你对市场的细分能否保证你对各个分市场都作出
专门而具体的营销组合? (第15章)

C6　你是否明确了品牌在战略定位中的作用? 是否建立
了适当的品牌结构? (第16章)

D　传递价值(按细分市场进行)(第四篇)

D1　你是否进行了全面的细分市场研究? 是否画出了细
分市场及客户的价值链? 是否弄清楚了各细分市场
中的全程业务体验? (第17章)

完全有效　　部分有效　　完全无效

D2	你是否运用了客户活动循环模型及正面影响分析工具来确定自己的价值主题？（第18章）			
D3	你是否把客户划分为大客户、重点发展客户、老客户和机会客户？（第19章）			
D4	你是否针对每一种客户都制定了明确的销售及服务策略？（第19章）			
D5	你是否确定并传递了品牌的价值及情感诉求？（第20章）			
D6	所有相关职能部门是否都在营销计划的目标和过程上实现了统一？（第21章）			
D7	你是否明确了产品组合中各产品的预期回报和优先级？（第22章）			

E　战术运用（第五篇）

E1	你是否常规性地进行战术分析？分析中是否包括市场份额报告、客户满意度打分、竞争者活动报告及跟踪调查等内容？（第23章）			
E2	你是否按照产品生命周期来管理每一个产品？你是否寻求机会改进产品或延长产品生命？（第25章）			
E3	你是否有高效的新产品开发程序？（第25章）			
E4	你是否画出了各个市场渠道图？你是否对合作伙伴以及竞争者在渠道中增加的价值进行了评估？（第26章）			
E5	你是否对你的渠道伙伴进行了最大程度的利用和管理？（第26章）			
E6	你的供应链管理过程是否有高效率？你在其中是否注重节约不必要的成本？你是否注重对消费者价值作出最大程度的积极贡献？（第26章）			
E7	你的市场推广计划是否有明确的目标？（第27章）			

完全有效　　部分有效　　完全无效

E8　你的计划中是否有明确的单一主题?（第 27 章）

E9　你是否为主题的宣传找到了最合适的媒体?（第 27 章）

E10　你是否利用销售队伍来做市场推广?（第 27 章）

E11　你的定价策略是否致力于在清晰的价值主题基础
　　　上使收益达到最大?（第 28 章）

E12　你的价格是否能以顾客的使用成本或他们得到的
　　　价值为基础进行计算?（第 28 章）

英赛特绩效图

　　绩效图（图 30.1）是对你营销工作状态的直观再现，这张状态图是以一些被调查者的反馈信息为基础，同时也可以说是自评问题表的扩充版本。图中突出了工作中出色的方面和不足的方面，标明了应该注意改进的地方。

　　这幅图说明：过程和计划的所有要素之间都要有有效的联结，这样才能做好营销工作。联结首先是从信息开始，然后到定位，再到价值主题设计，最后是战术运用。因此，如果过程的开头没有做好的话，后面的各阶段就无法做到最理想的结果了。

　　这幅图是黑白两色，实际上我们要用其他颜色标注出优势区域和问题区域。如果某项营销工作做得好，那么从这个环节到下一个环节之间的联结就用绿色表示；如果是做得不好而影响了下一个环节的效果，那么联结就用红色。

　　若想了解绩效图运用的进一步细节，欢迎垂询英赛特公司，详址见第 31 章。

营销第一
Key marketing skills

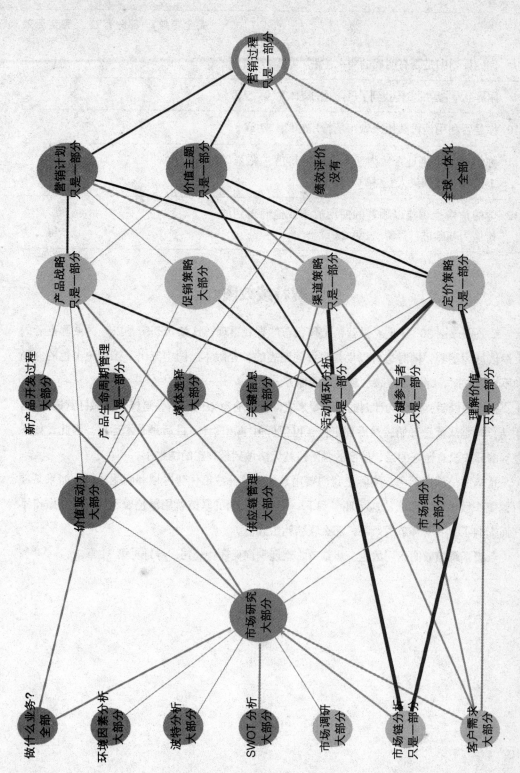

图 30.1 英赛特营销绩效图

更多，更多，更多……

Geting further help

.

本书第 2 版的目的主要是针对读者评价、问题、表扬和批评作出响应。我们欢迎读者提出各种关于营销实践的问题，我们将全力回复，或者为你找到能够回复的人。欢迎与我们联系，地址如下：

INSIGHT Marketing and People Ltd

1 Lidstone Court

Uxbridge Road

George Green

Slough Sl36AG

United Kingdom

电话：+44 (0) 1753 822990

传真：+44 (0) 1753 822992

电子邮件：customer.service@insight-mp.com

网址：www.insight-mp.com

为了进一步学习、理解、获得专业技能，我向你推荐以下四种途径：

* 应用工具的光盘；
* 培训；

- 在职经验；
- 更多阅读。

应用工具

本书附光盘，其中有很多书中涉及的工具，便于你进行运用。

1. 营销计划的幻灯模板。模板中规则不是固定的，你可以酌情选择，但在删除你不想要的内容前请三思！

2. 定向决策矩阵。这是一个简化版本，市场、细分市场、产品和客户的数量都是有限的，以便你做比较。这个版本虽然简单，但它介绍的工具都是非常有价值的（若你想要更详细的版本，以考虑更多因素的话，请按前面地址与英赛特公司联系）。

3. 活动循环。这个版本简单而丰富，它记录了一项活动循环的分析细节（见第18章），并突出了优先活动。

4. 英赛特自评问题表。这个问题表帮助你找出营销工作中需要着力改进的重点。你还可以以问题表为基础，运用英赛特营销业绩图（见第30章）对公司能力进行全面评估。详情请联系英赛特公司。

培训机会

你有很多的培训机会可供选择，大大小小的培训公司、商学院，以及特许营销学院等专业学院都可以考虑。要推荐具体机构是不可能的，不过我可以给出一些建议：

1. 询问其课程的核心是消费者还是厂商，是日常消费品还是企业间业务或服务。

2. 如果是公开培训，询问其培训课程还有哪些公司参加。你是希望与相近似的企业一起参加培训，还是特意想与各种不同的企业一起培训以扩大视野？

3. 一般来说，组织"公司内培训"总是上策，这样培训者就能针对你的情况及问题量体裁衣。如果培训者不愿意或不能够专门为你做培训，或者他只是改换了一下培训标题的话，那么还是不选为好。

4. 若培训机构同意做公司内培训，你可以向他讨教"量体裁衣"的经验。大多数机构会乐意提供，只可惜实际上能做好的不多！

若你针对以上建议想为自己及公司设计合适的培训方案，但又需要更多帮助的话，欢迎垂询英赛特公司。

在职经验

在职经验的价值不可小视。工作经验上升为专业知识技能的秘诀在于突破现状。不要不加思索地随意批评，也不要老是只问"为什么？"，这样会使人们不喜欢甚至讨厌你。你可以请别人解释他们作出决定的原因（你甚至可以帮他们学到一些东西），热情地向他们建议其他方法。一个营销人如果不喜欢辩论，不善于广开思路，那么他离可悲的结束也就不远了……对于你的团队，你应该鼓励他们提问和辩论，你会惊喜地发现自己能从中学到很多东西。

人们常说最好的学习方法是去"教"别人。若你有机会教别人，那么不论是正式场合还是非正式场合都请把握好这个机会，把它当做一项好工作，认真地花时间去做，你从中会得到不小的回报。

更多读物

营销书籍浩如烟海。如果你是一名"学术型"营销者，那么以下书目只触及营销的皮毛，这些书主要是帮助人们进一步理解本书所说的工具及技巧在现实中的运用，我的许多客户都对"现实中的实施"表现出兴趣，这些书对他们会有助益。

伯德，D. 直接营销常识 [M]. 伦敦：Kogan Page 出版社，2000.

杰威顿，P. 如果你很聪明，为何你的品牌却不够响？ [M]. 伦敦：Kogan Page 出版社，2002.

杰威顿，P. 大客户管理——获得赢利型主要供货商地位的途径 [M]. 3 版，伦敦：Kogan Page 出版社，2004.

海格，M. 品牌失败 [M]. 伦敦：Kogan Page 出版社，2004.

考特勒，P. 考特勒论营销 [M]. 纽约：自由出版社，1999.

麦克唐纳，M. 营销计划——如何准备，如何使用 [M]. 牛津：巴特沃思—海尼曼出版社，1999.

波特，M. 竞争战略 [M]. 纽约：自由出版社，1980.

特鲁西，M，魏斯玛，F. 市场领先者的定律 [M]. 伦敦：哈伯柯林斯出版社，1995.

《营销第一》出版销售信息

欢迎洽谈出版发行事宜

中国市场出版社：中国经济、管理、金融、财务图书专业出版社

中国市场出版社发行部　010-68021338

中国市场出版社读者服务部　010-68022950

中国市场出版社网站　www.marketpress.com.cn

中国图书团购网：中国企业图书采购平台，为学习型组织服务

www.go2book.net

当当网　www.dangdang.com

全国各大新华书店

各大城市民营书店

北京卓越创意商务管理顾问中心　010-82577281

精品管理图书推荐

全球商学院权威管理教程，国际商业管理人士成功指南

《市场营销原理与实务》

(第4版)

丹尼斯·爱迪考克

艾尔·哈里伯格　　著

卡罗兰·露丝

杨蕊　于干千　译

出版：中国市场出版社

定价：98.00 元

◆权国际权威出版机构独家授权出版

◆全球商学院核心课程

◆市场营销领域权威著作

◆高级商业人士进修的必备指南

部分内容导览

　　营销学是一个引人入胜的领域，不断给学习者和从业者提出挑战。市场营销具备组织功能、管理功能、业务理念及公认的商务信条四个方面的作用，首要任务是发展并保持顾客，并确保供应商与顾客间的交换令人满意。所有商业活动都把顾客放在首位，而不是产品和生产，顾客是成功的关键。优秀的市场营销者把顾客看作是合作伙伴。顾客对于组织的成功至关重要。

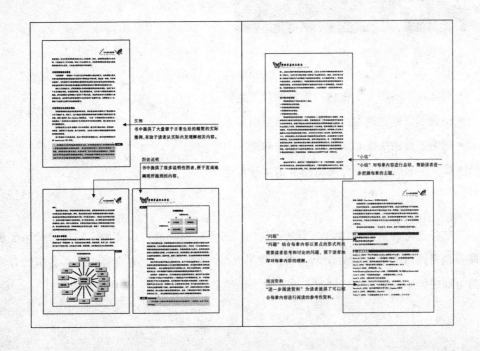

精品管理图书推荐

全球商学院权威管理教程，国际商业管理人士成功指南

《市场营销精要》（第2版）

弗朗西丝·布拉辛顿　著
斯蒂芬·佩蒂特

李骁　译

出版：中国市场出版社

定价：80.00 元

营销学最重要的 14 堂课

◆ 全球商学院核心课程
◆ 营销理论与实践密切结合
◆ 提供大量典型的实战案例
◆ 商业人士必备的实用指导

- 有来自不同产业、机构和国家的最新范例。
- 涵盖了营销在现实生活中的实际运用和意义。
- 强调了营销决策和实践中的道德问题。
- 提供了一系列广泛、刺激的营销实战案例。

本书将理论与实践相结合，涵盖了应用、产业和市场的广泛领域，探讨了营销人员应付需要创新回应的情况的方法。全书使用了大量范例，提供了来自各行业、各国的各种各样的生动的例证，涵盖了营销的基本要素，提供了有效、简明、实用的指南。

精品管理图书推荐

全球商学院权威管理教程，国际商业管理人士成功指南

《营销回报》

[英] 罗伯特·肖　　著
　　　戴维·梅里克

朱立　张晓林　译

出版：中国市场出版社

定价：80.00 元

◆国际知名出版机构授权

◆权威营销专家倾力阐释

◆大量营销理论与实践案例

◆营销人员从业的实用指南

- 营销能创造价值吗？
- 哪些营销活动创造价值最多？
- 营销的风险有多大？
- 营销怎样起到实际作用？
- 如何进行促销？
- 如何使顾客资本最大化？
- 如何编制营销计划？
- 如何周密地安排预算？

本书探讨了如何增加营销回报。人们在做营销预算时，面临着多种选择。有效的营销策略会带来巨额利润，决策失误则会使巨额财产毁于一旦。本书解读客户期望和财务预算之间的关系，帮助营销人员做出更理性的判断和更明智的决策，了解如何用更好的方法展示营销业绩，提高营销收益。

精品管理图书推荐

全球商学院权威管理教程，国际商业管理人士成功指南

商学院高级管理丛书

《供应链致胜》

[美] 大卫·泰勒博士　著

沈伟民　王立群　译

出版：中国市场出版社

定价：60.00 元

供应链竞争决定成败

◆ 权威出版机构推荐

◆ 全球商学院核心课程

◆ 供应链领域权威著作

◆ 高层经理人进修快速通道

- 旨在为企业经理人提供供应链管理指南。
- 包含多达 148 幅精心设计的插图。
- 新时代竞争的本质是供应链之间的竞争。
- 供应链管理是商业中最具挑战的领域。
- 有助于企业经理人制定供应链策略以及进行供应链设计和管理。

《用设计再造企业》

[英]　玛格丽特·布鲁斯

　　　约翰·贝萨特　著

宋光兴　杨萍芳　译

出版：中国市场出版社

定价：68.00 元

企业全面提升的必由之路

◆ 设计是企业战略化资源

◆ 设计比价格更具有关键性

◆ 设计是企业的核心业务过程

◆ 设计是企业创新的关键因素

◆ 设计是企业产品与服务差异化的根本方式

- 设计是核心业务过程，是所有企业、服务、制造和零售的主要特征。
- 设计不仅与产品相联系，而且是传递思想、态度和价值的有效方式。

- 未来的企业必须进行创新，否则就会衰退，必须进行设计，否则就会消亡。
- 设计是企业保持竞争力、活力和效力的重要因素。

《用数字管理公司》

[英] 理查德·斯塔特利　著

李宪一　等　译

出版：中国市场出版社

定价：68.00 元

清华大学客座教授、量化管理专家、夸克顾问公司总裁王磊推荐

◆《金融时报》权威出版机构推荐授权

◆ 中国企业全面提升的必由之路

◆ 精细化管理的有效保证

- 战略需要数字作依据
- 细节需要数字作说明
- 经营需要数字作评估
- 管理需要数字作指南

《变革管理》

伯纳德·伯恩斯　著

冉德君　钱春萍　周德昆　译

出版：中国市场出版社

定价：98.00 元

◆ 全球 MBA 核心教程

◆ 国际权威出版机构推荐

◆ 十大核心案例经典分析

◆ 商业管理人士的成功指南

- 变革早已是持续的、普遍的、再寻常不过的事。
- 变革管理就是深入而充分地理解这些现象及其原因，并且主动而有效地实施变革，从而获得生存与发展的机会。
- 变革管理的关键方法与理论帮助管理者和组织机构做出实践选择和实施变革。

《创新管理与新产品开发》

（第 3 版）

保罗·特罗特 著

吴东 等 译

出版：中国市场出版社

定价：68.00 元

◆国际知名出版机构授权出版

◆全球商学院核心管理教程

◆《金融时报》权威真实案例

◆最新前沿理论和发展动态

◆商业人士成功的必备指南

- 创新是提高企业竞争力的最前沿问题。
- 创新管理和新产品开发是经营性组织获得竞争优势的主要决定因素。
- 全面引入创新管理的观念，把创新置于战略和管理的视野中。
- 立足创新、技术和新产品三个关键领域，为管理者提供管理创新过程的实用工具。

商学院基础管理丛书

《服务管理》

[比] 巴特·范·路易
保罗·格默尔 著

洛兰德·范·迪耶多克

吴雅辉 王婧 李国建 译

出版：中国市场出版社

定价：80.00 元

北大光华管理学院张红霞教授、江明华教授隆重推荐

◆《财富》500 强成功经典

◆全球 MBA 核心教程

◆国际权威出版机构推荐

◆典型核心案例经典分析

- 全面而深入地洞察了服务管理行业
- 探索了当今经济领域内服务的本质和重要性
- 深刻分析了服务管理的三个核心分支
- 提供了典型的实际案例分析
- 突出了与服务本质相关的要素和对服务管理起重要作用的要素

《零售管理》

[英] 保罗·弗里西 著

文红 吴雅辉 译

出版：中国市场出版社

定价：68.00 元

富兰克林管理研究院
常务副总裁吴树珊推荐

◆全球知名零售企业的战略核心

◆权威而资深的专业论述

◆国际知名企业的典型案例分析

◆全球动态的前沿展望与探讨

◆零售理论与管理实践现实结合

◆核心战略与实施的全面操作指导

- 以领先的零售专家和实践人员的知识和经验为基础
- 结合实际案例研究和分析
- 全面阐述了零售管理这一全球知名零售企业的战略核心问题
- 概括出零售的主要战略功能
- 提出了有关零售管理的全面的策略性和操作性的方法

《市场营销原理与实务》

（第 4 版）

丹尼斯·爱迪考克

艾尔·哈里伯格 著

卡罗兰·露丝

杨蕊 于千千 译

出版：中国市场出版社

定价：98.00 元

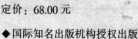

◆国际权威出版机构独家授权出版

◆全球商学院核心课程

◆市场营销领域权威著作

◆高级商业人士进修的必备指南

- 市场营销无处不在。
- 市场营销：在正确的时间，在正确的场合，以正确的价格，提供正确的产品。
- 市场营销是财富的开始……
- 企业的成功依赖于市场本身和其产品与服务所能提供给顾客的满意程度。

13-803